CUENTOS FRÍOS

CUENTOS FRÍOS

Virgilio Piñera

Selección y prólogo de Julio Travieso Serrano

 LECTORUM

Prólogo
Julio Travieso Serrano

La presente selección de cuentos de Virgilio Piñera (1912-1979) recoge relatos suyos escritos desde 1942 hasta poco antes de su muerte, publicados en los libros *Cuentos fríos* (1956), *El que vino a salvarme* (1970), *Un fogonazo* (1987) y *Muecas para escribientes* (1987). Se incluyen además algunos cuentos que permanecieron inéditos hasta hace poco.

En los últimos tiempos, mucho se ha escrito sobre Piñera. Sus amigos que le conocieron bien han escrito excelentes páginas sobre él y los críticos cubanos se han ocupado de su obra. Sin embargo, aún está por escribirse lo que sería una muy interesante biografía suya. Fuera de Cuba, se le comienza a conocer y reconocer apenas. En realidad, debió haber sido reconocido mucho antes, cuando estaba vivo, al igual que lo fueron, mientras vivieron, Jorge Luis Borges, Juan José Arreola, Alejo Carpentier y otros grandes escritores latinoamericanos. Las causas del desconocimiento de su obra pudieron haber sido muchas, desde la época y lugar en los cuales le tocó vivir, su propia literatura, escrita en momentos en que las corrientes literarias en boga no marchaban por sus rumbos, y su propia personalidad. Y cuando digo personalidad, estoy pensando en un escritor, como él, no muy preocupado, al menos aparentemente, de que su obra se publicara y se promocionara. Lamentablemente, en nuestro mundo actual, autor y obra que no tienen promoción no serán conocidos de inmediato por los lectores. A largo plazo sí, pero de inmediato no.

Decía Borges que todo gran escritor ha amonedado su leyenda. El ejemplo clásico sería Hemingway, cuyas cacerías, aventuras y batallas son, a veces, tan conocidas como su obra. Escritores con etiqueta de aventureros los hay, desde Herman Melville hasta André Malraux, pasando por Joseph Conrad y Jack London. Otros crearon o ayudaron a crear sus imágenes, pero tejidas en torno a sus vidas intelectuales. Así, Marcel Proust, de hombre enfermizo, culto y mundano; Jean Paul Sartre de filósofo y hombre reflexivo. La imagen y leyenda del propio Borges es la del erudito, encerrado en una biblioteca, que devora y devora libros y más libros.

Me pregunto cuál será la leyenda y la imagen de Virgilio Piñera, este escritor cubano, alto, delgado, encorvado, de nariz afilada y grandes ojos miopes, casi siempre pobre, mal vestido, peor alimentado, de lengua aguzada, como el más afilado estilete, que acostumbraba salir a la calle en compañía de un paraguas, aunque no lloviera.

¿Quién fue Virgilio Piñera en realidad? Pregunta ambiciosa que puede tener múltiples respuestas. Un gran amigo y compañero suyo, el escritor Antón Arrufat, le ha llamado marginal. También se le puede calificar de incomprendido, estrafalario, inadaptado, desconocido. Creo que todos esos calificativos le son válidos, aunque, quizá, inadaptado e incomprendido serían los adjetivos que mejor le describirían. Un inadaptado que nunca logró o quiso integrarse al mundo que le rodeaba. Un incomprendido cuya literatura nunca fue verdaderamente entendida en vida.

Por supuesto que inadaptados e incomprendidos ha habido decenas en la historia de la literatura. Recordemos a Paul Verlaine, pobre, triste e incomprendido; y a Kafka, agobiado por el mundo que le rodeaba.

La vida de Piñera es su mejor muestra. En 1941, con treinta y un años de edad, publica su primer poemario, *Las furias*, al que sigue, en 1943, *La isla en peso*, y al siguiente año *Poesía y prosa*. Nada sucede, no recibe grandes elogios. En esos años funda la revista *Poeta*, de la cual sólo logra editar dos números. Se relaciona con José Lezama Lima, comienza a colaborar con él, a escribir en la revista *Orígenes*, pero terminan disgustados. Mientras tanto, vive muy pobremente. Este es otro compañero de Piñera, la pobreza. A pesar de tener un título universitario (doctor en filosofía y letras), se niega a trabajar como profesor o periodista, tareas que, para él, eran impropias de un literato. Quizá hacía suyas las palabras de Jules Renard, ese gran autor francés, apenas leído hoy: "Seamos artistas. No nos ocupemos ni de ganar dinero, ni ser concejales, ni miembros de honor del Comité de una sección de la Liga de los Derechos del Hombre." En 1946 se embarca hacia Buenos Aires en busca de mejores horizontes económicos y culturales. En la capital de Argentina tampoco triunfa, aunque logra publicar la novela *La carne de René* y la colección de relatos *Cuentos fríos*.

A fines de 1958, Piñera regresa a Cuba. Hasta ese momento ha escrito poesías, una novela, cuentos y varias obras de teatro. Para muchos es, sobre todo, un autor de teatro. En 1959 se inicia la Revolución cubana y su vida dará un cambio radical. De escritor pobre, desempleado y apartado, comienza a colaborar en un importante suplemento cultural (*Lunes de Revolución*) que cada semana hace una tirada de quinientos mil ejemplares. Además, se le encarga la dirección de una nueva e importante editorial. Son buenos tiempos para él. De ser conocido por unos cuantos iniciados, pasa a ser alguien que el gran público cubano identifica. Entonces llega una época espléndida de su producción. Se publica su *Teatro completo*, como narrador nos entrega la novela *Pequeñas maniobras* y sus cuentos anteriores, con algunos otros, inéditos, son recogidos en un volumen bajo el título de *Cuentos*. Por supuesto, su situación económica también mejora.

No dura mucho aquella bonanza. Pronto se cierra el suplemento cultural, Piñera deja de ser director de la editorial, pero ya no es un desconocido. En l967 publicará su segunda novela, *Presiones y diamantes*, en l968 la obra teatral *Dos viejos pánicos*, en l969, una recopilación de sus poemas, *La vida entera*, y en l970 los cuentos *El que vino a salvarme*. A partir de ahí y hasta su muerte, en l979, no podrá editar nada más, aunque eso no quiera decir que haya dejado de escribir, todo lo contrario, escribe y mucho. Ahora trabaja como modesto traductor. Son años difíciles para él, durante los cuales la política estatal cubana, luego del caso Padilla y por varias otras razones, muy conocidas y contadas, arremete contra muchos intelectuales, entre ellos Piñera. Recordemos que estos son también algunos de los peores años de la vida de Reinaldo Arenas, un escritor de vida dura y difícil, que, finalmente, abandonó su país. Piñera lo abandona, pero a través de la puerta de la muerte, sorprendido, a los 67 años, por un infarto masivo, acaso previsible si se tienen más de sesenta años y un corazón que ha soportado innumerables vicisitudes. Luego y cuando se hallaba en el "más allá", se produjo, en el " más acá" de Cuba, su "descongelamiento", como si tal cosa fuera posible.

A partir de la segunda mitad de los años ochenta, volvieron a editar a Piñera en Cuba. También comenzó el interés por él en otras partes del mundo. Desde entonces, poco a poco, ha comenzado a ser valorado internacionalmente como se merece.

Un hombre de una vida como la de Virgilio Piñera produjo una obra compleja y variada con la cual transitó por casi todos los caminos de la literatura, poesía, novela, teatro, cuento.

Tres grandes elementos caracterizan las narraciones recogidas en este volumen: la ironía, el humor y el absurdo, a los que se les puede unir el antiheroísmo, la cotidianidad y el antiintelectualismo.

Es sabido que la ironía, la sátira, a veces devenida en burla, es antiquísima en la literatura. Desde Aristófanes, la encontramos en autores como Francois Rabelais, Jonathan Swift, Nikolai Gogol, Mijail Bulgákov. En Piñera la hallamos a cada paso, en especial en el cuento "El muñeco" (del libro *Cuentos fríos*), una de las pocas narraciones largas de Piñera, que, por momentos, se convierte en burla política y nos hace recordar otro extraordinario relato, "De balística", de Juan José Arreola. Dos cuentos más, "El Señor Ministro" y "La gran escalera del Palacio legislativo", bordean, asimismo, la sátira política, cosa rara en las narraciones de Piñera, en las cuales no hay, ni para bien ni para mal, muchos temas relacionados con la política.

Pero además de la ironía, donde la narrativa de Piñera alcanza cotos muy altos, aparece el absurdo. Ese es el maravilloso absurdo de un cuento escrito, tempranamente, en 1944, como "La carne", presente, magistralmente, en "El filántropo", un largo relato que por su calidad pudiera ser incluido entre los mejores del género. Este es un absurdo que yo llamaría intrascendente. Si en Kafka el absurdo tiene que ver con el sentimiento, el castigo, la enajenación, en estos cuentos de Piñera no hay nada de eso. En "La carne" nos topamos con un grupo de pueblerinos que, al no tener suficiente carne animal para consumir, comienza a comer la carne de sus cuerpos. Al final, nada de tragedia ni remordimientos. Simplemente, presenciamos una población feliz de tener asegurada su subsistencia con su propia carne. Lo mismo sucede con el ya mencionado "El filántropo", "El árbol" y otros cuentos similares, donde lo absurdo se halla unido a lo risible, a lo burlesco, como algo muy típico de Piñera que al parecer quisiera burlarse de todos.

Al absurdo y la ironía piñerianas hay que añadir el antiheroismo y lo cotidiano de estos relatos. En ellos pueden suceder cosas terribles, como a los generalísimos del cuento "La batalla", que se enfrentan en singular combate, conduciendo sus tanques, pero eso no posee la más mínima importancia, no tiene consecuencias; al final, un soldado se rasura, un perro mordisquea la mano muerta de su general y la batalla se pospone. Lo mismo sucede en el cuento "Unos cuantos niños", donde un macabro asesino se dedica a comer niños, y luego de devorar a uno le cuenta con toda tranquilidad a su mujer la extraña aventura que tuvo durante el secuestro de la criatura. Asombrosamente, hecho tan terrible y hombre tan miserable no se le hacen aborrecibles al lector. Aquí todo es extraño, pero aparentemente normal, y en ningún momento encontramos a los héroes tan caros a la narrativa de la tierra y a lo real maravilloso. Todo transcurre como si los hechos más asombrosos fueran parte de nuestra vida diaria y tan normales como que un hombre, al despertar, se vea convertido en un insecto. En este transcurrir cotidiano, el entorno y los marcos de referencia pueden ser los de cualquier lugar, los de cualquier ciudad y no necesariamente de La Habana. Cierto que en algunos cuentos, como, por ejemplo, "El caramelo" y ese otro delicioso relato que es "Un jesuita de la literatura", las referencias a la capital de Cuba son constantes y claras, pero no sucede así en el resto de los cuentos de Piñera. Con esto, se aparta de la literatura cubana de su época, en la cual la presencia de la urbe es una constante.

Como parte de esa literatura de lo cotidiano-asombroso y como buen iconoclasta que era, Piñera también se aleja de una literatura de corte intelectual, muy extendida y repetida, como la de Borges. Nada de citas eruditas y de cultas referencias a otras obras. En Piñera, la vida es como es: sencilla, corriente, sólo que vista a través de un espejo que la distorsiona, como en esas casas de los espejos en los cuales la figura humana, sin dejar de ser tal, se desfigura. Piñera conocía bien la literatura de Borges, a quien había tratado durante su estancia en Buenos Aires, pero escapa a su influencia y a su estilo, tan extendido y seguido (con toda razón) después por muchos, al igual que escapa a un barroquismo del lenguaje también muy extendido en su época. Pero no sólo escapa del autor de *Ficciones*, tampoco se deja atrapar por una influencia, poderosísima y aún más cercana para él, como la del José Lezama Lima de *Paradiso*. Nada de barroquismo en Piñera, ni tampoco nada de las complejidades estructurales de un Julio Cortázar o un Mario Vargas Llosa.

Piñera sigue su navegación, sin importarle las otras naves que cruzan por su lado y, quizá, se le adelantan. A la larga, no se quedará a la zaga. Él tiene su rumbo y quiere descubrir sus propias tierras. Como parte de ese viaje se adentra en algo que le es muy característico, el cuento corto, y nos entregará piezas brevísimas, dignas de figurar en las mejores antologías del género, como "El insomnio", "El infierno", escritos ambos en 1946, "La montaña", "Grafomanía"...

Tan extensa navegación lleva a Piñera a las tierras del relato policiaco. A esas mismas tierras arribó Borges, pero en Piñera, a diferencia del autor de *El Aleph* y de tantos otros cultivadores de este fascinante género, no hay crimen por descubrir, el criminal se declara culpable, nadie le cree y debe demostrar su culpabilidad, en especial, al detective del caso que le considera inocente. Delicioso este cuento de Piñera, "El caso Baldomero", que, en especial, recomiendo a los lectores.

Con una literatura de tales características es comprensible que la narrativa de Piñera no fuera valorada debidamente en vida del autor. En los años cuarenta y aun en los inicios de los cincuenta, dominaban las narraciones regionalistas con su énfasis en lo nacional; luego, en los sesenta y los setenta, el realismo mágico y lo real maravilloso. En el caso muy concreto y especial de la Cuba revolucionaria, Piñera también debió competir contra el realismo socialista, de producción magra y no muy brillante, pero con gran respaldo estatal.

En tales terrenos no había cabido para los relatos de Piñera, que debió contentarse con un pequeño nicho al lado de autores igualmente desconocidos o ignorados en su momento, como Macedonio Fernández y Filisberto Hernández, cuyas vidas literarias me recuerdan, en cierta medida, la propia del cubano.

Esa vida de Virgilio Piñera me gustaría definirla como la de un iconoclasta. Éstos, como es sabido, pagan cara su herejía, para al final, después de muertos, convertirse a su vez en ídolos. Por el bien de Piñera, en este y en el otro mundo, esperemos que no lo transformen en un ídolo como han hecho con algunos otros narradores, sino que lo sigan recordando y leyendo como el gran escritor que fue y es, que se burló de todo y de él, en primer lugar.

La caída

Habíamos escalado ya la montaña de tres mil pies de altura. No para enterrar en su cima la botella ni tampoco para plantar la bandera de los alpinistas denodados. Pasados unos minutos comenzamos el descenso. Como es costumbre en estos casos, mi compañero me seguía atado a la misma cuerda que rodeaba mi cintura. Yo había contado exactamente treinta metros de descenso cuando mi compañero, pegando con su zapato armado de púas metálicas un rebote a una piedra, perdió el equilibrio y, dando una voltereta, vino a quedar situado delante de mí. De modo que la cuerda enredada entre mis dos piernas tiraba con bastante violencia obligándome, a fin de no rodar al abismo, a encorvar las espaldas. Él, a su vez, tomó impulso y movió su cuerpo en dirección al terreno que yo, a mi vez, dejaba a mis espaldas. Su resolución no era descabellada o absurda; antes bien, respondía a un profundo conocimiento de esas situaciones que todavía no están anotadas en los manuales. El ardor puesto en el movimiento fue causa de una ligera alteración: de pronto advertí que mi compañero pasaba como un bólido por entre mis dos piernas y que, acto seguido, el tirón dado por la cuerda amarrada como he dicho a su espalda, me volvía de espaldas a mi primitiva posición de descenso. Por su parte, él, obedeciendo sin duda a iguales leyes físicas que yo, una vez recorrida la distancia que la cuerda le permitía, fue vuelto de espaldas a la dirección seguida por su cuerpo, lo que, lógicamente, nos hizo encontrarnos frente a frente. No nos dijimos palabra, pero sabíamos que el despeñamiento sería inevitable. En efecto, pasado un tiempo indefinido, comenzamos a rodar. Como mi única preocupación era no perder los ojos, puse todo mi empeño en preservarlos de los terribles efectos de la caída. En cuanto a mi compañero, su única angustia era que su hermosa barba, de un gris admirable de vitral gótico, no llegase a la llanura ni siquiera ligeramente empolvada. Entonces yo puse todo mi empeño en cubrir con mis manos aquella parte de su cara cubierta por su barba; y él, a su vez, aplicó las suyas a mis ojos. La velocidad crecía por momentos, como es obligado en estos casos de los cuerpos que caen en el vacío. De pronto miré a través del ligerísimo intersticio que dejaban los dedos de mi compañero y advertí que en ese momento un afilado picacho le llevaba la cabeza, pero de pronto hube de volver la mía para comprobar que mis piernas quedaban separadas de mi tronco a causa de una roca, de origen posiblemente calcáreo, cuya forma dentada cercenaba lo que se ponía a su alcance con la misma perfección de una sierra para planchas de transatlánticos. Con algún esfuerzo, justo es reconocerlo, íbamos salvando, mi compañero su hermosa barba, y yo, mis ojos. Es verdad que a trechos, que yo liberalmente calculo de unos cincuenta pies, una parte de nuestro cuerpo se separaba de nosotros; por ejemplo, en cinco trechos perdimos: mi compañero, la oreja izquierda, el codo derecho, una pierna (no recuerdo cuál), los testículos y la nariz; yo, por mi parte, la parte superior del tórax, la columna vertebral, la ceja izquierda, la oreja izquierda y la yugular. Pero no es nada en comparación con lo que vino después. Calculo que a mil pies de la llanura, ya sólo nos quedaba, respectivamente, lo que sigue: a mi compañero, las dos manos (pero sólo hasta su carpo) y su hermosa barba gris; a mí, las dos manos (igualmente sólo hasta su carpo) y los ojos. Una ligera angustia comenzó a poseernos. ¿Y si nuestras manos eran arrancadas por algún pedrusco? Seguimos descendiendo. Aproximadamente a unos diez pies de la llanura la pértiga abandonada de un labrador enganchó graciosamente las manos de mi compañero, pero yo, viendo a mis ojos huérfanos de todo amparo, debo confesar que para eterna, memorable vergüenza mía, retiré mis manos de su hermosa barba gris a fin de protegerlos de todo impacto. No pude cubrirlos, pues otra pértiga colocada en sentido contrario a la ya mencionada, enganchó igualmente mis dos manos, razón por la cual quedamos por primera vez alejados uno del otro en todo el descenso. Pero no pude hacer lamentaciones, pues ya mis ojos llegaban sanos y salvos al césped de la llanura y podían ver, un poco más allá, la hermosa barba gris de mi compañero que resplandecía en toda su gloria.

1944

La carne

Sucedió con gran sencillez, sin afectación. Por motivos que no son del caso exponer, la población sufría de falta de carne. Todo el mundo se alarmó y se hicieron comentarios más o menos amargos y hasta se esbozaron ciertos propósitos de venganza. Pero, como siempre sucede, las protestas no pasaron de meras amenazas y pronto se vio a aquel afligido pueblo engullendo los más variados vegetales.

Sólo que el señor Ansaldo no siguió la orden general. Con gran tranquilidad se puso a afilar un enorme cuchillo de cocina y, acto seguido, bajándose los pantalones hasta las rodillas, cortó de su nalga izquierda un hermoso filete. Tras haberlo limpiado lo adobó con sal y vinagre, lo pasó —como se dice— por la parrilla, para finalmente freírlo en la gran sartén de las tortillas del domingo. Sentóse a la mesa y comenzó a saborear su hermoso filete. Entonces llamaron a la puerta; era el vecino que venía a desahogarse... Pero Ansaldo, con elegante ademán, le hizo ver el hermoso filete. El vecino preguntó y Ansaldo se limitó a mostrar su nalga izquierda. Todo quedaba explicado. A su vez el vecino, deslumbrado y conmovido, salió sin decir palabra para volver al poco rato con el Alcalde del pueblo. Éste expresó a Ansaldo su vivo deseo de que su amado pueblo se alimentara, como lo hacía Ansaldo, de sus propias reservas, es decir, de su propia carne, de la respectiva carne de cada uno. Pronto quedó acordada la cosa y después de las efusiones propias de gente bien educada, Ansaldo se trasladó a la plaza principal del pueblo para ofrecer, según su frase característica, "una demostración práctica a las masas".

Una vez allí hizo saber que cada persona cortaría de su nalga izquierda dos filetes, en todo iguales a una muestra en yeso encarnado que colgaba de un reluciente alambre. Y declaraba que dos filetes y no uno, pues si él había cortado de su propia nalga izquierda un hermoso filete, justo era que la cosa marchase a compás, esto es, que nadie engullera un filete menos. Una vez fijados estos puntos, diose cada uno a rebanar dos filetes de su respectiva nalga izquierda. Era un glorioso espectáculo, pero se ruega no enviar descripciones. Se hicieron cálculos acerca de cuánto tiempo gozaría el pueblo de los beneficios de la carne. Un distinguido anatómico predijo que sobre un peso de cien libras y descontando vísceras y demás órganos no ingestibles, un individuo podía comer carne durante ciento cuarenta días a razón de media libra por día. Por lo demás, era un cálculo ilusorio. Y lo que importaba era que cada uno pudiese ingerir su hermoso filete.

Pronto se vio a señoras que hablaban de las ventajas que reportaba la idea del señor Ansaldo. Por ejemplo, las que ya habían devorado sus senos no se veían obligadas a cubrir de telas su caja torácica, y sus vestidos concluían poco más arriba del ombligo. Y algunas, no todas, no hablaban ya, pues habían engullido su lengua, que, dicho sea de paso, es un manjar de monarcas. En la calle tenían lugar las más deliciosas escenas: así, dos señoras que hacía muchísimo tiempo que no se veían no pudieron besarse; habían usado sus labios en la confección de unas frituras de gran éxito. Y el Alcaide del penal no pudo firmar la sentencia de muerte de un condenado porque se había comido las yemas de los dedos, que, según los buenos *gourmets* (y el Alcaide lo era) ha dado origen a esa frase tan llevada y traída de "chuparse la yema de los dedos".

Hubo hasta pequeñas sublevaciones. El sindicato de obreros de ajustadores femeninos elevó su más formal protesta ante la autoridad correspondiente, y ésta contestó que no era posible slogan alguno para animar a las señoras a usarlos de nuevo. Pero eran sublevaciones inocentes que no interrumpían de ningún modo la consumición, por parte del pueblo, de su propia carne.

Uno de los sucesos más pintorescos de aquella agradable jornada fue la disección del último pedazo de carne del bailarín del pueblo. Éste, por respeto a su arte, había dejado para lo último los bellos dedos de sus pies. Sus convecinos advirtieron que desde hacía varios días se mostraba vivamente inquieto. Ya sólo le quedaba la parte carnosa del dedo gordo. Entonces invitó a sus amigos a presenciar la operación. En medio de un sanguinolento silencio cortó su porción postrera, y sin pasarla por el fuego la dejó caer en el hueco de lo que había sido en otro tiempo su hermosa boca. Entonces todos los presentes se pusieron repentinamente serios.

Pero se iba viviendo, y era lo importante. ¿Y si acaso...? ¿Sería por eso que las zapatillas del bailarín se encontraban ahora en una de las salas del Museo de los Recuerdos Ilustres? Sólo se sabe que uno de los hombres más obesos del pueblo (pesaba doscientos kilos) gastó toda su reserva de carne disponible en el breve espacio de quince días (era extremadamente goloso, y, por otra parte, su organismo exigía grandes cantidades). Después ya nadie pudo verlo jamás. Evidentemente, se ocultaba... Pero no sólo se ocultaba él, sino que otros muchos comenzaban a adoptar idéntico comportamiento. De esta suerte, una mañana, la señora Orfila, al preguntar a su hijo —que se devoraba el lóbulo izquierdo de la oreja— dónde había guardado no sé qué cosa, no obtuvo respuesta alguna. Y no valieron súplicas ni ame-

nazas. Llamado el perito en desaparecidos sólo pudo dar con un breve montón de excrementos en el sitio donde la señora Orfila juraba y perjuraba que
su amado hijo se encontraba en el momento de ser interrogado por ella.
Pero estas ligeras alteraciones no minaban en absoluto la alegría de aquellos habitantes. ¿De qué podría quejarse un pueblo que tenía asegurada su
subsistencia? El grave problema de orden publico creado por la falta de
carne, ¿no había quedado definitivamente zanjado? Que la población fuera
ocultándose progresivamente nada tenía que ver con el aspecto central de la
cosa, y sólo era un colofón que no alteraba en modo alguno la firme voluntad de aquella gente de procurarse el precioso alimento. ¿Era, por ventura,
dicho colofón el precio que exigía la carne de cada uno? Pero sería miserable hacer más preguntas inoportunas, y aquel prudente pueblo estaba muy
bien alimentado.

1944

17

El señor del sombrero amarillo se me acercó para decirme: "¿Quema usted, acaso, formar parte de la cadena...?" —Y sin transición alguna añadió—: "Sabe, de la cadena Acteón..." "¿Es posible...?" —le respondí—. ¿Existe, pues, una cadena Acteón?" "Sí —me contestó fríamente—, pero importa mucho precisar las razones, las dos razones del caso Acteón." Sin poderme contener, abrí los dos primeros botones de su camisa y observé atentamente su pecho. "Sí —dijo él—, las dos razones del caso Acteón. La primera (a su vez extendió su mano derecha y entreabrió mi camisa), la primera es que el mito de Acteón puede darse en cualquier parte." Yo hundí ligeramente mis uñas del pulgar y del meñique en su carne. "Se ha hablado mucho de Grecia en el caso Acteón —continuó—, pero créame (y aquí hundió también él ligeramente sus uñas del pulgar y el meñique en mi carne del pecho), también aquí en Cuba misma o en el Cuzco, o en cualquier otra parte, puede darse con toda propiedad el caso Acteón." Acentuando un poco más la presión de mis uñas le respondí: "Entonces, su cadena va a tener una importancia enorme." "Claro —me contestó—, claro que va a tenerla; todo depende de la capacidad del aspirante a la cadena Acteón" (y al decir esto acentuó un tanto más la presión de sus uñas). En seguida añadió, como poseído por un desgarramiento: "Pero creo que usted posee las condiciones requeridas..." Debí lanzar un quejido, levísimo, pero su oído lo había recogido, pues casi gritando me dijo: "La segunda razón (yo miré sus uñas en mi pecho, pero ya no se veían, circunstancia a la que achaqué más tarde el extraordinario aumento en el volumen de su voz), la segunda razón es que no se sabe, que no se podría marcar, delimitar, señalar, indicar, precisar (y todos estos verbos parecían los poderosos pitazos de una locomotora) dónde termina Acteón y dónde comienzan sus perros." "Pero —le dije débilmente— Acteón, entonces, ¿no es una víctima?" "En modo alguno, caballero; en modo alguno." Lanzaba grandes chorros de saliva sobre mi cara, sobre mi chaqueta. "Tanto podrían los perros ser las víctimas como los victimarios; y en este caso, ya sabe usted lo que también podría ser Acteón." Entusiasmado por aquella estupenda revelación no pude contenerme y abrí los restantes botones de su camisa y llevé mi otra mano a su pecho. "¡Oh

—grité yo ahora—, de qué peso me libra usted! ¡Qué peso quita usted de este pecho!" Y miraba hacia mi pecho, donde, a su vez, él había introducido su mano libre y, acompañando la palabra a la acción, me decía: "Claro, si es tan fácil, si después de comprenderlo es tan sencillo..." Se escuchaba el ruido característico de las manos cuando escarban la tierra. "Es tan sencillo —decía él (y su voz ahora parecía un melisma)—, imagínese la escena: los perros descubren a Acteón...; sí, lo descubren como yo lo he descubierto a usted; Acteón, al verlos, se llena de salvaje alegría; los perros empiezan a entristecerse; Acteón puede escapar, más aún, los perros desean ardientemente que Acteón escape; los perros creen que Acteón despedazado llevará la mejor parte; y ¿sabe usted...? (aquí se llenó de un profundo desaliento, pero yo lo reanimé muy pronto hundiendo mis dos manos en su pecho hasta la altura de mis carpos); ¡gracias, gracias! —me dijo con su hilo de voz—, los perros saben muy precisamente que quedarían en una situación de inferioridad respecto de Acteón; sí (y yo le infundí confianza hundiendo más y más mis uñas en su pecho), sí, en una situación muy desairada y hasta ridícula, si se quiere." "Perdone —dije yo—, perdone que le interrumpa (y mi voz recordaba ahora aquellos pitazos por él emitidos), pero viva usted convencido (todo esto lo decía cubriéndole de una abundante lluvia de saliva) de que los perros no pasarán por esa afrenta, por esa ominosa condición que es toda victoria. ¡No, no, en modo alguno, caballero —vociferaba yo—, no quedarán, viva usted tranquilo, viva convencido de ello; se lo aseguro, podría suscribirlo; esos perros serán devorados también... por Acteón!" En este punto no sabría decir quién pronunció la última frase, pues, como quiera que acompañábamos la acción a la palabra, nuestras manos iban penetrando regiones más profundas de nuestros pechos respectivos, y como acompañábamos igualmente la palabra a la acción (hubiera sido imposible distinguir entre una y otra voz: mi voz correspondía a su acción; su acción a mi voz) sucedía que nos hacíamos una sola masa, un solo montículo, una sola elevación, una sola cadena sin término.

1944

Al abrir la puerta de mi cuarto vi que mi vecino estaba de pie en la puerta del suyo. Como el corredor que separaba nuestras habitaciones respectivas era de grandes proporciones, no pude precisar a la primera ojeada en qué consistía el objeto que le cubría, desde los hombros, todo el cuerpo. Una indagación más minuciosa me hizo ver una larga capa de magníficos pliegues. Pero lo que me chocó fue precisamente esa parte de su cuerpo que correspondía a su brazo izquierdo: en aquella región, la tela de la capa se hundía visiblemente y establecía una ostensible diferencia con la otra, es decir, con la región de su brazo derecho, aunque debo confesar que la causa no era como para pedirle explicaciones. Tampoco hubiera podido hacerlo, pues mi vecino ya trasponía la puerta de su habitación imprimiendo un elegante movimiento a los últimos pliegues de la cola de su capa. Por mi parte, empecé a cavilar sobre aquella hendidura en la región del hombro izquierdo, pero no pude avanzar gran cosa en mis pensamientos; otra vez salía mi vecino envuelto en su gran capa. Miré rápidamente su hombro izquierdo, y en seguida, como es natural, el derecho. También ahora se hundía allí visiblemente la tela.

Esta vez mi vecino no me concedió el lujo de sorprenderme: un portazo me advirtió que de nuevo había desaparecido. O, mejor dicho, que aparecía otra vez; de pie, como siempre, pero un tanto envarado en la parte donde la pierna derecha se articula a la cadera; también allí la tela de la capa formaba un profundo seno. Un nuevo portazo me anunció una nueva salida: en efecto, iniciaba la cuarta. La única diferencia con la anterior venía a radicar en el punto de elasticidad, es decir, que la capa, de las caderas hacia arriba, descontando aquellas pronunciadas hendiduras de los brazos, contorneaba asombrosamente toda la anatomía de mi vecino; pero, en cambio, de las caderas hacia abajo la tela de la capa se arremolinaba, formaba caprichosos pliegues como si debajo de ella no continuase su anatomía. Yo esperaba que un nuevo portazo me traería alguna explicación; pero si el portazo se cumplió fue para dejarme ver que ahora la tela encontraba nuevas regiones en donde arremolinarse. O sea, que toda la región que abarca la caja torácica parecía de una elasticidad tan extremada que la tela de la caja podía adoptar los pliegues más insospechados. Quedaba la cabeza, pero la capa comenzaba a caer justamente desde los hombros, o más precisamente desde la base del cuello, y, en verdad, no llovía en aquel instante, había un hermoso sol, y por otra parte, ¿no se estaba bajo un seguro techo? Sin contar que mi vecino iniciaba la séptima vuelta a su habitación, y allí era de todo punto imposible la más remota inclemencia del tiempo. En lo que a mí toca, pensé lógicamente en una octava salida, pero lo cierto es que transcurrió un tiempo más largo que el empleado en todas las anteriores, y no se oía el portazo anunciador. Entonces me lancé furiosamente a la puerta, le di un terrible empujón. Clavados con enormes pernos a la pared se veían las siguientes partes de un cuerpo humano: dos brazos (derecho e izquierdo), dos piernas (derecha e izquierda), la región sacrocoxígea, la región torácica, todo imitando graciosamente a un hombre que está de pie como aguardando una noticia. No pude mirar mucho tiempo, pues se escuchaba la voz de mi vecino que me suplicaba colocar su cabeza en la parte vacía de aquella composición. Complaciéndolo de todo corazón, tomé con delicadeza aquella cabeza por su cuello y la fijé en la pared con uno de esos pernos enormes, justamente encima de la región de los hombros. Y como ya la capa no le sería de ninguna utilidad, me cubrí con ella para salir como un rey por la puerta.

1944

El cambio

El amigo esperaba a las dos parejas. Iban por fin los amantes a reunirse en su carne, y justo es confesar que el amigo había preparado las cosas con tacto exquisito. Pero exigió, a cambio de la dicha inmensa que les proporcionaba, que todo fuese consumado en la más absoluta tiniebla y en el silencio más estricto. Así, llegados a su presencia los amantes, les hizo saber que la última cámara iluminada que contemplarían en el transcurso de su memorable noche carnal era esta que ahora los alumbraba a todos. Entonces, tras las consiguientes protestas de cortesía y las frases de estilo, se pusieron en marcha por una pequeña galería que desemboca frente a lo que el amigo decía eran las inmensas puertas de dos cámaras nupciales.

Ya el trayecto por dicha galería había sido consumado en la más definitiva oscuridad. El amigo, que no tenía necesidad del poder de la luz, les hizo saber que estaban a la entrada del paraíso humano, y que a una señal suya las puertas se abrirían para dejar paso a los eternos amantes hasta ahora separados por las asechanzas del destino.

De pronto, un movimiento de terror hubo de producirse: parece que un golpe de viento levantó rudamente la túnica de las damas, las cuales, aterrorizadas, se apartaron de sus amantes y fueron a estrecharse enloquecidas contra el pecho del amigo, que estaba en el centro de aquel extraño grupo. El amigo, sonriendo levemente, y sin romper la consigna dada, las tomó por las muñecas y, obligándolas a un breve giro, las cambió, de tal suerte, que cada una de ellas fue a quedar en brazos del amante que no le correspondía. Estos, como caballos bien amaestrados, aguardaban, silenciosos y tensos. Pronto el orden quedó restablecido y a una señal del amigo se abrieron las puertas y entraron por ellas los amantes trocados.

Allí, en la cámara carnal, se prodigaron las caricias más refinadas e inauditas. Guardando una gratitud y un respeto amoroso al juramento empeñado, no pronunciaron ni siquiera el comienzo de una letra, pero se cumplieron en el amor hasta agotar, como se dice, "la copa del placer".

Entre tanto, el amigo, en su cámara iluminada, se retorcía de angustia. Pronto saldrían de las otras cámaras los amantes y comprobarían el horrible cambio y su amor quedaría anulado por el hecho insólito que es haberlo realizado con objetos que les eran absolutamente indiferentes.

El amigo se dio a pensar en varios proyectos de restitución; de inmediato desechó el que consistiría en llevar a las damas a una cámara común para de allí restituirlas, ya trocadas rectamente, a sus respectivos amantes. Solución parcial: por ejemplo, cualquiera de las damas podía caer en sospecha de que algo anormal ocurría en virtud de ese paseo de una cámara oscura a una cámara iluminada. De pronto, sonrió el amigo. Dio una palmada y llegaron al instante dos servidores. Deslizó algunas palabras en sus oídos y éstos desaparecieron volviendo poco después armados de un diminuto punzón de oro y unas enormes tijeras de plata. El amigo examinó los instrumentos y acto seguido indicó a los servidores las puertas nupciales. Entraron éstos y, tanteando en las tinieblas, se apoderaron de las mujeres y rápidamente les cercenaron la lengua y les sacaron los ojos, haciendo cosa igual con los hombres. Una vez desposeídos de sus lenguas y de sus ojos fueron conducidos a presencia del amigo, quien los esperaba en su cámara iluminada.

Allí les hizo saber que, deseando prolongar para ellos aquella memorable noche carnal, había ordenado que dos de sus criados, armados de punzones y tijeras, les vaciaran los ojos y les cercenaran la lengua. Al oír tal declaración, los amantes recobraron inmediatamente su expresión de inenarrable felicidad y por gestos dieron a entender al amigo la profunda gratitud que los embargaba.

Así vivieron largos años en una dicha ininterrumpida. Por fin les llegó la hora de la muerte, y, como perfectos amantes que eran, les tocó la misma mortal dolencia y el mismo minuto para morir. Visto lo cual, el amigo sonrió levemente y decidió sepultarlos, restituyendo a cada amante su amada, y, por consiguiente, a cada amada su amante. Así lo hizo, pero como ellos ya nada podían saber, continuaron dichosamente su memorable noche carnal.

1944

Como siempre sucede, la miseria nos había reunido y arrojado en el reducido espacio de los consabidos dos metros cuadrados. Allí vivíamos. Sabía
que no comería esa noche, pero el alegre recuerdo del copioso almuerzo de
la mañana impedía briosamente toda angustia intestinal. Tenía que hacer un
largo camino, pues del Auxilio Nocturno —a donde había ido al filo de las
siete a solicitar en vano la comida de esa noche— a nuestro cuarto media-
ban más de cinco kilómetros. Pero confieso que los recorrí alegremente.
Aunque ya nada tenía en el estómago del famoso almuerzo, me acometían
a ratos los más deliciosos eructos que cabe imaginar. Verdad que se iban
haciendo cada vez menos intensos, pero, con todo, me ayudarían a salvar
aquella abominable distancia...

Por fin llegaba, y entré a tientas a causa de la oscuridad. Me creí solo,
pero un ruido, que mezclaba a cierta música la sequedad propia de una descarga, me hizo retroceder. Comencé a alarmarme, pues no podía identificar
aquel ruido, no tuve tiempo de ordenar mi oído: de los tres camastros alinea-
dos junto a la ventana surgieron otros tres espantosos. Uno era como el aire
que se escapa de los tubos de un órgano cuando el que lo toca abre todas las
llaves del mismo; el otro se parecía a ese chillido seco y prolongado que
emite una mujer frente a una rata, y el tercero podía identificarse al corne-
tín que toca la diana en los campamentos. Hubo una pausa, y en seguida, un
murmullo se elevó en el cuarto. No entendí bien en un principio, pero pronto escuché distintamente estas expresiones: "¡Carne con papas!", "¡arroz
con camarones!", "¡rabanitos!", al mismo tiempo que percibía ese aletear
característico de narices que aspiraban un olor próximo a desvanecerse.

En efecto, eran las narices de mis compañeros de cuarto, que tendidos
boca arriba en sus respectivos camastros aspiraban el delicioso olor de esos
platos nacionales. Mis ojos, ya acostumbrados a la oscuridad, podían distinguir claramente el óvalo de sus caras donde se destacaba cada nariz un
punto más hacia adelante, como el general que marcha al frente de sus tropas. En verdad aquel olor excitaba el apetito provocándome atenderme en
mi yacija, pero todavía me detuve un instante para observar aquellas caras
de una beatitud hace mucho tiempo desaparecida.

Un nuevo ruido me sacó de mi contemplación y corrí a mi camastro a fin de no perder el "plato" de turno. Esta vez no se escuchó ningún sonido pero algo flotó en el ambiente, anunciándolo. No pude contener mi alegría y grité, ahogándome: "¡Empanadillas, empanadillas...!" Aquello era un festín romano: las bocas, cerradas fuertemente, semejaban ostras que hubiesen plegado sus valvas mientras cada nariz, dilatada hasta lo increíble, devoraba ávidamente empanadilla tras empanadilla. Pensé que no estábamos dejados, como se dice, de la mano de Dios, al ver cómo el cuerno de la abundancia se derramaba sobre nosotros. Pero no había tiempo que perder en reflexiones, pues a medida que el entusiasmo crecía los platos se iban multiplicando. Eran tantos, que casi resultaba imposible devorarlos cabalmente a todos. No bien habíamos puesto la nariz en una costilla clásicamente dorada cuando la aparición de un tamal en cazuela nos exigía que lo probásemos. Aquel banquete invisible tenía sus derechos. Y, además, hacía tanto tiempo que la abundancia no nos visitaba... Pero nuestras narices, manejadas sabiamente, atendían cumplidamente a cada visitante. Y el banquete no amenazaba concluir. Por el contrario, ahora eran tantos los ruidos que se escuchaban en nuestra humilde morada, que habrían tapado los de una orquesta con todos sus profesores. Por otra parte, cada nariz, creciendo gradualmente, prometía llegar al mismísimo techo. Pero no se reparaba en estas menudencias, y los platos eran devorados sin que nadie manifestase signos de hartura. Pronto la habitación fue nada más que un ruido y un olor que diez patéticas narices aspiraban acompasadamente. No importaban tales excesos; aquella noche, al menos, no pereceríamos de hambre.

1944

Proyecto para un sueño

En el sueño recordé que debía llevar a mi compañero unas cartas que éste había recibido dirigidas a mi nombre. Eran aproximadamente las seis de la tarde. Al cruzar por una de las esquinas que forman la parte vieja de la ciudad, di de manos a boca con él, que también, por su parte, iniciaba su largo recorrido hasta el conservatorio de música. Lo saludé, pero casi no me contestó. Caminaba con un vigor increíble; yo lo seguí con muchísimo trabajo, y, como es de presumir, la lluvia nos mojaba bastante. Mientras corríamos, me dijo que antes debía comer algo. Le indiqué un sitio próximo, pero no me hizo caso y tomó por una dirección opuesta. Lo seguí con inmenso esfuerzo. A fin de detenerlo, le dije que estaba seguro de que las cartas eran de suma importancia. Me contestó diciendo que tanto le daba, que ya las leería un día de éstos. Pero yo no cesaba de insistir en la importancia de las cartas, que sólo eran un pretexto de mi parte (no las cartas, sino su importancia; en realidad, eran pura propaganda comercial), pues todo radicaba en que yo quería interesarlo en algo, en merecer su agradecimiento, y obtener así que me pagase el café con leche con tostadas.

Dábamos las vueltas más increíbles; pasábamos por calles que la lluvia hacía casi irreconocibles. Creo que habíamos transitado todas las de aquella parte de la ciudad vieja cuando comenzamos a introducirnos en las casas: igual por una puerta, que por un muro, que por una ventana. Entramos, así, en una casa con una galería complicadísima: dicha galería venía a ser como un entresuelo y su piso estaba formado por pequeños trozos movibles de madera —lo que en seguida nos trajo el recuerdo de esos puentes colgantes que los salvajes tienden entre dos riberas. Pero he de advertir que la galería estaba dividida en su justa mitad por una gran verja de hierro. Entonces, de la verja hacia el lado opuesto, a donde nos encontrábamos en el momento de entrar en la casa, los pequeños trozos movibles de madera estaban en su mayor parte arrancados de su sitio o partidos en varios fragmentos, lo que hacía muy difícil el tránsito. Una gran turba de niños de entre cinco y diez años se entretenía en saltar, uno tras otro, sobre los pocos trozos de madera que, como dejo dicho, quedaban en esa segunda sección de la galería.

Ya nosotros habíamos salvado más de la mitad de la sección primera, cuando le confesé a mi compañero que dicha galería me era familiar; pero él no me hacía ningún caso, pues ya tocaba con la punta de sus dedos los barrotes de la gran verja. Ésta no tenía cerrojo, y desistimos de abrirla, ya que nada íbamos a resolver con ello: ¿no nos aguardaba, acaso, la segunda sección de la galería con otros tantos trozos movibles de madera, todos destrozados, y también las inevitables burlas y maldades de aquella turba de chiquillos? Por los huecos formados entre trozo y trozo echamos una rápida mirada y comprobamos que debajo existía un enorme pozo o aljibe desecado al que no se le veía término alguno. (Pero no era el caso sorprendernos, pues, o la vista tiene un poder limitado de alcance, o estos aljibes pueden ser ahondados increíblemente.) Vi muy bien que retroceder no entraba en los cálculos de mi compañero, y como yo estaba decidido a que me pagase el café con leche con tostadas, lo miré con gran complicidad, a fin de animarlo a encontrar una salida. Mejor dicho, ya la encontraba yo mismo. Anexa a la galería se veía otra galería de iguales proporciones que la anterior, pero se diferenciaba de aquélla en que carecía por completo de piso, es decir, que se podía pensar que aquel espacio estaba hecho para caminar, transitar, deambular, ir y venir, pero que en realidad no se podía ir ni venir, deambular, transitar o caminar. Pronto hube de comprobar que el arquitecto no había cometido un error de construcción, ni se había permitido esas desagradables libertades de desperdiciar el espacio, sino que la galería era funcional, como el resto de la casa.

Lo era, en efecto. Yo había metido mi cabeza por uno de los ojos de buey practicados en la pared lateral izquierda de la galería primera (la pared lateral derecha estaba formada por una pesadísima cortina de plomo imposible de levantar o descorrer) y pude observar que como a unos tres metros se veía un reluciente piso de mármol a losas negras y amarillas, que con toda seguridad deformaban el piso de la galería segunda. Mi compañero y yo hicimos pasar nuestros cuerpos por los ojos de buey (es decir, un ojo de buey para cada cuerpo) y vinimos a quedar de pie sobre un pequeño reborde de tres pulgadas. Saltar hubiera sido imposible; tres metros son suficientes para que un hombre cualquiera al caer sobre un piso duro —como lo era con toda seguridad ese de mármol— se rompiese la columna vertebral o quedara reventado, no advirtiéndolo sino días después en un baile o en el momento de recoger el pañuelo de una dama. Pero hubimos de comprobar que en el espacio entre el ya citado reborde que nos servía de sustentáculo y el piso de mármol a losas negras y amarillas se advertían unos como a manera de escalones rudimentarios, sin ánimo alguno de carácter ornamental. Al menos, nos iba a servir, nos estaba sirviendo ya para bajar hasta el piso de mármol a losas negras y amarillas. Claro que la bajada era difícil a causa de la molestísima posición que el cuerpo debía adoptar, esto es, que la espalda, necesariamente, debía apoyarse contra los escalones y sólo se podía hacer presión sobre los mismos con los talones; mientras que los brazos, o bien se llevaban hacia adelante, o bien se pegaban como ventosas a esos mismos escalones según lo exigiera el particular equilibrio del descenso.

Pero no pudimos envanecernos de la hazaña. En el momento de poner pie a tierra, vimos que un hombre, tan pequeño como el enano más pequeño del mundo, salía por la puerta que remataba el piso de mármol a losas negras y amarillas. Venía montado en unos zancos que tenían la misma altura de la galería segunda, razón por la cual podía, sin esfuerzo alguno, meter su cuerpo en cualquiera de los ojos de buey. Esto era lo que hacía, precisamente: introduciendo su cuerpo por uno de aquellos ojos de buey, atrapó a tres chiquillos y se dirigió al centro del patio formado por el piso de mármol a losas negras y amarillas; con la pata del zanco derecho hizo accionar un muelle que se veía junto a una especie de jaula y al momento se abrió una trampa por la que echó a un chiquillo, e hizo lo mismo con los otros dos en otras tantas jaulas que se encontraban junto a la primera.

Como es de suponer, tratamos de mirar al interior de las jaulas, pero ya el enano con su vocecilla, que llegaba a nosotros muy disminuida a causa de la altura a que se encontraba, nos advirtió que nada podríamos ver, pues el mimetismo de cada persona (en cada jaula había un hombre) con el color y estructura de la jaula era tan perfecto que nadie, a menos que estuviera en el secreto, podría haber imaginado que en dichas jaulas habitaran seres humanos. Entonces nos explicó que por un precio módico se podía vivir todo el tiempo que uno deseara encarnando en un animal predilecto. Así nos hizo saber que su negocio marchaba viento en popa; que había comenzado con dos señores que gustaban hacer de oso y de cotorra, y que al día de la fecha ya la escala zoológica estaba cubierta, si no totalmente, al menos en su casi totalidad. "Sin contar —nos dijo— con las repeticiones; es curioso ver cómo la especie más solicitada es el tigre. Hay aquí trescientas mil jaulas de hombres que hacen de tigre, a veces tengo que fumigarlos, pues sus rugidos atormentan y aterrorizan a hombres y mujeres que hacen, por ejemplo, de venado o zorra, de conejo o carnero." No pude menos de señalar el limitado espacio de la galería, pero él se sonrió y me dijo que el edificio se iba agrandando según las necesidades. "¿Y cuál es su precio? —le grité yo, pues la altura exigía un aumento de la voz—, ¿cuál es su precio?" Y él, a su vez, me respondía: "El amor infinito a la humanidad."

Pero no pude preguntar más. En ese momento un gran carromato entraba atestado de los alimentos más diversos; allí se mezclaban el alpiste, los cañamones, la yerba de Guinea, el heno, el palmiche, que tanto gusta a los cerdos, el maíz, delicia de las gallinas, y un inmenso brazado de flores repletas de néctar para ser libadas por aquellos que hacían de abejas. El hombrecillo comenzó a distribuir estos alimentos y pudimos ver cómo se abrían innumerables jaulas que nuestros ojos nunca habrían sospechado dónde estaban.

Aprovechando que la puerta estaba completamente abierta a causa de la entrada del carromato, salimos presurosamente para encontrarnos en una sala donde seis negros dejaban oír un son que no tenía fin, pues apenas terminaban de ejecutar el compás final, atacaban sin pérdida de tiempo el primero. Uno de ellos nos hizo saber que no cesaban de tocar pues podía darse el caso de que alguna pareja de amantes, deseosa de bailar, entrara en la sala y comprobara con gran desolación, con infinita tristeza, que la orquesta había terminado la pieza. Creí que se burlaba, pero al mirar hacia un ángulo de la sala vi a muchas parejas en actitud de danzar. "Ésas no cuentan para nada —me dijo—, están totalmente sordas y no podrían escuchar ni remotamente un solo sonido. Cada vez que llega la parte del estribillo y los timbales echan chispas de tanto tocar, ellos, como no pueden escucharlo, adelantan el latido de sus corazones, lo que, de acuerdo con la lógica, origina una lesión cardiaca de la cual mueren rápidamente."

Pero no pudimos escuchar por más tiempo sus apasionantes declaraciones: en aquel momento se abría silenciosamente la puerta de la calle, o que suponíamos que daba a la calle, y nos dispusimos a ganarla, no sin antes aguardar unos segundos con la esperanza de ver aparecer por ella a los amantes que vendrían a bailar. Contra nuestros cálculos la puerta no dio paso a nadie, y permanecía, en cambio, obstinadamente abierta, de tal modo que sus goznes chirriaban y amenazaban saltar por la distensión de sus hojas. Todavía titubeamos mi compañero y yo, pero la circunstancia de ver caer como fulminadas por un rayo a tres de aquellas incontables parejas de hombres y mujeres sordos, nos hizo salir atolondradamente. Mi compañero, ya en la calle, me hizo contemplar la fachada del edificio, haciéndome observar su vejez. "Parece —me dijo— del siglo XVIII...", pero no bien había acabado de pronunciar estas palabras cuando hubo de rectificarlas, pues ahora parecía un edificio construido, a lo sumo, diez años antes. El portero (había un portero) nos aclaró que el edificio se iba haciendo y rehaciendo según el más arbitrario designio, y que siempre estaba y estaría en perpetua edificación; que jamás adoptaría una forma definitiva o un estilo determinado.

Ya íbamos a hacer la estéril observación de que muy bien podría ser que el portero y el enano fuesen la misma persona, y esto en razón de esos absurdos paralelismos que verificamos para apreciar un hecho que nada tiene que ver con otro hecho cuya estructura nos induce a compararlo con el primero, cuando la vista de una iglesia nos hizo suspender toda argumentación. Dos mujeres que entraban en ese momento nos invitaron a que las acompañáramos. No había altar alguno y en el centro de la nave se veía una especie de canal de alabastro por donde corría un café negro y humeante. El sacerdote invitaba a los visitantes a dar rápidas vueltas alrededor del canal; el que aceptaba era provisto de una gran taza de loza. Dando vueltas alrededor del canal se sumergía la taza en el café y se bebía sin perder el ritmo de la ronda, que era acompañada alegremente por la melodía de un tango argentino muy en boga por entonces.

Lo que sigue pertenece al orden de la centella, a la velocidad de la luz. Al salir, mi compañero resbaló y vino a quedar totalmente sumergido en un lodazal formado por la lluvia que seguía cayendo con toda inclemencia. Al verse en el fango trató de echarme a mí también, pero yo, asiéndome con todas mis fuerzas a un poste del alumbrado, comencé a dar gritos de auxilio.

Entonces acudieron dos policías vestidos de amarillo cuyos uniformes seguían un modelo estrictamente medieval. Fuimos conducidos a presencia de la más alta autoridad, y ésta le impuso a mi compañero la pena de expulsión inmediata de la ciudad y la prohibición expresa de no retornar a ella sino pasados treinta y tres años. Entonces yo fui conducido a un guardarropas y allí mismo se me desnudó haciéndome vestir el chaqué que había usado en la función de la noche anterior el actor que tanto me gustaba ver representar. La más alta autoridad me puso ella misma esta prenda y me ordenó saludar a los amigos. Yo saludé a todos y al pasar frente a un espejo me cubrí el rostro. Acababa de dejar la calle cuando ya mi compañero se aproximaba acompañado de un chino. Me hizo saber que de vuelta del destierro, su único pensamiento era asesinarme por mi negativa a sumergirme en aquel fango tentador. Se me arrojó encima mientras el chino se disponía a apuñalarme, pero a mis voces acudieron los policías, y llevados de nuevo a la más alta autoridad, él fue nuevamente condenado al exilio con prohibición absoluta de retorno. Cuando se lo llevaban recordé con toda claridad, con magnífica nitidez, que mi asunto era seguirlo sin descanso a fin de que me pagase el café con leche y las tostadas.

1944

El baile

La gobernadora había leído la reseña de un gran baile de gala, celebrado hacía un siglo justamente, y tuvo el vivo deseo de reproducirlo en aquellos mismos salones. Pero la cosa no era tan fácil como parecía; a pesar de los recursos de la gobernadora, existía un punto de la cuestión "baile" lo bastante oscuro y difícil; un punto que venía a ser como la función de una pequeña llave que diera acceso a vastas dependencias de una vasta morada. Una pequeña imprudencia hubo de cometerse: se anunció oficialmente, a todos, el baile. Los días transcurrían y la gobernadora no lograba penetrar la naturaleza del punto referido. La cosa era así: la lectura de la reseña proponía el planteamicnto y resolución de las siete siguientes fases:

Primera: el baile como se ofreció realmente hace un siglo.

Segunda: el baile reseñado por el cronista de la época.

Tercera: el baile que la gobernadora imagina cómo fue con la reseña del cronista.

Cuarta: el baile que la gobernadora imagina cómo fue sin la reseña del cronista.

Quinta: el baile como ella imagina darlo.

Sexta: el baile como se da realmente.

Séptima: el baile que puede llevarse a cabo utilizando el recuerdo del baile como se da realmente.

Es decir, que la gobernadora tenía ante sí siete posibles bailes. Claro está, ella podría hacer caso omiso de la cuestión y ofrecer regiamente un baile como lo hacían las señoras de su alto copete social. Pero la gobernadora, con ser profundamente femenina, tenía sus escrúpulos.

Esto creó ciertas confusiones muy peculiares: por ejemplo, no ya el suceso "baile", pero otro de naturaleza diferente: un paseo, el abanicarse lánguidamente en una mecedora, se cargaban de tal irritación, tantas interpretaciones proponía, tantas otras versiones podían a la vez ofrecer, que un ostensible malestar "cuasi metafísico" cundió por la villa. Claro, esa gente que damos en decir que no tiene dos dedos de frente, el montón anónimo, no cayó en la cuenta, pero con su habitual y magnifico instinto comenzó a murmurar que la aristocracia de K. estaba endemoniada. Por su parte, la gobernadora comenzó a pensar más que de ordinario; después de todo, para qué reprochárselo, si ella estaba en el secreto de devorar perpetuamente su hígado. Quizá por dicha circunstancia la gobernadora iba tomando una coloración que oscilaba entre el rojo cardenal y el morado obispo. A esto llamaba ella sus "etapas interesantes", y entonces —decía— trabajaba de firme. Así, ordenó que la aristocracia de K. se reuniese periódicamente en el palacio del gobernador a fin de especular, nada más que especular, acerca de la terrible circunstancia que es la posibilidad de... En este punto el texto del edicto concluía en interminables puntos suspensivos y agobiadores etcéteras.

Era sólo un preludio que anticipaba el carácter de la *soirée* metafísica. Quedaba resueltamente prohibido aludir a un baile celebrado hacía justamente un siglo. No, allí se iba nada más que a especular sobre "la terrible circunstancia que es la posibilidad de... etc., etc.". A cualquier espíritu, por metódico, por sistemático que fuera, le ocurriría lo que comenzaba a suceder a aquellas gentes: con el decurso de las *soirées* metafísicas, las especulaciones formaron un inextricable tejido en el que cada "punto de aguja" era de naturaleza diferente al de su inmediato antecesor. Por ejemplo, si en la *soirée* de ayer se había especulado acerca de la melancolía que exhalaban las flores prendidas al talle de una señora, que pudo asistir a un baile y cuya melancolía podría obtenerse por la probabilidad que significa la problemática asistencia de un cronista que muy bien pudo haberla reseñado, en la *soirée* de hoy ya se especulaba sobre la especial conformación que podría asumir la melancolía de una señora de existencia imaginaria, pero de la cual se podía imaginar que asistiese a un baile cuya probabilidad sería acaso haberse celebrado hacía justamente cien años, y que pudo haber sido reseñado por un cronista, tan afinado, por lo demás, que pudiese vislumbrar la melancolía que se deposita en las flores que una señora, cuya existencia es en todo momento problemática, lleva prendidas a su talle.

En suma, que ese ser minucioso que es el sociólogo habría asegurado que aquella sociedad comenzaba, como se dice, a romperse por lo más delgado...

Y a propósito de sociología cabe preguntarse, sin la mente del sociólogo, si la gobernadora constituía una variedad más de esa interminable fauna que son los snobs. Aunque la gobernadora podía, en efecto, estar tocada de cierto snobismo, no era éste ni con mucho el origen de sus así llamadas rarezas; de esas rarezas que ahora le impedían realizar la operación sencillísima de ofrecer un baile que fuera la copia exacta de uno ofrecido hacía justamente cien años. No, la gobernadora, viviente arquitectura de la languidez de las criollas, tenía su lado oscuro. Por ejemplo, ¿se pensaría acaso en un alarde de snobismo si ella, en cierta ocasión, testificara sobre un diminuto trozo de papel que la luz es causa de muchas cosas oscuras? Y hasta aventuró en el grupo íntimo de sus amigas que no era verdad que la alegría fuese consustancial con la luminosidad. Pero en seguida cayó en su impenetrable silencio. Se le hicieron preguntas; se ensayaron respuestas; en vano, ya la gobernadora se había recubierto con su máscara de no se sabe qué sustancia.

Fue precisamente pocos días después que se presentó el asunto "baile". Pero no se vaya a creer —sería ligereza imperdonable— que tal cosa tenía que ver o era causa de aquella extraña idea de reeditar un baile celebrado hacia justamente cien años, sino que éstas y otras situaciones venían a constituir los puntos vivos en el tejido muerto de la gobernadora. Porque había que partir de un hecho irrefutable: lo que todos convenimos en llamar muy justamente "la marcha del mundo" no tenía nada que ver con la "marcha de la gobernadora". Y se haría caso omiso si un psicólogo pontificase que ella constituía un evidente caso de esos que ellos dan en llamar psicopatológicos...

Y lo cierto es que la gobernadora poseía su marcha. Así es presumible creerlo; no estaba prometida para la destrucción porque siempre fue cosa destruida; ni para la putrefacción, porque igualmente era objeto de putrefacción. Claro que esto es una modalidad metafórica de expresar dicha marcha. Y en la gobernadora la contramarcha se hacía representar por su teoría de las interpretaciones. Quiere decir, que no un hecho, sino sus infinitas interpretaciones, era lo que la electrizaba. Su vida era un perpetuo jugar a ese solitario de las posibilidades. Por otra parte —¿para qué ocultarlo?—, se había propuesto con la invención de la *soirée* metafísica enrolar en su marcha al mayor número de sus amistades.

Pero de pronto, y como una bomba, cayó el gobernador, una animada tarde de la *soirée*, con una noticia terrible. ¿Qué había sucedido? El gobernador hizo saber sin más a los allí reunidos que era absolutamente necesario ofrecer el baile. A cuantas preguntas se le hicieron acerca de dicha monstruosa determinación contestaba, retorciendo su afilada barbilla, que nada podía añadir. Advirtiendo que las damas de la *soirée*, con la gobernadora a la cabeza, ya comenzaban a especular sobre el hecho citado, y meditando que esto podía ser causa de un nuevo escándalo, ofreció, con toda gentileza explicaciones. Expresó que constituía materia de escándalo aquella *soirée* metafísica y que para acallar las murmuraciones debía imperiosamente verificarse el baile; que la buena marcha del Estado peligraba y que un gobierno siempre debía operar con claridades meridianas. Estas fueron sus declaraciones.

Puede imaginarse el revuelo. Todo el edificio de la gobernadora se venía al suelo. Pero el gobernador no hizo el menor caso de aquella aflicción y exigió la lista de los bailes posibles; eso sí, de los bailes posibles de acuerdo con uno celebrado hacia justamente cien años. Leyó atentamente y, acto seguido, puso en conocimiento de todos que se decidía por la fase primera. Como los asistentes a la *soirée* metafísica sabían las siete de memoria, huelga decir que todos exclamaron a una que la decisión recaía sobre "el baile como se ofreció realmente hacía un siglo". El gobernador, frotando sus manos alegremente, expresó su deseo de dar inmediata lectura a la reseña del cronista que asistiera a dicho baile: "porque —decía el gobernador— es una pista infalible para la reconstrucción de un suceso pasado".

Pero la gobernadora se interpuso, declarando, a su vez, que el señor gobernador debía reparar que la reseña del cronista, por ser la fase segunda del asunto "baile", pertenecía al segundo de los bailes posibles, y que esto significaba celebrar el baile segundo y no el primero. A lo que el gobernador contestó que no importaba, porque no se trataba de reconstruir lo que el cronista dijera sino, apoyándose en su crónica, imaginar un baile de acuerdo con dicha interpretación.

A esto la gobernadora opuso que el señor gobernador caía de nuevo en una evidente petición de principio, pues de acuerdo con su interpretación (con la del gobernador) se caía en la fase tercera y esto suponía ofrecer el baile número tres y no el primero como ordenaba el señor gobernador. Entonces éste, ostensiblemente confundido y con decisión propia de su virilidad, expresó que ofrecería el baile imaginándoselo tal cual, sin la reseña del cronista. La gobernadora, suavemente pero con firmeza, adujo que su señor esposo volvía a incurrir en una petición de principio, pues reproducir un baile ofrecido hacía cien años, imaginando cómo fuera, sin contar para ello con la reseña del cronista, pertenecía a la fase cuarta y por tanto al cuarto de los bailes posibles.

El gobernador se sonó furiosamente las narices, e hizo saber que la reproducción del baile ofrecido hacía justamente cien años se haría de acuerdo con su propia imaginación, pero la gobernadora, con frialdad propia de una máquina de sumar, hizo patente a su brioso consorte su inconformidad, pues, según esta versión, se caía, con la nueva medida del señor gobernador, en la fase quinta y en el quinto de los bailes posibles. Aquél, frenético, anunció que para vergüenza de todas las damas allí reunidas iba a hacer un símil muy significativo, y acto seguido contó el infortunio y la dignidad de un moscón apresado en una telaraña. Entonces, con masculina ingenuidad, declaró que el honor quedaba satisfecho y que para evitar espinosos debates proponía que el baile se diera realmente, eso sí, siempre en su carácter de exacta reproducción de uno celebrado hacía justamente cien años, pero haciendo caso omiso de reseñas de cronistas y de la propia imaginación de los allí reunidos.

Pero la imperturbable gobernadora ya levantaba su blanca mano pidiendo la palabra. Dijo así, que ella no quería aguar la fiesta a su esposo, pero ofrecer realmente el baile significaba caer en la fase sexta, o sea, en el sexto de los bailes posibles. Un leve movimiento y el moscón quedó totalmente prisionero en la tela: haciendo gala de lo que él llamaba "su feérica imaginación", y mirando displicentemente a la gobernadora, dijo que un pequeño cambio evitaría toda disidencia, y propuso que el baile se ofreciera de acuerdo con el recuerdo de un baile ofrecido realmente, y que había sido a su vez, la exacta reproducción de uno ofrecido hacía justamente cien años. Mas la inmutable araña tendiendo su último hilo sobre el confundido moscón testificaba que tal medida era caer en la séptima fase, o si al señor gobernador le parecía mejor, en el séptimo de los bailes posibles.

Y para que su victoria fuese aún más decisiva le hizo saber que no ensayase el asunto "baile" partiendo de alguna de las otras fases, pues iría cayendo ineluctablemente en las seis fases restantes, y añadía que el desmedido ejercicio lo llevaría a infinitas combinaciones que muy pronto darían al traste con su clarísima razón. En tocando el punto de la razón, el gobernador, viviente antítesis de un asilo de locos, dando media vuelta salió discretamente de la *soirée* metafísica. Pero apenas si se echó de menos su brusca desaparición, pues ya todas las damas se inclinaban ante la gobernadora para escuchar de sus labios que acababa de descubrir una octava fase para un posible baile que sería la exacta reproducción de uno celebrado hacía justamente cien años.

1944

El álbum

De arriba abajo la casa de huéspedes era un hervidero. La dama de carnes opulentas había llamado al portero para comunicarle que podía ir avisando a los distintos huéspedes que esa tarde enseñaría su álbum de fotografías. Ya el portero tenía perfectamente organizado un negocio con los asientos alrededor de la dama, e iba de puerta en puerta proponiendo los puestos más estratégicos a ciertos huéspedes de la casa que fumaban cigarrillos rubios o adquirían espejuelos para el sol con grandes vidrios de un verde sombrío y montadura de oro blanco. Pero el portero debía componer antes su rostro. Es que se emocionaba ante el anuncio de lo del álbum; esto le trajo grandes disgustos, pues los vecinos, percatándose de que algo anormal ocurría (y lo único anormal que podía suceder era precisamente la exposición del álbum), se precipitaban en bandadas hacia el lugar donde la dama mostraría su álbum, ocupando los mejores puestos desde mucho antes que comenzara la sesión y sin pagar absolutamente nada por ellos. Claro que la dama ignoraba el negocio del portero: inmediatamente habría suspendido sus festejadas y frecuentes exhibiciones del álbum; por ello los huéspedes pobres, aun los que estaban en situación ostensiblemente desventajosa respecto a los asientos, no le confiaban el escandaloso negocio del portero; negocio sucio que manchaba la pureza de aquel acto. Si la dama se extrañaba de que los huéspedes más pobres ocuparan los últimos asientos justamente media hora después de haber confiado ella al portero (tiempo que el portero se tomaba para vender los mejores puestos a los huéspedes más distinguidos) que esa tarde exhibiría su álbum familiar y de viajes, debiendo esperar largas horas, ya que la sesión se abriría a las cinco de la tarde y se había anunciado a las ocho de la mañana, aquéllos la tranquilizaban confiándole que preferían esos puestos lejanos por la misma razón que otros preferían los más próximos. Porque seguramente existía una causa superior a todas las desavenencias, a todos los disgustos y a todas las intrigas, y era la absoluta necesidad de ver el álbum. Por ejemplo, una vez que el portero anunciaba que los mejores puestos estaban ya vendidos, ninguno de los huéspedes humildes hubiera osado ocuparlos. Claro que hubieran podido sentarse en cualquiera de ellos, pero el temor de provocar un escándalo que habría ofendido con toda seguridad a la dueña del álbum les hacía soportar esta suprema humillación que toda pobreza impone.

Se engañaría quien creyese que la exhibición duraba media hora o una hora a lo sumo. En modo alguno: a veces tomaba días enteros; nunca menos de un día entero, o sea, desde el momento en que la dama abría el álbum hasta haberse cumplido veinticuatro horas de continua exhibición. Pero qué tiempo exacto llevaría la sesión, nadie hubiera podido predecirlo. Por ejemplo, si la dama mostraba aquella foto vestida de blanco, paseando a la luz de la luna por las ruinas del Coliseo, durante su viaje a Italia en 1912, con toda seguridad este episodio consumiría un tiempo de tres días con sus respectivas noches; es decir, que lo mismo podía una foto merecer una rápida ojeada por parte de la dama (y, como es de presumir, por parte de los huéspedes), como podía también ocupar un tiempo equivalente a seis meses —duración máxima que se había alcanzado en las distintas sesiones celebradas.

Me estaba acicalando con todo cuidado —ese día comenzaría mi nuevo empleo de lector de un rico anciano ciego y quería ofrecer la mejor impresión—, cuando sentí que golpeaban en la puerta violentamente. Me pareció una desconsideración hacia los huéspedes y en particular hacia mí, que acababa de mudarme hacía sólo un día. Abrí dispuesto a pedir explicaciones terminantes a la persona que con tanta grosería me molestaba. Alguien, en quien después reconocí al portero, se me encimó no bien había acabado de abrir la puerta, diciéndome con voz entrecortada por la emoción: "Le he guardado el mejor puesto." "¿Qué puesto?", dije yo, retirando sus brazos que tenía sobre mi pecho. "Sí, el mejor —respondió él, sin hacer caso de mi pregunta—, el que está a la derecha de la dama, pues a la izquierda se sienta su esposo y por esta circunstancia nadie podría ocupar ese sitio. Sabe usted, ella lo sienta a su lado para que en el momento que, ladeando su cabeza, le diga: '¿No es verdad, Olegario?''¿Te acuerdas, Olegario?', él, sin pronunciar una palabra mueva su cabeza afirmativamente." "Pero no me queda sino el tiempo justo —le respondí— para tomar el ómnibus y llegar a mi nuevo empleo." "Nadie piensa aquí en ir al trabajo —dijo el viejo—. Todas las actividades quedan suspendidas cuando ella anuncia una de sus exhibiciones." "¿Qué exhibiciones?", dije yo maquinalmente. "¡Pero si se lo estoy explicando y no me presta la atención debida! Le he venido a ofrecer el mejor puesto; el que está a la derecha de la señora, y usted, como si tal cosa... ¿Sabe que hay aquí muchos que lo asesinarían por ocupar ese sitio?" "Pero me queda el tiempo justo para llegar a mi nuevo empleo. No debo demorarme más. Estos ciegos son muy puntillosos, y, además, el primer día uno debe ser puntualísimo." La última frase se perdió en un ruido que se aproximaba como una fiera. Era el sonido característico que producen muchos pies que taconean; algo así como el sonido de infinitas bocas que musitan angustiosamente. "Es la gente de la gradería —me dijo el viejo sin volver la cabeza hacia la puerta, a donde yo me había precipitado—, es la gente de la gradería. Como no pueden pagar se apresuran a ocupar sus puestos; además, siempre hay invitados de afuera y esto hace más difícil la captura de las sillas no numeradas. Mientras más temprano lleguen, a menos distancia del álbum quedarán situados." Entre tanto se había vuelto a mirar el desfile. "¡Mire usted aquella muchacha..., la que va a la cabeza del grupo! La última vez, como no pudo coger un puesto y la sesión duró dos meses, perdió gran número de vistas importantísimas; figúrese; cada cuatro o cinco horas se veía obligada a descansar, a echarse en el suelo, y esto le produjo una amargura tan grande que enfermó gravemente." "Pero yo ignoraba que viviese tanta gente en esta casa. Mire usted, han pasado ya más de cien huéspedes." "Sí —dijo el viejo—, y eso sin contar los asientos de abono que suman unos cuarenta." "Es inconcebible —murmuré— que por ver un simple álbum de fotografías la gente haga semejantes sacrificios." "¡Oh, eso no es nada! —respondió el viejo—. Por ejemplo: si se sabe que la sesión va a durar meses los huéspedes de la gradería hacen una comida cada dos días y dan curso a sus naturales necesidades en el mismo sitio en que se encuentran. A veces la gente del barrio se ha quejado a la sanidad; usted se imagina, el hedor que sale de la casa, a pesar de tenerla herméticamente cerrada, es insoportable. ¡Pero todo es poco —y tomaba aliento—, todo es poco sacrificio con tal de tener el supremo placer de contemplar el álbum de la señora y escuchar sus explicaciones!" "Pero un álbum —insistí con bastante énfasis—, ¡un álbum no es razón bastante para que toda una casa de huéspedes se exponga a los peligros del hambre y de la peste!" "¿Se queda usted o no con la butaca? —dijo el viejo haciendo ademán de salir—, ¿se queda o no con ella?" "¿Qué vale?" "Cinco pesos" —me contestó—. Podrá ir a su nuevo empleo, pero, eso sí, a las cinco, ¿lo oye?, a las cinco deberá estar instalado en su butaca." "Aquí están los cinco pesos —y le puse en la mano un billete—. Pero dígame: ¿qué interés real puede tener la exposición de un álbum de fotografías?" "¿Se ha fijado usted —dijo el viejo, tomándome por las muñecas y haciéndome colocar ante la puerta del cuarto, que estaba rematada por un arco de vidrios multicolores— en la belleza de esos vidrios? Son de la época colonial. Cuando nada tengo que hacer, salgo por las calles a buscar puertas con vidrios de colores. Parece que hay cierta gente que también los busca." "Sí —dije—, es una agradable operación salir con el solo objeto de buscar vidrios de colores. Pero dígame: ¿podría distinguir entre una vidriera antigua y una imitación moderna?" "Mi tío usaba un dentífrico de los que ya no se ven hoy en día; murió con el supremo placer de una dentadura impecable." "Sí, sí, eso es, una dentadura impecable; pero mire usted; sólo me quedan algunos dientes del arco superior —y me le eché encima con la boca abierta—. ¿Querría usted darme la fórmula de ese dentífrico?" "Hace diez años que vengo bur-

38

lando a la encargada del piso. Todos los días la veo desnuda; si me hubiera pillado, ¡adiós, portero!" "¿Y qué tiene eso de excepcional?" "Ya no puedo de noche comer mi pan con lechón; el estómago no me acompaña" "¿Y por qué no compra un digestivo?" "¿Sabía usted que nunca he usado medias?" "A sus años, ¡eso es una imprudencia! ¿No ve que estamos rodeados de humedad?" "¡Qué fea está esa mesa!; yo tengo por ahí una latica de esmalte. Ya verá usted cómo le va a quedar..." "Pero es que el niño de al lado se pasa toda la noche gritando." "¡Eh, qué le pasa!... —gritó furioso el viejo—, ¿está tocado? Yo no le he hablado de ningún niño. Le digo muy claramente que tengo una latica de esmalte." "Pero es que ese niño no me deja dormir en toda la noche." El desagradable sonido de un timbre se dejaba oír. El viejo se lanzó a la puerta. "Es la patrona —dijo—. No falte; ya sabe... a las cinco."

Eran apenas las diez. Tomando un taxi llegaría casi puntualmente a mí nuevo empleo. Lo iba a hacer cuando sentí que llamaban de nuevo a la puerta. "¡Adelante!" —dije ya un poco molesto por aquella nueva interrupción. Entonces vi que entraba una mulata como de treinta años con un niño en brazos, y se me echaba encima. "¡Vamos, Fito, dile al señor que no vas a llorar más! Fito, pobrecito. Dile al señor que no, que no, no, que no. ¡Uf, qué rico!..." Mientras hablaba con ese lenguaje poco comprensible para mí, tiraba al niño en el aire y lo recibía de nuevo en sus brazos; lo besaba, lo llenaba materialmente de saliva. Terminó por ponérmelo en brazos. "Señora —dije—, debo marcharme; voy a llegar tarde a mi nuevo empleo." "¡Ay —dijo ella sin hacerme el menor caso—, si supiera usted la historia de este niño! Su abuelo siempre me lo decía: 'Minerva, ese hombre no te conviene.' En esa época yo estaba muy bien; la comadre de mi abuela me había colocado en casa de las Pita. Sí, hombre, las Pita...; que una de las muchachitas se fue con un mulato y dieron un escándalo tremendo. Eran tres mujeres: Malvina, Julia y Elivia, que es la que se fue con el mulato. ¡Y mire que esa madre sufrió...! Para que usted vea que la que va a salir con mala cabeza no le vale ni el ejemplo de la madre. Yo he conocido a muchas cuya madre era una puta y que han sido modelo de esposas. Yo no, a mí el hombre que me gustó se lo dije a mamaíta, y nos casamos; sí, porque nosotros nos casamos por la Iglesia y todo. Sí, yo me acuerdo que llevaba para el casamiento civil un vestido de burato azul que me hicieron las López. La saya era de campana con aplicaciones de tul blanco. La blusa era una preciosidad: tenía cinco vueltas de cinta con pespunte a mano." Se quedó un momento pensativa y en seguida añadió: "¿Y el sombrero?" "Por favor —le interrumpí—, me lo describirá otro día" —y le puse el niño en los brazos. "Ah, no; eso no vale. Usted tiene que oír cómo era ese sombrero —y a su vez me volvió a poner el niño en los brazos—. Era un modelito del invierno pasado, que Camacho, el sombrerero, no había podido vender. Me lo dio por nada, y entonces mis tías, que no por nada... pero, ¡tienen unas manos!, me lo dejaron precioso.

Lo reformaron que nadie lo hubiera conocido. Compramos lentejuelas y ellas le bordaron toda la copa imitando unas mariposas que estaban expuestas en la vidriera del Arte. Hoy ya no tengo ni un trapo que ponerme; pero entonces, amigo mío, tenía los vestidos por docenas. Porque oiga: no es por alabarme, pero a mí nunca me faltó nada."

Entre tanto, se había sentado, indudablemente para estar cómoda y poder continuar sus explicaciones. Como estaba a dos pasos de la puerta podía —y esto era lo que hacía ahora— empujar con su pie derecho la hoja, indicándome por esta señal que todavía tenía mucho que confiarme y que no debería yo abandonar el cuarto. En ese momento el niño empezó a gritar y se agitaba entre mis brazos tratando de escaparse. Yo miré a la madre. "Tiene hambre —dijo ella—, ¡pobrecito! ¿Qué quiere el lechoncito? ¿Qué quiere mi lechoncito?" De pronto se puso muy seria y me dijo: "¿Me lo promete usted? Diga que sí, que me lo promete." Entonces, tomándome por las solapas del saco, susurró:"¿Sí? ¿Va a ser bueno? ¡Oiga! No se vaya a burlar de mí..." Me miraba fijamente. "¡Mentira! Usted se va a ir; si se lo estoy viendo en los ojos... ¡A ver: míreme sin pestañear! ¿A que no me puede sostener la mirada?..." Yo la miré a los ojos; tenían una expresión tan estúpida que tuve que bajar los míos. "¡Lo ve! —dijo ella—, ¿lo está viendo...? Usted se va a ir, y yo tengo que acabar de contarle mis relaciones con el padre de Fito." "No —le dije entonces—, no me voy a marchar. ¿Qué quiere usted de mí?" "Bueno, no se vaya, ¿eh? Voy a buscar la mamadera de Fito. Vuelvo en un saltico." Abrió la puerta y en seguida la sentí trasteando en su cuarto. El niño arreciaba sus chillidos. Eran más de las once. Decididamente, llegaría tarde a mi nuevo empleo. ¿Y si yo dejaba al niño encima de la cama y sin hacer el menor ruido me perdía en el pasillo? Verdad que llegaría a mi nuevo empleo con dos horas de retraso, pero siempre una buena excusa surte su efecto; y yo podía decir que un accidente imprevisto...; que al día siguiente ofrecería doble tiempo de lectura... Además, yo no podía tener ningún remordimiento por esta mujer, pues aunque era cierto que le había prometido no marcharme, fue de mi parte una promesa maquinal; yo no la conocía y nada me ligaba a ella, ni a su espantoso chiquillo. Pero mis proyectos fueron inútiles; la vi entrar de nuevo trayendo una mamadera que agitaba en lo alto. "¡Vaya, no me engañó! Ahora sí que me podrá mirar sin pestañear. ¿Usted mismo quiere dar la leche a Fito? Siéntese en ese sillón" —y me indicaba un sillón que estaba del otro lado de la cama; yo inicié una débil resistencia, pero ella me empujó y acabó por sentarme—. "¡Así, así!, el niño tiene que descansar la cabecita sobre su brazo izquierdo; ahora, con la mano derecha agarre la mamadera. ¡Ajá! ¡Mire que usted es inteligente...!" Entonces arrastró hasta frente al mío el otro sillón. "Ahora podremos seguir conversando." Hizo una pausa que yo aproveché para escuchar el ruido que hacía el pequeño al chupar la mamadera."¿Dónde quedé? ¿Ya le había dicho cómo era el sombrero? Sí, sí —dijo tapándome la boca; ya no había hecho gesto alguno para abrirla—, sí, sí, eso lo conté ya. Lo que falta por decirle es lo de mi marido. Eso sí, sería todo lo que se quiera, pero cuando nos casamos a mí no me faltó nada. Mi habitación era buenísima. Con decirle que yo tenía un juego de tocador de plata, y Alfonso hasta tenía un juego de botones de oro catorce para los calzoncillos. Y como quiera que sea no éramos ricos, pero vivíamos muy requetebién. Y no es porque fuera mi marido, pero Alfonso era un plomero formidable. Y no se ahogaba en un vaso de agua:...que yo quería un vestido nuevo, ahí va el vestido; que venía el circo: comprábamos butacas, nada de grada, ¿lo oye? Bu-ta-caaaa; que se me antojaba un par de zapatos: ahí va el par de zapatos. ¡Oiga!: y fiel, entero, redondo; así —y me hacía ver el círculo que formaba con su pulgar y su índice—. Pero de la noche a la mañana cambió. Sí, cambió con la situación; se me achicó." Aquí se detuvo y quedóse mirando fijamente al niño que se había dormido. Aprovechando esta pausa le hice ver la necesidad en que me encontraba de salir en seguida. "No, no —me respondió, recobrándose inmediatamente de aquel breve ensimismamiento—, no he terminado. ¡Vamos..., usted se creyó que ya había acabado! ¡Qué bobo! Pero Alfonso se mató; sí, porque se mató. ¿Usted no lo sabía? Todo el barrio lo sabe. No hace todavía un año: yo estaba recién parida de Fito... ¡Mire que dejarme enganchada con este paquete!... ¿Y usted sabe ya lo del álbum? Mire, ese sinvergüenza de portero es un chantajista. Su hija, hace un año que se fue con el nevero. ¡Quién me iba a decir que Alfonso se mataría!... ¿Y le gustaría ver el álbum? Para mí que la mujer esa, sabe, la del álbum, está tocada... Y Alfonso se mató de un tiro en la boca delante de mí. Eh, ¿qué le parece? Muy bonito: pegarse un tiro en la boca. Usted, ¿está soñando? ¿Por qué no grita? Yo grité cuando lo vi lleno de sangre. ¡A ver, grite! Cuando él se pegó el tiro yo grité así —aquí distendió la boca pero sin dejar escapar el grito—. ¿Lo ve? ¿Lo está viendo? Yo abrí la boca; la volví a cerrar; la volví a abrir y grité otra vez. ¿Se da cuenta? ¡A ver, abra la boca y grite como grité yo cuando Alfonso se pegó el tiro en la boca! ¡Mire que usted es bobo!; no querer gritar. ¡Vamos, Fito, el señor no quiere gritar! ¡Ah!, se me olvidaba: ¿tiene usted un fósforo que me regale?" Me incorporé y fui a buscar la caja de fósforos. Entre tanto ella comenzó a registrarme el ropero. "No tiene mucha ropa. ¡Bah!, seguro que la tiene escondida. Un joven como usted debe siempre tener mucha ropa. ¿Cómo anda de medias? ¡Ah!, un retrato... ¿Es de su novia? ¿No? ¿De su hermana? Bueno —y tomó unos cuantos fósforos de la caja que yo le ofrecía—, ya sabe donde me tiene... ¿No quiere besar a Fito? Si por la noche le da un dolor de estómago me toca por aquí —se dirigió al tabique que daba a su habitación—, me toca así —y dio dos golpes sobre la división de madera—. Ya sabe: no vaya a pasar dolores por gusto. ¿Me va a tocar? ¿Me lo promete? Bueno, adiós."

Me tiré en la cama. Era muy cerca de la una. Ya no iría a mi trabajo. Tampoco bajaría a almorzar. Me iba a quitar el saco cuando sentí que Minerva me llamaba por el tabique. "¿Qué quiere ahora?" —le dije con bastante grosería. Ella me respondió muy agitada: "¡Acérquese a la puerta para que vea a la mujer de piedra, la traen por el pasillo en un sillón de ruedas! ¡Pronto; que ya está llegando!" Su voz no se escuchó más; sentí entonces que Minerva conversaba con alguien; me iba a asomar cuando llamaron suavemente a mi puerta. Abrí en seguida; un hombre maduro me dijo con extremada cortesía: "¿Es usted el nuevo huésped?" "Sí, soy yo el nuevo huésped. ¿En qué puedo servirle?" "Es que la señora desea hablar con usted". "¡Ah!, sí, la señora", le repuse sin mostrar el menor asombro, y saliendo del vano de la puerta adonde me encontraba semioculto. "¿Me conoce usted ya? —dijo una voz femenina de un tono grave admirable—. ¿Es que soy tan conocida?" Era la voz de la mujer de piedra, que Minerva me había anunciado por el tabique. Me abalancé al sillón y sin contestar a sus preguntas me puse a examinarla cuidadosamente. A la primera ojeada caí en la cuenta de que no estaba sentada sino tendida a lo largo de una plancha inclinada que parecía colocada encima del sillón. Sus brazos, completamente petrificados, caían pesadamente como dos varas a lo largo de su cuerpo. Pero lo más extraordinario era la dirección de la voz, motivada por la rigidez del cuello.

Estando yo de pie frente a ella, escuchaba su voz lateralmente, pues a causa del mal había quedado con el cuello doblado hacia la izquierda. "Quería pedirle un favor —dijo—. El portero me ha hablado de usted." "Sí —le respondí—, en efecto, el portero me conoce; vino aquí por lo del álbum." "¡Claro, pues de eso se trata! Usted tiene su puesto a la derecha de la dama, Y he venido a rogarle que me lo ceda." "Pero —le respondí— he pagado cinco pesos por ese puesto." "Y a mí apenas me quedan cinco meses de vida —dijo con una fuerza increíble—. En cuanto la osificación llegue al pecho soy mujer del otro lado... ¿Negaría usted merced tan pequeña a una criatura *in artículo mortis*?" "¿Es usted casada?" "No, soy soltera." "¿Edad?" "Si la osificación me lo permite cumpliré cuarenta años dentro de seis meses." "¿Ha tenido algún amor en su vida?" "Me enamore de un carbonero que era un dios." "Y él, ¿la quiso?" "No, pero pude obtener que se acostara conmigo. Una noche descubrió que ya no tenía movimiento en el cuerpo, y lleno de terror abandonó mi lecho." "¿Cree usted en Dios?" "No, creo en la piedra." "¿Reza usted?" Sí, a la piedra para que no me invada con tanta furia." Añadió en seguida: "No sea tan ingenuo; lo cierto es que moriré dentro de cinco meses. Después, ya veremos... ¿No le parece?" "¿Y cómo hace para defecar?" "¡Alberto! —se dirigió a uno de los criados—, enséñele al señor la tapa..." Entonces el criado que respondía por Alberto se inclinó, descorrió dos pequeños pestillos de una tapa que caía justamente debajo del ano de la señora, y me explicó minuciosamente que, poniendo un recipiente, la señora podía hacer con suma facilidad sus naturales necesidades. "¿Y no teme usted que algún insecto..." dije yo con vivo interés. "Ninguno, ¡no lo sentiría! A ver, Alberto, pellízqueme fuerte en cualquier parte —dijo, y volviéndose hacia mí—, mire usted bien en qué sitio me pellizca." Alberto la pellizcó fuertemente en un muslo. "Ya, señora —dijo el criado—, ya la he pellizcado." Ella se volvió de nuevo hacia mí. "¿Ha notado, caballero, que alguna sombra de dolor altere mi faz? Nada he sentido. ¿Ha pellizcado en alguna ocasión a una estatua?..." "¿Qué es lo que más anhelaría poseer?" —le dije riendo con ostensible nerviosismo. "Uno no anhela nada —me respondió ella—, sólo recibe sentencias." "¿De muerte?" dije yo. "O de vida", recalcó ella. Di la vuelta al sillón y mirándola fijamente: "¿Se da usted cuenta de la inmensa felicidad que significa no estar atacado por la piedra?" "Se da usted cuenta de la inmensa desgracia que es estar atacada por la Piedra? —me dijo mirándose los brazos, y añadió con infinita gracia—: ¿Querría usted aprender mi baile?" "¿Qué baile? —respondí yo, intrigado por su tonillo reticente—, ¿qué baile?" Pero nada me contestaba pues ya se alejaba en su sillón de ruedas, mezclando una risa ligera a las estentóreas carcajadas de sus dos sirvientes.

A las cinco estaba yo en el comedor. Como había cedido mi puesto a la mujer de piedra, ocupé el segundo de la izquierda; esto es, vine a quedar situado justamente al lado del marido de la dama expositora del álbum. El comedor presentaba, como se dice, un "golpe de vista magnífico". Las sillas habían sido colocadas en semicírculo, y aquello parecía un pequeño anfiteatro, cerrado al fondo por falsas columnas de cemento estucado que eran parte de la recargada ornamentación del comedor; de columna a columna corrían festones y hayas, hojas y frutas de piedra, todo pintado de un delicioso y ridículo color amarillo. En las cuatro paredes del comedor se veían cuadros colgados con los tradicionales temas de cenas y convites; otros representaban inmensos fruteros llenos de zapotes, piñas, mangos, y también frutas de otros países, como la manzana y la pera, el melocotón y los dátiles. Una gran lámpara, cuyos ocho brazos eran otros tantos tritones, colgaba del centro del comedor. Yo me había perdido en la contemplación de sus bronces (cagados de moscas) y de sus lágrimas (más cagadas todavía) cuando un silencio repentino me hizo bajar la vista. Este silencio lo había provocado la dama del álbum que acababa de hacer su aparición. La seguía un hombre de pequeña estatura y regordete, que llevaba en sus brazos, como los sacerdotes llevan la Sagrada Forma en el cojín de terciopelo, un álbum inmenso de fotografías. Las esquinas del álbum estaban rematadas por cantoneras de peluche verde, y sus tapas eran de piel de gamuza. La dama parecía tener unos cincuenta años. Vestía a la moda de mil novecientos catorce, o cosa así, y llevaba un gran abanico de plumas con el que se daba aire lánguidamente. Una vez sentada, explicó con voz aguda que había hecho algunas innovaciones en su manera de exhibir las fotos del álbum. Dijo que a fin de evitar el ardiente deseo de los huéspedes —concebido, aunque no expresado, por efecto de la timidez— de volver a contemplar esta o aquella foto, no sólo había alterado el orden de las mismas; también habría de exhibirlas al azar. Abriría el álbum en cualquier parte, y entonces, haciendo girar su dedo índice —por supuesto, con los ojos cerrados— sobre la hoja, lo dejaría caer sobre un punto que estaría representado por una foto, siendo ésta la que por gracia del azar se exhibiría. En efecto: se la vio cerrar sus grandes ojos y hacer varios círculos sobre la hoja abierta al azar. Todos contenían la respiración. De pronto lo dejó caer, y pasados unos segundos anunció con voz estentórea que la foto elegida era aquella que representaba el momento en que, vestida de novia, se disponía a partir el pastel de bodas.

"Como ustedes pueden ver —esto de ver era relativo; sólo podían ver los huéspedes que estaban sentados en las dos primeras filas, o sea, aquellos que habían pagado—, esta foto recoge el momento en que yo, con el traje de novia, teniendo junto a mí al esposo elegido por mi corazón, y rodeada de familiares y amigos, me dispongo a partir el pastel de mis bodas. ¿No es así, Olegario?", y se volvió con afectado gesto a su marido. Éste movió la cabeza en sentido afirmativo, y ella continuó: "Fíjense que el perrito blanco que está junto a la mesa de la esquina del salón —esta observación acerca del perrito reportaría, con posterioridad a la exhibición del álbum, beneficios incalculables al espíritu de aquella comunidad; esto es, cuando huéspedes ricos y pobres se encontraran tomando el fresco en la azotea, se entablarían disquisiciones acerca de la verdadera situación del animalito en la topografía general de la foto, ya que los huéspedes ricos sí podían verlo y, por el contrario, los huéspedes pobres no podían— no es un perro de carne y hueso. Muy por el contrario, es un perrito de lana que la señora Dalmau me regaló." Aquí hizo una larga pausa y miró de hito en hito a la concurrencia. "¿Que cómo vine yo a saber que era un perro de lana? Verán ustedes: ya he dicho que la señora Dalmau me lo regaló; pero si yo simplemente digo esto y no aclaro que la señora Dalmau me lo hubo de traer precisamente en el momento de partir el pastel de mis bodas, ustedes, con toda seguridad, podrían creer que yo tenía el perrito con anterioridad a la bellísima ceremonia del pastel. Es así como yo, que entraba en ese momento en el salón del brazo de mi elegido", aquí se volvió de nuevo y dijo: "¿No es verdad, Olegario?, y seguida de una juventud riente y dichosa (juventud que detallaremos más tarde contando sus respectivas vidas), hube de ver un bello perrito blanco. Di un ligero grito y me incliné para tomarlo en brazos, mientras decía en voz alta de manera que pudiera ser escuchada por todos: ¡Qué bello perrito de lanas...! ¿Podría saber quién es su dichosa o dichoso dueño? Inmediatamente se dejó escuchar un grito que respondía al mío, y en el cual reconocía la voz de la señora Dalmau. '¡Oh!... (este fue el grito), querida; no es un perro de carne y hueso; no, es sólo un perro de lana que yo te obsequio por el día de tu boda'. Entonces el animalito artificial fue pasado de mano en mano. En el momento de tomarse la foto de la partición del pastel, supliqué al fotógrafo que tuviera la bondad de colocar al perrito en la misma posición en que lo encontré cuando mi entrada triunfal en el salón. Debo advertir que la pobre señora Dalmau hace ya mucho tiempo que nos dejó, quiero decir, que abandonó este valle de lágrimas, y fue a descansar en brazos de nuestro Creador. ¡Qué extraño! Si hasta parece chistoso; la señora Dalmau, que sí era de carne y hueso, ya no es nada; en cambio, el perrito que me regaló, que no era de carne y hueso, está todavía prestando un excelente servicio decorativo en una de mis *étagères*, al lado de tres muñecas noruegas. Vean: esto es lo que queda de la señora Dalmau (y ponía el dedo sobre un punto que sin duda era la imagen de la señora Dalmau). Nadie, viéndola tan rozagante, hubiera pensado... Se sabe que tenía un cáncer en el seno izquierdo. ¡La pobre...! Retratarse le producía verdadero pánico, pero puedo decir con legítimo orgullo que ésta es la única foto que se hiciera en vida. ¡Una verdadera prueba de amistad, señoras y señores, una verdadera prueba de amistad que bien sabe la señora Dalmau, allá sentada entre ángeles y potestades, cuánto le he agradecido y le agradeceré eternamente!" Se la vio sacar un pañuelo que pasó por sus ojos, y en seguida el dedo se posó en un punto que venía a quedar a mi extrema izquierda. "¿Y la muchacha del rostro encendido?, como yo la hube de bautizar. Sí, esta que vemos ataviada con vaporosos encajes blancos (y ponía su dedo nuevamente sobre un punto que sólo podía ser percibido por los huéspedes adinerados). Debo hacer una salvedad: habitualmente era de continente pálido, pero, por esos inexorables designios del destino, en ese día memorable de la partición del pastel de bodas, su rostro adquirió un sostenido tono rojo de fragua. Adviertan que, aun cuando la foto no es en colores, se nota un evidente contraste entre lo sombrío de su cara y lo blanco de sus encajes. ¿En razón de qué aparecía tan encendida? Su padre, para evitar el total desplome de sus finanzas, acababa de venderla en matrimonio a su antiguo socio, un viejo de sesenta años. Momentos antes de salir para mi casa con objeto de asistir a la ceremonia religiosa y después a la partición del pastel, su padre hubo de anunciarle tan infausta nueva. Nunca olvidaré que, de vuelta de la ceremonia, y con motivo de entrar yo en mi saloncito privado para arreglar una de mis ligas, que estaba floja, di de manos a boca con ella, que echada en un canapé azul se abanicaba furiosamente. Sin dar mayor importancia a su tono encendido le pregunté si tenía mucho calor, y le dije que aunque el convite no había empezado todavía, ella, en su calidad de amiga íntima de la familia, podía solicitar de uno de los criados una copa de sidra helada. Pero ella, agradeciendo con vivas protestas mi cordial ofrecimiento, me hizo saber que estaba condenada. ¿Condenada?, repetí yo, presa de tamaña curiosidad. Sí me respondió ella, con una agitación que subía de punto. Condenada por mi padre a darme por esposa de su socio, ese viejo libidinoso, ¡Oh!, dije yo, y golpeé ligeramente con el tacón de mi zapatito dorado la mullida alfombra, que devolvió un sonido ahogado. ¡Vendida! Y añadí de inmediato: ¿Y cuál es la causa? La ruina de mi padre —repuso ella sin dejarse de abanicar. Entonces yo le dije fríamente: ¡Querida, tú eres tú, y tu padre es él! No te cases. No dije media palabra más y salí a la sala principal donde se me aguardaba, entre risas, flores y champagne para la partición del pastel. Días más tarde, veraneando en el Lido, me entero por prensa del suicidio del padre de mi amiga: se había disparado un pistoletazo al no poder conjurar la ruina de sus finanzas, la que con toda seguridad se habría evitado por la alianza de su hija con su socio capitalista. ¿Y ella?, me dirán ustedes. Hace diez años que he perdido sus pasos; la última vez que nos vimos pesaba doscientas libras y fumaba un insoportable cigarro turco. ¿No es así, Olegario?"

Pero Olegario se había quedado dormido. La dama, al ver que su consorte no respondía con la inevitable inclinación de cabeza, perdió el ritmo de sus explicaciones y quedó muy desconcertada. Se hizo un silencio que yo aproveché para recorrer con la vista el auditorio. La felicidad de aquella gente era absoluta y ni la más categórica reparación social los habría satisfecho tanto como los satisfacían las explicaciones de la dama. Eran ya las ocho de la noche y hacía media hora que la dama permanecía con su cabeza inclinada sobre el pecho. Algunos huéspedes sacaron, de cartuchos que tenían debajo de los asientos, ciertas provisiones de boca y comenzaron a devorarlas tranquilamente. "Nadie puede saber sino hasta que lo haya experimentado qué es partir un pastel de bodas", y la dama retomó el hilo de su discurso. "Míreseme bien en ese momento: el cuchillo pegado a la masa del pastel, presto a hendir de arriba abajo esa montaña de crema, mientras mi mano izquierda se apoya nerviosamente en el antebrazo de mi consorte; la vista en lo alto, y las papilas gustativas de todos los invitados segregando saliva con una furia increíble. Debo advertir, para la mejor comprensión de la atmósfera de la foto, que éste fue el clímax de aquella inolvidable velada; por eso el fotógrafo lo inmovilizó para la eternidad, haciendo estallar en ese preciso instante su magnesio, que nos envolvió en una densa nube de humo blanco, con el consiguiente susto de las damas y las chanzas de los caballeros. Ahora voy a tener a bien explicar la historia particular del resto de los invitados, además de una minuciosa descripción de sus respectivas *toilettes*. Vamos a comenzar por la señora del gobernador, esta que ustedes ven aquí vistiendo un soberbio traje de *pailleté* negro —y su dedo volvía a caer sobre un punto sólo percibido por los huéspedes adinerados—. Amalia, que así se llamaba mi amiga del alma, en esa época de la partición del pastel, acababa de tener una niña, fruto de sus amores con el señor gobernador. Sí, es esta que vemos junto a la puerta. Pero, ¿he dicho la puerta? ¡Oh, terror sagrado me posee!" Se pasó la mano por la frente, y tras breves segundos prosiguió. "El que entraba por la verja del jardín y trasponía el corredor oriental venía a dar de manos a boca con la susodicha puerta. Claro que ustedes no pueden llevarse esa sorpresa, porque sólo tienen ante la vista una fotografía de la puerta y no la puerta misma; sin contar que ustedes no eran mis amigos en esa época y que la casa fue demolida hará cosa de veinte años. Pero de haber sido ustedes mis invitados en aquella ocasión o en cualquier otra, habrían experimentado el mismo terror que nos acometía a todos los que pasábamos frente a ella. ¿Que quién se ocultaba tras la puerta? Nadie, ni nada. Era una puerta falsa, quiero decir, que era una puerta pintada, es decir, que no existía, ¿lo oyen?, que no existía, como no existe un artesonado que vemos en un techo y que sin embargo está pintado para producir la sensación real de uno verdadero. Es, pues, por esta circunstancia, que nadie hubiera podido trasponerla. Esto era lo que precisamente me llenaba de terror; ya que existen puertas, al menos que tengan salida; a cualquier sitio que fuere, pero que tengan salida. Pues frente a esa puerta vino a situarse, como lo están ustedes viendo, la señora del gobernador, en el solemne momento de la partición del pastel. Momentos después de que se escuchara el estallido del magnesio y de que las nubes de humo se hubiesen perdido en lo alto, yo, percatándome de que Amalia permanecía en su posición de persona lista a fotografiarse, frente a la puerta, me le acerqué con una tajada de pastel y le dije: Querida, come de mi carne..., pero ella, rechazándome con su blanca mano, me decía: No, querida, antes debo dejar este bolso que me impide..., y se puso en movimiento a fin de trasponer la susodicha puerta. Todos los presentes lanzamos a coro una exclamación de terror, que fue respondida por un quejido desgarrador de nuestra querida amiga, que al no poder trasponer la puerta se había lastimado la nariz. Nosotros respondimos entonces con una risotada, pues su nariz aparecía embadurnada por la pintura fresca de la puerta, que había sido recién pintada con motivo de mis bodas. Y a propósito, voy a describir su vestido, que también salió manchado en aquel impacto memorable."

Ya llevábamos una semana completa en la descripción del vestido. Por ejemplo, relatar el bordado de las mangas trajo a colación el nombre de la bordadora, nombre que la dama del álbum hubo de preguntar a su amiga en aquella ocasión. Asimismo fue contada la trágica historia de esta bordadora, raptada por su amante y muerta violentamente tras haberla violado. A juzgar por el entusiasmo descriptivo de la dama, la sesión prometía sobrepasar el tiempo máximo de seis meses que se había alcanzado hasta entonces. En uno de los breves momentos en que la dama suspendía sus explicaciones para apurar un enorme vaso de limonada fría, fui vivamente congratulado por todos los allí reunidos, pues, se me decía, la sesión, con toda seguridad, iba a superar el tiempo de las sesiones anteriores. También me convencieron de que no constituía vergüenza ninguna defecar sobre el asiento en que me encontraba. Defequé, pues, copiosamente sobre mi butaca, mientras la jovencita a mi lado me ofrecía un pedazo de carne asada, y yo, en justa reciprocidad, la obsequiaba con un trozo de pollo frío. Como había llegado el invierno y las noches se hacían frías, el portero se ausentó para traer frazadas a los huéspedes que las desearon, eso sí, siempre que pagasen por el servicio prestado. Exactamente como me lo había anunciado, la dama de piedra murió a los cinco meses justos de haberse iniciado la sesión. Nunca olvidaré su cara. En el momento en que ella expiraba, la dama del álbum decía, con gran énfasis que la confección del pastel de bodas había sido realizada bajo su personal dirección. A medida que enumeraba los ingredientes necesarios, la expirante cara de la señora de piedra parecía decir a la dama del álbum que se apresurara. Pero todo fue en vano, y tengo la seguridad de que la fallecida no pudo escuchar la relación de los tres últimos ingredientes. En acabando de expirar la dama de piedra, la dama del álbum decía lentamente y cortando mucho las palabras: "Finalmente se añade a la masa partes iguales de vainilla, canela y esencia de limón..." Ya entrábamos en el octavo mes y la dama no había concluido aún la enumeración de los incontables regalos de boda que había recibido de familiares y amigos, regalos que aparecían en la fotografía colocados en una gran mesa que estaba frente a la otra de los dulces y licores. Claro que lo que el ojo alcanzaba a ver en la foto era sólo una mesa y encima de ella una enorme mancha, pero como la dama sabía de memoria hasta el último de aquellos objetos, los podía ir enumerando con gran fidelidad. Aquello sí constituía un espectáculo magnífico y no esas insípidas sesiones de cine con su insoportable cámara oscura y sus inevitables masturbaciones. Eran las seis de la tarde del último día de ese octavo mes, y acababa la dama de describir una pequeña acuarela que se observaba encima de un lindo musiquero, cuando, cerrando pesadamente el álbum, se levantó e inició la salida, seguida por su esposo, que llevaba, los brazos en alto, el precioso objeto. Todo el mundo supo entonces que la sesión había terminado.

1944

48

El parque

Siempre se había discutido con viva pasión si el parque era rectangular o cuadrado. El sabio del pueblo afirmaba que era una de tantas ilusiones ópticas muy frecuentes en toda la tierra; opinión que apoyaba el agrimensor afirmando que cualquier transeúnte que viniera en dirección al parque por su lado norte lo vería rectangular, pero que, asimismo, otro que lo hiciera por su lado este lo vería cuadrado. En el fondo, sólo disputas municipales. Sobre todo, lo que hacía el orgullo de los habitantes de M. era el magnífico piso de granito gris que cubría sus doscientos metros —rectangulares o cuadrados— del parque. Ayudaba a prestarle mayor solemnidad la total ausencia de arbolado. En el centro se levantaba algo así como una columna retorcida. O también podría decirse que aquella masa gris no tenía forma definida o que recordara algún objeto preciso. Se le llamaba humorísticamente el Monumento a los Obreros del Ramo de Marmolería y Piedras de Pavimentación. Se contaba que los obreros encargados de accionar las máquinas pulimentadoras del granito las habían, en la última jornada de trabajo, manejado con tal ardor, con tal devoción ciudadana, que al llegar los cuatro obreros y las cuatro máquinas, desde los cuatro ángulos de la plaza hasta su centro, chocaron para ser inmediatamente cubiertos por una gigantesca columna de granito líquido que resolvió el espinoso problema de orden público de la putrefacción de los cuerpos y el enmohecimiento de las máquinas. Tampoco se advertían bancos.

De pronto y bajo un sol terrible —eran aproximadamente las tres de la tarde— T. avanzó destocado, de izquierda a derecha y de norte a sur. Al llegar al espacio inmediatamente anterior al monumento conmemorativo, vio a D. que, viniendo del oeste, sombreaba un tanto con su cuerpo la mitad derecha de su cara. Un poco más allá las excretas de un perro probaban que el basurero no había pasado todavía.

1944

El comercio

El comercio —una sombrerería— estaba en la esquina del parque. En aquel momento el dueño decía algo en voz baja al muchacho encargado de llevar las compras a los clientes. Éste lo escuchaba mientras daba los últimos escobazos en la parte del piso donde el declive era más pronunciado, a fin de que las aguas, en caso de limpieza general, pudieran ir al patinillo interior. Para mayor comodidad de la clientela bastante distinguida que frecuentaba el comercio, el dueño había instalado un gran espejo ovalado y al lado del espejo una repisa donde descansaba un enorme peine de plata. A veces, algún rostro pegaba descuidadamente su nariz al cristal del escaparate, pero el diligente muchacho salía en seguida con un gran trozo de franela y pulía una y otra vez aquella empañada parte del cristal. Además del dueño había dos dependientes, pues era exclusivamente comercio de sombreros de señora. En diez años de servicio en la casa, la empleada A. había dejado de asistir un día al trabajo, pero la empleada B. —que jamás sufrió un accidente parecido— la sustituyó con tanta diligencia que la venta acostumbrada no disminuyó en modo alguno. Eran ya las once de la mañana cuando una señora, ataviada con suma elegancia, atravesó el parque, subió a la acera, entró en el comercio. La empleada A. salió a recibirla con su acostumbrada gentileza mientras la empleada B. (la que jamás faltara al trabajo) con su flotante caminar se interpuso un instante entre las dos para perderse, al fin, por la galería que llevaba al almacén. Entre tanto, la señora retocaba sus cabellos con el gran peine de plata y en seguida ofrecía su bella cabeza a la empleada A., para que ésta le colocase el modelo solicitado. Un poco más allá el dueño se metía un dedo en la nariz, aprovechando que el cuerpo de la empleada B., que ya venía del almacén con dos grandes cajas de sombreros, impedía que la señora pudiese descubrirlo. Pero la señora, ya pagado el importe del sombrero elegido, se alejaba hacia la calle mientras la empleada A., recogiendo los billetes de banco, se cruzaba en el centro del comercio con la empleada B., que volvía al almacén con las dos cajas de sombreros.

1944

La boda

Los invitados que llegaron con la debida puntualidad pudieron ver cómo dos hombres de alguna edad, caminando de espaldas al atrio y viniendo del altar, desenvolvían de un enorme carrete dos cintas blancas que colocaban sobre los espaldares de los asientos situados junto a la senda nupcial. Los que no llegaron con la debida puntualidad vieron las cintas ya colocadas. También, la gran alfombra roja. A una señal, el altar se iluminó, mientras el pie derecho de la novia penetraba en el templo. Cuando el extremo de la cola de su vestido tocó justo el sitio donde su pie derecho había marcado una levísima huella, se pudo observar que dejaba atrás treinta cabezas de águila que formaban el tope de otras tantas columnas situadas en el atrio. Así que una vez llegada la novia ante el oficiante, el extremo de su cola vino a quedar separado de su cuerpo por una distancia de treinta cabezas de águila. Claro que la distancia parecía un tanto mayor a causa del ángulo que se formaba de los hombros al suelo. Pero no era tan agudo como para que se le considerase capaz de producir una sensación de ostensible malestar físico. El piso, de mármol, estaba un poco manchado. También, las cintas limitadoras dejaban ver un pequeño ángulo por el vacío existente entre asiento y asiento. Pero ya la novia iniciaba la salida apoyando suavemente su pie izquierdo en el primer peldaño de la graciosa escalinata que conducía hasta el altar. De modo que, a causa del paso dado por su pie derecho, el extremo de la cola avanzó un tanto en dirección al altar. Igualmente, por efecto de su cuerpo al volverse hacia la concurrencia, parte de la cola que arrancaba de los hombros enrollóse sobre la espalda y en su parte izquierda. Entonces fue descendiendo pausadamente los peldaños de la alfombra roja. También el piso de la senda estaba un poco manchado. Ya se acercaba al punto donde el extremo de la cola se abandonaba como un animal echado. Al coincidir con ésta, hizo un ligerísimo movimiento desarrollado de abajo arriba, esto es, de su talle a sus hombros, y el extremo de la cola respondió con un breve funcionamiento, pero tan afinado que permitió al pie derecho pasar sin fatiga alguna. Desde este momento la cola fue perdiendo su inclinación y comenzó a seguir a la novia. Ésta ya daba su último paso con el pie derecho sobre la alfombra roja, y su cuerpo, perdiéndose en la caja del coche, indicaba claramente que la boda había terminado.

1944

51

La batalla comenzaría con matemática precisión a las once de la mañana. Los generalísimos de uno y otro ejército se hacían lenguas de la eficiencia y el valor de sus soldados, y de haber confiado en los entusiasmos de los generalísimos se habría caído en el grave error lógico de suponer que dos victorias tendrían que producirse inevitablemente. Pero siguiendo estas mismas deducciones lógicas es preciso confesar que algo extraño comenzaba a deformar aquellas concepciones. Por ejemplo, el generalísimo del ejército atrincherado en la colina dio muestras de ostensible impaciencia al comprobar, cronómetro en mano, que todavía a las once y cinco minutos no se había producido el ablandamiento de las defensas exteriores de su ejército por parte de la aviación enemiga. Todo esto era tan insólito, contravenía de tal modo el espíritu de regularidad de la batalla, que sin poder ocultar sus temores tomó el teléfono de campaña a fin de comunicárselos a su rival, el generalísimo del otro ejército, atrincherado a su vez en la vasta planicie fronteriza a la citada colina. Éste le respondió con la misma angustia. Ya habían transcurrido cinco minutos y el ablandamiento de las defensas exteriores no tenía trazas de comenzar. Imposible iniciar la batalla sin esta operación preparatoria. Pero las cosas se fueron complicando al negarse los tanquistas a iniciar el asalto. Los generalísimos pensaron en los procedimientos expeditivos del fusilamiento. Tampoco fue posible llevarlos a cabo. Los generalísimos estuvieron de acuerdo en que la negativa a combatir no provenía de esas causas que se resumen en la conocida frase: "Baja moral de las tropas...". A fin de dar ejemplo de disciplina y obediencia a la causa militar, los generalísimos entablaron una singular batalla: conduciendo cada uno un gran tanque se acometieron como dos gigantes. La lucha fue breve y ambos perecieron. Frente a un espejito colgado de un trípode, un soldado se rasuraba. Un enorme gato daba vueltas alrededor de un paracaídas desplegado.

El perro mascota del ejército atrincherado en la planicie mordisqueaba con indolencia una mano del generalísimo del ejército atrincherado en la colina. No era aventurado suponer que todavía a las doce y cuarto la batalla no habría comenzado.

1944

En el insomnio

El hombre se acuesta temprano. No puede conciliar el sueño. Da vueltas, como es lógico, en la cama. Se enreda entre las sábanas. Enciende un cigarrillo. Lee un poco. Vuelve a apagar la luz. Pero no puede dormir. A las tres de la madrugada se levanta. Despierta al amigo de al lado y le confía que no puede dormir. Le pide consejo. El amigo le aconseja que haga un pequeño paseo a fin de cansarse un poco. Que en seguida tome una taza de tilo y que apague la luz. Hace todo esto. No logra dormir. Se vuelve a levantar. Esta vez acude al médico. Como siempre sucede, el médico habla mucho pero el hombre no se duerme. A las seis de la mañana carga un revólver y se levanta la tapa de los sesos. El hombre está muerto pero no ha podido quedarse dormido. El insomnio es una cosa muy persistente.

1946

El infierno

Cuando somos niños, el infierno es nada más que el nombre del diablo puesto en la boca de nuestros padres. Después, esa noción se complica, y entonces nos revolcamos en el lecho, en las interminables noches de la adolescencia, tratando de apagar las llamas que nos queman —¡las llamas de la imaginación! Más tarde, cuando ya no nos miramos en los espejos porque nuestras caras empiezan a parecerse a la del diablo, la noción del infierno se resuelve en un temor intelectual, de manera que para escapar a tanta angustia nos ponemos a describirlo. Ya en la vejez, el infierno se encuentra tan a mano que lo aceptamos como un mal necesario y hasta dejamos ver nuestra ansiedad por sufrirlo. Más tarde aún (y ahora sí estamos en sus llamas), mientras nos quemamos, empezamos a entrever que acaso podríamos aclimatarnos. Pasados mil años, un diablo nos pregunta con cara de circunstancia si sufrimos todavía. Le contestamos que la parte de rutina es mucho mayor que la parte de sufrimiento. Por fin llega el día en que podríamos abandonar el infierno, pero enérgicamente rechazamos tal ofrecimiento, pues, ¿quién renuncia a una querida costumbre?

1946

Cosas de cojos

Los cojos, a pesar de su cojera, van y vienen por las calles. Hay cojos de una muleta y cojos de dos muletas, pero unos y otros apenas si obtienen que el público repare distraídamente en su cojera. Podrían despertar mayor interés si se decidieran a marchar en bandadas exigiendo que se les devolviera la pierna perdida. Pero no, está visto que un cojo evita la compañía de otro cojo; no así los ciegos, que acostumbran acompañarse y meten ruido con sus bastones...

Sin embargo, a despecho de esta soledad y recato inherentes a la cojera, no hace mucho dos cojos estuvieron a dos dedos de encontrarse.

Uno de estos cojos (cojo de la pierna derecha), como tenía que comprar un zapato para su pierna buena, decidió apostarse —por supuesto, con la mayor discreción— frente a una zapatería en espera de otro cojo que tuviera necesidad de un zapato para su pierna derecha.

Su razonamiento era excelente: ¿por qué iría a comprar dos zapatos si con uno le bastaba? Supongamos que esos zapatos costaran doscientos pesos: ¿por qué perder tontamente la mitad de esta suma? No hay duda de que los cojos tienen una lógica implacable.

Ahora bien, como la vida no es tan sencilla como parece, ocurre que ese cojo, que él aguardaba anhelosamente, había tenido su misma ocurrencia, pero, en cambio, no había escogido la misma zapatería.

Es proverbial la tenacidad de los cojos. Pasaban los años, el feliz encuentro nunca se producía, pero no por ello cejaban en su empeño. La multitud, que sólo tiene imaginación para escenas de sangre y de horror, imaginó que estos cojos eran nada menos que espías internacionales, pero como ellos sólo miraban melancólicamente los zapatos, no creyó necesario denunciarlos a la policía.

Sin embargo, no todo es rigor y drama en esta vida. Un buen día, dos cojas (no por avaricia, sino por malparada economía) tuvieron la misma idea que nuestros dos cojos, y quiso el azar que vinieran a apostarse frente a las zapaterías donde estaban apostados desde hace años los cojos de nuestra historia.

Éstos, al principio, las miraron con manifiesta indiferencia. Si un zapato de mujer no casa con uno de hombre, ¿qué papel pintaban allí esas cojas?

Porque lo cierto es que la presencia de una coja junto a un cojo tiene justificación en cualquier parte, menos en una zapatería.

Pero la atracción de los sexos es poderosa. Un día, los cojos y las cojas acabaron por mirarse amorosamente, y apoyándose en sus muletas se estrecharon para escuchar el latido de sus corazones.

Minutos después ambas parejas entraban en sus respectivas zapaterías, pues, ¿se ha visto alguna vez que un cojo y una coja marchen al altar con el zapato roto?

1956

La cara

Una mañana me llamaron por teléfono. El que lo hacía dijo estar en gran peligro. A mi natural pregunta: "¿Con quién tengo el gusto de hablar?", respondió que nunca nos habíamos visto y que nunca nos veríamos. ¿Qué se hace en esos casos? Pues decir al que llama que se ha equivocado de número; en seguida, colgar. Así lo hice, pero a los pocos segundos de nuevo sonaba el timbre. Dije a quien de tal modo insistía que por favor marcase bien el número deseado y hasta añadí que esperaba no ser molestado otra vez, ya que era muy temprano para empezar con bromas.

Entonces me dijo con voz angustiada que no colgase, que no se trataba de broma alguna; que tampoco había marcado mal su número; que era cierto que no nos conocíamos, pues mi nombre lo había encontrado al azar en la guía telefónica. Y como adelantándose a cualquier nueva objeción, me dijo que todo cuanto estaba ocurriendo se debía a su cara; que su cara tenía un poder de seducción tan poderoso que las gentes, consternadas, se apartaban de su lado como temiendo males irreparables. Confieso que la cosa me interesó; al mismo tiempo, le dije que no se afligiera demasiado, pues todo tiene remedio en esta vida...

—No —me dijo—. Es un mal incurable, una deformación sin salida. El género humano se ha ido apartando de mí; hasta mis propios padres hace tiempo me abandonaron. Me trato solamente con lo menos humano del género humano, es decir, con la servidumbre... Estoy reducido a la soledad de mi casa. Ya casi no salgo. El teléfono es mi único consuelo, pero la gente tiene tan poca imaginación... Todos, sin excepción, me toman por loco. Los hay que cuelgan diciendo frases destempladas; otros me dejan hablar y el premio es una carcajada estentórea; hasta los hay que llaman a personas que están cerca del aparato para que también disfruten del triste loco. Y así, uno por uno, los voy perdiendo a todos para siempre.

Quedé conmovido, pero también pensaba que me la estaba viendo con un loco; sin embargo, esa voz tenía un tal acento de sinceridad, sonaba tan adolorida, que me negaba a soltar la carcajada, dar el grito y cortar la comunicación sin más explicaciones. Una nueva duda me asaltó. ¿No sería un bromista? O sería la broma de uno de mis amigos queriendo espolear mi imaginación (soy novelista). Como no tengo pelos en la lengua se lo solté.

—Bueno —dijo filosóficamente—. Yo no puedo sacarle esa idea de la cabeza; es muy justo que usted desconfíe, pero si usted tiene confianza en mí, si su piedad alcanza a mantener esta situación, ya se convencerá de la triste verdad que acabo de confiarle. —Y sin darme tiempo para nuevas objeciones, añadió—: Ahora espero la sentencia. Usted tiene la palabra. ¿Qué va a ser? —murmuró con terror—. ¿Una carcajada, un grito?

—No —me apresuré a contestar—. No lo voy a dejar desamparado; eso sí —añadí—, sólo hablaré con usted dos veces por semana. Soy una persona con miles de asuntos. Desgraciadamente, mi cara sí la quieren ver todos o casi todos. Soy escritor, y ya sabe usted lo que eso significa.

—Loado sea Dios —respondió—. Usted me detiene al borde del abismo.

—Pero —lo interrumpí— temo que nuestras conversaciones tengan que ser suspendidas por falta de tema. Como no tenemos nada en común, ni amigos comunes, ni situaciones de dependencia, como, por otra parte, no es usted mujer (ya sabe que las mujeres gustan de ser enamoradas por teléfono), creo que vamos a bostezar de aburrimiento a los cinco minutos.

—También yo he pensado lo mismo —me contestó—. Es el riesgo que se corre entre personas que no pueden verse la cara... Bueno —suspiró—. Nada se pierde con probar.

—Pero usted —le objeté—, si fracasamos, usted se va a sentir muy mal. ¿No ve que puede ser peor el remedio que la enfermedad?

No me fue posible hacerlo desistir de su peregrina idea. Hasta se le ocurrió una de lo más singular: me propuso que asistiéramos a diferentes espectáculos para cambiar impresiones. Esta proposición, que al principio casi tuvo la virtud de irritarme, acabó par hacerse interesante. Por ejemplo, me decía que asistiría al estreno de la película tal a tal hora... Yo no faltaba. Tenía la esperanza de adivinar esa cara, seductora y temible, entre los cientos de personas que colmaban la sala de proyección. A veces mi curiosidad era tan intensa, que imaginaba a la policía cerrando las salidas, averiguando si no había en el cine una persona con una cara seductora y temible. Pero, ¿puede ser ésta una pista infalible para un esbirro? Lo mismo puede tener cara seductora y temible el mágico joven que el malvado asesino. Hechas estas reflexiones me apaciguaba, y cuando volvíamos a nuestras conferencias por teléfono, y yo le contaba estas rebeldías, él me suplicaba, con voz llorosa, que ni por juego osase nunca verle la cara, que tuviese por seguro que tan pronto contemplara yo su "cara sobrecogedora", me negaría a verlo por segunda vez. Que él sabía que yo me quedaría tan campante, pero que pensase en todo lo que él perdería. Que si yo le importaba un poco como desvalido ser humano, que nada intentase con su cara. Y a tal punto se puso nervioso que me pidió permiso para que no coincidiéramos, en adelante, en ningún espectáculo.

—Bien —le dije—. Concedido. Si usted lo prefiere así, no estaremos más "juntos" en parte alguna. Pero será con una condición...

—Con una condición... —repitió débilmente—. Usted me pone condiciones y me pone en aprietos. Ya me imagino lo que va a costarme la súplica.

—La única que usted no podría aceptar sería vernos las caras... Y no, ésa nunca la impondría. Me interesa usted bastante como para acorralarlo.

—Entonces, ¿qué condición es ésa? Cualquier situación que usted haya imaginado será siempre temeraria. Piénselo —me dijo con voz suplicante—. Piénselo antes de resolver nada. Por lo demás —añadió—, estamos tan seguros a través del hilo del teléfono...

—¡Al diablo su teléfono! —casi grité—. Yo tengo absoluta necesidad de verlo a usted. ¡No, por favor! —me excusé, pues sentí que casi se había desmayado—. ¡No, no quiero decir que tenga que verle la cara expresamente! Yo nunca osaría vérsela; sé que usted me necesita, y aun cuando muriese literalmente de ganas de contemplar su cara, las sacrificaría por su propia seguridad. Viva tranquilo. No, lo que quiero decir es que yo también sufro. No es a usted solo a quien su cara juega malas pasadas, a mí también me las juega... Quiere obligarme a que yo la vea; quiere que yo también lo abandone.

—No había previsto esto —me respondió con un hilo de voz—. ¡Maldita cara que, hasta oculta, me juega malas pasadas! Como iba a imaginar yo que usted se desesperaría por contemplarla.

Hubo un largo silencio; estábamos muy conmovidos para hablar. Finalmente, él lo rompió: "¿Qué hará usted ahora?"

—Resistir hasta donde pueda, hasta donde el límite humano me lo permita..., hasta...

—Sí, hasta que su curiosidad no pueda más —me interrumpió con marcada ironía—. Ella puede más que su piedad.

—¡Ni una ni otra! —así le grité—. ¡Ni una ni otra!... No es que haya sido "exclusivamente" piadoso con usted. También hubo de mi parte mucho de simpatía —añadí amargamente—. Y ya lo ve, ahora me siento tan desdichado como usted.

Entonces él juzgó prudente cortar la tensión con una suerte de broma, pero el efecto que me produjo fue deprimente. Me dijo que ya que su cara tenía la virtud de "sacarme de mis casillas", él daba por concluidas nuestras entrevistas, y que, en adelante, buscaría una persona que no tuviera la curiosidad enfermiza de verle la cara.

—¡Eso nunca! —imploré—. Si usted hiciese tal cosa, me moriría. Sigamos como hasta ahora. Eso sí —añadí—, hágame olvidar el deseo de verle la cara.

—Nada puedo hacer —me contestó—. Si fracaso con usted, será el fin.

—Pero al menos déjeme estar cerca de usted —le supliqué—. Por ejemplo, le propongo que venga a mi casa...

—Usted bromea ahora. Ahora le toca a usted ser el bromista. Porque eso es una broma, ¿no?

—Lo que yo le propongo —aclaré— es que usted venga a mi casa, o yo a la suya; que podamos conversar frente a frente en las tinieblas.

—¡Por nada del mundo lo haría! —me dijo—. Si por teléfono ya se desespera, qué no será a dos dedos de mi cara...

Pero lo convencí. Él no podía negarme nada, así como tampoco yo podía negarle nada. El "encuentro" tuvo lugar en su casa. Quería estar seguro de que yo no le jugaría una mala pasada. Un criado que salió a atenderme al vestíbulo, me registró cuidadosamente.

—Por orden del señor —advirtió.

No, yo no llevaba linterna, ni fósforos: nunca hubiera recurrido a expedientes tan forzados, pero él tenía tal miedo de perderme que no alcanzaba a medir lo ridículo y ofensivo de su precaución. Una vez que el criado se aseguró de que yo no llevaba conmigo luz alguna, me tomó de la mano hasta dejarme sentado en un sillón. La oscuridad era tan cerrada que yo no habría podido ver el bulto de mi mano pegada a mis ojos. Me sentí un poco inmaterial, pero, de todos modos, se estaba bien en esa oscuridad. Además, por fin iba yo a escuchar su voz sin el recurso del teléfono, y lo que es más conmovedor, por fin estaría él a dos dedos de mí, sentado en otro sillón, invisible, pero no incorpóreo. Ardía en deseos de "verlo". ¿Es que ya estaba, él también, sentado en su sillón, o todavía demoraría un buen rato en hacer su entrada? ¿Se habría arrepentido, y ahora vendría el criado a decírmelo? Comencé a angustiarme. Acabé por decir:

—¿Está usted ahí?

—Mucho antes que usted —me contestó su voz que sentí a muy corta distancia de mi sillón—. Hace rato que le estoy "mirando".

—Yo también le estoy "mirando". ¿Quién osaría ofender al cielo, pidiendo mayor felicidad que ésta?

—Gracias —me contestó con voz temblorosa—. Ahora sé que usted me comprende. Ya no cabe en mi alma la desconfianza. Jamás intentará usted ir más allá de estas tinieblas.

—Así es —le dije—. Prefiero esta tiniebla a la tenebrosidad de su cara. Y a propósito de su cara, creo que ha llegado el momento de que usted se explique un poco sobre ella.

—¡Pues claro! —y se removió en su asiento—. La historia de mi cara tiene dos épocas. Hasta que fui su aliado, cuando pasé a ser su enemigo más encarnizado. En la primera época, juntos cometimos más horrores que un ejército entero. Por ella se han sepultado cuchillos en el corazón y veneno en las entrañas. Algunos han ido a remotos países a hacerse matar en lucha desigual, otros se han tendido en sus lechos hasta que la muerte se los ha llevado. Tengo que destacar la siguiente particularidad: todos esos infelices expiraban bendiciendo mi cara. ¿Cómo es posible que una cara, de la que todos se alejaban con horror, fuese, al mismo tiempo, objeto de postreras bendiciones?

Se quedó un buen rato silencioso, como el que en vano trata de hallar una respuesta. Al cabo, prosiguió su relato:

—Este sangriento deporte (al principio, apasionante) se fue cambiando poco a poco en una terrible tortura para mi ser. De pronto, supe que me iba quedando solo. Supe que mi cara era mi expiación. El hielo de mi alma se había derretido, yo quise redimirme, pero ella, en cambio, se contrajo aún más, su hielo se hizo más compacto. Mientras yo aspiraba, con todo mi ser, a la posesión de la ternura humana, ella multiplicaba sus crímenes con saña redoblada, hasta dejarme reducido al estado en que usted me contempla ahora.

Se levantó y comenzó a caminar. No pude menos que decirle que se tranquilizara, pues con semejantes tinieblas pronto daría con su cuerpo en tierra. Me aclaró que sabía de memoria el salón y que en prueba de ello haría el *tour de force* de invitarme a tomar café en las tinieblas. En efecto, sentí que manipulaba tazas. Un débil resplandor me hizo saber que acababa de poner un jarro con agua sobre un calentador eléctrico. Miré hacia aquel punto luminoso. Lo hice por simple reflejo ocular; además, él estaba tan bien situado que tan débil resplandor no alcanzaba a proyectar su silueta. Le gasté una broma sobre que yo tenía ojos de gato, y él me contestó que cuando un gato no quiere ver a un perro sus ojos son los de un topo... Se puso tan contento con el hecho de poder recibir en su casa, a pesar de su cara, a un ser humano y rendirle los sagrados honores de la hospitalidad, que lo expresó por un chiste; me dijo que como el café se demoraba un poco podía distraerme "leyendo una de las revistas que estaban a mi alcance, sobre la mesa roja con patas negras...".

Días más tarde, haciendo el resumen de la visita, comprobaba que se había significado por un gran vacío. Pero no quise ver las cosas demasiado negras, y pensé que todo se debía a una falta de acomodo a la situación creada. En realidad —me decía—, todo pasa como si no existiese esa prohibición terminante de vernos las caras. ¿Qué importancia tiene, después de todo, un mero accidente físico? Por otra parte, si yo llegara a verla, probablemente me perdería yo, perdiéndolo a él de paso. Pero, en relación con esto, si su alma actual no está en contubernio con su cara, no veo qué poder podría tener ella sobre la cara del prójimo. Porque supongamos que yo veo al fin su cara, que esta cara trata de producir en mi cara un efecto demoledor. Nada lograría, pues su alma, ¿no está ahí, lista para parar el golpe de su cara? ¿No está ahí pronta a defenderme, y lo que es más importante, a retenerme?

En nuestra siguiente entrevista le expuse todos estos razonamientos; razonamientos que me parecieron tan convincentes, que ni por un momento dudé que iba a levantarse para inundar de luz su tétrico salón. Pero cuál no sería mi sorpresa al oírle decir:

—Usted ha pensado en todas las posibilidades, pero olvida la única que no podría ser desechada...

—Cómo —grité—, ¿es que existe todavía una posibilidad?

—Claro que existe. No estoy seguro de que mi alma vaya a defenderlo a usted de los ataques de mi cara.

Me quedé como un barco que es pasado a ojo por otro barco. Me hundí en el sillón y más abajo del sillón, hundido en el espeso fango de esa horrible posibilidad. Le dije:

—Entonces, su alma, ¿no está purificada?

—Lo está. No me cabe la menor duda, pero, ¿y si mi cara asoma la oreja? Ahora bien, si la cara se mostrase, no sé si mi alma se pondría contra ella o a favor de ella.

—¿Quiere decir —vociferé— que su alma depende de su cara?

—Si no fuera así —me respondió sollozando— no estaríamos sentados en estas tinieblas. Estaríamos viéndonos las caras bajo un sol deslumbrador:

No le respondí. Me pareció inútil añadir una sola palabra. En cambio, dentro de mí, lancé el guante a esa cara seductora. Ya sabía yo cómo vencerla. Ni me llevaría al suicidio ni me apartaría de él. Mi próxima visita sería quedarme definitivamente a su lado; a su lado, sin tinieblas, con su salón lleno de luces, con las caras frente a frente.

Poco me queda por relatar. Pasado un tiempo, volví por su casa. Una vez que estuve sentado en mi sillón le hice saber que me había saltado los ojos para que su cara no separase nuestras almas, y añadí que como ya las tinieblas eran superfluas, bien podrían encenderse las luces.

1956

La condecoración

Cuando cumplí los quince años —momentos en que iba a desempeñar mi primer puesto como humilde empleado— mi padre me hizo un singular regalo. En ese día me llamó a su cuarto de enfermo. Con voz cansada por los años, me dijo:

—Hijo mío, he caminado toda mi vida. Mucho antes de cumplir los años que hoy tú cumples, empecé a caminar por esas calles. Primero lo hice de mensajero: así empezamos y terminamos los de nuestra familia; más tarde ocupé un puesto en una oficina; años después me casé con tu madre, fui maestro de escuela, quise mejorar y visité los despachos de los ministros; vinieron los hijos, las necesidades fueron mayores y el caminar se hizo más encarnizado. Cuando caí finalmente en este sillón para no levantarme más, maté las horas recordando el movimiento de mis piernas durante largos años por las calles de la gran ciudad. Recordando y recordando, viendo a mis piernas en tales años por tales calles, pensé que la única justificación de estas tristes andanzas habría consistido en poder saber el número de kilómetros recorridos por ellas. Piensa que tengo un gran remordimiento, una deuda sagrada conmigo mismo. ¡Si al menos yo hubiera podido, frente al fracaso de mi vida, presentar una atenuante a la culpa; leer con voz alborozada en este cuarto de la muerte el numero exacto de kilómetros recorridos por estas piernas! ¿No crees que sería como una especie de apoteosis?

Se miró las piernas; yo lloraba enternecido. En ese momento entró mi madre y viendo mi cara bañada en llanto preguntó si yo había cometido alguna falta. Mi padre, con celestial sonrisa, le aseguró que se equivocaba, que mi llanto se debía al natural temor que todos tenemos frente a una situación desconocida. Una vez que ella se hubo retirado, mi padre abrió el cajón de un mueble que tenía a su alcance. De allí extrajo un objeto circular muy parecido a un juguete

—Veo en tu cara que piensas que voy a obsequiarte un juguete. No. Nada de eso. Debes tener muy presente que lo único que te será permitido de hoy en adelante es caminar y caminar. Caminarás sin descanso hasta caer vencido en la carrera. No quiero ocultarte nada; si te hablo claro, si parezco cruel es porque quiero salvarte del remordimiento en los días postreros. Mira —y me alargó el objeto—. He aquí tu justificación.

Tomé con manos temblorosas aquel misterioso artefacto, no más grande que un reloj de bolsillo. Como éstos, tenía una esfera, pero sobre ella no aparecían dibujados los números. Desconcertado, le di vueltas y más vueltas entre mis dedos. Por fin, mi padre, viendo mi consternación, dijo:

—Es un cuentamillas.

Y no sin cierto orgullo añadió:

—Lo he fabricado con mis propias manos. Mira, cada paso que den tus piernas será medido por este eficaz invento. —Se quedó un momento silencioso y al cabo prosiguió—: El día que tus piernas no tengan que arrastrarte más, bien porque el tiempo las haya vencido, bien porque un accidente te clave definitivamente en el lecho, bien porque un golpe de la suerte te favorezca (pero no, esto último no es posible, la suerte no se ha hecho para ti), ese día, digo, descorre esta tapa que ahora yo levanto —vi cómo sus huesudos dedos levantaban, en efecto, la tapa—, y podrás leer el numero de kilómetros que tus piernas han caminado en tu vida. Tus dudas, tus angustias se calmarán con lectura tan reveladora: ¡entonces podrás morir justificado!

Caí de rodillas y abracé sus piernas. Aunque era muy joven y no medía exactamente el tamaño del drama, no por ello me entristecía menos la definitiva condena de mi padre, condena aún más acerba si se tiene en cuenta que, al mismo tiempo, obraba él mi completa justificación.

Me ordenó que me desnudase (y digo que me lo ordenó, pues en ese momento su voz fue como la de un rey que exigiese vasallaje). La orden era tan terminante que me quité las ropas.

—Hijo mío —y me contempló largamente, dejando resbalar su mirada hasta mis piernas—, en esta fecha solemne de tus quince años, yo te condecoro con la orden del Gran Fracaso —y diciendo y haciendo me puso en el lado del corazón, atado con una correa, el fúnebre artefacto.

Respiró hondamente, y como para terminar con una escena que debía serle sumamente penosa, añadió estas últimas palabras con voz entrecortada:

—Y no olvides dar cuerda al aparato todas las mañanas. Que ése sea tu primer acto del día. Desde ahora forma parte de tu propio ser. Y ahora, vete tranquilo a caminar...

1956

Cómo viví y cómo morí

Pues viví, salvo algunas satisfacciones de tono menor, como un miserable. Un miserable es un ser humano cuyo trasero se encuentra a la disposición de todos los pies; absolutamente de todos los pies, comprendidos los mismos pies de los miserables. Un detalle curioso; si un juez o un periodista me preguntase qué animal he visto más en mi vida, le diría sin vacilación que la cucaracha. Más que perros y gatos, animales que siempre ganarían en un concurso de compañeros del hombre. Y juré, en uno de esos raros días en que mi estómago estaba repleto, que si por un vuelco de la fortuna llegaba a ennoblecer mi vida, en mi escudo aparecería una magnífica cucaracha de oro en campo de azul... Sin embargo, odio profundo, reconcentrado; odio hecho de quejidos y suspiros debería tener por estos animales. Así como en un año más de vida la miseria progresaba, al igual las cucarachas se hacían más numerosas en torno de mí. Y como algunos, al final del año, son gratificados con dinero, con acciones, con regalos, con palacios y hasta con mujeres, mi regalo, mis acciones, mis dividendos eran cucarachas. Recuerdo especialmente un final de año, más miserable si cabe que otros, en que al entrar en mi cuarto, desfallecido hasta la extenuación (venía de una de esas reuniones pascuales de empleados de quinta categoría), una bandada de cucarachas, al encender yo la luz, salió revoloteando en todas direcciones, como ese público que estalla en aplausos al paso de su querido soberano... Perdón, pero no puedo dejar de mencionar a estos animales. Además, si no hablo de las cucarachas, ¿de qué hablaría? De mis lamentaciones, de mi hambre, de mis fracasos, de mis terrores, han sido las cucarachas mudos testigos. Porque uno sale y puede encontrarse a un amigo y contarle su hambre; ver a un primo y pedirle un peso prestado; llegar, después de tribulaciones sin cuento, hasta la mesa de un ministro e implorar unas migajas, pero ni el amigo, el primo o el ministro son testigos mudos de nuestra vida. Ellos son del momento, y las cucarachas son de siempre. Al principio, quiero decir, en esos años en que todavía el alma espera algo, trataba de exterminarlas; después de un fatigoso asalto contra estos insectos, me decía que todo iba a cambiar, que la fortuna tendría que sonreírme: si no existía una sola cucaracha en mi cuarto, tampoco mi vida podría tener el ínfimo valor de una cucaracha. Alguien, seguramente, ya se acercaba a mi puerta para ofrecerme la sabrosa pulpa de la abundancia; oía claramente sus pasos y hasta veía su mano tendida, plena de dones. Mas fueron llegando, en cambio, esos años en que sólo se escuchan los ruidos siniestros de un estómago vacío; entonces ya dejé de exterminarlas, comprendí que eran parte de mí mismo, que el resto del mundo me resultaba pura apariencia y ellas la única realidad. Todo me escapaba menos las cucarachas; se impusieron tan férreamente que comencé a ver alas de cucarachas en los brazos de las gentes y patas en sus piernas. La cosa se resolvió en catástrofe el día que dije a un señor que acababa de regalarme un traje usado; "Dios se lo pague, cucaracha..." Me sumí en abismos. Corrí a mi cuarto y me encerré. Decidí no salir más a la calle. Estaba perdido: si yo veía al mundo como una enorme cucaracha, ¿qué podía esperar de mis semejantes? No se sabe de ninguna cucaracha que haya hecho algo constructivo; por el contrario, devoran todo lo que se pone a su alcance. Entonces, para qué seguir luchando... A los pocos días me estaba muriendo. No hubo cambio alguno por esto: las cucarachas prosiguieron fielmente yendo y viniendo, revoloteando, despidiendo su olor nauseabundo, haciendo ese ruido horrendo con sus alas, y como mi postración se acentuaba cada vez más, comenzaron a posarse en mi propio cuerpo; al principio, tímidas, después más audaces, devorando pedacitos de tela en espera de algo mejor; una falange avisaba a la otra, y, en una breve iluminación de mis sentidos, percibí su peso tremendo, como una armadura encima de mis huesos. ¿Será aventurado pensar que la justicia, echando abajo mi puerta, lanza un grito de asombro al contemplar a la cucaracha más grande sobre la faz de la Tierra?

1956

El viaje

Tengo cuarenta años. A esta edad, cualquier resolución que se tome es válida. He decidido viajar sin descanso hasta que la muerte me llame. No saldré del país, esto no tendría objeto. Tenemos una buena carretera con varios cientos de kilómetros. El paisaje, a uno y otro lado del camino, es encantador. Como las distancias entre ciudades y pueblos son relativamente cortas, no me veré precisado a pernoctar en el camino. Quiero aclarar esto: el mío no va a ser un viaje precipitado. Yo quiero disponer todo de manera que pueda bajar en cierto punto del camino para comer y hacer las demás necesidades naturales. Como tengo mucho dinero, todo marchará sobre ruedas...

A propósito de ruedas, voy a hacer este viaje en un cochecito de niños. Lo empujará una niñera. Calculando que una niñera pasea a su crío por el parque unas veinte cuadras sin mostrar señales de agotamiento, he apostado en una carretera, que tiene mil kilómetros, a mil niñeras, calculando que veinte cuadras, de cincuenta metros cada una, hacen un kilómetro. Cada una de estas niñeras, no vestidas de niñeras sino de choferes, empuja el cochecito a una velocidad moderada. Cuando se cumplen sus mil metros, entrega el coche a la niñera apostada en los próximos mil metros, me saluda con respeto y se aleja. Al principio, la gente se agolpaba en la carretera para verme pasar. He tenido que escuchar toda clase de comentarios. Pero ahora (hace ya sus buenos cinco años que ruedo por el camino) ya no se ocupan de mí; he acabado por ser, como el sol para los salvajes, un fenómeno natural... Como me encanta el violín, he comprado otro cochecito en el que toma asiento el célebre violinista X; me deleita con sus melodías sublimes. Cuando esto ocurre, escalono en la carretera a diez niñeras encargadas de empujar el cochecito del violinista. Sólo diez niñeras, pues no resisto más de diez kilómetros de música. Por lo demás, todo marcha sobre ruedas. Es verdad que a veces la estabilidad de mi cochecito es amenazada por enormes camiones que pasan como centellas y hasta en cierta ocasión a la niñera de turno la dejó semidesnuda una corriente de aire. Pequeños incidentes que en nada alteran la decisión de la marcha vitalicia. Este viaje ha demostrado cuán equivocado estaba yo al esperar algo de la ida. Este viaje es una revelación. Al mismo tiempo me he enterado de que no era yo el único a quien se revelaban tales cosas. Ayer, al pasar por uno de los tantos puentes situados en la carretera, he visto al famoso banquero Pepe sentado sobre una cazuela que giraba lentamente impulsada por una cocinera. En la próxima bajada me han dicho que Pepe, a semejanza mía, ha decidido pasar el resto de sus días viajando circularmente. Para ello ha contratado los servicios de cientos de cocineras, que se relevan cada media hora, teniendo en cuenta que una cocinera puede revolver, sin fatigarse, un guiso durante ese lapso. El azar ha querido que siempre, en el momento de pasar yo en mi cochecito, Pepe, girando en su cazuela, me dé la cara, lo cual nos obliga a un saludo ceremonioso. Nuestras caras reflejan una evidente felicidad.

1956

El conflicto

I
Preludio

Lo fusilarían en la semana venidera. Teodoro se decía que el suceso en sí comportaba, en su cronicidad, el mismo sabor de los sucesos crónicos (un tic nervioso o la perpetua salve de la vieja Lisa), porque de acuerdo con el hecho de que diariamente se fusila a un hombre en un punto cualquiera de la tierra, y de acuerdo igualmente con sus lecturas acerca de fusilarlos, se hacía necesario reconocer que la cosa era perfectamente natural y lógica; es decir, que ante el caso particular de su próxima ejecución no cabía alterarse o conmoverse o hacer de ella un centro de universal atracción, ya que estas ejecuciones se sucedían en el tiempo y el espacio con la misma regularidad con que al día sucede la noche o a la piel herida la salida de la sangre. También, en cuanto al desarrollo de la misma (de la ejecución) supondría violencia quererla referir como cosa excepcional, pues el chino fusilado el día anterior a miles de leguas, y el alemán, sacrificado el año anterior, y todos los hombres fusilados hasta ese momento, morían con esa misma igualdad que muestran dos frescas salchichas gracias a la insensibilidad de un engranaje correctísimo.

Si algo ofuscaba a Teodoro no serían ciertamente tales minucias. Se incorporó en el camastro y, rápidamente, se dirigió a las rejas. Un espíritu vulgar o muy psicoanalista habría dictaminado que Teodoro sufría terribles crisis nerviosas a causa de las subconscientes y sucesivas representaciones de su próxima ejecución. Sin embargo, nada más distante de la verdad.

Teodoro aplicó el oído entre dos barrotes; se escuchaban pasos. "Vienen mezclados taconeo de mujer con zapatos de hombre; será Luisa que viene de nuevo", musitó.

Pronto Regaron. El carcelero abrió estruendosamente la puerta y Luisa entró. Volvió a echar los cerrojos y se retiró a su ángulo de observación.

—¡Teodoro! —exclamó la mujer—. ¡Teodoro! —a causa de la oscuridad no podía Luisa distinguir claramente al condenado, pero lo cierto era que, por su parte, tampoco trataba Teodoro de hacerse más visible. Se había arrojado en el camastro, en donde ovillado con la frazada parda semejaba un lío de ropas.

—Teodoro, Teodoro —volvió a suplicar. No acababa por descubrirle—. ¿Te has marchado?... —al fin presintió que el ovillo del camastro palpitaba y se dirigió a él. Entonces, tocándole, volvió a insistir—: Teodoro, escúchame...; vamos..., no te niegues. He sobornado al carcelero y sólo disponemos de media hora.

Al oír estas palabras lanzó Teodoro un grito de espanto:

—¡No, nunca, no!...

Luisa retrocedió aterrorizada porque el sonido aquel, emitido bajo la frazada parda, semejaba el grito de un sepultado en vida o los primeros rugidos de la tierra cuando es azotada por un terremoto.

—¡No, nunca, no!... —gritó Teodoro de nuevo, y se ovilló aún más en la frazada.

Afuera se escuchaba la vocecilla del carcelero que inquiría acerca de aquel bramido. Luisa se excusó diciendo que acababa de romperse el plato de barro, y el carcelero se tranquilizó. Ella, por su parte, temiendo que Teodoro volviera a gritar, optó por sentarse al borde de la cama y comenzó una operación silenciosa. Se trataba de desovillar a Teodoro. Comenzó con el engaño inocente de fingir que lo arropaba para en realidad despojarlo de aquella frazada, tan parecida a esa casa de ciertos habitantes marinos.

Entre tanto, aquella medida de tiempo (media hora) iba recortando sus bordes. Al cabo tuvo éxito la operación, y Teodoro quedó al descubierto. Luisa no se atrevía a reiterar la súplica, pues temía que un nuevo grito acabase por alarmar seriamente al carcelero, pero era tan dolorosa y dulce su mirada, que Teodoro se incorporó.

—Es inútil —dijo—, inútil...; no insistas, Luisa —y todo se volvía repetir—: Es inútil.

—No veo la inutilidad —respondió Luisa—; por el contrario, mi padre es el Alcaide y esta media hora es nuestra, sólo nuestra, Teodoro.

—¡Media hora!... —subrayó amargamente Teodoro—. Hay que convencer a tu padre y en media hora esto sería imposible.

—Pero, Teodoro —arguyó Luisa débilmente—, mi padre está más que convencido y accede a todo; a todo en absoluto.

—Habría que convencer a tanta gente —continuó Teodoro en un soliloquio interior, sin atender las razones de Luisa—, y ello exige días; un trabajo delicado de persuasión, y, ¡Dios mío!, temo que en siete días no pueda avanzar lo suficiente.

Ella miró el relojito que llevaba prendido en la blusa.

—¿Qué dices de siete días, Teodoro? En media hora todo estará resuelto y si nos tomamos algunos minutos más mi padre no me amonestaría.

Dirigióse a la puerta. Todo estaba tranquilo; en su ángulo, el carcelero fumaba sosegadamente su pipa. Entre tanto, Teodoro había comenzado nuevamente a ovillarse. Luisa, que lo vio, acercóse rápidamente para evitarlo, viendo lo cual Teodoro abrió la boca empezando la emisión de uno de aquellos gritos subterráneos, pero Luisa, más rápida, tomó su manta y se lanzó furiosamente a taparle la boca. Empeñóse una sorda, breve lucha... Teodoro hipaba fatigosamente, mientras Luisa, sin retirar ambas manos de la manta que oprimía la boca del condenado, besaba tiernamente su frente para calmarlo. Con trabajo lo consiguió y al fin pudo ella misma secar su propia frente con la polémica manta.

—Dime —exclamó él oprimiendo sus sienes con la yema de sus dedos—. ¿Cómo anda tu padre de inteligencia?

Ella quedóse confundida ante la pregunta, pero creyendo haber comprendido la intención de Teodoro respondió vivamente:

—Existe una perfecta inteligencia entre nosotros; no temas —e incorporándose añadió—: Voy a llamar al carcelero para que cambie sus ropas por las tuyas.

—No se trata de eso —dijo Teodoro—. No se trata de trocar ropas; te preguntaba si era tu padre persona inteligente.

—Pero, Teodoro —suplicó ella—, no te comprendo; ¿te atreverías a jugar en momentos tan críticos?

—Nadie juega —respondió gravemente Teodoro—. Nadie juega; te interrogaba con toda seriedad, pero veré de hacerme más claro: ¿Podría tu padre especular sobre temas que fuesen más allá de la pura mecánica de su oficio; de la monótona técnica de la administración de penales?

Ella respondió con un suave llanto. A su vez, repetía ahora mirando estúpidamente su relojito:

—¡Es inútil, inútil...! ¡Y siete años serían también inútiles!

—Ya ves —dijo él—, has entrado en razones. Te oía hablar de una suficiente media hora. ¿Te percatas de su insuficiencia?

—Y me percato de tu locura —le apostrofó ella en un brote de cólera—; tienes la libertad sin riesgo y la rechazas. ¡Media hora! ¡En media hora se descubre un continente y se planea un crimen y se ejecuta; en un minuto abandona el pájaro su jaula!

—O se queda en ella, Luisa, para de este modo y deteniendo perpetuamente la acción evasiva hacer que sea ésta siempre presente, actual... —adujo Teodoro.

Se oyó un silbido. Luisa se irguió rápida, y, por su parte, Teodoro se ovilló en la frazada parda. El carcelero llamaba, o mejor dicho, ya abría la reja.

—Apresúrense —dijo—, dentro de cinco minutos relevan la guardia.

—¿Y si no ocurre que releven la guardia? —murmuró Teodoro desde las profundidades de sus paredes de lana.

Luisa, que comprendió a medias, lanzóse hacia él.

—¿Qué decías, Teodoro? Repítemelo...

—Decía —volvió a repetir Teodoro como en un sueño—. Decía al carcelero que podría no ser relevada la guardia.

—¡Ah, sí, es cierto...! —saltó Luisa vivamente—: No se me había ocurrido esta contingencia dichosa. Entonces nos sobraría el tiempo.

El carcelero terció a su vez:

—El tiempo nunca sobra, conque a darse prisa. Eh —gritó dirigiéndose a Teodoro—. ¿Qué hace usted ahí tapado con esa frazada?

Pero Teodoro, haciendo caso omiso de la interrogación, se limitó a responder sentenciosamente:

—Es verdad, el tiempo nunca sobra, y aún menos, nos alcanza; pero es a causa de que lo devoramos, lo recortamos con la sucesiva sucesión de los sucesos que hacemos suceder.

El carcelero brincó molesto por aquel galimatías.

—¿Qué diablos de jerigonza es ésa? ¿Se cambia o no se cambia?

Luisa, viendo que el carcelero se enfurecía, suplicó:

—Nada podremos hacer hoy: ya ve usted lo excitado que está Teodoro; sería imprudente intentar la fuga...

—¡No, no estoy excitado! —protestó Teodoro—. No mientas o te llames a engaño, Luisa —y dirigiéndose al carcelero, continuó—: ¿Puedo contar con su inteligencia?

—¡Sí, sí! —le interrumpió Luisa histérica—. ¡Sí, puedes contar con su inteligencia y con la mía; estamos de perfecto acuerdo; en absoluta complicidad!

—Siempre complicas la situación; te suplico callar —dijo Teodoro—. Preguntaba a este señor si podría contar con su inteligencia. Porque se trata —y aquí levantóse y encendióse su rostro—, sabe usted, de detener un suceso en su punto de máxima saturación. ¿Sería ello posible? ¿Puedo contar con usted? ¿Qué tiempo requeriría usted para convencerse?

Todas estas preguntas fueron dirigidas como rápidos chorros de surtidores y el carcelero sentía que rebotaban sobre su piel sin lograr ni por asomo asimilar el más leve sentido. Luisa asistía llorosa y se mesaba los cabellos; por su parte, la celda adquiría la especial conformación de una balanza que no consigue ponerse al fiel.

El carcelero prorrumpió en una risa estúpida y, saliendo de la celda, advirtió:

—¡Basta de música; a otra cosa! —y añadió—: ¡Vamos, señorita; qué cosa más extraña, no querer escapar!

—¡Un momento, un momento...! —vociferó Teodoro—. Se equivoca de plano; lamentablemente confunde usted los términos. —Hizo una pausa como si meditase y continuó—: Me lo imaginaba... Sería necesario emplear muchísimo tiempo para convencerle y siete días serían el comienzo de siete años o el comienzo del cuadrado de siete años o de su quinta potencia o sabe Dios de qué potencia... Y sin embargo, es necesario que yo lo convenza a usted, y al Alcaide y al piquete de ejecución y al oficial señalador.

Al llegar a este punto le vino un doloroso desaliento y sólo atinaba a murmurar, mientras realizaba la operación de ovillarse:

—¡Es inútil, todo es inútil...!

Ante tal acritud, el carcelero arrastró a Luisa consigo, y dando un horroroso portazo a aquella lira infernal que formaban los hierros de la reja, se alejó dejando en su soledad a Teodoro, ovillo humano, que repetía:

—¡Es inútil, todo es inútil...!

II
Transmutación

Como en las ejecuciones se prefiere, era al alba, y como la semana venidera comenzaba con el alba le fusilarían dentro de breves instantes. Teodoro no había podido evitar que ciertos sucesos —fieles preanuncios de aquel suceso en su punto de máxima saturación— ocurriesen fatalmente. Se refería a los tres motivos en que se desdoblaba el ceremonial desarrollado en la celda una hora antes de la ejecución. Eran ellos (acababa de comprobarlo) un copiosísimo desayuno, la toma de confesión y los paternales consejos del Alcaide. Teodoro se mostraba irritado. Comenzó rechazando el monstruoso piscolabis: el encadenamiento lógico del ceremonial exigía apurar tal avalancha de alimentos como requisito indispensable para cumplir el segundo "paso": la confesión. Siguiendo las leyes lógicas resultaba facilísima cosa detener el asunto fusilamiento, porque no tomar el desayuno significaba la prohibición de autorizar la confesión, y el no cumplimiento de las mismas obligaría al Alcaide a detener sus consejos, originándose entonces la petrificación de los pasos sucesivos; paseo entre dos guardias precedidos por un sacerdote con cruz alzada; situación exacta del condenado en un montículo; orden de fuego del oficial señalador y realidad del punto de máxima saturación a través del desplome de su cuerpo...

Pero Teodoro sabía que resultaba inútil no consumir el tiempo de la vida creyendo que con esto se evitará la llegada del tiempo de la muerte; la no ingestión del desayuno nada detendría porque contra dicha lógica se oponía una tiránica voluntad de poder, representada por su punto de máxima saturación que exigía su inmediato acaecimiento.

Todas estas reflexiones las hizo Teodoro en ese brevísimo interregno en que una mano rechaza la humeante taza para en seguida tomarla por su asa (medida de precaución) y beber a sorbos cautísimos. A medida que sorbía meditaba que sería de mayor astucia despachar prontamente aquel banquete mortecino, pues así dispondría de más tiempo durante la confesión para convencer al sacerdote —con toda seguridad culto varón y persona persuadible: muchos años de estudio y toda la filosofía escolástica—, quien a su vez comunicaría al Alcaide la revelación de Teodoro, y el Alcaide, anunciándola al oficial señalador y éste al piquete de ejecución, formarían una cadena de persuadidos que evitarían la realización de aquel suceso en su punto de máxima saturación.

Teodoro comenzó a intercalar pequeños escollos en la confesión, pero su método fracasó ruidosamente, a causa de ser el confesor un sacerdote mecánico, que recitaba un disco, exactamente igual al desesperante ruiseñor mecánico poseído por cierto emperador de la China.

La absolución fue administrada en condiciones alarmantes: Teodoro se debatía en violentos estertores; la presentación en aquel momento de un espíritu vulgar o muy psicoanalista habría dictaminado... Pero ya sabemos por qué se debatía Teodoro; quedóse súbitamente inmóvil, y con toda seguridad comenzaba la emisión de uno de aquellos gritos subterráneos cuando fue interrumpido por la voz del Alcaide, disfrazada de paternidad:

"Hijo, valor...". Comenzaba el disco. Teodoro se dijo que era la mecánica la ciencia más exacta. A tal punto era cierto que le fue imposible coordinar su pensamiento porque el Alcaide, a semejanza de esas fórmulas misteriosas que pronuncian los jueces, abogados, sacerdotes, notarios y todo ese mecánico mundo, ligaba estrechamente unas palabras con otras formando un apretado nudo lingüístico de imposible desciframiento.

Una vez concluida la jaculatoria del Alcaide comenzaron los preparativos de marcha. Pasados unos minutos se los vio avanzar con cierta lentitud; marchaban por un pasadizo en recodo que conducía a una trampa que daba acceso al foso. Todos los personajes se agrupaban según un orden jerárquico: primero la milicia, representada por dos de los guardianes; le seguía la religión con un sacerdote y cruz alzada; un paso atrás el reo, esposado y con un pañuelo atado al cuello (que serviría con toda seguridad para ocultar la escena al condenado), y por último, cerrando el cortejo, la justicia, dignamente arrebujada en el uniforme color aceituna del Alcaide.

En el trayecto, Teodoro se planteó un problema de sencillo razonamiento: si en siete días sus palabras a nadie habían logrado convencer, era de todo punto necesario que ahora, que sólo disponía de siete minutos o del doble de siete minutos o ¡Dios mío! de una media hora, la carga de las palabras, de sus palabras, estuviese en razón directa con este mínimo tiempo; el yerro de una de sus palabras significaría la pérdida de varios segundos, dos o tres mal administradas o desprovistas de fosforescencia consumirían el enorme tiempo de tres o cuatro minutos.

La trampa se abrió dejando ver un sencillo foso de tiro al blanco. El fusilamiento de ahora no contravenía a su carácter de tal, pues en fin de cuentas, ¿no era Teodoro una diana más o señal de latón en aquel momento? Sólo que un espíritu vulgar habría puesto en todo esto las inevitables lividences que se originan merced al contrapunto empeñado entre ciertas tintas especiales del alba y los chamuscados reflejos de los faroles de posición; el lúgubre redoble de cierto tamborcillo y los friolentos capotes de la guarnición donde se abandonan los rifles en la parte del hombro para caer de vez en cuando a tierra con sordos golpes de piqueta de sepulturero.

Pero este cuadro tétrico que no contaba para los ejecutores en razón de su escandalosa y monótona cronicidad, no contaba (debiendo serlo) tampoco para Teodoro. Teodoro era un hombre de mundo, y ya el mundo había olvidado la externa corteza de las decoraciones. ¿Qué podrían importarle tales decoraciones si mucho menos le preocupaban las doce balas que acallarían sus rumores?

Para Teodoro sólo contaba un pensamiento fijo: detener el suceso en su punto de máxima saturación y casi podría decirse que una vez todos dentro del foso se llegaba al ápice del referido suceso. Se produjo ese brevísimo instante de indecisión que precede a las ejecuciones, representado por cierta irregularidad en los personajes, que aparecen como entremezclados un punto, en olvido de las más elementales reglas de la jerarquía. Teodoro, que aguardaba trémulo tal momento (porque durante el mismo el terreno y los personajes adquieren el tinte peculiarísimo de un buque náufrago y todos se miran con la mirada del desamparo), se volvió con cierto desenfado hacia el oficial señalador, exclamando:

—¿Podría suceder, oficial, que el piquete ejecutor no obedeciese la orden de fuego?

El oficial quedóse un instante sorprendido, pero recobrándose respondió con un exceso de énfasis que en tales momentos constituía un lujo:

—¡Jamás, nunca, imposible! —y seguidamente, con tono amistoso agregó dando a Teodoro afectuosos golpecitos—: Viva tranquilo; no le haré padecer una segunda orden de fuego. Le repito: viva tranquilo...

—Pero —insistió Teodoro—, ¿si el pelotón no disparase, se evitaría de este modo la ejecución?

A su vez el oficial le miró extrañado y luego dijo:

—¿Evitar la ejecución? Pero, ¿con qué objeto? La ley dice que se cumplirá hasta la última de sus disposiciones, y ella dice que deberá ser usted fusilado.

—Verá —arguyó Teodoro persuasivo—, no se trata de burlar la Ley; resulta demasiado inocente para que nos burlemos de ella... Se trata, ¿me comprende usted?, de burlar lo ineluctable —y observando en el oficial cierta fatiga que denotaba la reaparición de la compostura militar, añadió con gran vehemencia—: Sí, es necesario burlarlo porque de lo contrario seríamos nosotros los burlados...

El oficial encogió los hombros y ensayó una sonrisa que quería ser irónica; después declaró con tono amonestador:

—¿Y cree usted que pueda "eso" vencer a la justicia...? Nadie podría burlar sus designios —entonces, frotando sus manos, volvió a insistir—: ¡Bah, bah..., burlarse de ella! —y decía todo esto como restando importancia al asunto, pero Teodoro sabía que era sólo afectación de disciplina porque estaba en realidad vivamente interesado.

Como si restase importancia a lo que decía, Teodoro propuso:

—Podríamos polemizar amistosamente —y a renglón seguido, añadió—: Por cierto que el montículo se ofrece como el lugar ideal.

—¡Sí, sí! ¿Cómo pudo adivinarlo? —secundó el oficial—. Siempre he dicho que parece una mesa ideal para conversaciones y banquetes. Pero lo que no logra meterse aquí en la cabeza —y se levantaba el casco con delicadeza— es cómo pueda ser la justicia burlada...

Habían llegado. Teodoro, dejándose caer sobre uno de los pulidos cantos colocados alrededor del montículo, aclaró con vivacidad:

—Ya le he dicho que nadie atentará contra la Ley: se trata simplemente de burlar la acción de lo ineluctable...

El oficial, que ya se había instalado en su canto junto a Teodoro, se inclinó para tomar un pequeño narciso, lo contempló con estudiada afectación, declarando pomposamente:

—¡Qué prodigio de naturaleza!... Después de todo comprendo perfectamente que no desee usted ser fusilado; es tan bella la vida...

Teodoro, sin conceder mayor importancia a tales frases, respondió abstraídamente:

—Nada me importa, espanta o sobrecoge ser fusilado; mi cuerpo aparece aquí como un factor secundario; imagine usted que en lugar suyo colocásemos a un pelele de paja. Lo que se trata de impedir es la realización del suceso.

El oficial no respondió, y levantándose se dirigió a grandes zancadas hacia los soldados que aguardaban en formación:

—¡Eh, rompan filas! —Y extrayendo de su capote un paquete de cigarrillos añadió—: Ahí va eso para que fumen.

Los cigarrillos cortaron el hilo reflexivo de los soldados; aquel hilo reflexivo que se devanaba en sus sesos haciendo obrar mil conjeturas acerca de la actitud del oficial señalador. El Alcaide, hombre de grandes síntesis lingüísticas, como quiera que sabía que allí era él mera figura decorativa (todo el brazo de la Ley se cargaba sobre el oficial señalador), aguardaba soñoliento ciertas conocidas percusiones anunciadoras del fin y se entretenía en provocar la cólera de un viejo loro que dormitaba sobre la cureña de un antiguo cañón. El sacerdote, con la cruz ahora bajada, tomaba nota con sus ojillos de imposible hipocampo, mientras salmodiaba: "Soborno por dinero; pero de todas maneras la Iglesia ganará, pues lo ofreceremos en su versión de milagro."

Muy visible se mostraba el demonio de Teodoro en su cara, y tanto era así, que el oficial, que acababa de instalarse nuevamente en su canto, lo miró aterrorizado y llevó tranquilamente su mano a la pistola; pero la última frase de Teodoro flotaba aún magnífica en la neblinosa atmósfera del alba, tentadora y aguda como la gama sonora de una chirimía árabe; era de tal languidez imperativa que el oficial, olvidando toda limitación disciplinaria, prorrumpió excitadísimo:

—¿Pero por qué se trata de impedir la realización del suceso? Si no es para salvar su vida, ¿qué otra hipótesis podría presentar en favor de su tesis? ¿Aventura usted que la burla de lo ineluctable determinaría la salvación de su alma?

—¡Eureka, eureka...! —palmoteó Teodoro—; ¿cómo pudo adivinarlo? Sí, determinaría su salvación y la mía y la del Alcaide y la del piquete y la del mundo entero...

Como acometidos de un incontenible anhelo, el oficial y Teodoro se tomaron las manos y remedando las alegres coces de una tropilla de burros salvajes danzaron alrededor del montículo. Aquel espíritu vulgar habría diagnosticado una quiebra de la razón, de los más puros valores; era sólo la representación sentimental y simbólica de la gracia, que acababa de rozar con su temblor la locura de la vida.

Con la misma rapidez fulminante viéronse de nuevo sentados y antagónicos. El oficial había recogido de nuevo el narciso y lo seccionaba en menudos trocitos.

—Sin embargo —advirtió—, aparte de lo que usted quiera decir con eso de la salvación del alma, no se me oculta que gracias a la acción de ésta va salvando usted su propio cuerpo.

—¡Separe el cuerpo, aíslelo! —protestó Teodoro—. No insista en efectuar una peligrosa simbiosis con ambos problemas. ¿Ignora usted que también puede ser salvada el alma si el cuerpo es destruido? Lo que sucede es que, en este caso especialísimo, para detener el suceso en su punto de máxima saturación se impone la fatalidad de que este cuerpo sea salvado. Sólo así burlaremos la acción de lo ineluctable.

La última palabra provocó tal frenético movimiento en el oficial que, lanzándose sobre Teodoro, le hizo dar en tierra a causa de la violencia del choque; se vio derribado y con las manos del oficial agarrotando su cuello mientras le gritaba:

—¡Cállese, cállese; ni una palabra más!

Teodoro no protestó ni hizo movimiento alguno para liberarse de aquel estrecho abrazo; sabía que el poder oficial estaba vencido. Acto seguido contemplaba cómo el oficial, incorporándolo, se excusaba galantemente.

—Es esta maldita sangre que siempre se entromete para rechazar las complicaciones. Pero tengo que comprender, ¿no comprende usted?, tengo que comprenderlo todo.

—Claro que lo comprenderá usted todo —repuso dulcemente Teodoro—. No se alarme; se lo aseguro; será burlado lo ineluctable.

El oficial se contrajo levemente y con su mano abatió el aire como rechazando algo inexistente; pero se contuvo.

—Sí, sí; es cosa de meditación —dijo—. ¡Vamos a ver; me ayudará a meter aquí esa viscosa lamprea que se me escapa! —y de nuevo se despojó con delicadeza del casco.

A esto, Teodoro estalló con grandes interjecciones de sorpresa:

—¡Oh, es maravilloso! Una viscosa lamprea... ¡La imagen resulta exactísima! La lucha contra lo ineluctable podría ser representada por esa viscosa lamprea.

—Ciertamente —casi vociferaba el oficial—, ciertamente. ¿No es fatídico luchar contra un ánima inasible?

—No, si se detiene el suceso en su punto de máxima saturación —dijo Teodoro.

—¿Y por qué detenerlo? ¿Cómo se detiene? ¿Quién lo detendrá? —apostrofó a Teodoro y gravemente añadió—: Le exijo sumariamente que me responda.

—Sí, ¿por qué no, Dios mío? Es muy sencillo. Os atrae el brillo del plumaje del loro —y señalaba con el índice al viejo loro instalado en la cureña del antiguo cañón—. Esto representa un deseo que supone una acción: la de llegar hasta el loro para apropiároslo. Suponed que lo tomáis; se ha producido el suceso y habéis también cometido un yerro irreparable.

—Irreparable, ¿por qué?... —interrumpió el oficial.

—Imagine que este suceso, la conquista de las brillantes plumas del loro, jamás podrá ser retrotraído a su anterior existencia de anhelo, de deseo; imagine igualmente que detenido en su punto de máxima saturación adquiera el privilegio de suceder eternamente como en un "motto perpetuo". Siga imaginando, por último, que su vulgar realización originaría una burla más de lo ineluctable; que él mismo, el suceso, se tornaría en sustancia de lo ineluctable.

El oficial incorporóse:

—Estallará esta cabeza —dijo, y destocándose, arrojó con violencia el casco contra la tierra—; ¡sí, estallarás, pobre cabeza...! ¿Me oye usted? Estallará mi cabeza. Casi nada he podido meter aquí de ese extraño idioma que emplea; pero no me ocultaré para decirle que usted con ese método demoníaco de detener todo, acaba por detener la vida: Sí, detiene usted desde el beso a la amada hasta el ligero movimiento de una mano que toma la brillante pluma del loro.

—Sería más exacto proponer —respondió Teodoro— que estas cosas, sucediendo sólo en la intención, conservan el gran prestigio de esa fluyente vida que usted invoca: no realizándose, logran la mágica virtud de metamorfosearse en esas estatuas que son la vida y la muerte y cuya condición esencial es aquella de ser, contra todo lo supuesto, no un suceso que se realiza, sino una duración que se enamora.

Teodoro había pronunciado la frase postrera con tan grave majestad, que el oficial, ya increíblemente enervado con aquella confusión conceptual, rompió en un fuerte sollozar; era un sollozar de pura cólera a causa de su impotencia para entender. Ahora lo conminaba a una imposible explicación:

—¿Y qué pone usted en el medio, en la justa mitad de todo esto? Claro, lo llenará con estatismo y sordera. Nos helaríamos con ese gran silencio...

Limpiaba sus lágrimas con el pañuelo, y de pronto pareció que la carga emocional del discurso se dulcificaba; pero no hubo tal cosa, porque se le oía una voz de pavorosa temperatura:

—¡Pero no se saldrá con ese gusto, represento la justicia y será usted fusilado como un homenaje a la alegría coral de la vida!

Volvióse bruscamente a los soldados que conversaban:

—¡Atención! ¡Formen! —a dicha voz movióse, como en un sueño, cada personaje. El piquete, como el "glisado" ejecutado con una mano sobre el teclado, montó al hombro sus fusiles y los tacones respondieron secamente. El Alcaide cesó toda comunicación con el loro y pegando el oído junto a la pared del foso aguardaba las inevitables percusiones. En cuanto al sacerdote, ahora con la cruz alzada, ensayó un notable paso de procesión. Los dos guardianes, echados junto a la trampa, semejaban dos enormes y negros molosos. Todo el mundo estaba en su puesto y Teodoro, que aún echado en su canto contemplaba la escena, escuchó la voz del oficial que en un largo ladrido le ordenaba pararse en el centro del montículo; aparecía, con el narciso entre las manos, un tanto pálido, pero su seguridad era su sonrisa. Por su parte, el loro, satisfecho de la rapidez y colorido de los movimientos, lanzó una estrepitosa carcajada, tan idéntica ¡Dios mío!, a la emisión de uno de aquellos gritos subterráneos, que el Alcaide, despegando la oreja del muro avisador, comenzó a operar en ella con su dedo meñique, mientras lanzaba al condenado una mirada aniquiladora.

Una bella rigidez presidía a aquellos seres. El piquete se modelaba en una plástica sobrehumana. Frente a él (el brazo rígido en alto con el sable rígido) se destacaba el oficial, rígido. Como una elegante innovación compasiva habíanse abolido aquellas sacramentales palabras de todos conocidas. Ahora sólo se exigía al oficial señalador que bajase rápidamente el sable y el piquete respondería con la inevitable descarga cerrada.

El punto de rigidez marcó el ápice cuando el silencio se hizo rígido. Era el instante decisivo en que un brazo y un sable describen, de arriba abajo, un agudísimo ángulo de fantásticos grados. Por un momento, doce petrificados ojos creyeron ver un brazo y un sable que señalaban la tierra; pero sólo había sido la evocación de otras escenas anteriores, que merced a su escandalosa y monótona cronicidad podían confundirse: la ocurrida cien años atrás con la que ocurriría dentro de cien años; la ocurrida en el alba anterior con la que ocurriría en aquella alba para Teodoro.

Un leve gemido de los gatillos de los rifles descubrió el chasco del piquete ejecutor. Una trompa y su trueno apagó secamente estos gemidos del acero y las pupilas de los doce ojos casi saltaron de su sitio original. El oficial señalador, con su brazo derecho petrificado como un habitante de Sodoma, atronaba las inevitables lividences del alba, y en aquel trueno congojoso se adivinaba con gran dificultad un principio humano vocal que podría haberse traducido por algo así como: ¡No, nunca, no! ¡No, nunca, no...!

Entonces Teodoro, arrojando el narciso, desgarró la hopa que cubría su cara y saltó del montículo; con maravillosa dulzura acercóse al oficial y tomando en sus manos el rígido brazo enhiesto que aprisionaba el sable de oro, lo pasó por detrás de su cuello para recostarlo en su hombro.

Así desaparecieron por la trampa que daba acceso al foso.

III
Interludio

Mientras se enfundaba en su abrigo, Teodoro se decía que el suceso comportaba en sí esa escandalosa cronicidad de los sucesos crónicos... Se fugaría del hogar dentro de pocos minutos. Recordó algunas fugas célebres y advirtió que todas concluían en que sus individuos se fugaban realmente. Tuvo un piadoso pensamiento para aquellas criaturas que insistieran en realizar de sus fugas la parte más deleznable, haciendo morir ese bello cuerpo de una fuga, representado por la suspensión del suceso en su punto de máxima saturación. Aquí un espíritu vulgar habría salido al paso para objetar que era ésta tremenda hipocresía de Teodoro, pues se fugaría dentro de breves instantes...

El cortinaje de grueso terciopelo dejaba oír la voz de Luisa un tanto apagada:

—¡Teodoro!, ¿vienes ya?, ¿sucede algo? —hablaba desde el lecho, y Teodoro, por su parte, nada respondió. Mas Luisa insistía—: Teodoro, ¿me escuchas?, ¿vienes ya? —él continuó inmóvil: verdad que la puerta se ofrecía muy próxima, pero el más ligero ruido haría levantar a Luisa: Mejor dicho, ya se levantaba, a pesar del silencio. Teodoro se ocultó tras el grueso cortinaje. Se escuchaba la voz anhelante de Luisa:

—Teodoro, ¿por qué no contestas?, ¿te has marchado? —hizo luz en una pequeña lámpara comenzando la búsqueda—: Teodoro, Teodoro —suplicaba la voz. Por fin advirtió que el grueso cortinaje de terciopelo palpitaba... Le tendió los brazos temblorosos; la voz, trémula, reiteraba—: Teodoro, ¿por qué te ocultas?, ven...

Entonces, como en una avalancha, se escuchó la emisión de uno de aquellos gritos subterráneos:

—¡No, nunca, no!... —seguidamente se ovilló en el cortinaje, gritando otra vez—: ¡No, nunca, no!

Luisa retrocedió conmovida; de pronto se escuchó un ladrido seco. Luisa se animó:

—Teodoro, Teodoro —volvió a suplicar—. Teodoro, por favor, sal de ahí. El perro de la portera ladra a causa de tus gritos y temo que ella despierte y venga a preguntarnos por qué se grita en este departamento.

Nunca hubiera pronunciado tan tímida amonestación. Teodoro, agitando el cortinaje con terrible frenesí, vociferó:

—¡No, nunca, no! ¡No, nunca, no!...

A tales gritos respondieron unos golpes de la puerta. Luisa, petrificada, no sabía qué partido tomar; pero nuevos golpes, chocar de chanclos y secos ladridos la hicieron dirigirse a la puerta.

Como había imaginado, era la portera que inquiría sobre el origen de aquellos gritos. Luisa, con la puerta entornada, ofrecía explicaciones peregrinas, pero aparecía tan confundida y angustiada, que la portera dejó ver en su cara que abrigaba sospechas terribles. Esto y los repetidos ataques que la portera practicaba mediante una segura presión de sus muslos ejercida entre la hoja de la puerta y su marco, decidieron a Luisa a franquearle la entrada.

Una vez adentro, preguntó:

—Y su marido, ¿duerme?

—Sí, sí —respondió Luisa—; sí, está durmiendo...

—¡No, no mientas o te llames a engaño, Luisa! —se escuchaba la voz de Teodoro desde las profundidades de sus paredes de terciopelo—. ¡No, no estoy durmiendo: me preparaba para la fuga!... —y asomó la cabeza por entre los pliegues del cortinaje.

La portera santiguóse al ver aquella pálida cabeza que se destacaba en el negro fondo del terciopelo, pero su inevitable espíritu parlanchín le hizo exclamar:

—No veo el calabozo por ninguna parte.

—Se equivoca usted —contestó Teodoro abandonando su refugio de terciopelo—. Se equivoca usted. Todos los sucesos que se realizan en esta habitación son barrotes que se añaden a ese calabozo que usted dice no ver.

—Pero, Teodoro —le reprochó Luisa con amargura—, la señora va a creer que nos llevamos mal; que hay disgusto...

—No, no —protestó explicativo Teodoro—. No se trata de eso; sucede que debo imperiosamente dar fin a un suceso detenido en su punto de máxima saturación.

—Debe estar embrujado —dijo por lo bajo la portera a Luisa—, no lo contradiga —con tono maternal se volvió a Teodoro, diciéndole—: Comprendo su caso, pero ahora, lo mejor que podría hacer es marchar con su mujer a la cama; siempre tendrá tiempo de sobra.

—Sí, exacto —confirmó Teodoro—, el tiempo siempre sobra, pero es a causa de que lo estiramos, dilatamos fantásticamente, con los sucesivos sucesos que nunca hacemos suceder...

—Sí, cómo no... —contestó la portera—, pero váyase a la cama; es ya de madrugada y si no duerme llegará tarde al trabajo.

—¿Cómo podría llegar tarde si el tiempo siempre sobra...? —objetó Teodoro como si estuviese cantando un himno sacro—. Es usted quien menos debe aconsejarme que realice el suceso de asistir a mi trabajo.

La portera saltó furiosa:

—Pues siempre le aconsejaré que no falte a su trabajo; ¿me oye usted? Siempre se lo aconsejaré.

Teodoro sentóse en el borde de la mesa:

—Es inútil, todo es inútil... —dijo.

—¿Por qué hablas de inutilidad, Teodoro? ¿Es que acaso no nos queremos? ¿No vivimos en una abundancia suficiente?

—Todo eso resulta inútil, Luisa; soy un hombre detenido en su punto de máxima saturación.

—No te comprendo, Teodoro, ¿cómo puedes hablar de un punto de máxima saturación si apenas llegas a los treinta años?

Teodoro, al escuchar lo que Luisa decía, tuvo una espantosa crisis de nervios y, corriendo hacia la puerta, gritó:

—Es precisamente eso, ¿no lo comprendes? Es precisamente que estoy detenido en el tiempo; que no avanzo ni retrocedo —entre sollozos y lágrimas se le oía decir—: ¡Me secaré; si, me secaré como una zarza hasta retorcerme!

Súbitamente la portera comenzó a chillar:

—Una apuesta, una apuesta... —y acercando su cara a la de Teodoro, gritó—: Le apuesto cien pesos a que el año que viene tendrá usted un año más de nacido.

—Pero no se trata del año, portera —y le tomó ambas manos—, se trata de que serán detenidos todos, ¿sabe usted?, absolutamente todos los sucesos que deberían ocurrir en ese año que propone.

Al oír tal declaración, la portera soltó una risa frescamente animal.

—Hija mía —y acercóse a Luisa—, su marido está más loco que un trompo, pero no se angustie. Consígalo por la carne. ¡Vaya, vaya! —y empujaba a Luisa hacia Teodoro—, vaya y cállelo a besos, ¿no sabe lo que son los besos? —y haciendo cumplir la orden conducía a Luisa junto a Teodoro.

Ella dejóse llevar.

—¡Ahora! No pierda tiempo —se escuchaba la voz de la portera como el mugido de una vaca—; béselo...

Luisa lloraba en silencio y sólo acertaba a decir:

—Es inútil, todo es inútil... —Teodoro casi sonreía apoyando su espalda contra el batiente de la puerta. Luisa, como solicitando amparo, miró a la portera, que remedaba con su grosera boca el sonido de un beso, mientras azotaba sus senos dormidos como dos peonzas en el fondo de su vientre.

—Teodoro, Teodoro —sollozaba Luisa poniendo suave la palma de su mano sobre el pecho de su marido—. Teodoro, vamos...

—Es inútil, todo es inútil —sonrió, más que dijo, Teodoro.

—Pero es necesario que duermas; te encontrarías muy fatigado mañana —y tomándolo por la mano añadió—: Ven, el lecho nos espera —entonces escuchó la emisión de uno de aquellos gritos subterráneos—: ¡No, nunca, no!...

Luisa retrocedió aterrorizada. Las dos mujeres contemplaron seguidamente una gran sombra negra que, rebasando el umbral de la puerta, salía violentamente dando un horroroso portazo, que confundía sus sones con aquellos de un grito subterráneo:

—¡No, nunca, no...! ¡No, nunca, no...!

IV
Fusilamiento

Teodoro había solicitado su fusilamiento para el alba, la que en muy contados minutos se anunciaría. Justo era reconocer que todo había salido a pedir de boca. El Alcaide mostróse encantado con la petición, y utilizando aquella misteriosa fórmula lingüística expresó su gratitud, ya que con esto quedaba demostrado que jamás el brazo de la Ley detenía sus designios. Verdad es que el oficial señalador hubo de mostrar una visible repugnancia y hasta insinuó negativas, pero pronto se le convenció y atrapó con esas dos sutilísimas telas de arañas que son las frases: "pundonoroso militar" y la "causa de la justicia". En cuanto al desayuno, toma de confesión y paternales consejos, se convino en suprimirlos, ya que en cierta ocasión hubieron de ser ampliamente satisfechos; asimismo, el paseo entre dos guardianes precedidos de un sacerdote con cruz alzada.

Todos estos eran sucesos que no hubieron de ser detenidos en su punto de máxima saturación, y Teodoro se decía que disfrutaban el raro privilegio de realizarse en todos sus ángulos gracias a su escandalosa y monótona cronicidad.

Ahora se escuchaba una campanilla y Teodoro se incorporó en su camastro. Un espíritu vulgar o muy psicoanalista habría dictaminado que

Teodoro sufría terribles crisis nerviosas a causa de su próxima ejecución. Pero lo cierto era que aguardaba la llegada del carcelero, quien le conduciría por el pasadizo en recodo hasta la trampa que daba acceso al foso, donde le aguardaba rígido el oficial señalador.

Aquel breve paseo sobre el enlosado pasadizo sirvió a Teodoro para meditar en el espinoso problema de la carga de sus palabras; no sabía por qué se le antojaba el oficial un distinto cristal que sólo podría ser rayado con otro distinto diamante, pero ¿no era ¡Dios mío! el mismo Teodoro ese distinto diamante?

Un último paso y Teodoro quedó frente al oficial señalador, que al ver al condenado abatió el aire con su mano como si rechazase algo inexistente. Por lo demás, este signo nervioso fue prontamente vencido y cuadróse militarmente. Un segundo después desaparecían por la trampa que daba acceso al foso.

Rozaron con sus pies los cuerpos de los dos adormilados molosos que volaban junto a la trampa y vinieron a quedar situados junto a la cureña del antiguo cañón.

—¡Mire usted; aquí está! —dijo el oficial a Teodoro—, el loro de las brillantes plumas; el intocable loro...

Teodoro, haciendo ademán de dirigirse al animal, repuso vivamente:

—¡Oh!, ¿por qué intocable? Le arrancaré una para obsequiársela a usted...

El oficial, dando muestras de consternación, se interpuso para detener a Teodoro, declarando:

—Jamás ose usted satisfacer tal deseo, ¿no comprende que es necesario detener el suceso en su punto de máxima saturación?

—¡No, nunca, nu...! —gritó Teodoro frenético—. Realicemos el deseo. Le repito: arranquemos esas brillantes plumas al loro.

—Sosiéguese, cálmese —dijo con dulce melancolía el oficial—. No debemos tomar esas plumas... —la hermosa frente le brillaba con el relente de la madrugada revelando su secreta angustia—. ¿Ignora usted —añadió— que ya he comprendido "eso"? Sólo yo sé cuánto me ha costado aprehender aquella viscosa lamprea... —y estrechándose a Teodoro, casi sollozó—. Es necesario detenerlo todo, ¿sabía usted que no beso a mi amada desde que comprendí...?

Teodoro nada respondió, pero su sonrisa rayaba la angustia del oficial como aquel distinto diamante al distinto vidrio refractario. Entre tanto, el Alcaide se entretenía en provocar la cólera del viejo loro, y el sacerdote, con la cruz bajada, tomaba nota con sus ojillos de imposible hipocampo. Los soldados, en formación, se devanaban los sesos sobre los motivos por los cuales aún no se les había distribuido un paquete de cigarrillos.

Teodoro se contemplaba en una complacencia golosa; la lechosa claridad de la madrugada, aliada a los chamuscados reflejos de los faroles de posición, envolvía fantásticamente su camisón de condenado; con toda seguridad podría haber sido tomado por un animal de presa saltando sobre su víctima.

No podía refrenar ya su impaciencia; volvióse, suplicante e imperioso, al oficial:

—Por favor, dése prisa... Ordene al piquete preparar armas.

El oficial, tendiendo su afilada mano señaladora en dirección lejana, decía:

—¿Por qué no sentarnos en el montículo...? Siempre he dicho que era un lugar ideal para conversaciones y banquetes.

La invitación provocó en Teodoro una alegre reacción:

—¿Cómo pudo adivinarlo? Sí, sí; corramos al montículo. Tengo una furiosa sed de realizar deseos.

El oficial, que ya se encaminaba hacia el lugar propuesto, volvióse rápido a Teodoro:

—¡Por favor!; sea más prudente. Resulta peligroso jugar con fuego. ¿No imagina que anda provocando, con tales intenciones, la aparición de lo ineluctable?

Teodoro se limitó a sonreír. Ya instalados en sus respectivos cantos, declaró:

—De conformidad; pero sólo atiende usted a la presentación de lo ineluctable por realizado, olvidando la otra presentación: la de lo ineluctable por irrealizado...

Y mientras se explicaba arrancó uno de los narcisos.

—¡Qué prodigio de naturaleza! —agregó—; arranque uno para usted; de este modo poseeremos un eficaz talismán para burlar la acción de lo ineluctable.

—¿Está seguro de ello? —dijo el oficial—. ¡Un talismán...! Pero, ¿no es este mismo talismán un suceso que se realiza? Arrancar los narcisos, arrancar las brillantes plumas al loro, fusilar a un hombre, al suceder sólo en la intención, ¿no conservan el prestigio de esa fluyente vida que usted invoca?

Teodoro se exasperó con esta declaración y a su vez declaró con gran vehemencia:

—Por eso arranco los narcisos, arrebato las brillantes plumas, me fusilo... Es necesario, ¿me oye usted?, es absolutamente imperioso realizar sucesos; todos, sin dejar uno irrealizado. Sólo así rechazaremos la presentación de lo ineluctable.

A esas palabras el oficial, enfundando sus blancas manos en el capote, murmuró:

—Resulta usted de una horrorosa viscosidad. ¿De dónde puede sacar tantas viscosas lampreas?

La diamantina sonrisa de Teodoro comenzó a operar entonces sobre el grueso cristal angustioso del oficial señalador:

—No hay tal viscosidad; si se tiene el ojo fino, el tacto fino, acabaremos por contemplar, sin ser petrificados, y aprehender, sin que se nos escape, a la viscosa lamprea —y rápido, añadió—: ¿Desearía unas explicaciones...?

—¡No, no! —dijo abruptamente el oficial—. ¿No ve que esta cabeza corre grave peligro de estallar? —y se despojaba con delicadeza del casco—. Además, sería satisfacer el deseo de conocer...

—¡Eureka, Eureka! —palmoteó Teodoro—. ¡Qué maravillosa sutileza para definir la condenación! Sí, el deseo de conocer.

Como acometidos de un incontenible anhelo, el oficial y Teodoro se tomaron las manos y, remedando las melancólicas actitudes de una procesión de suplicantes, dieron vuelta al montículo en silencioso paseo. Aquí el espíritu vulgar habría diagnosticado una quiebra de la razón, de los más puros valores; era sólo la representación sentimental y simbólica de la gracia, que acababa de rozar con su temblar la locura de la vida.

Con la misma rapidez fulminante viéronse de nuevo, sentados y antagónicos. Teodoro había recogido del suelo el narciso y lo seccionaba en menudos trocitos.

—¿Sabe usted? —exclamó de pronto el oficial—. He entrevisto una espantosa imagen... —y se acercó a Teodoro, declarando en tono confidencial—: No hay duda; es una imagen espantosa. En otro tiempo, cuando yo era un hombre que realizaba sucesos, no me hubiera sido dable contemplarla; pero ahora, cuando todo es detenido en su punto de máxima saturación, de la atmósfera formada por esos puntos sordos que son los sucesos detenidos, surge la imagen espantosa de un hombre que en mitad de un camino se contempla, retrocediendo en su avance y avanzando en su retroceso...

—Nada de complicaciones —gritó exaltado Teodoro—; diga más bien que en mitad del camino hay un hombre que se contempla clavado en el camino... —quedóse un momento silencioso—: ¿Pero sabe por qué? Porque son los deseos reprimidos los agentes de la paralización de este hombre. Sólo dando cuerda a esos deseos lograremos salvarnos.

—No comprendo cómo podría salvarse usted —objetó el oficial— si insiste en dar cuerda al suceso fusilamiento: ¿no determinaría esto la pérdida de su cuerpo?

—¡Separe el cuerpo, aíslelo! —protestó Teodoro—. Si lo tenemos en cuenta, es sólo porque a través de él podrá ser realizado un suceso que quedará detenido en su punto de máxima saturación.

—Por mi parte —rebatió el oficial—, sigo creyendo que lo perderá; y a causa de esta catástrofe, perderá aquel inefable sentido de la duración que se enamora.

Sin inmutarse comenzó Teodoro a descubrir su sonrisa operante. Seguidamente repuso:

—Y usted, ¿no ha meditado acerca de su situación? ¿Ignora que se irá cayendo en pedazos igual que un abrigo apolillado? Usted lo perderá todo; desde el beso a la amada hasta la brillante pluma del loro...

Una avasalladora angustia poseyó al oficial; lanzóse sobre Teodoro, tapándole la boca con sus manos.

—¡Cállese! Le prohíbo tales pinturas.

Teodoro no se inmutó, sabía que el oficial estaba vencido. Tanto es así, que pudo contemplar al instante cómo éste se excusaba galantemente:

—Perdone usted.., mi maldita sangre tiene un sagrado horror de realizar sucesos —y tras una pausa, añadió—: Pero tengo que comprender. ¿Me comprende usted? Tengo que comprenderlo todo.

—Claro que lo comprenderá usted todo —repuso dulcemente Teodoro—, no se alarme; se lo aseguro: será burlado lo ineluctable.

El oficial se contrajo lentamente y con su mano abatió el aire rechazando algo inexistente; pero se contuvo, secundando correctísimo:

—Sí, sí; es cosa de meditación. ¡Vamos a ver: me ayudará a meter aquí su otra viscosa lamprea que se me escapa! —y de nuevo despojóse con delicadeza del casco.

Teodoro estalló en grandes interjecciones de sorpresa:

—¡Oh, es maravilloso! ¡Oh, otra viscosa lamprea! La imagen resulta exactísima; la lucha contra lo ineluctable por irrealizado podría ser representada por esa otra viscosa lamprea.

—¡Ciertamente —casi vociferaba el oficial—, ciertamente! ¿No es fatídico luchar contra un animal inasible?

—No, si se realiza el suceso en su punto de máxima saturación —dijo Teodoro.

—¿Y por qué realizarlo? ¿Cómo se realiza? ¿Quién lo realizará? —apostrofó a Teodoro, y gravemente añadió—: Le exijo sumariamente que me responda.

—Sí, ¿por qué no, Dios mío? Es muy sencillo: le atrae a usted el brillo del plumaje del loro —y señalaba con el índice al viejo loro instalado en la cureña del antiguo cañón—. Ello representa un deseo que supone una acción: llegar hasta el loro para apropiárselo; suponga que lo toma usted, se ha producido un suceso y ha contribuido a la alegría coral de la vida.

—¿Por qué contribuido a la alegría coral de la vida? —interrumpió el oficial.

—Imagine que este suceso (la conquista de las brillantes plumas del loro) engendrará, con su resonancia última, un nuevo suceso, y de éste, otro y otro, que irán formando el tiempo de toda vida; imagine, igualmente, que detenido en su punto de máxima saturación quedaríamos aislados en ese tiempo de vida hasta retorcernos y secarnos como una zarza. Seguir imaginando, por último, que su vulgar detenimiento o suspensión originaría una burla más de lo ineluctable; que él mismo (el suceso) se tornaría en sustancia de lo ineluctable.

El oficial se incorporó.

—Estallará esta cabeza —dijo, y destocándose arrojó con violencia el casco contra la tierra—. Sí, estallarás, pobre cabeza... ¿Me oye usted? Estallará mi cabeza. Casi nada he podido meter aquí de ese extraño idioma que emplea; pero no me ocultaré para decirle que usted, con ese método demoníaco de realizar todo, acaba por realizar la vida. Sí, realiza usted desde el beso a la amada hasta el ligero movimiento de una mano que toma la brillante pluma del loro.

—Sería más exacto proponer que estas cosas, sucediendo en su realidad, conservan el gran prestigio de esa fluyente vida que usted invoca —contestó Teodoro—; realizándose, logran la mágica virtud de metamorfosearse en esas estatuas que son la vida y la muerte y cuya condición esencial es aquella de ser, contra lo supuesto, no un suceso que se detiene, sino una duración que se enamora.

Teodoro había pronunciado la frase postrera con tan grave majestad, que el oficial, ya increíblemente excitado con la confusión conceptual, rompió en un fuerte sollozar; era un sollozar de pura cólera a causa de su impotencia para entender.

Ahora lo conminaba a una imposible explicación:

—¿Y qué pone usted en el medio, en la justa mitad de todo esto? Claro, lo llenará con dinamismo y gritería. Nos helaríamos con ese gran silencio... Se pasó el pañuelo por la cara.

—No se saldrá con ese gusto; represento la justicia, y como un homenaje a la espantosa imagen entrevista no será usted fusilado. Para su tormento, llevaré el suceso al punto de máxima saturación y entonces quedará perpetuamente detenido.

Volvióse bruscamente a los soldados que conversaban:

—¡Atención, formen...! —a dicha voz movióse, como en un sueño, cada personaje. El piquete, como el *glissado* ejecutado por una mano sobre el teclado, montó al hombro sus fusiles, y los tacones respondieron secamente. El Alcaide cesó toda comunicación con el loro, y pegando el oído junto a la pared del foso, aguardaba las inevitables percusiones. En cuanto al sacerdote, ahora con la cruz alzada, ensayó un ⁺able paso de procesión. Los dos guardianes, echados junto a la tramp   ⁼jaban dos enormes y negros molosos.

Todo el mundo estaba en su puesto, y Teodoro, que aún echado en su canto contemplaba la escena, escuchó la voz del oficial que en un largo ladrido le ordenaba pararse en el centro del montículo; aparecía, con el narciso entre las manos, un tanto pálido, pero su seguridad era su sonrisa. Por su parte, el loro, satisfecho de la rapidez y colorido del movimiento, lanzó una estrepitosa carcajada, tan idéntica, ¡Dios mío!, a la emisión de uno de aquellos gritos subterráneos que el Alcaide, despegando la oreja del muro avisador, comenzó a operar en ella con su dedo meñique, mientras lanzaba al condenado una mirada aniquiladora. Una bella rigidez presidía a aquellos seres. El piquete se modelaba en una plástica sobrehumana. Frente a él (el brazo rígido en alto con el sable rígido) se destacaba el oficial, rígido.

Como una elegante innovación compasiva se habían abolido aquellas sacramentales palabras de todos conocidas. Ahora sólo se exigía al oficial señalador (cargo que con tal título rezaba en la Casa Militar) que bajase rápidamente el sable, y el piquete respondería con la inevitable descarga cerrada.

El punto de rigidez marcó el ápice cuando el silencio se hizo rígido. Era el instante decisivo en que un brazo y un sable describían, de arriba abajo, un agudísimo ángulo de fantásticos grados. Por un momento, doce petrificados ojos creyeron ver un brazo y un sable que señalaban a la tierra; pero sólo había sido la evocación de otras escenas anteriores que, merced a su escandalosa y monótona cronicidad, podrían confundirse: la ocurrida cien años atrás con la que ocurriría dentro de cien años; la ocurrida en el alba anterior con la que ocurriría en aquella alba para Teodoro.

Un leve gemido de los gatillos de los rifles descubrió el chasco del piquete ejecutor. Una trompa y su trueno apagaron secamente estos gemidos del acero y las pupilas de los doce ojos casi saltaron de su sitio original.

El oficial señalador, con su brazo derecho, elástico como los anillos de la serpiente, atronaba las inevitables lívideces del alba, y en aquel trueno congojoso se adivinaba con gran dificultad un principio humano vocal que podría haberse traducido por algo así como: ¡No, nunca, no...! ¡No, nunca, no...!

Respondiendo en gracioso homenaje a este principio humano vocal, flotaba magnífica en la neblinosa atmósfera del alba, tentadora y aguda como la gama sonora de una chirimía árabe, la diamantina sonrisa de Teodoro; era de tal languidez imperativa que el oficial, sollozando sin lágrimas, abatió sobre la tierra, vuelto una fosforescente centella velocísima, el brazo que aprisionaba el sable de oro.

Entonces Teodoro, que con el narciso entre las manos se entretenía en deshojarlo, fue realizado en su punto de máxima saturación por las inevitables percusiones que acallarían sus rumores.

1942

El Gran Baro

El Gran Baro, el payaso revolucionario, debutaba esa noche. Y decimos que debutaba, porque hasta ese momento nunca había actuado ante público alguno. Por cierto, el dueño del circo lo encontró en el lugar menos adecuado para hacer payasadas, es decir, en un entierro. Allí estaba el que para desdicha suya había de convertirse de la noche a la mañana en el Gran Baro, despidiendo el duelo de un amigo entrañable.

Al dueño del circo se le metió entre ceja y ceja que ese hombre, anegado en lágrimas, de voz entrecortada, de aspecto lúgubre, vestido de negro y con la mirada metida en la fosa, era el payaso que él buscaba para abrir su temporada circense.

Claro que se equivocaba. Ese hombre ni a payaso había llegado en la vida. Sólo a oscuro empleado de un ministerio. Tendría en la actualidad unos cincuenta años, ningún ideal, mucha hambre, nadie que le amase, el día de hoy igual al de ayer y al de mañana; de vez en cuando, una despedida de duelo. Sus oscuros amigos decíanle que lo hacía muy bien y hasta lo felicitaban.

Como se ve por lo dicho, todo negro, todo sombrío. De sol a sol, duelo en esta vida oscura. Entonces, ¿qué comicidad, qué payasería en tal gusano? Bueno, la que ese patrón de circo creía ver. O a lo mejor ni lo creía, pero se echaba en brazos de lo absurdo. De cualquier manera, lo cierto es que siguió a Baro hasta su propia casa, abrumándolo con promesas de grandes triunfos y grandes ganancias.

—Ya sé —contestó Baro—. Usted pretende que yo haga de payaso. Quedóse sumido en hondos pensamientos, miró muy fijamente al dueño del circo, y con aire muy cortés, añadió:

—Nunca he tratado de hacer payasadas, pero ya que usted se empeña, probaré.

Y prosiguió en sus pensamientos; tanto, que su interlocutor, que ya empezaba a restregarse las manos en vista del éxito obtenido, alarmóse. Tomándole por los hombros, le dijo:

—¡Vamos! No piense que le va a costar tanto. Además, hay una gran tradición...

—Pero con esta cara... ¿Cree usted que en la arena lo voy a hacer de otro modo que en las despedidas de duelo? Yo temo...

—¿Qué teme? —le interrumpió el dueño del circo—. ¿Teme ser silbado por el público? En cuanto a eso, viva tranquilo: usted es lo más risible que he visto en mi larga carrera de buscador de payasos. Usted no lo sabe, pero así es, amigo mío. Yo soy su descubridor, y espero que el público aplauda mi descubrimiento.

Baro quedóse despavorido; ya abría la boca para formular una objeción. No le dio tiempo el visitante. Con voz acariciadora decía:

—Tenemos que ponerle un lindo nombre de payaso. Sí, ahora mismo. Usted se llamará Baro, el Gran Baro, Baro el único, el que mata a la gente de risa...

—O de llanto —replicó Baro—. No es una objeción, pero temo que mis payasadas sepan a despedida de duelos...

—No lo crea así, en modo alguno —protestó calurosamente el patrón—. No olvide que al circo se va deliberadamente a reír; cualquier cosa que allí se produzca, la más dramática, se cambia en una carcajada.

—Ya que usted se empeña, probaré —dijo muy animado Baro—. Casi me convence usted con su teoría. Pero, dígame, ¿qué debo hacer?

—¡Payasadas! ¡Sólo payasadas! ¡Nada más que payasadas! —gritó estentóreamente el patrón.

Una semana después (cosa de anunciar bien el número) hizo Baro su presentación en el circo. Los risueñas cálculos del patrón fueron doblados, cuadruplicados. A los cincuenta años, Baro había dado al fin con sus fuerzas ocultas, fuerzas que lo llevaron al pináculo de la fama, y también, ¡ay!, a un trágico final.

Baro revolucionó toda la gran tradición de la payasería, puso patas arriba la viejísima técnica del *clown*. Fue más allá, mucho más allá de los saltos, piruetas, afeites y trucos de Pierrot. O para ser más exactos, no desdeñó dichos elementos, pero transmitiólos al público, a fin de que cada espectador revistiese cada acto de su vida con el ropaje de la payasería.

En esa su primera noche, el Gran Baro, con exquisito sentido de la cortesía, trabajó en honor del cuerpo diplomático acreditado. Utilizando los elementos ya aludidos, consumó una, diez, cien veces, bajo los atronadores aplausos de una audiencia emocionada, la presentación de credenciales de un embajador.

Triunfo inaudito. El cuerpo diplomático en pleno bajó a la pista a felicitarlo. No ya como cuerpo diplomático en sí, pero como diplomáticos que hacen payasadas. Tomando al Gran Baro como jefe de estado de una nación imaginaria, hicieron ante él la más loca presentación de credenciales que el arte de la payasería pudiera imaginar. Mas la cosa no se detuvo en dicho episodio; no se reintegraron a su compostura, no se metieron en ese insolente empaque que es la razón de existencia de tal cuerpo, no volvieron a exhibir la célebre sonrisa helada ni tampoco la dentífrica, la una para romper relaciones diplomáticas y la otra para firmar alianzas ofensivas y defensivas. No, nada de eso. Salieron de allí haciendo payasadas y aún las siguen prodigando por todo el haz de la Tierra.

Todavía en ese momento se estaba a tiempo para una retirada. Que un cuerpo diplomático se convirtiera en un cuerpo de payasos es cosa grave, pero no cae del otro lado de esa lógica de la locura que es el gran mundo. Si el conflicto hubiese podido ser localizado en ese órgano, vital, pero al fin y al cabo exclusivo y excluyente, el conjunto de los demás órganos habría quedado intacto; pero no, Baro estaba lanzado, ya nada podría detenerle. Noche tras noche, Baro remedaba una faceta del gran cuerpo social: médicos, zapateros, cocineras, maestros, pianistas, sacerdotes, panaderos; costureras; en fin, todas las corporaciones; los gremios, las profesiones, los elegidos y los desahuciados... Y como en cada función estaba presente por lo menos uno de los componentes de dichas clases, ocurría que ése abandonaba el circo convertido en payaso de su propio oficio, e *ipso facto* conquistaba cientos de prosélitos, visto que el hombre busca su felicidad hasta en la payasería.

Y en cierto modo ese pueblo comenzó a vivir felizmente; quiero decir, en ese modo en que la payasería ha ido más allá del ridículo y se convierte en un bien público. Quizás fue por esto que el Gran Baro comenzó a quedarse solo. Porque Baro, que hacía payasos por docenas, no podía convertirse él mismo en un payaso. En una de sus últimas noches triunfales, alguien de un gremio no apayasado todavía, gritóle al iniciarse la función: "¡Escucha, Baro, tú no eres un payaso, ten cuidado!" Y ese mismo, que tuvo la bondad o la debilidad de prevenirle, al salir de la función, como ya estaba ampliamente payasado (pertenecía al gremio de los carniceros; este gremio fue a las últimas funciones, pues les toma mucho tiempo lavar sus manchas de sangre) cogió al Gran Baro al igual que hacía con la res descuartizada en su carnicería y lo colgó del gancho de un farol en la vía pública.

De allí lo descolgó un sacerdote que acertó a pasar en momento tan desairado para el Gran Baro. Lo llevó hasta un oscuro rincón de la calle y le dijo que estaba tentado por el diablo, y algo peor: que provocaba la cólera del Altísimo con arte tan diabólico. Baro se limitó a escuchar. Una vez que el cura hubo terminado su perorata, repitió a la manera payasa todo cuanto aquél dijera, de modo que el infeliz cura convirtióse, en el acto, en un consumado payaso.

Fue entonces que la nueva religión —tres personas distintas y un solo payaso verdadero— lanzó contra Baro la tremenda acusación de ser nada menos que el Antipayaso. ¿Podría tolerar el nuevo culto que este Hacedor de payasos viviese entre los payasos sin ser, él mismo, un payaso? Para colmo de desdicha también se inmiscuyeron en el problema las autoridades: no iban éstas a permitir que se ridiculizase a la gran masa del pueblo. Si usted vive en función de payaso, cómo va a permitir que alguien se manifieste de un modo serio; o para decirlo con otras palabras: la seriedad para un payaso es su propia payasería, con ella realiza todos los actos de su existencia, y si alguien, en un Estado de payasos, tiene la temeridad de destacarse del gran todo armónico que es la payasería, fatalmente deberá pagar las consecuencias de su desequilibrio.

Entonces sucedió algo que acabó por empujar al soberbio Baro a lo profundo del abismo en que se movía. Viendo que no contaba ya con persona alguna para practicar su sublime magisterio, arrastrado por su demonio que le exigía nuevas víctimas, osó un gran golpe de mano. Nada menos que despojar al Cardenal-Payaso de su payasería, convirtiéndolo a los ojos del pueblo en un Cardenal *ad usum*. Pero si Baro estaba facultado para hacer payasos, no podía, en cambio, deshacerlos. Y no negamos que en un punto cualquiera de la tierra exista otro Gran Baro cuya magnífica facultad sea la de deshacer payasos, pero desgraciadamente esta salvadora suplantación de Baro por su AntiBaro no está en nuestras manos producirla. De modo que como el Gran Baro estaba solo, no tuvo otra salida que entrar, una mañana, de gran pontifical en el templo.

Érale preciso cambiar al Cardenal-Payaso en Cardenal-Primado *ad latere* o simplemente en Cardenal de nueva promoción, pero cambiarlo, en fin, en algo serio. Para ello, llevó la divina gravedad de la Iglesia hasta lo inconcebible. El Cardenal-Payaso le dejó hacer, estuvo sublime en sus payaserías y daba las más brillantes oportunidades al Gran Baro. Pero en vano. Éste conseguía una copia, brillante, pero ¡ay! sólo copia, y ya sabemos que el único mérito de toda copia es destacar el original. Sin duda, Baro estaba perdido. Con redoblada payasería el Cardenal-Payaso agarrólo por las orejas y con una patada en salva sea la parte lo sacó del templo.

A la puerta le esperaban unos esbirros. Pudo ver, cuando lo llevaban hacia las prisiones, cómo se dirigían hacia el templo, dando volteretas, el presidente del Consejo de Ministros y el jefe de la Casa Militar. Baro tembló en lo íntimo de su ser: su suerte estaba echada. Las volteretas eran arrolladoras y desafiantes. Además, las carcajadas habrían podido escucharse en una legua a la redonda: mucha debería ser la cólera de tan altas autoridades para reír de modo tan estentóreo.

Pero si Baro hubiese podido ver el encuentro de los tres jefes, entonces sí que cualquier resto de esperanza habría volado de su alma. No bien vio acercarse al presidente del Consejo de Ministros y al jefe de la Casa Militar, pegó un bote colosal, acto seguido dio diez vueltas de carnero y lanzó una carcajada atronadora. Entonces, el jefe de la Casa Militar plantóse firme sobre sus piernas a fin de poder formar la pirámide humana. Saltó sobre los hombros de éste el Cardenal-Payaso. El momento era tan grave que el pueblo, congregado en la plaza, expresaba su circunspección con risa estereotipada.

Laboriosa fue la deliberación entre los tres jefes. En medio de un silencio de muerte, la pirámide se inclinaba, ora a la derecha, ora a la izquierda; ya hacia adelante, ya hacia atrás. Si se ponían de acuerdo en algún punto entonces expresaban su satisfacción mediante unos Ohhh, que según parece son expresivos de éxtasis entre los payasos. El Cardenal, con loca temeridad, danzaba sobre la reluciente calva del presidente del Consejo, y comoquiera que revestía amplias ropas talares, éstas al ser infladas por el viento ponían en peligro el precioso equilibrio de la pirámide. Pero algo peor ocurrió cuando el jefe de la Casa Militar amenazó con reducir la pirámide si el método para ultimar la vida de Baro no era el fusilamiento. De cumplirse tal amenaza, es decir, de quedar reducida la pirámide a las personas del Cardenal-Payaso y del presidente del Consejo, el Gran Baro podía considerarse salvado. Allá, desde su altura, el Cardenal resoplaba. Qué vulgar expediente ese de fusilar y fusilar... Como si un estado de payasos tuviese que echar mano necesariamente a procedimientos gastadísimos. No, él quería para Baro un género de muerte en consonancia con los ideales y gustos de un payaso. Había que convencer a ese militarote, que aunque payaso y todo, estaba lastrado con la vieja mentalidad de su querida Escuela de Guerra. Pero había que ingeniárselas rápido; si el rudo soldado reducía la pirámide a sus dos tercios, la Iglesia perdería una preciada víctima. Porque digamos de una vez por todas que el Cardenal quería para el Gran Baro el único suplicio que un payaso pueda inventar, es decir, la muerte producida por los espasmos y convulsiones de una risa incoercible.

Entonces el Cardenal recordó que el jefe de la Casa Militar estaba loco por tocarse, siquiera fuese una vez, con el capelo. Se lo había pedido en vano; hasta le ofreció su quepis amarillo, pero el Cardenal se había mantenido firme. Ahora, vista la gravedad del momento, lo encasquetó en la cabeza de aquél, con lo cual la muerte de Baro a risa limpia acordóse por unanimidad.

Primera dificultad vencida; pero la segunda, de naturaleza tan incierta que muy bien podría convertirse en preservadora de la vida de Baro. Era preciso obtener a toda costa la cosa que hiciese reventar de risa al condenado. Pero, ¿qué cosa? El viejo gastado expediente de las cosquillas no iba a ser puesto en práctica por un pueblo innovador; tampoco el no menos gastado de esas historias chistosas que a muchos caballeros apoplejías ha procurado. No, para el Gran Baro había que descubrir la cosa capaz de hacerlo morir a carcajadas. Y por supuesto, esa cosa no sería un payaso: un gran artista nunca se ríe de sus obras. En consecuencia, los tres jefes se entregaron en cuerpo y alma a la búsqueda de la cosa; dentro y fuera del país. Se dictaron bandos prometiendo riquezas y dignidades a quien descubriese la cosa en cuestión. Emisarios partieron hacia remotos confines en busca de esa cosa. Esfuerzo inútil: Baro quedábase serio, grave, sentado en su camastro con su plato de coles hervidas a un lado.

Una mañana, el Cardenal-Payaso, desesperado de un año de infructuosas tentativas, presentóse en la celda de Baro acompañado del Gran Inquisidor. La presencia de este último decía bien a las claras que se trataba de dar tormento a Baro para que revelase su gran secreto: esa cosa capaz de hacerlo morir de risa.

Fracaso en toda la línea: Baro sufrió el potro, los borceguíes, la rueda y los hierros... El Cardenal, histérico ante tamaña firmeza de alma, abofeteó al Gran Baro. Éste le dijo que después de tales torturas estaban de más esas bofetadas superfluas. Y añadió que visto que nada le constreñiría a declarar la cosa capaz de hacerlo morir de risa, rogaba en consecuencia que se le dejase solo con su acostumbrada ración de coles hervidas.

Pero cuál no sería la sorpresa del carcelero (tiene actualmente noventa años y aún se erizan sus cabellos) cuando al entrar en la celda con el plato de coles hervidas, vio al Gran Baro que se retorcía de risa. ¡Cómo! ¡Ni media hora hacía que el Cardenal saliera de la celda dando un gran portazo y jurando por todos los payasos del cielo que ya se las pagaría ese miserable de Baro; y ahora ese mismo Baro retorcíase de risa! ¿Qué había ocurrido? Miró en derredor de él buscando la cosa que por fin lograra desternillar al condenado. Pero allí no había cosa alguna, absolutamente cosa alguna, Dios mío, que constituyese novedad a los ojos del carcelero. Entonces se acercó a prudente distancia (temía que esa risa repentina lo mordiese como un perro) y preguntó a Baro si algo le ocurría. Pero Baro no podía hablar. De su boca sólo fluía esa risa extraña que se parecía en su fluir al gorgoteo de una llave abierta. De pronto el Gran Baro incorporóse, y dilatando el pecho como si le faltase el aire, abrió la boca cuanto pudo; era evidente que algo quería decir, pero sólo conseguía con tal operación que la risa se escapase a borbotones.

El carcelero salió como alma que lleva el diablo en busca del Alcaide. A los pocos minutos éste se presentaba en la celda provisto de lápiz y papel para tomar declaración al condenado. Esperaba, con tanta diligencia, ganar un ascenso o una recompensa en metálico. Todo cuanto hizo fue inútil: el Gran Baro no atinaba con ninguna palabra. La risa le impedía la menor articulación.

Toda la ciudad fue avisada del acontecimiento. Las gentes corrían enloquecidas hacia el circo: allí, en la pista, escenario de sus jornadas triunfales, velase al Gran Baro, bajo la luz de potentes reflectores, sentado en un banco. Como el circo estaba de bote en bote, como los palcos oficiales estaban colmados con las altas clases dirigentes, como el cuerpo diplomático realzaba con su presencia el espectáculo, parecía que esa noche era la misma noche del debut del Gran Baro. Pero ¡ay! parecía, pero no era. Sólo una risa brotaba a borbotones, tal una hemorragia incontenible, como herida irrestañable; una risa que era como el resumen de todas las risas producidas en ese circo durante las memorables actuaciones del célebre artista.

En relación con esta risa, viviente enigma, diremos que se hacían mil conjeturas y se tejían las más absurdas fábulas. Todos, desde las altas autoridades con el Cardenal-Payaso a la cabeza, hasta el más humilde doméstico, ignoraban a qué se debía tal risa. Si la cosa prevista para hacer morir de risa al Gran Baro no había podido ser descubierta, entonces, ¿por qué reía con risa incontenible hasta el aniquilamiento?

Tal enigma aclaróse (por lo menos, las autoridades y el pueblo creyeron ver claro) con la explicación ofrecida por el Perito en Risas de ese gran pueblo. Después de examinar la risa de Baro por espacio de varios minutos, declaró el Perito enfáticamente que era una risa burlona, cínica, y lo que es más significativo, antipayasal. Así, el Gran Baro iba a morir a causa de la risa que despertaba en su ser el impotente esfuerzo de todo un pueblo pugnando por encontrar la cosa apta para hacerlo morir de risa.

Sea como fuere, Baro murió desternillado a la semana justa de haberse declarado su risueño mal. Automáticamente, el Cardenal-Payaso lo declaró santo y su imagen fue entronizada con gran pompa en la catedral. Pero ahí no terminó, como es de presumir, la historia del Gran Baro. Pasados unos años, de manera festinada, sin anuncio previo, hizo su aparición en la ciudad el Gran AntiBaro. De la noche a la mañana todo ese risueño pueblo fue despayasado. El mismo Cardenal, que ya conocemos, pero que ahora nada tiene de payaso, mandó hacer añicos la imagen del Gran Baro.

Esos fragmentos, que día a día van disminuyendo, pues los niños se entretienen en apedrearse con ellos, aguardan pacientemente que otro Gran Baro convierta en payasos a ese pueblo, de gente grave y respetable, para ocupar de nuevo el altar que les pertenece en la paz de la catedral.

1954

El muñeco

Una aclaración antes de comenzar: soy tan sólo un inventor de artefactos mecánicos. Si me decido a escribir es precisamente porque no he podido idear el artefacto que expresase los horribles hechos que paso en seguida a exponer. Si la literatura logra transmitirlos, pensaré que también ella es otro artefacto.

Una tarde el calor me empujó a un cine. Apenas acomodado en la butaca el consabido Noticiero Nacional se me echó encima. No presté mayor atención al principio. Una caravana de camiones se perdía por un polvoriento camino en tanto que el narrador hablaba de la patria. Pronto su voz quedó cubierta por la música de fondo. En seguida más música anunciaba la noticia de turno. Esta vez se trataba de la entrega al Presidente de un sable incrustado en rubíes, que el gobierno de Polonia le obsequiaba por medio de su embajador —el elegante, mundano Conde Wibroktzky.

El Presidente, vestido de almirante, las manos atrás, escucha o hace que escucha el discurso de entrega. Concluido éste, el embajador toma de un cojín el precioso sable, se pega al Presidente, lo mira fijo a los ojos, el Presidente dispone sus brazos con dignidad y lentitud, sonríe de la comisura derecha a la comisura izquierda, el embajador le pone el sable en los brazos —el sable, horizontal como un recién nacido o como un cadáver. El Presidente contempla el sable, mira al embajador, vuelve a mirar el sable y pasea la vista por el grupo de sus palaciegos. Un edecán del Presidente se acerca; el Presidente mira una vez más el sable, el edecán retira el sable y lo deposita en el cojín que le presenta el edecán del embajador. El Presidente sonríe de la comisura izquierda a la derecha. Con los brazos siempre extendidos sepáralos un tanto, y, haciendo señas al embajador de que se aproxime mediante un lánguido movimiento oriental de los dedos, estrecha al elegante Conde con viva efusión. Una salva de aplausos se deja sentir. A su vez los palaciegos se abrazan. Si algo más ocurrió después no podría decirlo: en este punto sobrevino la música de fondo que cerraba la noticia filmada.

Se escucharon algunos aplausos de parte del público que colmaba la sala de proyección. Cerca de mí oí un comentario de algún opositor del gobierno, dos tipos se rieron con risas burlonas, una vieja judía suspiró, el resto creo que proseguiría en la deglución de sus chiclets, chocolatines y demás pequeños vicios propios de una sala oscura. Yo, en cambio, sentí una piedad infinita por el Presidente. Creí haber presenciado una refinada tortura. Claro que no era la primera vez que veía al Presidente en la pantalla (en realidad no resultaba muy difícil verlo). Hacía poco menos de una semana que mi novia y yo lo habíamos visto donando quinientos gramos de su propia sangre para el Banco de Plasma Pro Ayuda Sanguínea a Europa. La vista de la sangre siempre me causa horror; sin embargo, en aquella ocasión no me pareció ninguna tortura que el Presidente donara la suya preciosa; más bien me resultó estimulante. Así es la vida: una completa arbitrariedad. Hoy, contemplando un acto tan estético como lo era recibir un sable incrustado en diamantes, mi alma se estremecía de horror, protestaba. ¿Por qué?

Pero no salgamos de los hechos o mi tortura se acrecentaría. El mismo Noticiero "presentó" cuatro veces más al Presidente. Abriendo la llave de un oleoducto, cerrando la caja *ad hoc* que llevara un kilo de tierra del país a la tumba del soldado desconocido, cortando con una tijera de oro la cinta que lo separa de los toros Hereford, admirando un grupo escultórico en el flamante Museo de Bellas Artes.

La angustia me ahogaba. ¡Cinco veces! ¡Cinco veces nuestro digno Presidente! Se me erizaron los cabellos. Me agarré convulsivamente a las butacas que tenía a ambos lados. De pronto sentí cruzada mi cara por un bofetón. Gritos de espanto y de ofendido pudor lanzaba la señora que tenía a mi izquierda. Le había agarrado un muslo en una de esas crispaciones de angustia. Se encendieron las luces. En medio de tanta confusión, tuve una feliz idea: señalar con el dedo acusador al ciudadano que estaba a su vez a la izquierda de la señora. Ésta, confundida, perdida la noción del muslo ultrajado, la emprendió a insultos con el ciudadano, viendo lo cual, aproveché para abandonar la sala, inundado de un desagradable sudor frío.

Tomé al vuelo un taxi. El persistente recuerdo del Presidente no me abandonaba. Al cruzar una esquina, un afiche que lo mostraba como el primer obrero de la nación me hizo prorrumpir en fuertes sollozos. Llegué a casa enfebrecido. Me tiré en la cama; no quise responder a nadie. La cabeza me estallaba.

Esa noche dormí poco y me desperté con el alba. El quiquiriquí de los gallos me recordó la música de fondo del Noticiero. No se me apartaba el Presidente un solo instante. Tenía el deber de discurrir algo que ahorrara al Presidente tan sucesivas y peligrosas apariciones.

Apuré una taza de café bien cargado y me eché a planear su salvación. Además, si yo lo salvaba, me autorizaría a tutearle: vieja ilusión de toda mi vida. Mil planes pasaron por mi mente, todos desechados al punto. En el fondo eran quimeras. Cualquiera de ellos me habría valido la sonrisa mortal del Presidente, esto es, de la comisura derecha a la comisura izquierda y, enseguida, de la comisura izquierda a la derecha. ¿Tal sonrisa no equivaldría a una orden de prisión o de destierro, a la pena de muerte?

Se imponían, pues, tacto y cautela. No se salva a un Presidente mediante un recurso barato, tampoco se le puede robar su precioso tiempo con la exposición de un plan impracticable. Sin embargo, tenía que salvarlo: cinco veces hoy, tres mañana, doce pasado, llegan a sumar al cabo del año tal número de veces, que cualquier cerebro, aunque sea el de un Presidente, acaba por reblandecerse.

¿No había inventado yo las sandalias de cuero virgen, para los cascos de los caballos condenados a trabajar en terrenos cenagosos? Confieso que la menor anormalidad me excitaba tanto que ponerme a trabajar para reducirla era, a la vez que un placer, uno de mis deberes más sacrosantos, entre los muchos que han hecho pasables los años que llevo residiendo en este bajo planeta.

De pronto lancé un grito ahogado: me vi reflejado en el espejo de la cómoda, y por un momento creí que había salvado al Presidente. Sólo fue una falsa alarma. Caí en la simpleza del eterno doble, del clásico *alter ego*. Enumero a continuación por qué deseché totalmente esta idea:

Primero: Porque un doble es otro ser humano como el Presidente.

Segundo: Porque el doble del Presidente puede, en cierto momento, creerse el Presidente. A esto se llama "atentado teórico".

Tercero: Porque en cualquier momento puede dicho doble intrigar con fruto y ubicarse en el sillón presidencial. A esto se llama "atentado de hecho".

Cuarto: Porque un doble, debiendo reunir todas las características físicas, psíquicas, intelectuales, espirituales y patológicas del Presidente a doblar, nunca las reúne.

Quinto: Porque el doble puede renunciar, enfermar o morir, en cuyo caso se exige la busca inmediata de otro doble, cosa harto problemática.

Sexto: Porque el doble, por equis causa, puede, durante una de tantas ceremonias gubernamentales, hacer el ridículo; ridículo que, como cabe suponer, recaerá sobre el Presidente. Imaginen que el doble, frente a un congreso de las juventudes católicas, en vez de decir: "¡Salud, muchachos y muchachas...", dijera: "¡Salud, mulatos y mulatas...!"

Séptimo y último: Porque pudiendo el Presidente enfermar o desganarse y, en consecuencia, perder, digamos, cinco kilos de peso, el doble no podrá en pocos minutos adelgazar dichos cinco kilos. O que el Presidente gane de peso y el doble, por más esfuerzos que haga, no aumente lo bastante como para poder doblar al Presidente en su nuevo aspecto físico.

Pero, sin embargo, de estos siete puntos oscuros salió todo lo que tenía que salir en materia de salvamento presidencial. Como siempre, la diosa verdad estaba disimulada bajo la piel de los falsos conceptos. Sacarla de allí venía a ser una suerte de destilación. Destilarla, esto es, impedir la personal aparición en público del Presidente, me costó una larga semana. No obstante, me aguardaban pruebas peores.

Tras haber pesado los pro y los contra de mi brillante plan de salvamento; después de reducir sus contradicciones y dejarlo listo para su presentación a la más alta autoridad de la nación, me di cuenta de que no era un asunto fácil comunicarse personalmente con tan encumbrado personaje.

Mi asunto era estrictamente personal. Más todavía: confidencial. Confiarlo a segundas personas, a los azares de una oficina de control, a la letra muerta de un tedioso memorándum, a la hipócrita recomendación de un palaciego, habría equivalido a una inútil operación de sacar agua con canastos. Igualmente, no era menos ilusorio tratar de ver cara a cara al Presidente, conversar con él una buena media hora, exponerle un plan de salvamento. Cientos de manos y otras puertas se interpondrían entre él y yo.

Se me ocurrió algo que me pareció excelente para establecer el ansiado contacto personal. Recordé que era un deber del Presidente visitar a todo ciudadano que hubiese sido atropellado por el coche oficial y que llevara, claro está, en su interior, a la persona del Presidente. En consecuencia me resultaba muy fácil aguardar frente al palacio del gobierno la salida del primer mandatario y arrojarme ante las ruedas de su automóvil.

Así lo hice una hermosa mañana. El auto oficial apareció; a una distancia de cincuenta metros divisé al Presidente dirigiéndose al coche. Se cerraron las portezuelas, el auto arrancó. No iba a gran velocidad. Cuando desperté me encontré con una doble fractura. Pregunté por el Presidente. Me miraron extrañados y me dijeron que el Presidente estaba bien. Me enyesaron la pierna. Sufrí como un condenado, pero esperé la visita personal del Presidente. Al día siguiente pregunté; el médico de guardia llamó al jefe de sala, éste me acusó airado de tener la necia pretensión de ser visitado por el Presidente. Le dije que fui arrollado por el coche oficial que conducía en el momento del accidente al Presidente. El jefe de sala y el médico de guardia me miraron con sorna. Por último el jefe de sala me advirtió que el coche oficial atropellaba por año un promedio de mil ciudadanos. Que la cosa carecía de importancia y que más me valía enterarme de que mi pierna y yo reposaríamos sobre esa cama durante cuarenta días consecutivos.

Aquí grité, no vaya a creerse que de lástima de mí mismo, grité por él. Cuarenta días más apareciendo en público, en medio de sables, de llaves y de tijeras, de manos y de cabezas. Yo con la panacea lista, y él, apagándose, apagándose... Lo veía en sus apariciones postreras, recostado en almohadones, con uniforme de granadero, a fin de atenuar un tanto la mortal palidez que velaba su rostro, con un pañuelo que pasa lánguidamente de la comisura derecha a la izquierda, ya sin sonrisas, en tanto sus palaciegos lagrimeaban sobre un tapiz, orinado y reblandecido, en medio del mórbido fulgor de sus brillantes. El cuadro era tan lúgubre que volví a gritar como un poseído. Una inyección de morfina me paralizó.

Dos meses más tarde almorzaba en uno de esos pintorescos cafetines de los muelles, cuando me sentí tocado en el hombro. Volví la cabeza y allí estaba, a dos dedos, Juan, un viejo conocido y viejo luchador social, con una fe enorme en el mejoramiento futuro de la raza humana. Le alargué la mano, nos preguntamos de mesa a mesa no sé cuántas cosas; él insistió en que yo fuera a la suya, pero mis pensamientos querían soledad. Pero Juan insistió, yo decliné, y él tomó entonces la iniciativa: agarró plato y cubiertos y se mudó a mi mesa. Me abrumó con su jerga de viejo comunista, y de pronto me planteó una cuestión de confianza. Me hizo saber que el Partido necesitaba de gente inteligente (él creía que yo lo era), que si el Partido comprobaba que uno daba la talla... Yo no lo escuchaba deglutiendo sino que deglutía escuchándolo. Estaba por pagar y levantarme cuando algo que dijo de pasada me hizo estremecer. Estaban muy orgullosos porque el Presidente, aun cuando no fuese un comunista, los trataba en pie de igualdad.

Le miré fríamente y le dije:

—¿Qué quieres decir con eso de "en pie de igualdad"?

—El Presidente reconoce que buena parte de lo que está haciendo por la reconstrucción nacional se debe a nosotros los comunistas. Es a nosotros a quienes se debe la nacionalización de los servicios de pompas fúnebres.

Y aquí se disparó. El vino tinto le soltaba la lengua y su larga retórica marxista se le salía por los poros. Entonces le pregunté de golpe:

—Sí, todo muy fraternal, pero ¿has visto al Presidente alguna vez en tu vida?

Se quedó un tanto desconcertado; me miró con recelo y acabó por reírse ruidosamente:

—Mi sección ha sido recibida por el Presidente, en lo que va de año, cuatro veces. Yo, personalmente, le he dado tres abrazos, le he dirigido dos salutaciones —una escrita, la otra, improvisada—. He estrechado la mano de su señora esposa y he cargado a su hijita. Caminé junto a él durante la manifestación del primero de mayo.

Me vi con las manos de Juan entre las mías: yo se las había tomado. Estaba empapado en sudor, los dientes me chocaban. Dije con voz desfallecida:

—¡Juan, por amor de Dios, tú lo has visto..., lo has tocado!

—¡Vamos! —me dijo riendo—, ¿me vas a tomar el pelo? ¿Es que crees indigno de un Presidente que abrace a un pobre obrero?

—Juan —le dije—, quiero hacerme comunista: tengo un gran cerebro: me sé *El Capital* y he estudiado ruso. Puedo ser muy útil al Partido. ¿Dónde está la Seccional que me corresponde?

—¿Qué mosca te ha picado, compañero? —me dijo con un tonito de ironía comunista—. ¿Se proyecta algún atentado?

Si él no hubiera sido un comunista habría pensado que el plan que yo acababa de esbozar *in mente* durante este breve diálogo, era la cosa más impracticable que pudiera pensarse. Digo esto porque vi en su mirada la relatividad y la ortodoxia. Juan sabía que estaba a dos dedos de proponerle algo, frente a lo cual pedía, sin poner en peligro los fundamentos del Partido, adoptar una posición flexible que redundara en positivo beneficio para su persona. Tanto es así que, como se dice, se pasó de la raya. Mirándome como un comunista sabe mirar cuando afirma, por ejemplo, que la *Venus* de Manet no es un buen cuadro porque este pintor no era nada más que un pequeño burgués, me dijo:

—El Partido es del pueblo y para el pueblo, pero dialécticamente considerado y, según los casos, puede también no serlo.

Su sonrisa se dilató tanto que paró en mueca. A renglón seguido añadió:

—Tú sabes. El Presidente está con nosotros —aquí se detuvo, volvió a reír, y concluyó la frase—, pero no es de los nuestros. Si lo que te traes contra el Presidente no perjudica al Partido, podríamos conversar.

—¡Nada me traigo contra el Presidente! —grité histérico.

Me agarró por un brazo y me hizo ver la imprudencia de mis palabras. Dándome golpecitos tranquilizadores de ocasión, susurró:

—De todos modos algo te traes. ¿De qué se trata?

—Juan —le dije melancólicamente—, sólo quiero ver personalmente al Presidente y abrazarlo.

—Abrazarlo con una carga de TNT bajo el chaleco.

Quedóse un momento pensativo. Luego me dijo:

—¿Qué está dispuesta a ofrecer tu organización?

—No hay tal organización —le respondí—. Soy yo solo. Tengo un simple capricho de buen ciudadano; si quieres, hasta de hombre simple. La vida del Presidente me es preciosa.

No me di cuenta de que la normalidad y la lógica, aplicadas a personajes poderosos, dan resultados totalmente absurdos. A medida que defendía la banalidad de mi propósito, él confirmaba su idea de que algo siniestro me traía entre manos. La situación se hizo tan disparatada que lo mismo daba si él creía que era yo un terrorista como si el terrorista lo era él. En consecuencia, viéndome perdido, recobré un poco de lucidez y le dije:

—Mira, Juan, te doy mil dólares si me haces miembro de fila del Partido —aquí me detuve, lo miré y volví a la carga—: Y mil dólares más si en la próxima entrevista con el Presidente puedo formar parte de la comisión que lo visitará. ¿Qué te parece?

Se puso tan flexible y se hizo tan relativo, su ortodoxia se alejó tanto, que temí por un momento que acabase por perder toda consistencia. Con voz estrangulada me dijo:

—Presentaré tus papeles mañana, rendiré un excelente informe. Espero entregarte la cédula y el carné del Partido dentro de una semana. Con gente como tú se fortalece y se prestigia. En cuanto a la entrevista, tenemos una señalada para el día veinte. Ese día pondremos en manos del Presidente lo recaudado para la erección del monumento a la Patria.

Desde este momento todo marchó sobre ruedas. Volvimos a tomar vino tinto, nos estrechamos las manos, cambiamos números telefónicos y nos despedimos. Una semana más tarde era miembro de fila del Partido, y Juan había logrado que formara parte de la comisión visitadora. Faltaban aún doce días, pero para mí no eran muchos si se piensa que me las tendría que ingeniar para poner en práctica un plan que me permitiese quedarme en Palacio después de la visita, y lo que es todavía más espinoso, tener una conversación, en la más absoluta intimidad, con el Presidente.

Hice un estudio en detalle de la servidumbre civil y militar del Palacio. Deseché en el acto los uniformes militares por ser todos muy llamativos, y me dediqué de lleno a seleccionar, de entre los uniformes de mozos, camareros, mayordomos, sirvientes, el que me pusiese en un más rápido y solitario contacto con el Presidente. Me decidí al fin por el uniforme de franela gris con iniciales negras, propio de los subalternos del Mayordomo. Siguiendo mis estrictas indicaciones el sastre me lo hizo con las mangas y los bajos del pantalón algo cortos.

Eran las cuatro de la tarde de un día hermosísimo. Estábamos reunidos en la Confederación del Trabajo esperando que se nos confirmara la entrevista. Llevo un severo traje negro, camisa blanca, corbata azul profundo, zapatos de charol negro y sombrero del mismo color. Juan, al verme tan empaquetado, tan tieso, y hasta diría, tan abultado, me palpó de arriba abajo, recordándome lo de la carga de TNT bajo el chaleco. Bien ha comprobado que no llevo carga ni chaleco.

Reímos y fumamos.

Por fin, a las cinco, se nos ordenó partir. Ya en Palacio, debemos hacer una antesala de media hora pues el Presidente no ha terminado aún con el embajador de Norteamérica. No pierdo mi tiempo y escudriño con la vista todos los rincones, vueltas y corredores. Sobre todo, cuando alcanzo a ver en la distancia a uno de los ayudantes del Mayordomo, le copio el andar, los movimientos de cabeza propios de estos mozos —que siempre deben afirmar y nunca negar. De pronto, irrumpe en nuestro saloncito color fresa el oficial de contacto entre el Partido y la Presidencia. Nos dice que "casi", que "estamos a punto" de ser recibidos, que es inminente, que apaguemos los cigarrillos, que nos compongamos, al mismo tiempo que cuchichea algo al oído de Juan, que es el jefe de la comisión. Juan saca un *check* de un sobre de pergamino, el oficial lo examina, se convence de que no es ninguna bomba, sigue cuchicheando, Juan le alarga el discurso, no para leerlo (esto ya se hizo hace una semana), sino para ver si es realmente un discurso o una carta explosiva. A lo que más se teme en Palacio es a las explosiones. Una vez convencido de que todo es normal, sale del saloncito fresa, lo sentimos cuchichear en el corredor, sentimos que le cuchichean a él, un poco más allá se perciben otros cuchicheos, nosotros acabamos por cuchichear. Él entra, ya no habla, nos cuchichea, salimos cuchicheando, el corredor lo salvamos entre cuchicheos. Cuento cincuenta pasos, doblamos a la derecha, salimos a otro corredor de cuchicheadores, cuento ahora treinta pasos, una puerta se nos echa encima. El oficial cuchichea por última vez, empuja dulcemente la puerta, mete la cabeza, la retira, y sin cuchichear nada nos introduce a la presencia del Presidente.

Lo primero que hago, con una calma espantosa, es quitarme, ayudándome del pie izquierdo, el zapato derecho, y con igual calma, una vez sacado, lo empujo delicadamente debajo de la enorme alfombra persa. No me he quedado descalzo: me he quedado con el zapato de lona blanca que acostumbran llevar los mozos del Mayordomo. Animado por la feliz botadura del zapato derecho, voy a emprenderla con el izquierdo, cuando advierto que el Presidente ha comenzado a girar de izquierda a derecha sobre la herradura que formamos los cuarenta miembros de la comisión visitadora. A medida que Juan nos presenta, el Presidente estrecha las manos del presentado y hace girar su sonrisa de derecha a izquierda y de izquierda a derecha, según el lado izquierdo o derecho de la comisura donde se le ha quedado la sonrisa. Tengo que confesar que tiene una práctica formidable y jamás se equivoca de comisura.

Ya Juan me presenta, ya él estrecha mi mano, e indefectiblemente, me prodiga su famosa sonrisa, la que, por consecuencia de las veinticuatro horas anteriores, se desplaza de la comisura izquierda hacia la derecha. Entonces, exponiéndome yo a uno de los más horribles cataclismos de la historia, pero no olvidando menos que es preciso que por algo muy, digamos, *sui generis*, el Presidente me mire realmente y no comisuralmente, le contesto con una deslumbrante sonrisa desde mi comisura derecha hasta la izquierda. Me mira estupefacto y, en su fuero interno, decide que yo no soy un miembro de fila del Partido, sino lisa y llanamente, un espejo en el que acaba de reflejarse. Percibo muy bien que está a punto de estallar, pero el protocolo se lo impide; además, espejo o lo que sea, es la primera vez que alguien osa contestarle su célebre sonrisa. Se ve que no puede admitir tal cosa; la lucha se empeña: me lanza una sonrisa de izquierda a derecha, pero yo no me arredro y le contesto desde mi comisura derecha recto hacia la izquierda. Él me riposta, yo lo vuelvo a atacar. Por último me lanza una de ida y vuelta, y saluda al compañero en turno.

¡Dios mío, me volvía la espalda! Pero por poco tiempo: dondequiera que me viese (y me vería muy pronto, si mis planes no se malograban) me reconocería *ipso facto*, y seguro que me preguntaría dónde y cómo había aprendido ese modo de sonreír. Pero ya Juan sacaba su discurso y se disponía a darle lectura. Se produjo un ligero arremolinamiento, lo que me permitió sacarme el zapato izquierdo y tirarlo, en un perfecto *goal* hacia atrás, dentro de un artístico cesto para papeles. Todos seguían el interés del Presidente por el discurso con el más vivo interés y Juan seguía con el más vivo interés el interés del Presidente por su interesante discurso. Estos intereses me permitieron acercarme impunemente a una puerta de lo más prometedora: daba a una cámara cuyos *stors* estaban bajados. A pesar de la oscuridad, pude distinguir un gran sofá al fondo. Pensé que allí estaba mi salvación: me acostaría en el sofá, me echaría por encima los cobertores y cinco o seis cojines, y aguardaría la llegada del Presidente. Porque con mi habitual sagacidad saqué en conclusión que aquella cámara no era otra cosa que un lugar de reposo del Presidente entre sesión y sesión o entre conferencia y recepción. Pero antes de dar un paso en dirección al sofá, me saqué saco, camisa y corbata y los metí dentro de la pantalla de una de esas ridículas lámparas de pie hechas con mimbre amarillo. Sólo me faltaba, para ser un mozo del Mayordomo, sacarme los fúnebres pantalones negros, y si no lo hice en ese mismo momento fue porque pensé que me los sacaría más cómodamente sentado en el voluptuoso sofá.

La oscuridad, como acabo de explicar, era casi completa, y más bien se adivinaban los objetos que se los veía. Así que llevé mis manos adelante y me puse a palpar las tinieblas: estaba ya junto al sofá cuando sentí la característica voz de una de esas famosas *demi-mondaines*, que decía bostezando:

—¿Eres tú, Perucho...?

Primero me tiré en el suelo sin ruido alguno y después me quedé helado de espanto. ¿Quién era aquella mujer que se permitía tratar al Presidente mediante un diminutivo cariñoso? ¿Y qué hacía ella en esa cámara? ¿No era dicha cámara, como lo suponía, un lugar de meditación y reposo? Pero no pude seguir conjeturando, pues ella volvió a insistir:

—Peruchito —ahora lo disminuía más—, Peruchito, lindito, mira que estoy muy aburridita.

Viéndome perdido, pensando que ella podía encender luces, que me descubriría y todo acabaría en histéricos gritos, eché mano al clásico recurso del gato maullador.

—Miau, miau —hice dos veces tratando de imitar lo mejor posible a un gato barcino, que era la clase que mejor conocía.

—Plats, snnvbf, mjuyye, Ikashdd —dijo ella y se volvió hacia la pared.

Después de atar todos los cabos caí en la cuenta de que era una querida del Presidente. A lo mejor, ni una querida, sino sólo un turno —de cuatro a seis o de nueve a doce. Estas mujeres son peligrosas: me aplasté contra el suelo, y, reptando, llegué con infinitos cuidados hasta un biombo enorme que separaba el Récamier de un *petit boudoir*. Entretanto, la mujer proseguía con sus palabrotas y hasta se atrevió a decir que le pagaban para dos horas y la hacían esperar cuatro, con lo que confirmó mis anteriores sospechas. Pero pronto dejaría de escucharla, pues por un feliz azar el *boudoir* comunicaba con un cuarto de *toilette*. Salvé la puertecilla: el *toilette* estaba vacío: aproveché para sacarme los pantalones, los que metí debajo de la bañadera. Ya estaba convertido en un mozo más. Era peligroso aguardar allí, ¿sabría cómo justificar mi presencia en lugar tan exclusivo? Abrí otra puerta y di de manos a boca con un largo corredor. Ya iba a aventurarme por él cuando de una galería lateral desembocaron cuatro mozos con enormes bandejas llenas de copas. Todo esto me indicaba que muy pronto concluiría la recepción: se hacen los brindis, se formulan votos por la eterna ventura de la Patria, y cada uno se vuelve a su soledad. Vime, pues, obligado a esconderme tras la puerta del *toilette*. ¡Nunca lo hubiera hecho! Sentí a mis espaldas la taladrante voz de la *demi-mondaine*:

—¡Eh! Se pide permiso, ¿no?

—Miau, miau —hice yo, pues ya había perdido todo control de mis actos y sólo podía poner en movimiento el gastado mecanismo del gato.

—¡Anjá... —dijo riéndose—, conque el gato eras tú!...

Se puso los brazos en la cintura, volvió a mirarme en el espejo del lavabo, pasóse ligeramente la lengua por los labios llenos de carmín, me miró de arriba abajo y me dijo:

—¡Hum..., no estás mal!... Como gato no lo haces del todo mal... —y enseguida—. No aguanto más, me largo. Me tienen aquí desde las tres. No te dan más que aceitunas y martinis. Ni un emparedado. Me tomé cinco, dormí la mona, y después, esa maldita oscuridad, no te dejan prender una luz; él debe acercarse sin que tú lo veas, es muy raro; no digo que paguen mal, pero hay que aguantar cada rareza... El otro día esperé hasta las nueve, y a las nueve llegó él, a oscuras, diciendo que un jefe de Estado nunca para, que la patria, que el deber, y yo oyendo, oyendo, muerta de hambre, y él: "más martini, vidita, consuelo de mis días", y todo con uniforme, con las botas altas, que me lastiman, porque sabrás que ni tiempo tiene para quitárselas, y cuando yo le digo que las cosas se deben hacer completas o no hacerlas, él me contesta que está sediento de cariño, que si no fuera por sus gaticas ya hubiera..., como dice él, expirado —hizo una pausa y me dijo:

—¿Tú trabajas también aquí?

—Desde hace dos días —respondí inventando una mentira sobre la marcha—; la señora del Ministro del Interior me recomendó.

—Bueno, que lo conserves. Me largo: si no tiene otra, que se lo diga al sofá; para el caso es lo mismo. Adiós.

Se fue golpeando la puerta; sentí todavía el ruido que hacían sus altos tacones sobre el mármol del corredor. Simpática chica después de todo. Fue su total desconocimiento de toda etiqueta palaciega lo que me salvó. ¡Le había parecido tan natural que yo estuviese en el *toilette* privado del Presidente mano sobre mano! Nuevos pasos se sintieron por el corredor, al mismo tiempo que del despacho presidencial me llegaban confusos rumores de despedidas. Algo muy extraño ocurrióseme en momento tan crítico, pero yo mismo hube de desecharlo como el colmo de la locura misma. Sin embargo, si dos tenazas te aprietan no tendrás más remedio que agarrarte a las barbas del mismo Moisés —creo que dice un viejo refrán. La persona que se acercaba a paso de carga traía, dobladas bajo el brazo, un juego de toallas; pensar que se dirigía al *toilette* a renovar las usadas o hacer ella misma uso de las toallas (en este mundo todos somos audaces) no era una caprichosa suposición. En cuanto al Presidente, ya a punto de ser soltado por el Partido, estaría a punto de palpar las tinieblas para ponerse en contacto con su estimulante *demi-mondaine*. Es decir, que con tenazas por detrás y tenazas por delante, obré de acuerdo con el viejo refrán: de un salto me llegué hasta el sofá, tendíme cuan largo era en sus ricos brocados, echéme encima cojines y mantas, y me dispuse a seguir el curso de la Historia.

Me había salvado por un pelo. Todos mis presentimientos se cumplieron al pie de la letra. La persona de las toallas entró al *toilette*, se estuvo allí un tiempo que yo calculo por la lectura de dos columnas de cualquier diario, abrió la puerta que daba al *petit boudoir*, husmeó, entonces caminó dos pasos, y con voz entre melíflua y servicial dijo:

—¡Señorita, señorita!

Yo me hice más marmóreo que Níobe; él, seguro ya de no ser interrumpido, se puso a trastear; pronto sentí que destapaba un frasco de cristal, pensé que habría algún licor en la cómoda, pero un intenso olor a perfume me hizo caer en la cuenta: el mozo se perfumaba, mejor dicho, se empavesaba, si es posible hablar así, se daba tópicos de perfumes por todo el cuerpo; le sentía cómo se pasaba el tapón de cristal por carnes y ropas. Casi me reí; me pareció muy normal y mundano que un pobre mozo, con pretensiones de galán, visitara a su muy posible novia generosamente perfumado.

Justo en ese momento se abrió la puerta contigua al despacho oficial y el Presidente apareció en el marco de la misma. En ese momento supe de un modo sencillo y práctico lo que los novelistas llaman pomposamente "momentos cruciales del ser": él cerró la puerta, de modo que las tinieblas se hicieron absolutas, y comenzó el avance hacia el sofá. Por fortuna, el mozo, al sentir abrirse una puerta, puso pies en polvorosa, pero era tal la estela de perfume que el Presidente, dulcemente excitado, se detuvo en medio de la cámara:

—¿Te perfumas, musa de mis pesares?

Llegaba el momento crítico. Había que mirar cara a cara al Presidente. ¿Tenía yo la cara de la *demi-mondaine*? Después, ese maldito olor venía a complicar las cosas; excitaba los sentidos del Presidente, le hacía desear más que nunca el refugio de la chica contra la solemnidad de lo oficial. Me revolví entre las mantas, tiré al suelo los cojines. Entretanto, él volvió a repetir:

—¿Estas ahí, Nina? ¿Te perfumas? ¡Ah, debes estar en el *toilette*! Allá voy...

Dando traspiés se dirigió al *toilette*. Entonces, abandonando de un salto el sofá, me lancé como un desesperado a buscar el conmutador de la luz. Pero el Presidente, sintiendo pasos en la cámara, creyó que era Nina que trataba de darle una broma, y apareció en la puertecita del *toilette* diciendo:

—¡Huye, que te agarro...!

Uniendo la acción a la palabra, comenzó a perseguirme por toda la cámara, jadeando y soltando unas palabras de lo más comprometedoras. El conmutador no acababa de aparecer, y yo tanteaba las paredes como el minero que espera encontrar un rico filón. Tanto manoteé que el Presidente, en una de ésas, me dijo que yo le producía el efecto de una bella mariposa extenuada. Y lo que más lo excitaba era mi silencio: me imploraba que le hablase, que por lo menos le dijese ese nombre cariñoso que solía decirle. En medio de tanta confusión pensé con horror que ya los ojos del Presidente estarían acostumbrados a las tinieblas y que era muy posible que adivinase que no era Nina precisamente quien corría en redondo aquella sombría cámara. Me hice a un lado, cogí del sofá una de las mantas y, sin dejar de galopar, me envolví con la misma. Pero ya el Presidente estaba junto a mí; lo sentía excitadísimo, resoplaba, me lanzaba palabras de gruesa ternura y reía. Viéndolo tan peligrosamente cerca, traté de escapármele por detrás del sofá, pero él, más listo, me agarró a mitad de camino; yo, completamente alocado, hice por zafarme de su abrazo, tropecé, y la maldita manta me enredó ambos pies. Entonces, viendo que iba a caer largo a largo, apoyé las manos sobre una mesa que estaba junto al sofá. Mis manos reconocieron al vuelo una lámpara, pero me sentía tan confundido, que tampoco esta vez logré dar con el maldito conmutador. Y yo quería la luz por razones muy plausibles: la luz, imponiéndose, aclararía la situación; de una vez por todas esos tristes malentendidos —de Nina, perfumes, tinieblas, sofá, persecución— iríanse al mismo diablo. Sólo quedaríamos allí mi Presidente y yo, yo, un simple ciudadano, que parodiando osadamente al dulce Rabí de Galilea venía a traerle "la verdad y la vida".

Pero no acababa de dar con el conmutador. Y él pugnaba por cogerme los brazos, por acabar de reducirme. Sentía su aliento sobre mi nuca, sus piernas trababan ya las mías. Por fin di un manotazo sobre el pie de la lámpara y un halo de luz azulada se extendió por encima de la mesa. Me hice a un lado, acabé de echar la manta al suelo, cuadréme, y en medio de un pesado silencio, dije:

—A la orden, mi Presidente.

Él hizo lo que haría cualquier persona sorprendida. Se sorprendió. Lanzó un terno, lanzó dos y díjome con cara de juez:

—¿Quien eres y qué buscas?

—Soy el ciudadano Jonatán Fernández para servir a usted y a la Patria; tengo que comunicar a su excelencia un asunto de carácter estrictamente confidencial. ¿Me escuchará el señor Presidente?

Mis palabras surtieron efecto: un personaje poderoso siempre anda a caza de cosas confidenciales. Sin embargo, para no dejarme ver que estaba de veras interesado, al mismo tiempo que para equilibrar lo insólito de la situación, me dijo:

—No comprendo nada de todo esto; se ha hecho pasar por mi secretaria y me he visto obligado a correr por esta habitación. ¿Cuánto tiempo lleva trabajando aquí?

—Señor Presidente, ¿es que ya no me recuerda? No hace todavía una hora que tuve el inmenso honor de saludarle. Soy uno de los miembros del Partido que vinimos a entregarle el cheque para el monumento a la Patria.

Entonces sí que se sorprendió vivamente, y tomándome por la mano, me colocó la cabeza bajo el halo de la lámpara. Soltóme y caminó en dirección al *boudoir*. Pronto la cámara se iluminó a raudales.

Temí por un momento que fuera a dar órdenes para que me arrestaran; si ello era así se perdería todo el fruto de mi trabajo: plan, astucias, sobornos. Por fortuna se limitó a cerrar también con llave aquella otra puerta. Entonces, con mucha calma, me indicó que me sentase.

—¿Sabe usted —me dijo con gran frialdad, sentándose a su vez en el sofá— que nadie en el mundo puede desplegar mi sonrisa? ¿Sabe usted que tengo patentada esa sonrisa? Por ella el presidente de Francia me concedió la Cruz de la Legión de Honor. Mis comisuras son las comisuras más perfectas del mundo, como lo atestigua el certificado extendido por el Doctor Hugh Taylor, de la Royal Society of London. Finalmente, con esta sonrisa he salvado más de una vez a la Patria.

Hizo una pausa y prosiguió:

—Si no hice detenerlo en aquel momento, fue por no dar mi brazo a torcer. Dígame, aquí entre nosotros, ¿dónde aprendió a sonreír como yo?

—En el cine, mi Presidente, en el cine.

—En el cine —me dijo dando muestras del más vivo desconcierto—. No conozco estrella alguna de cine que sonría con mi estilo.

Era el momento indicado para propinarle el primer golpe:

—Es usted mismo, señor Presidente, una estrella de cine.

Se puso muy pálido, se pasó la lengua por la comisura, dio los dos o tres pasos que siempre dan los poderosos, cruzóse de brazos y, engolando la voz, preguntó:

—¿Estrella de cine?... El presidente de un Estado es la antípoda de todo histrión.

—Sí y no... —me limité a contestar marcando mucho estas partículas.

—¡Cómo sí y no...! ¡No, no, no y diez mil veces no!

—Sí y no —volví a repetir, y haciendo un gesto con la manos a fin de impedirle toda réplica, proseguí:

—Concedo que el Presidente sea la antípoda del histrión: un histrión puede encarnar al Presidente, pero ¿un Presidente podría encarnar a un histrión?

Aquí me detuve para dejar que la frase surtiera el efecto debido y añadí:

—Si lo hiciera pondría en peligro mortal su delicada estructura psíquica.

—¿La psiquis...? —dijo vivamente interesado—. Si es la psiquis no hay que andarse con juegos.

—Hace un momento le dije que era usted como una estrella de cine. Fíjese que el "como" denota el verdadero grado de su condición: no es usted precisamente un actor de cine, pero sus actos, sobre todo sus actos oficiales, se parecen como dos gotas de agua a la actuación de cualquier actor de la pantalla.

—Casi me insulta usted —me dijo con bastante acritud, aunque usando del "casi", pues un alto dignatario jamás deberá reconocer que puede ser insultado.

—No lo insulto. Defino, comparo, señalo el fenómeno. Tenga la bondad de decirme: ¿cuántas veces, según cálculo aproximado, aparece Su Excelencia en los Noticieros Nacionales?

Aquí me vi en un gran aprieto. Sólo tenía dos ojos y me hacían falta cuatro en ese momento. Al lado del Presidente de todos los días, vi aparecer otro tembloroso, aterrorizado; un Presidente remoto que miraba con infinito horror al Presidente de todos los días. Una ligera exploración había bastado para sacarlo a la luz. Vi que me hacía señas desesperadas en el sentido de que una "tercera persona" nos estaba escuchando. Acabó por decirme:

—Estimo fuera de lugar la pregunta...

Haciendo como que no había escuchado lo que me acababa de decir, añadí:

—A paso de carga camina usted hacia la metamorfosis.

—¿Metamorfosis?... —exclamó con voz estrangulada, cual si la palabra le produjera el efecto de un corbatín.

—Metamorfosis, sí. Estamos en octubre; diciembre lo verá convertido en muñeco —me acerqué un tanto a su cara y le examiné la piel y los ojos—:

No cabe duda; ciertas regiones de su cara muestran la pigmentación característica de los muñecos. Sólo que no sabría decir en este momento si se convertirá usted en un muñeco de goma o en uno de *papier maché*. Por lo que se puede ver ahora me inclino a creer que será de goma, la especie más peligrosa. El muñeco de goma es el eterno muñeco: ¡jamás se rompe, jamás se ahoga! Se puede quemar, pero de mil casos uno perece: el muñeco de goma puede eludir fácilmente las llamas, con un salto en el vacío. Es en sus ojos en donde el mal ha hecho mayores progresos. ¿No ve usted ya los objetos del modo peculiar que tienen de verlos los muñecos?

—Puedo mirar a cualquier cosa horas y horas sin pestañear —respondió—. ¿Quiere que le diga algo? El otro día, en una exposición de la industria automovilística, dejé caer la vista sobre un claxon y allí se me quedó clavada; fue preciso que mi edecán me tomara por un brazo y me hiciera reparar en otros accesorios.

—A eso precisamente se llama "vista de muñeco". Es una enfermedad muy extendida en estos tiempos. Le aclaro que una persona puede seguir siendo persona y contraer la "vista de muñeco". Ahora bien, en su caso es un síntoma más del muñeco, que usted contrae a pasos agigantados.

Aunque mis palabras le estaban produciendo un gran efecto, pude percibir claramente que también le procuraban una suerte de desmuñecación, si es posible expresarse de tal modo. Acabó por cruzar naturalmente las piernas, se arqueó un tanto y hasta se rascó la espalda. Entonces, dándome un amistoso golpecito en el pecho, me dijo:

—Hoy se vive así, qué quiere... Le aseguro que el Presidente de M. está mucho peor que yo. Cuando tiene que levantar el brazo, levanta la pierna; si saluda, la mano se le queda pegada en la frente.

—Conozco el caso: ya es incurable. Tenga en cuenta que es un Estado mucho mayor que el nuestro; hay mayor número de actos oficiales, y él está expuesto mucho más tiempo que usted al público y a la acción de las cámaras filmadoras. Tengo informes de que pasa días enteros bajo las potentes luces de los reflectores.

—Por eso me preguntaba usted las veces que aparezco al año en los Noticiosos —se levantó, sirvió dos Martinis, me ofreció uno y prosiguió—: Pero entonces, los artistas de cine, los actores de teatro, ¿también contraen el muñeco?

—Sí, contraen también el muñeco y se lo asimilan enteramente. Se forma lo que se llama una segunda naturaleza, con la ventaja para el actor de que nunca representará a su propia persona, sino a otras. Fíjese bien: interpreta personajes que no son su propia persona. Esto le permite contraer un muñeco que jamás será el muñeco de su propio ser sino el muñeco de otros, digamos, de un idiota, de un sirviente, de un general, de una loca, de Napoleón, en una palabra, de todos los seres que se pueden encarnar sobre un escenario. Ahora bien, en el caso suyo, como representa un papel sucesivo basado en su propia persona presidencial, acaba, a la postre, contrayendo el muñeco de Presidente. Ya no es más Presidente de nuestro Estado, sino muñeco de Presidente de nuestro Estado. Creo que la diferencia es abismal, no de grado sino de sustancia. Y las consecuencias, siempre fatales.

—Suponga —me dijo afectando indiferencia— que me encuentro muy a gusto con el muñeco...

—Nadie, a no ser un actor, puede estar a gusto con su muñeco. El muñeco acaba por hacernos la vida un infierno; creemos estar a gusto, pero sentimos que es él quien manda y ordena; impotentes, asistimos, desde el fondo de nuestra propia alma, a esa tiranía vitalicia. Sinceramente: ¿tiene gusto mirar con esa horrible vista fija? ¿Mover, por ejemplo, el índice, si lo que desea mover es el meñique o no mover nada? ¿Sentirse, digamos, la piel de la cara de la textura de la goma y ver que los labios de la mujer que amamos se nos quedan pegados como ventosas? ¿Tener que sonreír de la comisura izquierda a la derecha, de la derecha a la izquierda y en todas las combinaciones comisurales?

—Lo único que no le permito es que no me conceda lo de las comisuras como algo propio. Ya dije que he sido condecorado y que poseo diploma de la Royal...

—Lo posee el muñeco, es el muñeco el condecorado —opuse con mayor frialdad—. Escúcheme: esa famosa sonrisa es una de las muchas tretas del muñeco. Nada es suyo, todo es de él. Buen trabajo de zapa del muñeco —quedé mirando fijamente al *plafond*, mientras me golpeaba las rodillas con los nudillos. De pronto, aprovechando su extrema atonía, dije a boca de jarro:

—¿Quiere desintoxicarse?

—¿Cómo? Estoy metido en esto hasta la médula. Vale más dejarse ir...

—Hay que luchar y sacarle el muñeco...

—¿Cómo? —gimoteó—, ¿cómo?

—El muñeco se saca con el muñeco.

Por fin había llegado al planteamiento de la cuestión que justificaba mi presencia junto a Su Excelencia. En verdad, un planteamiento bastante críptico, pero con poder suficiente para interesar hasta la locura a la persona del primer Mandatario. "Sacar el muñeco con el muñeco." ¿Quién resistiría la fascinación de tal frase? Se me quedó mirando fijamente, enваró las piernas, puso rígidos los brazos, los dedos se abrieron en abanico, y como el perfecto muñeco que era, repitió mecánicamente:

—Sacar el muñeco con el muñeco...

—Me explicaré, señor Presidente.

Me miró desde el fondo de su muñeco y movió la cabeza en señal de asentimiento.

—Sacar el muñeco con el muñeco quiere decir sencillamente oponer al muñeco otro muñeco de Presidente...

No pude continuar; mi frase tuvo la virtud de galvanizarlo y enfurecerlo. Poniéndose de pie y cuadrándose, gritó:

—¿Insinúa que debo abandonar el poder, que debe subir otro Presidente? ¡Traición, traición! No lo permitiré, emitiré las órdenes pertinentes: cuento con el ejército, la marina me es fiel, la aviación me cumple, el pueblo me adora. Mañana convocaré a las masas, les hablaré, les haré ver que los enemigos del pueblo me quieren bajar de la silla —excitándose por momentos, impulsado por el siniestro muñeco que lo dominaba, se lanzó hacia la puerta del despacho gritando—: ¡Oficial de guardia! ¡Oficial de guardia!

Viéndome perdido, me le eché encima, le tapé la boca y lo arrastré hasta el sofá. Una vez allí lo desentrabé lo mejor que pude, llené una copa de Martini, se la puse en los labios y le hice tragar un sorbo.

—¿Se siente mejor el señor Presidente? Escuche el señor Presidente: no he querido insinuar nada de otro Presidente, no, nada en absoluto. El señor Presidente continuará en el poder; no existe otro Presidente mejor que el señor Presidente. Si yo digo que hay que sacar el muñeco con el muñeco me refiero a...

En este punto me interrumpió. Se doblaba de la risa, la risa lo enrojecía y sofocaba. Entre carcajadas gritó:

—¡Chistoso! ¡Muy chistoso! El muñeco saca el muñeco.

—Nada más exacto. Si el señor Presidente pudiera disponer de un muñeco que efectuase todos los actos de su vida pública y oficial, estaría salvado.

—¡No quiero dobles! —exclamó, comenzando de nuevo a desasosegarse—. ¡No quiero dobles! Empiezan doblando y acaban doblegando. Conspiraciones y todo lo demás. Suprímame el doble; déjeme sencillo.

—Vuelvo a repetir al señor Presidente que no ha entrado en mis cálculos otro presidente ni doble alguno. Mis invenciones son más funcionales, cómo decir, más morfológicas. Operaré con el señor Presidente a base de analogías.

—¿Analogías?... —dijo él, abriendo en punta brazos, piernas y boca como una estrella de mar.

—Analogías —confirmé trasegando un nuevo Martini—. Por analogías, creo, ciertas prácticas de magia negra...

—Le prevengo que somos un Estado católico —ripostóme en la misma posición de estrella de mar.

—¡Por favor!, Presidente: no le dé cuerda al muñeco. Todos somos católicos. Pero conviene conocer un poco de ilegalidad. ¿Sabe el señor Presidente lo que hace la bruja a la que se ha pedido extinguir una vida humana?

La estrella de mar replegóse violentamente, y dijo entre dientes:

—No me gustan los derramamientos de sangre inútiles...

—Una bruja no es un matarife. La bruja opera por analogías. Una estatuilla de cera que reproduzca el cuerpo de la persona a la que se desea quitar de en medio, operando por analogías, va apagando gradualmente la vida de dicha persona. La víctima se siente sujeto de un mal misterioso que mina su existencia, pero, impotente para descubrir la causa, asiste desesperada a esta disolución por semejanzas.

Él se removió, nervioso, entre los cojines. Con voz que pugnaba por ser una lección de humorismo, pero que no era sino una explosión de amargura, dijo:

—¡Vamos...! No me quita usted el poder pero me quita la vida.

—Ni el poder ni la vida —repuse con firmeza—. El señor Presidente continuará entre los vivos; seguirá gozando del poder, pero el muñeco, impotente, se irá apagando hasta su suprema disolución.

—Pero, ¿cómo, cómo?... —y volvió al tono lánguido.

Llegábamos al punto neurálgico. Iba a enterarlo de mi capacidad creadora. Ligero orgullo de mi parte, pero justificado. Apuré otro Martini. Hice el ambiente más familiar al apoyarme de rodillas sobre el sofá.

—El señor Presidente tendrá a bien ordenar la reproducción en goma de su propia persona. Deberá ser una reproducción en todo y por todo exacta. El señor Presidente posará absolutamente desnudo para el modelista encargado de dicha reproducción. Ésta deberá tener una abertura por la que pueda ser inyectada la cantidad de aire que se requiera. Como es de suponer, la dicha abertura servirá igualmente para dejar escapar la cantidad de aire que se requiera. La cara se animará mediante un mecanismo *ad hoc*: boca dispondrá de una sonrisa en general y de la famosa sonrisa entre comisuras; los ojos, mediante mecanismo de relojería, mirarán fijamente a un punto durante un minuto, entonces efectuarán una ligera desviación, y volverán a posarse en otro punto durante otro minuto. Además, la reproducción llevará en su interior, y a la altura de la boca, un plato de gramófono donde se colocará el disco de ocasión, el que será accionado por el control remoto. Olvidaba decirle que la boca, en perfecta sincronización con el discurso que pronuncie el disco, moverá alternadamente los labios. No tema por los aplausos. El disco contiene silencios que serán llenados por la claque —hice una pausa, me desabroché los botones de la chaqueta, me saqué un zapato, finalmente, proseguí muy entusiasmado—. Otros detalles son: la piel no cubierta por las ropas, esto es, la cara, el cuello, las manos, cobrará vida mediante corrientes de aire que circularán por el interior del muñeco. Un detalle muy importante: el muñeco caminará tres pasos hacia delante y otros tres hacia atrás. Para un Presidente es bastante. En cuanto a las manos, la derecha saludará a discreción mediante resorte, estrechará las manos que se le ofrezcan, acariciará a la niña que presenta el ramo de rosas; la izquierda moverá solamente los dedos índice y pulgar. El pie derecho golpeará con impaciencia el suelo cuando se lo estime oportuno: el izquierdo se mantendrá quieto.

—Hay algo que usted ignora. Lo hago sólo cuando asisto a las ceremonias del culto —dijo en el mismo tono con que una comadre le confía un chisme a una vecina—. No sé por qué, pero si me encuentro en cualquier acto de la iglesia me da por mover el hombro izquierdo. ¿Podría el muñeco disponer de un mecanismo que le permitiera mover el hombro izquierdo en las ceremonias religiosas?

—¡No faltaba más! Nuestro muñeco podrá hacerlo. Es más, le agradezco que me entere fehacientemente de sus tics personales. Sé, por ejemplo, que el Presidente de P. se rasca la oreja derecha en las paradas militares, en tanto que la presentación de embajadores lo obliga a frotarse frenéticamente las manos. ¿No tiene el señor Presidente otros tics? No le dé pena alguna, estoy aquí como médico, confíeme sus interioridades; un simple detalle que se olvide y el muñeco nos gana la partida. ¿Hay algo que el señor Presidente olvida?

—No, lo único es lo del hombro en la iglesia. Y lo de las comisuras —aquí se puso las manos en las sienes suspirando—: ¡Ah, ni eso, Señor, ni tan siquiera eso me pertenece! —levantóse y lo vi dirigirse al *boudoir*; allí se puso a contemplarse hondamente en el espejo de la pequeña cómoda. De pronto el muñeco le hizo sonreír de la comisura derecha hacia la izquierda. Viró en redondo, lanzó una lluvia de ternos contra el muñeco, y llegando de nuevo junto a mí, díjome:

—¿Hay algo más con lo del muñeco de goma?

—No, mi Presidente. Si algo se olvidara puede hacerse sobre la marcha. Fundamentalmente, el muñeco está estructurado. Espero las órdenes del señor Presidente.

—Empezaremos ahora mismo —dijo, y uniendo la acción a la palabra se encaminó a la puerta del despacho; oyóse un timbre y apareció al momento el oficial de guardia. El Presidente trasmitió unas órdenes. Volvió a cerrar la puerta y reunióse nuevamente conmigo:

—Vamos a empezar en seguida. Dentro de unos minutos estarán aquí el jefe de la Casa Militar (que entre paréntesis, buena falta le hace un muñeco), mi consejero secreto y el modelista. En cuanto a usted, vivirá aquí en el palacio hasta la fase final de elaboración del muñeco. Sus consejos y advertencias siempre serán preciosos. Ocupará una cámara del ala izquierda, que comunicará a su vez con el improvisado taller del modelista. Quiero tener listo el muñeco de hoy en nueve días; estamos a quince, y el veinticuatro la Patria festeja mi tercera exaltación al poder. Tal día "lanzaremos" el muñeco; ocasión única para probarlo en todas sus excelencias: debo pronunciar un interminable discurso, debo estrechar muchas, muchas manos, debo dar pasos adelante y atrás, debo sonreír hasta reventar, debo tocar la cabeza de la niña que me presente el ramo de rosas. Debo escuchar el solemne *Te Deum* y mover el hombro izquierdo. ¡Bonito trabajo va a tener el muñeco! —hizo una pausa y prosiguió de lo más excitado—: ¿Se da cuenta?... El muñeco trabajando y yo en mi casa de campo jugando ping-pong. ¡Presiento días admirables! Si la cosa sale bien, considérese el salvador del padre de la Patria; si sale mal, seré su verdugo: lo estrangularé con estas manos en ese mismo sofá.

Yo sonreí. Mi invención no podía fallar. Cuando se opera a base de analogías la cosa está salvada de antemano: mi muñeco no era una imitación, sino una analogía, ver al muñeco equivaldría a ver al Presidente; el Presidente no podría hacerlo mejor ni peor que el muñeco. Sustituir un muñeco por otro, he ahí la cosa. La única probabilidad en contra sería un pronunciamiento de las masas en el sentido de no querer el muñeco, y ya se sabe que el circo es el alimento espiritual de las masas. Todo ello me llevó a un tranquilo éxtasis sobre el sofá.

En tal momento, llamaron a la puerta. El Presidente corrió a abrir y lo vi perderse en su despacho. Pasados unos minutos reapareció acompañado de las citadas personas. Me levanté de un salto, me apoyé un tanto contra la mesilla y esperé. Hubo las presentaciones de rigor. Debo decir que el modelista no fue presentado y aguardaba a una respetuosa distancia. Cambiamos chistes. El jefe de la Casa Militar era un caso de pronóstico reservado. Le cogí un tic al vuelo: miraba a uno con mirada de binóculo de campaña, también chocaba continuamente las conteras de los zapatos. El consejero secreto no tenía nada de muñeco; en cambio, era un burócrata. Brindamos con Martini. A una señal del Presidente acercóse el modelista y escuchó de mis labios la descripción del muñeco. Aseguró que pondría toda su ciencia al servicio de la humanidad, y entre otras cosas nos hizo saber que amén de dos operarios era imprescindible el concurso del carista. Nos miramos extrañados, y nos explicó que se trataba de un experto en caras: reproduciría uno a uno los rasgos y facciones del señor Presidente, plasmaría sobre la goma los abismos de la fisonomía, descendería a los infiernos del disimulo facial, en donde cada poro es una puerta que se cierra y cada arruga, una herida que se abre. El carista reproduciría ese espejo de su alma y esa careta de su cuerpo con tanta fidelidad que, si por un desdichado azar, el señor Presidente perdiera su propia cara, sólo podría ser reconstruida tomando por modelo la copia del carista.

—Tenemos las nueve —dijo el Presidente mirando su reloj y cortando abruptamente las sofisticadas explicaciones del modelista—; a las doce podremos comenzar; eso es, posaré al filo de las doce.

—Igual que en los cuentos de brujas... —se aventuró a decir tímidamente el consejero secreto.

—No diga usted esa fea palabra "brujas", señor consejero secreto, cuando tenemos la expresión atinada y exacta de "magia negra" —y volviéndose a mí, exclamó—: No sé por qué, señor Jonatán, debemos hacer de goma el muñeco. He recordado de golpe las figuras de cera. El museo Grevin...

—El lego habla siempre más de la cuenta —contesté con impertinencia—. La cera es una sustancia *post mortem*; la cera escoge un momento histórico del héroe y allí se inmoviliza en la historia; el muñeco de cera es un muñeco funerario: nada tiene que ver con la terrible vitalidad de los muñecos de goma.

—¡Viva, pues, el muñeco de goma! —gritó el Presidente, y llenando de nuevo las copas se dispuso a brindar—: ¡Brindo por el muñeco que saque el muñeco! Ya saben, señores; a las doce. Jonatán, un oficial le llevará a la cámara señalada; en cuanto al modelista, el Mayordomo se encargará de él. Impartiré las órdenes necesarias. Puede ponerse en contacto con sus operarios por medio de llamadas telefónicas. ¡Vamos, señores...! —dijo al jefe de la Casa Militar y al consejero secreto; me estrechó las manos—: Jonatán, tenga a bien esperar aquí unos minutos.

Saludé profundamente y les vi salvar la puerta del despacho. Era un poco más de las nueve y media.

Esa noche se trabajó de firme. El Presidente apareció desnudo por una puertecilla secreta a las doce en punto. Cantidades de goma habían sido transportadas al palacio; compases, reglas, moldes, tinturas. Pero no era todo, y con el devenir de los días fueron llegando nuevas cosas. Desecháronse docenas de "pruebas", y aunque el Presidente mostraba la mejor voluntad, se le veía sumamente fatigado. Una tarde se había acabado de fundir una prueba y todos esperábamos, dada la experiencia ya acumulada, éxito completo, cuando el carista advirtió que el ojo izquierdo del muñeco miraba con la mirada del jefe de la casa militar. De acuerdo con sus explicaciones sucedía que por la constante presencia de aquél en las sesiones, el carista había sido influido por dicha mirada. En consecuencia se celebró en el acto consejillo secreto y acordóse que el jefe de la Casa Militar se retirara.

La tensión se acentuaba. Tuvimos una prueba más, y resultó ser la última. El parecido era tan asombroso que el Presidente, creyendo que el muñeco de cera era el Presidente, empezó a dar órdenes para que lo expulsaran a él mismo del improvisado taller. El muñeco de goma operaba con tanta efectividad que se armó una confusión peligrosa: el Presidente insultóse y abofeteóse a sí mismo, echó espuma por la boca y se llamó impostor, mal patriota, traidor y muchas cosas más. Fue algo muy triste, debo confesarlo, y por un momento temí que mi plan parase en catástrofe para todos. Por fin se hizo entrar en razones al Presidente, aunque a decir verdad, el virus estaba ya infiltrado y, como veremos más adelante, el mal haría progresos incalculables. Pero olvidóse el incidente y procedióse a la prueba mecánica. Asistieron el jefe de la Casa Militar, el consejero secreto, la esposa del señor Presidente, el cardenal primado (quien se limitó a decir que la pionera de todo esto lo había sido la Inquisición) y la Condesa de Hendaya. La presencia de esta última es inexplicable. La prueba resultó un franco éxito; verdad que el Presidente se puso un tanto nervioso. El influjo del muñeco era tan poderoso que todos, automáticamente, al concluir la prueba, se lanzaron a una a abrazar al muñeco. Hízolo también el propio Presidente, y cuando se dieron cuenta del error, merced a los gritos del modelista, confundidos y avergonzados se lanzaron sobre el señor Presidente; éste huyó como lobo acosado y aquella gente perdióse aullando por las espaciosas cámaras del palacio. Pero olvidóse pronto el incidente y pasadas unas horas tuve la visita del oficial de guardia que me traía un mensaje del Presidente. Me felicitaba de todo corazón y me decía que tendría sumo gusto en que lo acompañase al día siguiente en la ventana secreta que daba sobre el balcón de la gran plaza de Occidente. Desde allí, decía, presenciaríamos la imponente ceremonia. Firmaba significativamente: Un ciudadano.

En los anales de nuestro pueblo queda recogida la brillante jornada. Por eso, me limitaré a destacar dos incidentes que, a mi modo de ver, caracterizaron la presentación del muñeco a las masas. El primero de éstos se produjo cuando el muñeco apareció, por sus propios pies, en el balcón de la mencionada plaza de Occidente. Las masas habían sido informadas por la prensa, radio, altoparlantes, pasquines, hojas volantes, de que el gobierno, en su afán de una alta eficiencia, había ordenado la fabricación de un muñeco que haría las veces de Presidente en todos los actos oficiales. Se informaba que el muñeco, que no era otra cosa que un símbolo de la persona presidencial, podía, en su condición de artefacto mecánico, prestar incalculables servicios a la Patria —tales como estrechar manos a millares, sonreír infatigablemente, acariciar hasta el hastío la cabeza de la niña que entrega el ramo de rosas, exhortar a su querido pueblo con discursos de tono sostenido, en una palabra, todo lo que se produce en el transcurso de cualquier ceremonia oficial.

Fue así que en el momento que apareció el muñeco y levantó su mano derecha a fin de saludar a las masas, éstas no estallaron, como era de esperarse, en aplausos atronadores. No, el pueblo escondió el pecho, bajó los brazos, dilató las pupilas, y entonces pudo verse cómo millares de ojos se clavaban sobre el muñeco. Nadie osó respirar, el jefe de control del artefacto no se atrevía a dar la orden del movimiento de turno. No, el pueblo miraba y miraba. De pronto, aquellos millares de ojos reventaron y las gargantas se abrieron como abismos. Un griterío ensordecedor sobrevino a aquel silencio de muerte. Confusión y espanto de parte del poder. Yo, desde la ventana en que me encontraba con el Presidente, temí lo peor y así se lo comuniqué a Su Excelencia. En tanto, los gritos arreciaban y sólo se podía distinguir claramente la palabra "muñeco" repetida por millares de pechos. Pronto supimos la causa del tumulto: el pueblo, mediante una comisión de obreros, se había puesto en contacto con el Consejo de Ministros y exigía que le fuese mostrado el muñeco. Juzgaban las masas que si se les había prometido un discurso por el muñeco no era justo que el mismo fuese pronunciado por el señor Presidente; que en todo caso, el pueblo estaba dispuesto a escuchar al muñeco y al Presidente. Celebróse en el acto consejillo secreto. Instantes después el Consejo de Ministros, amén del jefe de la Casa Militar y el cardenal primado, ponían en autos al señor Presidente y lo exhortaban a hacer su aparición junto al muñeco. Yo respiré aliviado y nada me extrañó que Su Excelencia acogiese la cosa con beneplácito y declarase que el pueblo tenía toda la razón: que el que estaba ahora allí en el balcón era el verdadero Presidente, y que en cuanto a él, sólo era un siniestro muñeco de goma. Fue algo patético ver a Su Excelencia en el balcón, aclamado por las masas, que le gritaban: ¡He ahí el muñeco! ¡He ahí el muñeco!

El otro incidente tuvo lugar de puertas adentro, pero no por eso fue menos memorable. Terminadas las ceremonias, disueltas las masas, alejados los visitantes palaciegos, me encontraba con el señor Presidente apurando unos Martinis, teniendo a un lado el muñeco (todavía ataviado con el uniforme y las insignias de almirante) y al otro lado un mapa de Estambul, cuando percibimos que un grupo se adelantaba a nuestro encuentro: en efecto, eran el jefe de la Casa Militar, el cardenal, el consejero secreto, el jefe de la aviación, el almirante y el Consejo de Ministros en pleno. Sin preámbulos de ninguna clase hicieron saber al Presidente que ellos también querían un muñeco, que también tenían que sacarse el muñeco con el muñeco, que el pueblo empezaba a murmurar que ellos eran otros tantos muñecos como el muñeco del señor Presidente y que tenían ocultas sus propias personas, lo cual era antipatriótico, inmoral y falto de todo espíritu de cooperación, que, resumiendo, tuviera a bien el señor Presidente ordenar la inmediata fabricación del muñeco de cada uno. A todo ello el Presidente, que se sentía, como ya sabemos, muñeco, volvióse hacia el muñeco y señaló a los circunstantes, después de lo cual hizo saber a éstos que el Presidente era el muñeco y a él tocaba asentir o denegar. Nuevas confusiones, pero salvadas al instante: pasóse en el acto un antiguo disco en que el presidente repetía veinte veces por lo menos la frase "ordeno y mando", y la dificultad quedó olvidada. Por último, el muñeco se recogió a sus habitaciones. En cuanto al Presidente, durmió en una caja de cartón.

El devenir de los días trajo los muñecos de todos aquellos altos dignatarios. Muñecos a medida, perfectos y relucientes. Tan perfectos, que como en el caso del señor Presidente, ellos también se insultaron y abofetearon a sí mismos. Sí, ellos eran los muñecos de sus muñecos; instrumentos de diversión de las masas y espantados sustitutos de sus espantosas figuras oficiales de goma. Pero la cosa no acabó en ellos, sino que, como en las pestes universales, se produjo el gran contagio. Pronto el gobierno en pleno —desde el alto jefe hasta el humilde burócrata— se hizo reproducir en goma. A su vez, los Estados circunvecinos y los Estados lejanos adoptaron por entero la medida de goma... El pueblo, como sucede siempre, se abstuvo, y puede asegurarse que continuaba siendo la cosa caliente y palpitante de las naciones. Lo más terrible de todo aquel ejército de goma lo formaban los maestros y discípulos de este material. Presenciar una clase era un espectáculo inolvidable: por primera vez en la historia se llegaba a la evidencia de que también la sabiduría humana era de..., goma. Por último, las gentes cuyos muñecos pululaban por todo el haz de la Tierra se replegaron con el tiempo a esos misteriosos lugares que son las jugueterías, y allí registradas y clasificadas por empleados competentes, envueltas en celofán y extendidas sobre cajas de cartones multicolores, aguardaban estúpidamente que un niño cualquiera las eligiera, a fin de ser despedazadas por las manos de la inocencia.

Buenos Aires, 1946

Grafomanía

Todos los escritores —los grandes y los chupatintas— han sido citados a juicio en el desierto de Sahara. Por cientos de miles este ejército poderoso pisa las candentes arenas, tiende la oreja —la aguzada oreja— para escuchar la acusación. De pronto sale de una tienda un loro. Bien parado sobre sus patas infla las plumas del cuello y con voz cascada —es un loro bien viejo— dice:

—Estáis acusados del delito de grafomanía.

Y acto seguido vuelve a entrar en la tienda.

Un soplo helado corre entre los escritores. Todas las cabezas se unen; hay una breve deliberación. El más destacado de entre ellos sale de las filas.

—Por favor... —dice junto a la puerta de la tienda.

Al momento aparece el loro.

—Excelencia —dice el delegado—. Excelencia, en nombre de mis compañeros os pregunto: ¿Podremos seguir escribiendo?

—Pues claro —casi grita el loro—. Se entiende que seguirán escribiendo cuanto se les antoje.

Indescriptible júbilo. Labios resecos besan las arenas, abrazos fraternales, algunos hasta sacan lápiz y papel.

—Que esto quede grabado en letras de oro —dicen.

Pero el loro, volviendo a salir de la tienda, pronuncia la sentencia:

—Escribid cuanto queráis —y tose ligeramente—, pero no por ello dejaréis de estar acusados del delito de grafomanía.

1957

Una desnudez salvadora

Estoy durmiendo en una especie de celda. Cuatro paredes bien desnudas. La luna cuela sus rayos por el ventanillo. Como no dispongo ni de un mísero jergón me veo obligado a acostarme en el suelo. Debo confesar que siento bastante frío. No es invierno todavía, pero yo estoy desnudo y a esta altura del año la temperatura baja mucho por la madrugada.

De pronto alguien me saca de mi sueño. Medio dormido todavía veo parado frente a mí a un hombre que, como yo, también está desnudo. Me mira con ojos feroces. Veo en su mirada que me tiene por enemigo mortal.

Pero esto no es lo que me causa mayor sorpresa, sino la búsqueda febril que el hombre acaba de emprender en espacio tan reducido. ¿Es que se dejó algo olvidado?

—¿Ha perdido algo? —le pregunto.

No contesta a mi pregunta, pero me dice:

—Busco un arma con que matarte.

—¿Matarme ...? —la voz se me hiela en la garganta.

—Sí, me gustaría matarte. He entrado aquí por casualidad. Pero ya ves, no tengo un arma.

—Con las manos —le digo a pesar de mí, y miro con terror sus manos de hierro.

—No puedo matarte sino con un arma.

—Ya ves que no hay ninguna en esta celda.

—Salvas la vida —me dice con una risita protectora.

—Y también el sueño —le contesto.

Y empiezo a roncar plácidamente.

1957

Natación

He aprendido a nadar en seco. Resulta más ventajoso que hacerlo en el agua. No hay el temor a hundirse pues uno ya está en el fondo, y por la misma razón se está ahogado de antemano. También se evita que tengan que pescarnos a la luz de un farol o en la claridad deslumbrante de un hermoso día. Por último, la ausencia de agua evitará que nos hinchemos.

No voy a negar que nadar en seco tiene algo de agónico. A primera vista se pensaría en los estertores de la muerte. Sin embargo, esto tiene de distinto con ella: que al par que se agoniza uno está bien vivo, bien alerta, escuchando la música que entra por la ventana y mirando el gusano que se arrastra por el suelo.

Al principio mis amigos censuraron esta decisión. Se hurtaban a mis miradas y sollozaban en los rincones. Felizmente ya pasó la crisis. Ahora saben que me siento cómodo nadando en seco. De vez en cuando hundo mis manos en las losas de mármol y les entrego un pececillo que atrapo en las profundidades submarinas.

1957

La montaña

La montaña tiene mil metros de altura. He decidido comérmela poco a poco. Es una montaña como todas las montañas: vegetación, piedras, tierra, animales y hasta seres humanos que suben y bajan por sus laderas.

Todas las mañanas me echo boca abajo sobre ella y empiezo a masticar lo primero que me sale al paso. Así me estoy varias horas. Vuelvo a casa con el cuerpo molido y con las mandíbulas deshechas. Después de un breve descanso me siento en el portal a mirarla en la azulada lejanía.

Si yo dijera estas cosas al vecino de seguro que reiría a carcajadas o me tomaría por loco. Pero yo, que sé lo que me traigo entre manos, veo muy bien que ella pierde redondez y altura. Entonces hablarán de trastornos geológicos.

He ahí mi tragedia: ninguno querrá admitir que he sido yo el devorador de la montaña de mil metros de altura.

1957

El señor Ministro

El Ministro es ya otra persona. Una ligera *gaffe* cometida en dudosas circunstancias tuvo la virtud de poner al revés la existencia del señor Ministro. Tanto, que es de rigor entre los personajes del gobierno, el cuerpo diplomático acreditado, la alta burocracia, decir, refiriéndose a la brillante carrera del señor Ministro: antes de la *gaffe* y después de la *gaffe*... Pero vayamos a los hechos.

No, vayamos antes al Ministro. Atildado, elegante, glacial, discreto, lógico. Señoras y niños. Amigos poderosos; poderoso él mismo. Sobre todo, seguro; muy seguro de sí mismo. "No, nada puede suceder. Desde el lugar en que me encuentro hasta donde la vista alcanza hay tantos metros." Siempre seguro. Estas palabras para esto y estas otras para aquello... No se puede negar que ante un hombre así es preciso inclinarse.

Una tarde, al filo de las cinco, el Ministro sale de su casa. Es preciso destacar este hecho, en apariencia inocente, porque su salida de su casa a las cinco nada tiene que ver, en nada se parece a las demás salidas que a esa hora y desde sus casas harán millones de personas. No, el Ministro tiene su salida. La salida de la seguridad.

Pues, ¡cuán seguro me siento al narraros este cuento! El Ministro salió... Había consejo de Ministros esa tarde. La tarde espléndida. La ciudad con niñeras y carritos de helados, La vida espléndida. El chofer guía seguro, va así, tuerce allá, ahora se inclina un tanto, un bocinazo, el coche se detiene. El severo palacio de sesiones. Son las cinco y media.

La seguridad precede al Ministro. Adviértase que el Ministro camina sobre una alfombra de seguridad. No puede dar un paso en falso, ¡imposible!, ni un traspié, ¡absurdo!, ni caer en una celada, ¡disparate!, ni recibir una mala noticia, ¡locura! Y camina. Y saluda. Y fuma deliciosamente. Y se acerca cada vez más seguro. Pasa vestíbulos, salas deja atrás, bulliciosas antecámaras aleja. Todo termina en el suntuoso salón de sesiones. No, por qué suponer, por qué especular, no, dentro de un instante la seguridad lo depositará allí (blando y enguantado).

Ya penetra, ya se introduce blando y enguantado, la puerta cierra. ¡Mi narración cuán segura! Deposita su cartera sobre una mesa, el sobretodo en una silla deja; pone una mano aquí, la otra allá. ¡Nada menos que las manos del señor Ministro! No hay que decir que automáticamente todo el lugar ha quedado alfombrado de seguridad. Y entonces el Ministro deja vagar la mirada con elegancia en verdad conmovedora.

La mirada vaga, vaga... Una vaga mariposita. De pronto deja de vagar, ¡oh, cómo mi narración es segura! La mirada se sorprende, el señor Ministro se sorprende. ¿Aquello que la mirada ha visto, no es, por ventura, la gran cocina del palacio de sesiones? ¿La carpeta no está acaso sobre una mesa de cortar carnes? ¿El sobretodo sobre un banquillo? ¿Y esta mano no aprieta, inconscientemente, pero aprieta, una papa, y esta otra, allá, no desordena unos cubiertos?

El Ministro no se puede negar a la evidencia: está en la gran cocina. Por la cabeza le pasan mundos, abismos. La situación es harto crítica. Y no se puede retroceder, salir, volver sus pasos, explicar. ¡No! ¡Siempre adelante! Más tarde vendrán las explicaciones, las lamentaciones, las bromas, los nuevos días. Pero ahora el señor Ministro está en la gran cocina, cogido en la cocina. Le siguen pasando mundos por la cabeza. Esta mano se mueve, se mueve la otra. Parece como si la seguridad se enseñoreasen nuevamente del señor Ministro. Que ahora se contempla con el mandil puesto; que se ve con el gorro en la cabeza; que casca huevos y los bate con ímpetu sanísimo; que añade jamón; que papitas todavía olorosas a tierra; que cebollas, que apio, que harina de trigo, que sal. Todo ejecutado paso a paso; sin prisa, sin aturdimiento. La seguridad se refuerza. El acto de lanzar la tortilla en el aire es un triunfo de la serenidad sobre el terror. Ya una enorme fuente dorada la recibe. El señor Ministro toma la fuente en sus manos. Ya sale por la puerta. La seguridad, como de costumbre, le precede. Y camina, y avanza, y un tufo delicioso se expande. ¡Mi cuento estalla de seguridad! El Ministro pasa vestíbulos, salas deja atrás, bulliciosas antecámaras aleja. Ya la calle se anuncia bañada en una luz agonizante. Por fin la puerta majestuosa del palacio. Unos pasos más y el señor Ministro la traspone. La charolada limusina aguarda; el chofer junto a la portezuela. El señor Ministro se deja caer, blando y enguantado, en el asiento. La limusina parte. La tarde espléndida. La ciudad con niñeras y carritos de helados. La vida espléndida. El chofer guía seguro, va así, tuerce allá, ahora se inclina un tanto, un bocinazo, el coche se detiene. La casa del señor Ministro. Son las seis y media.

¡Dios mío, qué seguro me siento ante mis lectores! ¡Me embriaga la seguridad! El señor Ministro sale. El coche, la tarde, el chofer, el palacio, la puerta. Salas deja a su paso, antecámaras bulliciosas, vestíbulos colmados de palaciegos. Y avanza, y adelanta. Y siempre adelante. Y penetra. Y la mirada vagar deja. Y la mirada vaga, vaga... y la fuente deja sobre la mesa de cortar carnes. ¡Se estalla con tanta seguridad! Huevos, jamón, papitas, apio, sal, cebollas. ¡La seguridad asfixia a mis lectores! La tortilla en el aire.

La fuente dorada, vestíbulos, antecámaras, salas, la tarde agonizante, la puerta, la limusina, el chofer, los carritos de helados, las niñeras. ¡La seguridad explota como una granada de mano! Y yo no puedo impedir que el señor Ministro ya no pueda hacer otra cosa.

1947

Amores de vista

Es lamentable, pero no me queda otro remedio que confesarme derrotado: ninguna mujer me ha querido. Habría dado gustoso todas las traiciones de un amor engañado a cambio de unos cuantos días de éxtasis. Por otra parte, no es el caso decir si son ellas las causantes de mi desdicha o si a mí me faltó el grado de seducción requerido. ¡Vaya usted a saber! A los cincuenta años uno hace rato que dejó de problematizar. Como quien dice, se busca el lado práctico de las cosas, algo así como un remedio casero.

Creo haberlo encontrado. Se trata, en suma, de algo tan simple y controlable como los amores de vista. Las mujeres que elijo para mi juego amoroso nunca llegarán a sospechar que las amo. Yo lo pongo todo: la declaración y el ansiado sí. Por último, y antes de entrar en materia, mencionaré un elemento sin el cual fracasaría mi juego. Me refiero a la inmutabilidad. Háganme de favor de recordar una bandeja de cuadraditos de hielo. Pues son así las caras que compongo frente a mis amantes: la astucia femenina, al enfrentarse con mi cara, resbala y pierde pie.

En el lugar donde trabajo hay exactamente noventa y seis mujeres. No es raro pues que me haya enamorado de Elena. Hará cosa de seis meses sufrí una operación quirúrgica. Nada de mayor importancia, pero la oficina en masa pasó por el hospital. La tarde que Elena me visitó me sentía un poco afiebrado. La enfermera no acababa de venir con el termómetro, y como en las visitas de cumplido no hay qué decirse, todos se pusieron a calcular mi fiebre pasando la mano por mi frente. Ella apenas si me rozó con los dedos, pero me bastó. La elegí.

Ahora es mía, es decir, mía según las reglas del juego. Yo mismo me pregunto y me respondo; si se me ocurriera hacerla hablar la respuesta sería un no rotundo, pero, ¿qué necesidad tengo de arriesgarme cuando de antemano está rendida a mis pies?

¡Elena de mi alma, pensar que me amas y que nunca lo sabrás! ¡Nunca, Elena! Porque, fíjate, mi técnica de mirar a hurtadillas ha alcanzado tal grado de perfección que jamás me sorprenderás adorándote. Lo más que tu amable perversidad podrá confiar a tus amigos es precisamente que nunca te miro. En cambio, ¡las cosas que yo podría contar de nuestro amor! Por ejemplo, nuestra escapada de anoche. Llegaste a tal identificación que semejante a un niño te pusiste mis zapatos para saber cómo yo camino... Esa noche, amada mía, hicimos locuras que nunca sabrás. Es un sacrificio penoso, pero me consta que no cambiarías el amor que me tienes por el efímero placer de unas calabazas.

Y así voy por la vida; es decir, por la vida que me queda, amado y temido. Amado por ellas y temido por los hombres. No hay mujer que se me resista ni hombre que no salga derrotado si tiene la osadía de aspirar al amor de una mujer en la que he puesto mis ojos, mis ojos helados, vidriosos, inexpresivos, mas no por ello menos fulgurantes y abiertos.

A veces, y es este mi caso, en el infierno se logra disimular las llamas y los quejidos.

1962

129

Unión indestructible

Nuestro amor va de mal en peor. Se nos escapa de las manos, de la boca, de los ojos, del corazón. Ya su pecho no se refugia en el mío y mis piernas no corren a su encuentro. Hemos caído en lo más terrible que pueda ocurrirles a dos amantes: nos devolvemos las caras. Ella se ha quitado mi cara y la tira a la cama; yo me he sacado la suya y la encajo con violencia en el hueco dejado por la mía. Ya no velaremos más nuestro amor. Será bien triste coger cada uno por su lado.

Sin embargo, no me doy por vencido. Echo mano a un sencillo recurso. Acabo de comprar un tambor de pez. Ella, que ha adivinado mi intención, se desnuda en un abrir y cerrar de ojos. Acto seguido se sumerge en el pegajoso líquido. Su cuerpo ondula en la negra densidad de la pez. Cuando calculo que la impregnación ha ganado los repliegues más recónditos de su cuerpo, le ordeno salir y acostarse en las losas de mármol del jardín. A mi vez, me sumerjo en la pez salvadora. Un sol abrasador cae a plomo sobre nuestras cabezas. Me tiendo a su lado, nos fundimos en estrecho abrazo. Son las doce del día. Haciendo un cálculo conservador espero que a las tres de la tarde se haya consumado nuestra unión indestructible.

1957

Oficio de tinieblas

Papá se ha quedado ciego sin remedio. El oculista ha sido terminante: su edad avanzada no permite una operación. Arriesgaría la vida. Por tanto, papá es un ciego más. Un ciego con la respetable edad de ochenta años. Una amiga de la casa (famosa por su "franqueza") le dice: "Viejo, saque la cuenta... Ochenta años con un par de ojos que han visto lo bueno; cinco o diez para no ver lo peor. Usted es un hombre de suerte."

Papá no se consuela con semejante cálculo, pero se distrae ejercitando a mi madre en el arte de la ceguera. Desde mi cuarto oigo su risa si mi madre tropieza con un mueble o si derrama el café que mi hermana ha puesto sobre la mesa. Oigo que le dice: "Nunca serás una buena ciega."

Y, en efecto, mi madre, que pone la mejor voluntad en ese aprendizaje, no logra acomodarse a la nueva situación. Además, hace trampas. Al principio, le permitía desplazarse por la casa con los ojos simplemente cerrados. Pronto se dio cuenta de que mi madre lo engañaba. Se enojó. Mi madre se echó a llorar y prometió enmendarse, pero papá, desconfiado, le puso una tupida venda. "Ahora tropiezas —le decía— y hasta rompes el búcaro que te regalé el día de nuestra boda. No hace todavía una semana gritaste a los cuatro vientos que jamás lo romperías. No, no, María, nunca serás una buena ciega."

En cambio, papá está encantado con su nieta. ¡Esa sí que es la "ciega" perfecta! Hay que ver sus manos: palpan, tantean las paredes como abriendo camino al resto del cuerpo que, victoriosamente, atraviesa el dédalo de cuartos, seguida de muy cerca por las manos temblorosas y el cuerpo vacilante de mi padre.

Hoy, finalmente, hemos tenido una pequeña fiesta. Papá cumplía su primer año de ciego. Vinieron familiares y vecinos. Papá distribuyó anteojeras. La reunión quedó animadísima, y lo que es más singular: los invitados no hicieron torpezas. Papá apagó dieciséis velas de las ochenta y una puestas en el *cake*. Después se brindó con champaña y hasta se bailó.

¿Podrá entonces decirse que la pérdida de la vista es una desgracia irreparable?

1961

La transformación

Cuando los mellizos cumplieron seis años sus padres se volvieron niños. Claro está, el hecho no se produjo sin algunos incidentes previos a la transformación; sin ciertas escenas, por así decirlo, insólitas.

Pero antes de aclarar en qué consisten estos incidentes y estas escenas, es preciso decir que los padres de los mellizos eran gente normal.

Padres amantísimos, se consideraron bendecidos por el cielo por la llegada de los mellizos.

Decían: "A pocos matrimonios les es deparada dicha semejante." El día que nacieron los mellizos, la madre le dijo a la comadrona:

—No sabe cuánto envidio a mis mellizos. Querría ser uno de ellos.

La comadrona corrió, muerta de risa, a decirle al feliz padre lo que le había confiado la feliz madre. Mas para gran sorpresa de la comadrona, el padre le dijo:

—Piensa lo mismo que yo.

Pero como todo eso era dicho con sana alegría, resultaban tales exclamaciones el colmo de la normalidad.

Cuando los mellizos cumplieron el primer año de nacidos se dio una gran fiesta.

En el acto del bautismo y mientras los padrinos sostenían a los mellizos en la pila, los padres se echaron agua bendita en la cabeza.

Llegó la hora de apagar las dos velitas de la torta de cumpleaños. Estaban las madrinas y tías aleccionando a los mellizos frente a las velitas, cuando se oyó un soplido. Eran el padre y la madre que las apagaban.

Sin embargo, nadie dio importancia al hecho. Lo normal se explica mejor que lo anormal. Y todos se echaron a reír. De nuevo encendieron las velitas, las apagaron los mellizos y la fiesta se desarrolló normalmente.

Unos días más tarde el padrino de Arturo (el mellizo) le regaló una escopeta, y la madrina de Olga (la melliza) le obsequió una muñeca. Apenas se habían marchado los padrinos, los padres de Olga y Arturo hicieron desaparecer los juguetes.

Si se les preguntaba, decían que los mellizos rompían los juguetes. Y suplicaban que, en lo adelante, no les regalaran nada.

Llegó el segundo año. Ahora, nueva torta con cuatro velitas. Se repitió la escena del año anterior. Parientes y vecinos empezaron a murmurar, pero siguieron prefiriendo la normalidad. Al tercer año, los mellizos, que recordaban esas escenas, protestaron, pero sus gritos balbuceantes se perdieron entre los soplidos del padre y la madre apagando las seis velitas.

Con niños de tres años de edad se puede hacer mucho.

Olga fue enseñada por su madre a personificar la estatua del Dolor; día y noche caminaba por los sombríos salones de la casa con sus bracitos sobre el pecho, la vista baja, prorrumpiendo en gritos muy parecidos a los que exhala Lucía de Lammermoor en la escena de la locura. Por su parte, el padre transformó a Arturo en Napoleón, un Napoleón después de la batalla de Waterloo, "desengañado de todo, taciturno y envejecido de golpe".

Por la vitalidad de la infancia y por la inocencia, no podía saber que remedaba a un Napoleón ni Olga a la estatua del Dolor. Pero... Cuéntense los días hasta sumar años y tendremos el hábito. Los niños se fueron posesionando de su papel. Arturo sólo hacía un movimiento: el de llevarse las manos a la espalda. Olga repetía su ¡ay! de un modo que taladraba el corazón.

Consecuentemente, los padres operaron también su transformación. Por ejemplo, la madre acostaba a Olga en el gran lecho matrimonial, para ocupar la camita de su hija. Arturo dormía en un catre de campaña, y el padre dormía en la cama del niño. Padre y madre despertaban gimoteando como niños. Es que, como los niños, se habían orinado. Después iban a la cocina, se preparaban su respectivo pomo de leche y la succionaban por el biberón.

La alimentación de los mellizos estaba de acuerdo con el papel que representaban: Arturo comía mendrugos de pan de munición; Olga tomaba ajenjo.

Un poco más tarde, los padres dejaron de hablar como adultos. Ahora pronunciaban sílabas confusas seguidas de gran jeremiqueo. En cuanto a Olga, proseguía en su ¡ay! intermitente; Arturo había incorporado un ¡oh! que no sé si había pertenecido, en efecto, a Napoleón.

El día en que cumplían diez años de nacidos, los padres obligaron a los mellizos a limpiarles el trasero. Tanto el padre como la madre hacían caca y usaban pañales.

1947

El martes pasado, a las tres de la tarde, Damián me llamaba por teléfono:

—Oye, ¿cómo estás? ¿Qué haces?

—Acabo de almorzar —le contesté—. Dormiré la siesta y después al periódico. ¿Qué pasa?

—Coge la máquina y ve directamente al edificio "Quince Pisos".

—¿Qué ocurre?

—No me hagas preguntas. Coge la máquina. Ya verás...

—Oye, Damián, no puedo perder el tiempo. ¿Qué te traes?

—Nada. Sólo te digo que cojas la máquina. Hay un parqueo en la esquina del "Quince Pisos". Allí te espero.

Y colgó.

En el momento no le di ninguna importancia a la llamada de Damián. Pasados unos minutos empecé a inquietarme. A mi vez lo llamé, pero no estaba en su casa. ¿Estaría ardiendo el "Quince Pisos2? Pues aunque ardiera me daba lo mismo. Damián y yo habíamos asistido a catástrofes más impresionantes por esos mismos días. Por otra parte, coger la máquina a las tres de la tarde, en plena digestión y con el calor reinante, no tenía nada de atractivo. Decidí no ir; pondría el aire acondicionado y dormiría una buena siesta.

Pero, antes, le conté la historia a Dora, mi mujer, que estaba en la cocina lavando los platos. Óiganla:

—¡Ah, no, tú me llevas! Quítate el pijama y vamos; yo estoy lista. Sólo me falta peinarme.

Y dejó los platos y cubiertos a medio lavar. La cogí por un brazo.

—Por favor, Dora, comprende. Damián es un experto en bromas. ¿Te imaginas la cara que pondrás cuando llegues al "Quince Pisos" y veas que no pasa absolutamente nada?

—De todos modos, vamos; mi corazón me dice que...

—Tu corazón no te dice nada, es tu maldita curiosidad femenina...

—Piensa lo que más te guste, pero vamos. ¿Qué haces ahí parado como un idiota? Vístete y vamos.

Y fuimos. Cuando a Dora se le pone algo entre ceja y ceja hay que dejarla o matarla. Pero debo confesar que, esta vez, su incurable curiosidad, o su intuición femenina, no le falló. Cuando desembocábamos por Paseo, vimos a una verdadera multitud congregada frente al "Quince Pisos". Dora me arrastró; estaba muy excitada y me decía a cada instante:

—Nos vamos a perder lo mejor...

—Pero, Dora, por lo que más quieras, razona un poco —le dije, mientras ella casi me desarticulaba el brazo derecho—, si no sabes lo que pasa en el "Quince Pisos", cómo puedes saber si te pierdes lo mejor.

—Yo sé, yo sé... —me contestó mientras trataba de introducirse en aquel gentío.

Por fin llegamos frente al edificio, no sé cómo, pero llegamos. Al principio no vimos nada, ni siquiera a Damián. Dejando a un lado la hipótesis de la broma, pensé que aquella marea humana lo había alejado de nosotros. Pero no pude pensar mucho. En ese momento la multitud lanzó un rugido de admiración. Todo el mundo miraba hacia los pisos superiores del edificio. Sentí que Dora me cogía el cuello y me lo torcía en dirección contraria adonde yo estaba mirando. Entonces pude ver sobre el balcón del décimo piso a un hombre, con medio cuerpo afuera, que sostenía en sus brazos a una mujer. El grupo formaba una especie de Pietà a la inversa: el hombre era la Virgen y la mujer el Crucificado. Aunque la distancia no permitía apreciar los detalles, pude comprobar que tanto el uno como la otra mantenían una inmovilidad estatuaria; daban la impresión de haber sido colocados sobre el balcón como un puro ornamento.

Pasados unos minutos el hombre empezó a retroceder lentamente y desapareció de nuestra vista. Mucha gente se quedó con los ojos puestos en el balcón, como si hubieran querido grabar en sus retinas el extraño grupo que acababa de desaparecer; otros —la mayoría— empezaron a hacer comentarios o simplemente a abrirse paso hacia el edificio. Dora, que ya parecía saber todo cuanto había que saber, volvió a cogerme del brazo, y me obligaba a caminar. Mientras lo hacíamos, oí cosas como éstas: "Es un exhibicionista... Es uno que quiso suicidarse y cogió miedo... Es un contrarrevolucionario... Es uno que le saca lasca a todo...". Un hombre le decía a una mujer: "Vamos para la casa, el único macho que te puede cargar soy yo."

—¿Qué pasa, Dora? ¿Sabes algo de lo que está pasando aquí?

—Lo sé todo —me contestó Dora—. El problema será llegar hasta allí.

—¿Allí...? ¿Quieres decir hasta el departamento donde está ese loco?

—¡Pues claro! Me muero por llegar.

Y llegamos por fin, no sé cómo, pero llegamos. En el pasillo del edificio había media docena de policías. Dora me dijo:

—Enseña tu carné de periodista.

Y, empujándome, mientras yo enseñaba mi carné, le dijo a un oficial: "Mi marido es periodista. Viene por lo del reportaje...".

Dora es así: ella siempre toma la iniciativa. Intenté protestar, pero volvió a cogerme por el brazo y me empujó hacia el ascensor.

Y subimos. En el descanso del décimo piso nuevos policías, nuevas explicaciones y nuevas mentiras de Dora. Por fin pudimos entrar. Una vieja salió a nuestro encuentro. En seguida, Dora le dijo que yo era periodista. La vieja se encantó con la noticia.

—Vengan por aquí —dijo—, hoy tenemos mucha gente. Empezamos ayer; nadie quería creerlo y además todos tenían miedo. Decían que estaba loco.

Agitó los brazos y movió la cabeza, como hacemos para rechazar una vil calumnia. Añadió:

—¡Un santo! Eso es él, ¡un santo!

Entramos en un saloncito. La vieja nos invitó a sentarnos, lo que hicimos. Sin más preámbulos, me dijo.

—¿Qué quiere saber, señor?

—Pues bien —balbuceé confundido—, pues bien..., yo... —y bruscamente, sin transición, como convenía a mis nervios excitados—: ¿Qué está pasando aquí?

La vieja sonrió maternalmente y dijo:

—Pues bien, lo que pasa es que él es un santo...

—¿Y qué más, señora? —le dije con suma grosería.

—Usted verá... Hoy es martes, ¿no? Pues el domingo, a eso de las diez, me tocaron la puerta. Era él. Dios quiso que yo misma abriera la puerta. Entre paréntesis, le diré que nunca abro la puerta sin antes mirar por la mirilla, pero ese día Dios hizo que abriera directamente la puerta. Y apareció él; como todavía usted no lo ha visto de cerca, no puede darse cuenta de su belleza y de su santidad. ¿Sabe lo que hizo? Le diré que no me dio tiempo de hacerle ninguna pregunta. Se dirigió al balcón, abrió la puertavidriera y se exhibió con medio cuerpo en el vacío.

—¿Y eso fue todo? —preguntó Dora.

—No —contestó la vieja—. Se exhibió, con medio cuerpo afuera en el vacío, y después abrió los brazos en cruz...

—¿Y qué más? —dijimos casi al mismo tiempo Dora y yo.

—Se mostró así un momento, tan inmóvil que parecía un muerto.

La vieja se quedó pensativa; después prosiguió, poniendo más ardor en sus palabras:

—Vea, señor, no sé nada de nada; pero la verdad es que cuando lo vi con los brazos en cruz, me pareció que Jesús estaba entre sus manos.

—¿Y después? —preguntó Dora.

—Después —dijo la vieja— me tendió los brazos. Así —y la vieja extendió sus brazos.

—¿Cree usted que eso quería decir algo?

—¡Por supuesto! —dijo vivamente la vieja—. ¡Por supuesto! Me estaba pidiendo cargarme en sus brazos y...

—¿Y usted aceptó? —interrumpió Dora.

—Yo tenía mi poco de miedo, pero como su mirada era tan pacífica, acepté. Estaba segura de que no iba a arrojarme por el balcón.

—¿Cuánto tiempo la sostuvo en sus brazos?

—No podría decirlo. Me pareció un siglo de felicidad. Vea, señor, lo olvidé todo: las penas, los reumatismos, todo; en sus brazos me sentí como una niñita.

Iba a decirle que el pretendido santo no era otra cosa que un loco..., o peor aún: un simulador, acaso un sádico que, en el momento menos pensado, podría cometer una monstruosidad. No mostré mis dudas por pura compasión de la pobre vieja y también por esa pizca de credulidad que nos queda ante una situación que escapa a todo razonamiento. Sin embargo, como la lengua me picaba, dije:

—No niego que su visitante inopinado es un santo, pero, dígame, ¿a qué viene todo este espectáculo?

—No sé nada de nada, y en cuanto a él, me parece muy difícil que aclare las cosas. Para empezar, es mudo, y si no lo es, se hace el mudo.

—¿Nada más que carga mujeres? —preguntó Dora.

—No, señora, también carga hombres, y me imagino que también niños. Todavía las madres no los han traído, pero ya verá, ya verá...

—¿Usted vive sola? —le pregunté.

—Sola, es decir, con Norma, mi criada, ¿Por qué me lo pregunta?

—Por pura curiosidad.

—Sepa entonces que él también ha cargado a Norma.

—¿Qué edad tiene esa Norma?

—Veinte años —dijo la vieja.

—¿Es bonita? —preguntó Dora.

—Parece una virgen —contestó la vieja, que abrió tamaños ojos, retorció sus manos y preguntó inquieta—. ¿A qué vienen esas preguntas?

—Tranquilícese —le dije—; es para el reportaje...

—Ah, ya entiendo... —dijo la vieja. Después-: Del domingo a hoy ha cargado más de cincuenta personas.

No pude retener la exclamación:

—¡Prodigioso!

—Pues sí que es prodigioso —repitió la vieja.

—¿Y no tienen miedo? —le pregunté—. Piense que, cuando se está en sus brazos, suspendido entre el balcón y la calle, es la propia vida la que está en peligro.

—¡Cómo! —dijo la vieja—. Cuando se está en sus brazos es cuando no se tiene miedo. Y si no me cree, pregúntele a los hombres y mujeres que han sido cargados por él.

En ese momento salió un hombre gritando:

—¡Es como si hubiera nacido de nuevo!

—Pero dígame, señora, ¿cuál es la conclusión de todo esto?

—No sé, sólo un sabio podría contestarle. Lo único que sé es que él obra el bien.

—¿Puedo verlo? —le dije.

La vieja se levantó sin contestar a mi pregunta. Se alejó unos segundos y volvió.

—¡Venga en seguida! Ahora cargará a un viejo.

Corrimos a la sala. En efecto, el santo, pretendido o verdadero, era una especie de gigante, sin otros estigmas en la cara que las huellas dejadas por un acné juvenil. Podía tener cincuenta años, pero daba asimismo, cuando se le miraba atentamente, una impresión de infancia perpetua, como sobrenadando a través de los años que habían conformado su figura de adulto. Era, en bloque, como un cuerpo ausente, en el vacío, desde la mirada, perdida en un pensamiento torturador, hasta la piel de sus manos, de su cuello y de su cara, atravesada y como metrificada por un cataclismo repentino. En el momento en que entrábamos en la sala, le tendía los brazos a un viejo tembloroso, verdadero derelicto humano, que estaba apoyado, como inexistente, contra un busto de mármol, pareciendo esperar la hora de su redención. El santo se aproximó paso a paso, hasta tocar con la punta de sus dedos el cuello y los tobillos del viejo, que respondió a ese suave contacto con un aflojamiento completo de sus vencidos músculos. Acto seguido, lo levantó lentamente, como una humareda que asciende, y lo subió hasta su propio pecho, en tanto que empezaba a caminar, o mejor dicho a moverse, hacia el balcón donde, deteniéndose de golpe, sacó dulcemente el cuerpo del viejo y lo expuso en el vacío a los rayos del sol que penetraban en su cuerpo en flechas flamígeras.

Y así, no rígidos sino inmóviles, permanecieron largo rato, tanto, que a pesar del esplendor del espectáculo, sentí perderse mi paciencia. Le pregunté a la vieja si tan larga exposición era cosa habitual. Ella, mostrándose tan sorprendida como yo, me confesó que era la primera vez que el santo se dignaba cargar a un hombre tanto tiempo.

—¡Cuidado! —dije con ironía—. Puede caérsele. Se haría papilla.

—Él sabe lo que hace —me contestó con reproche la vieja—. Él lo sabe, sabe que ese viejo necesita ser cargado mucho tiempo.

Decidí irme. Dora me dijo que se quedaba. Ella quería ser cargada por el santo.

—Bueno, como quieras. Probablemente no te pasará nada, pero si te deja caer, no contarás el cuento. En cuanto a mí, te diré que no tengo la dosis de confianza suficiente para dejarme cargar por él. Y no te demores. La película empieza a las ocho.

Me fui sin despedirme. La multitud se había hecho más compacta. Una vez más miré a lo alto: el viejo seguía en los brazos del santo..., o del charlatán. Sentí que me tocaban el hombro. Era Damián.

—¿Valía la pena, no? —me dijo.

—Viejo, entre dos y seis de la tarde tenía planeado pasar un rato con un "pollito". Eso también valía la pena, ¿no?

1963

La gran escalera del Palacio Legislativo

El libro se me cae de las manos, la música que escucho parece materia pegajosa y densa que obtura mis oídos; hablo con mi madre y siento que las palabras se me congelan en el borde de los labios; escribo una carta a M. —tengo mucho que contarle—, pero a las dos líneas interrumpo la escritura. Me detengo a la puerta del cine: no saco la entrada; tampoco asisto al viernes de la seductora Eva ni al té de la frívola Elena. Sobre mi mesa de trabajo han dejado ellas, con sus propias manos, la invitación. Se pasmarán de asombro cuando sepan que no asistiré. ¡Cómo! No asistir yo, el ornato de sus salones, la sal y la pimienta de sus veladas; yo, que disipo la tristeza, que electrizo a la concurrencia, que ahuyento las sombras de las caras y que dilato los pechos oprimidos... Y ni siquiera siento, ni siquiera me apena esta inasistencia, Como un criado al que le falta tiempo para llegar rendido a su cama, voy cerrando, una tras otra, las puertas del mundo.

¿Será que voy a morir muy pronto? Pero si me siento lleno de salud, nada me duele, mi paso es normal, no tengo fiebre; por lo demás, no soy un anciano: apenas tengo treinta años. Sin embargo, todo se me cae de las manos, lo poco que hago es automático, maquinal, falto de vida y calor. Me miro con indiferencia, me aburre mi propio ser, quisiera verlo muy lejos de mí. De mañana, es atroz el espectáculo: saco una pierna de entre las sábanas y su vista me produce el efecto de un animal de presa. Llego al colmo del horror cuando al hacer mis abluciones matinales veo reflejarse mi cabeza en el espejo. Esa cabeza..., en otro tiempo admiración de mis ojos, orgullo de mis sentidos.

Conozco al causante de mi extraña libertad. Es —no quiero demorar más esta confesión— la gran escalera del Palacio Legislativo. El jueves pasado tuve que ir al Palacio. Estaba muy atrasado en el pago de unos impuestos. Las oficinas de dichos impuestos se ubican en el tercer piso. Empecé a subir la gran escalera. De pronto me quedé clavado en su quinto escalón. Sentí que me absorbía y que, al absorberme, me libraba del resto. Era ella, pues, lo único que me interesaba. Subirla y bajarla. Descendí los pocos escalones subidos y una vez en el arranque de la escalera me puse a contemplarla largamente. Hice el sensacional descubrimiento de que un escalón se compone de una losa acostada y de una losa parada. Entonces se me reveló con perfecta claridad que si subimos veremos primero la losa parada y, en seguida, la losa acostada; y que, del mismo modo, si bajamos, veremos primero la losa acostada y después la losa parada. Otra revelación: como a cada escalón corresponde un paso de nuestras piernas, ocurre que acabamos por no saber si son nuestros pasos los que suben por los escalones o si los escalones suben por nuestros pasos. Algo más y de máxima importancia: los rellanos. En ellos no se mira la vida desde lo alto, no lanzamos miradas de desprecio a los viles mortales; estos rellanos no son una meta y, supuestamente, no vamos a detenernos en los mismos, a conmovernos con nuestras penas. No, sería bien infantil, bien miserable encarar el rellano desde el punto de vista de nuestros sufrimientos. Por el contrario, debemos encararlos como puros rellanos que son. ¿Y qué se mira desde ellos? Pues sólo escalones..., que bajan si la vista se despeña en rumorosas cascadas desde lo alto del rellano hacia la base de la escalera; que suben si los ojos, armados de zapatos herrados y de gruesas cuerdas, emprenden la fatigosa ascensión en pos del próximo rellano. Y hablando de ellos: son doce los de esta gran escalera de mármol rosa del Palacio Legislativo, sombrío edificio cuya construcción es muy anterior al descubrimiento del ascensor.

Ahora bien, si como he dicho, el primero y el segundo de tales rellanos nos permiten contemplar, de acuerdo con el capricho del ojo, el juego ya ascendente ya descendente de los peldaños, no ocurrirá igual cosa si nos encontramos situados en el tercer rellano de cada piso. El arquitecto que diseñó esta escalera los situó en un abrupto recodo, de ángulo tan agudo, que no permite ver, ni por asomo, ningún tramo de la escalera. Efecto desconcertante y diría que hasta desmoralizador del ánimo. Cuando por vez primera llegué a ese rellano caprichoso en el primer piso, como no vi las escaleras que había dejado a mis espaldas así como las que me llevarían al segundo piso del Palacio, sentí que mis piernas se encabritaban como caballos plantados ante el abismo. Desazón, angustia, inestabilidad se apoderaron de mí, en tanto que los ojos, faltos de un punto de referencia, giraban locamente en sus órbitas como vanas ardillas en su rueda. Pero no podía volverme atrás: aún me faltaban dos pisos. Hice un enorme esfuerzo de voluntad y seguí adelante. Brutalmente, como el zarpazo de un tigre, se me presentó de nuevo la escalera en toda su grandiosa majestad. ¡Ay, cuán vana alegría! Al instante volví a caer en el mismo abatimiento y desesperanza: habiendo subido unos pocos escalones se me ocurrió mirar lo que dejaba a mis espaldas. Ni rastro de rellano pudieron descubrir mis ojos.

Como es de suponer no pagué el impuesto. En cambio, tres veces seguidas subí y bajé la gran escalera. La hora me era propicia, había mucho público, yo era uno más pisando aquellos sublimes escalones y nadie se detendría a señalarme con un dedo acusador. Además, ¿qué sabía yo si parte de ese público estaba allí por mis mismas razones? Pero esto me tiene sin cuidado. La escalera es monumental, su gran anchura permite que suban y bajen por ella cómodamente hasta diez personas, las cuales, dicho sea de paso, no me dan ni frío ni calor. Ahora recuerdo que un suicida se despeñó por ella hará cosa de un año. No voy a enjuiciarlo ni mucho menos voy a maldecirlo por haber manchado con su sangre los hermosos escalones. Igualmente no voy a reírme del triste loco al que se le antojó defecar sobre sus mármoles. Para uno y otro la escalera tenía un sentido muy preciso. Esto tiene de singular la escalera: es siempre ella misma y al propio tiempo es también la libertad de quien la elija.

¡Mi libertad! He alquilado una casa frente al Palacio. Desde mi ventana la atisbo como un amante y, en silencio, agradezco la friega que por las noches le da un empleado. ¿Acaso ha elegido, él también, su libertad? Una contrariedad, pero fácilmente salvable: sábados y domingos el Palacio está cerrado. Recurro entonces a la escalera del Liceo, más modesta, cuatro rellanos simples y mármoles grises, pero, con todo, calma mi ansia de libertad y mantiene elásticas mis piernas para las grandes jornadas del Palacio Legislativo.

En cuanto a la seductora Eva, a la frívola Elena, en cuanto al amigo, a la música, al libro, la ida al cine, los encuentros eróticos, las vacaciones en la playa, los granos en la cara, los pésames, los catarros crónicos, el tranvía..., olvidados. Sólo me interesa la gran escalera del Palacio Legislativo. Mi libertad depende de ella. ¿Que pueden echar abajo el Palacio y con él esta hermosa libertad? ¡Qué más da!, diría. La ciudad tiene otros palacios y otras escaleras. Por ejemplo, las del Palacio de Justicia: monumental, con mármoles jaspeados, con sesenta rellanos y recodos laberínticos. Creo que ganaría con el cambio. ¿No les parece?

1957

El Filántropo

Si la secretaria del gran banquero Coco no hubiera estado enamorada...
Parece el comienzo de una historia sentimental. Cuán edificante para el
autor y para el lector que la historia continuase amablemente:

*...Eduardo seguiría siendo un triste empleado en el Ministerio de
Guerra. Pero el amor hace milagros. Coco, al fin, recibió a Eduardo, escuchó sus cuitas, lo asoció a sus negocios, lo casó con la secretaria y todo fue
felicidad*

El autor no tiene la culpa de que Coco rechace de plano tal desenlace
tradicional. Cierto que el amor hace milagros, y uno de ellos es ver a
Eduardo forzando la puerta de Coco. ¡Infelices amantes! No saben que cierran la puerta de su sepulcro. Coco está a punto de echar al importuno. Porque importuno es, y de los grandes: Eduardo ha entrado en el despacho justo en el momento que Coco pone sobre un paño verde su dentadura postiza.
Coco enrojece, Eduardo tose, la secretaria palidece... Coco señala la puerta, la secretaria se esfuma, pero Eduardo, haciéndose más Eduardo, coge la
dentadura y se la pone a Coco en las manos. El hielo está roto.

¿Por qué Eduardo tuvo ese impulso? De haber seguido a su novia no
habría caído en las garras de Coco. Es que Eduardo quería triunfar a toda
costa. No bien Coco tuvo de nuevo sus dientes abrió la boca y comenzó el
drama:

—Joven, lo escucho...

Eduardo no se hizo rogar. Por no saber hablar a tiempo y por no saber
callar cuando debía, fue, hasta ese momento, un fracasado. Pero ahora las
cosas serían bien distintas, no dejaría escapar la oportunidad, hablaría a tiempo. Con treinta años recién cumplidos, por primera vez en su vida amaba de
veras. No veía las santas horas de casarse, pero como siempre ocurre, el maldito dinero... ¡Oh, nunca bien maldito dinero, causa de la perdición de
Eduardo! Sin embargo, no vaya a creerse que Eduardo y el dinero... ¡Ah, por
el cielo! No hay tal contubernio; los cálculos de nuestro héroe con el metal
fueron siempre bien modestos. Ahora mismo se disponía a pedir sólo mil
pesos miserables. Aunque para el pobre Eduardo tal cantidad resultaba fabulosa. Por eso habló hasta por los codos: fue poniendo sobre el tapete todos

los lugares comunes sobre el dinero. Mezcló dichos lugares comunes con los de la probidad, y a fin de que la mezcla fuese más sólida metió en ella los relacionados con el éxito. Un testigo de esta escena abominable se preguntaría intrigado qué aguardaba Coco para poner al importuno de patas en la calle. Pero, con toda lógica, el viejo banquero parecía pedir a Eduardo con mirada implorante que alargara sus tontas explicaciones, que desmenuzara la petición y que hablara hasta de cuestiones ajenas a la entrevista.

Fue así que Eduardo, sin proponérselo, colmó las ansias de Coco. Como éste no decía sí o no a sus palabras, nuestro héroe pasó de los mil pesos a contar el triunfo del equipo de los Medias Rojas sobre el equipo de los Medias Blancas..., y tal exposición deportiva lo llevó misteriosamente a describir, con lujo de detalles, la nueva perrera de Sultán...

En ese preciso momento Coco abrió la boca, y como Coco la abrió y Eduardo la cerró ocurre que Coco se "tragó" a Eduardo.

—Así que mil pesos...

—Mil... —dijo Eduardo, bajando lentamente por el esófago de Coco.

—Exijo que sea un millón.

Eduardo se sintió desfallecer. ¿Había escuchado bien? ¡La cifra era tan poco familiar! Su oído no estaba educado para ciertos sonidos metálicos. Eran demasiado ensordecedores.

—Perdone, señor, he dicho mil pesos.

—Y yo he dicho un millón —tronó Coco.

Visiblemente, Eduardo se descomponía. Sin duda Coco le tendía un lazo. Sin embargo, un lazo era cosa bien improbable con un pelagatos. ¡Ah, no había caído! Una broma pesada del plutócrata, un modo bien cruel de negar mil pesos. Estuvo tentado de mandarlo a paseo, el viejo se merecía que le cantaran las cuatro verdades. Sin embargo, la esperanza, que es más crédula que el hombre mismo, impidió su explosión.

—No puedo comprometerme con tal cantidad, señor; nunca terminaría por pagársela.

—Basta con pedírmela —replicó Coco.

—¡Pedírsela! Puedo hacerlo, pero...

Coco lo interrumpió con gesto paternal, es decir, le dio palmaditas alentadoras.

—Pedirla por escrito... Pedirme el millón por escrito.

—Insisto, señor; perdone, señor... No puedo aceptar. ¿Cómo pagaría?

—¿Quién habla de pagar? —gritó Coco—. ¿Quién habla de eso? Yo regalo un millón, a usted se lo regalo...

Eduardo, cogido por las tenazas del absurdo, apeló a frases de rigor:

—Tiene usted un alma caritativa.

Coco se torció de la risa. Particularmente, esta palabra "alma" lo sumía en un estado de hilaridad incontenible. Añadió misteriosamente:

—Fortalezca su mano, no su alma...

A su vez, Eduardo cayó en nuevas confusiones. ¿A dónde quería Coco ir a parar? De nuevo el fantasma del bromista pasó por su mente. Muy pronto desechó tal idea. A través de ese humorismo percibía un juego trágico. Se miró las manos: una primero, después la otra. ¿Por qué tendría que fortalecerlas? ¿Se trataba de un simbolismo? Pensó que sería prudente retirarse; un paso más e iría a parar de cabeza a la barriga de Coco...

—No entiendo nada —y Eduardo estuvo a punto de romper en llanto.

—Entenderá todo —Coco se arrellanó—. Tendrá un poco de paciencia. Soy un hombre de pocas palabras, pero la ocasión exige todas las que he dicho en mi larga vida. Tengo setenta años. Se dice pronto, y sin embargo... Decimos: setenta, ochenta, cien años... ¿Qué es? Humo, nada más que humo. Casi no hubo tiempo para coger el tranvía... Y a pesar de todo eso, setenta años es una broma bien pesada. Digamos con los filósofos callejeros: algo muy corto y a la vez muy largo. No voy a hacer el sentimental a mis años, pero, ¡qué diablos!, son ellos los que me llevan derecho a esta explicación. Créame: setenta años es tan extenso y apasionante como un viaje interplanetario.

Eduardo se sintió obligado a rendir homenaje al viejo:

—Sea como sea, queda la satisfacción del deber cumplido.

Coco lo miró como se mira una rata, es decir, lo miró con la punta de sus zapatos. Prosiguió:

—¿Cómo ha sido el viaje? Bien aburrido. De casa al trabajo y del trabajo a casa. Es como para reventar. Después, agoté la copa del placer. Hay gente que me odia cordialmente por el yate, por la villa en la playa, por la cabaña en el bosque, por las mujeres... También deberían compadecerme; esas son cosas gastadas, mi dinero se niega a seguirlas comprando. Desdichadamente, no creo en el más allá, y por supuesto, mucho menos en el más acá. Que cada uno se las arregle como pueda. No he hecho otra cosa en mi vida. Dirán que carezco de la fibra del santo. Mala suerte. No está en mí salvar la contradicción entre mi falta de santidad y los cien millones que poseo. Yo estoy dispuesto a dar hasta el último centavo. Eso sí, no como santo sino como Coco. De un banquero con cien millones, con setenta años en las costillas, ¿qué espera la sociedad? Pues que el banquero se haga filántropo. Estoy en ese caso, no debo escapar a la ley natural. Siento que no podría aplazar un minuto más el ejercicio de la filantropía. No tengo mujer, no tengo hijos; obligado por los achaques vivo ascéticamente. No quiero morir y que mi dinero vaya a dar a manos de la filantropía oficial. He ahí la idea fija que me ha quitado el sueño durante meses. Pero felizmente, Eduardo —y lo envolvió en una mirada amorosa—, pone usted en mis manos la solución. Tiene usted mi eterno agradecimiento.

Como movido por un resorte, Eduardo saltó de la silla. Había creído, ingenuamente, que las últimas palabras del viejo ponían el asunto sobre un plano normal.

—Agradecimiento mutuo —murmuró.

—No se haga ilusiones —dijo Coco fríamente—. En todo esto soy yo el único agradecido. En cuanto a usted, probablemente me maldiga.

—No comprendo...

—Va a comprender muy pronto. ¿No es cierto que ha forzado mi puerta para solicitar un préstamo? ¿No pidió usted mil pesos? ¿No es cierto que le he ofrecido un millón? ¿No es cierto que le he exigido solicitar por escrito dicha cantidad?

—Tan cierto —exclamó Eduardo, picado por el tono de Coco—, tan cierto que haré la petición por escrito ahora mismo. ¿Me da papel? —y sacó su estilográfica.

—Acá tiene —y Coco puso en las manos de Eduardo una de sus tarjetas de visita.

—¡Cómo! —gritó Eduardo—, ¡cómo, señor, es una broma bien pesada!

—Nunca bromeo con el dinero. Esa tarjeta basta y sobra para lo que voy a dictarle. ¿Está listo?

—Estoy arrepentido. Extraño modo de cerrar un trato. Parece cosa de niños. Pero si tanto le agrada, empiece.

En medio de un silencio de muerte, se oyó la voz de Coco que salía terriblemente segura:

—*Coco*... Ponga dos puntos. ¿Ya está? *Yo quiero un millón.*

—¿Nada más que eso? —dijo Eduardo—. ¿Le basta con ese papelucho? ¿Lo firmo?

—Firmará cuando termine.

—Pero, señor mío, ya está. Es tan breve que se copia en un segundo.

—Así es —dijo Coco—; pero el dinero será suyo si la copia un millón de veces.

Si para alguien que ha pedido mil la oferta de un millón constituye un mazazo, entonces, ¿cómo calificar la cruel exigencia de Coco? ¿Y cómo describir el efecto causado? En tal momento nuestro héroe se vio convertido en un cataclismo: los mundos de la humillación moral chocando con los mundos del estupor se juntaron con los mundos de la avidez y con los ingenuos mundos del cálculo. El efecto exterior de tal colisión se localizó en la piel y en los ojos. A Eduardo se le puso la carne de gallina... —copiar algo un millón de veces hace pensar en una inmortalidad que no se tiene— en tanto que los ojos, salidos de sus órbitas, expresaban una salvaje avidez. Entonces, como la razón naufragaba, como el cerebro hacía alocadas combinaciones con números fabulosos, Eduardo dijo:

—¡Locura!

—Locuras como ésa son las únicas que me interesan. La filantropía por la filantropía no tiene sentido. Siempre lo mismo: dotación a cien doncellas casaderas, protección a pintores y poetas, fundación de asilos... Detesto las imitaciones. Quiero ser un filántropo original. Los filántropos clásicos se atraen el amor de sus protegidos; yo quiero atraerme su odio. Feliz asociación de la filantropía y la crueldad. ¿No le parece?

Eduardo no lo escuchaba. Coco no se lo tuvo a mal. Sabía que Eduardo estaba multiplicando y dividiendo... La máxima excitación en un ser humano está representada en el dinero. Eduardo, que no escapaba a dicha ley, exclamó:

—No veo el modo de ganar esa plata escribiendo un millón de veces la frase que acaba de dictarme. No me alcanzarían los años de vida que tengo por delante.

—El tiempo se vence con el trabajo —dijo Coco con impertinencia—. Esos años disminuirán si escribe la frase un mayor número de veces por día. Pero dejemos que los números se expliquen por sí mismos; de las infinitas combinaciones que pueden hacerse a base de tiempo y número, voy a explicarle cuatro. Antes dígame, ¿qué edad tiene?

—Acabo de cumplir treinta años —dijo Eduardo melancólicamente.

—Pues bien, dados esos treinta años, dichas cuatro combinaciones son factibles. He dicho "factibles", pero la combinación primera no lo es tanto. No veo cómo un hombre de su edad llegaría a buen puerto después de tantos años de navegación. ¡Bah, dejémonos de simbolismos y hablemos el lenguaje conciso de los números! Si escribe cincuenta veces por día: *Coco, yo quiero un millón*, necesitaría veinte mil días para completar el millón. Ahora bien, veinte mil días es nada menos que cincuenta y cinco años, seis meses y veinte días. No creo que esta solución le tiente. Además de los muchos años que estaría obligado a ser mi prisionero (a su debido tiempo hablaremos de eso), vería disminuir sensiblemente sus fuerzas, su paso se haría más y más vacilante, su vista declinaría, y, sobre todo, mi amigo, el ánimo..., el ánimo, que mueve montañas, se haría cosa viscosa, blanda; las lágrimas acudirían continuamente a sus ojos; el desamparo, la frustración, el odio, el asco de usted mismo serían terribles divinidades acompañando su solitaria existencia. Aunque le quedaría la venganza... —Coco vio animarse los vidriosos ojos de Eduardo—. Sí, mi querido señor, le quedaría la venganza. Podría usted legar su condena a otro aspirante al millón. Sería un placer de dioses. Pero todavía queda algo más desalentador; suponiendo que saliera triunfador en la prueba, suponiendo que una mano ayudando a la otra escribiera el postrer *Coco, yo quiero un millón*, ¿de qué le serviría? Con ochenta y cinco años sólo se puede aspirar a un mausoleo fastuoso. Decididamente, no le conviene esta solución.

—No —repitió Eduardo con voz sepulcral—, no me conviene.

—La segunda solución —prosiguió Coco—, aunque problemática, le permitiría los placeres de la senilidad. Tristes placeres, lo confieso; sin embargo, es una edad de la que se dice que tiene sus encantos. En fin, lo dejo a su elección. Comprendo que esté anhelante por saber los años que pasaría escribiendo. Es un cálculo bien simple, que usted, debido a la emoción, a la sorpresa y a un odio incipiente, no puede efectuar de momento. Se trata en ese caso de doblar la tarea, es decir, que si escribe cien veces por día Coco, yo quiero un millón, necesitaría diez mil días para completar el millón de veces. ¿Puede decirme cuántos años, meses y días pasaría pidiéndomelo?

—¡Nunca! —gritó Eduardo—. ¡Jamás aceptaré esa solución! Es tan atroz como la primera.

—Casi tan atroz —dijo Coco, mientras multiplicaba y dividía a gran velocidad—. O para ser más exacto: la mitad de dicha atrocidad. Necesitaría veintisiete años, nueve meses y diez días.

—Póngase, por Dios, en mi lugar —suplicó Eduardo—. ¿Le gustaría pasar años enteros copiando una frase estúpida?

—Confieso que no.

—Entonces... —Eduardo crispó los puños—. Recuerde el mandamiento: no quieras para tu prójimo...

—Con cien millones uno puede darse el lujo de mandar a paseo los mandamientos. Quiero para mi prójimo lo que no quiero para mí; quiero, por ejemplo, que pase años encerrado copiando frases estúpidas.

—¡Puedo negarme! —vociferó Eduardo—. Se quedaría con las ganas...

—Tengo un concepto sagrado del tiempo —dijo Coco—. No lo perdamos en escarceos. ¿Le interesa escuchar la tercera solución?

Aquí Eduardo hizo lo propio del que nada entre dos aguas:

—Lo escucharé por curiosidad, pero sepa que no me comprometo.

—Examinemos entonces la tercera —se limitó a decir Coco, que conocía el paño—. Agárrese, aquí damos un salto en el abismo. Pronto verá cómo pasamos por encima de decenas de años a una velocidad fantástica. Es el bendito, sacrosanto trabajo quien nos permite vencer al tiempo. Nunca se alabará bastante esta fuerza sobrehumana. Será el trabajo quien le permita ganar ese millón sin verse cambiado en un anciano tembloroso. Triunfará en la prueba, y apenas si algunas hebras de plata salpicarán sus negros cabellos. Apostura, vigor físico, y el ánimo, sobre todo, el ánimo... Se llega a tan hermoso puerto en sólo dos mil días. ¡Eduardo: sólo dos mil días escribiendo *Coco, yo quiero un millón*! No piense que trato de engañarlo. Ya sabe que la emoción provocada por un placer tan intenso le impide calcular con exactitud. Sin embargo, los números nunca nos engañarán. Si escribe la frase quinientas veces por día, sólo necesitaría dos mil días. ¿Y sabe cuánto es todo eso? ¡Eduardo: ánimo, valor, firmeza! Cinco miserables años, con seis meses y veinte días.

Eduardo casi se puso de un humor alegre. Este acortamiento del tiempo tuvo la virtud de revivirlo. Ya se veía con el millón en el bolsillo. Preguntó:

—¿No habló usted de una cuarta solución? Tendrá que ser necesariamente más ventajosa.

—No se engaña —respondió Coco—. Vamos en busca de la reducción del tiempo. Escriba mil veces por día *Coco, yo quiero un millón*, y en dos años, nueve meses y diez días tendrá esa plata en el bolsillo.

—¿Dónde está el truco? —exclamó Eduardo, sorprendido por la relativa facilidad de la prueba.

—No hay truco alguno —dijo Coco—. Yo juego limpio. Más bien debe desconfiar de su ánimo. Después de acostumbrarse, es bien fácil vivir en el infierno, pero antes...

—¿Terminó ya? —dijo Eduardo con cara desafiadora—. ¿Ya dijo todo, o falta algo todavía?

—Todo está dicho —dijo Coco con cara de pascuas.

—Entonces, quédese con su infierno, cómaselo entero, y para que le sepa mejor, haga una buena salsa con sus millones... ¿Así que creyó tenerme en sus garras? Usted hizo sus cálculos: dispongo de cien millones. Hombre necesitado busca mil pesos. Le ofreceré un millón. No podrá resistir a la tentación. Impondré un precio bien alto. Cada peso que gane se convertirá en una arruga, en un quejido, en un resentimiento. Su condena ayudará a alegrar mis últimos días. Es como para morir de risa.

—...de risa —repitió Coco, y se rió efectivamente.

—No faltará quien me facilite mil pesos —dijo Eduardo.

—¡Por supuesto! —dijo Coco—. Unos facilitan mil; otros, un millón. Por ejemplo, yo...

Eduardo hizo como que no escuchaba. Prosiguió:

—Con mil pesos, prestados de acuerdo con el uso establecido, llegaré a la meta que me propongo.

—De cualquier modo —dijo Coco—, sepa que me tiene a sus órdenes.

—Sepa que nos estamos viendo por primera y última vez. Me levantaré por mi propio esfuerzo. Y, para empezar, voy a levantarme físicamente. Eso demuestra que tengo libertad de movimientos.

II

Ansioso por terminar cuanto antes, Eduardo había escogido la cuarta solución. De acuerdo con sus cálculos no le tomaría un tiempo mayor de cuatro horas por día. Dicha frase, escrita cinco veces por minuto, alcanzaría exactamente el millar a las tres horas y veinte minutos. Ahora bien, como Coco no ponía límites a la escritura, Eduardo podía doblar y hasta triplicar su tarea si se consideraba con fuerza para ello. Esto fue lo que hizo desde el primer día. Se dio a la obra con ardor; rendido, pero contento, terminó su tercer millar a las doce de la noche. Había distribuido el tiempo en la siguiente forma: primer millar, de nueve a doce y veinte de la mañana; segundo millar, de tres a seis y veinte de la tarde; tercer millar, de nueve a doce y veinte de la noche.

Estaba justificada la prisa de Eduardo por muchas razones. La primera y más importante: que por el hecho de haberse constituido prisionero voluntario de Coco, se veía obligado a pasar sus días y sus noches en el espacio reducido de una celda. Sobre este punto el banquero se mostró inconmovible. Los argumentos de Eduardo, basados en la salud física y moral del prisionero, no hicieron mella en Coco. Tenía sus razones para meter a Eduardo entre rejas. Si el aspirante al millón no tenía el contrapeso de lo humillante, se abandonaría en su tarea; solicitado por otros estímulos dejaría de escribir la petición con la regularidad debida, terminando finalmente por abandonar la empresa. En vano había implorado Eduardo algunas horas de libertad para atender sus asuntos personales. Coco contestó que el único asunto personal era la escritura.

Mal que bien Eduardo quedó convencido. Eso sí, no se ahorraría el cautiverio, pero iba a simplificarlo. "Seré su prisionero cosa de un año. Voy a demostrar a ese viejo que tengo más agallas que las que él tuvo para hacer cien millones. Y bien visto, mi posición no es tan desairada: no soy un preso común o un criminal cuyo delito conoce la sociedad entera; nadie en el mundo, excepto Coco y María, sabe dónde estoy. Entre tanto, prosigo mi escritura, y un buen día doy la sorpresa al dictador."

(Primera carta de Eduardo a María.)
"Mi querida María: me siento como el pez en el agua... Todo es bien distinto a como lo imagináramos. He dejado pasar un mes sin escribirte a fin de poder ofrecerte una descripción detallada de mi estado físico y espiritual. Pues me siento espléndidamente. Amén de que en esta empresa me sostiene tu amor y el ardiente deseo de derrotar a ese granuja, puedo asegurarte que me siento con fuerzas para ganar todos sus millones. ¿Te acuerdas de nuestros temores ante la posibilidad de un fracaso? Pensabas, con harta razón, que la uniformidad de tal vida reduciría mi capacidad de trabajo, que poco a poco decrecería el número de veces que mi mano pondría sobre el papel la ridícula frase. Pues bien, adorada María, ha pasado un mes; treinta días han ido a parar de cabeza a la fosa del tiempo, y tu amado Eduardo ha escrito noventa mil veces *Coco, yo quiero un millón*... ¿Estás contenta? ¿No te sientes orgullosa de tu Eduardo? Piensa que en poco más de un año tendremos esa linda suma. Piensa lo que puede hacerse con un millón; tendrás joyas y trajes, y lo que es de mayor importancia, no verle la cara a Coco —ya de por

sí eso es un capital. Demostraremos a ese viejo amargado que el bien acaba por triunfar. Sin duda, es un espíritu maligno, viene a diario, y con el pretexto de animarme en la empresa deja ver sus dudas terribles acerca del triunfo. Ayer mismo se cansó de repetir que la precipitación no lleva a buen puerto (ya sabes que al viejo le encanta el lenguaje metafórico), que un buen capitán no fuerza su nave, que más vale un grano de arena seguro al puñado que se escapa entre los dedos... Pero no me dejo impresionar por sus parrafadas y prosigo alegremente mi tarea. Aunque debo decirte que sería peligroso añadir una cuarta jornada. No vayas a creer: exige gran concentración escribir tres mil veces por día la misma frase. Si te abandonas mecánicamente acabas equivocando el texto —para no hablar de cosas peores, por ejemplo, quedar sorprendido con palabras ajenas al asunto y que se han deslizado misteriosamente en la escritura. Por supuesto, Coco permite tachaduras y hasta borrones, pues como diría un filósofo, él persigue el fondo y no la forma. Para no decir que tachaduras y borrones conspiran con Coco en esta carrera contra el tiempo. Como nada debo ocultarte, te diré que en el mes que acaba de transcurrir he cometido doscientos veinticuatro errores, los cuales hacen un cálculo aproximado de diez horas. Es por ello que debo ser cauteloso, no aventurarme en el cuarto millar. Lo peor, en un trabajo como el presente, es la improvisación; ésta puede llevar a resultados funestos. Sin embargo, no te alarmes por tropiezos sin importancia. Espero, en este segundo mes que comienza, que las emociones del neófito cedan la plaza a la seguridad del iniciado. Lo digo con el lenguaje pomposo de Coco para que tu lindo semblante se inunde de risa. Te besa mil veces tu Eduardo."

En una tarde de calor sofocante, Eduardo subió a la azotea para estirar las piernas. Se sentía muy deprimido. La escritura marchaba viento en popa (ya casi alcanzaba el medio millón), pero en su interior algo le avisaba que estaba llegando al límite de sus fuerzas. La primera alarma fue dada por los alimentos. Actualmente, con cinco meses de confinamiento voluntario, le costaba gran trabajo hacer pasar algo sólido. Es que estaba repleto, repleto de esa frase siniestra que, semejante a un cáncer, iba invadiendo poco a poco sus órganos. Sentía su estómago tan embutido y encharcado con esos *Coco, yo quiero un millón*, que veía con espanto aproximarse la hora de las comidas. A veces vomitaba, o no pudiendo hacerlo le venían horribles arcadas. Coco, que seguía visitándolo a diario, no se cansaba de aconsejar una reducción en la tarea. Sobre este punto Eduardo no admitía consejos. Hacía suya la frase: "Vencer, o morir en la empresa...".

Algo de suma importancia se le reveló en relación con su integridad mental: no era Coco el peor enemigo. A lo sumo simbolizaba la humillación que un hombre impone a otro hombre. Ahora bien, el humillado puede encontrar un resquicio en la férrea armadura de la humillación. Por el momento, Eduardo se defendía con el desprecio. Mas, ¿cómo defenderse de la escritura?

"Paso a paso", pensaba Eduardo. Pero habría que ponerse de acuerdo sobre la rapidez de esos pasos. Muy lentos, significarían largos años de cautiverio; muy cortos, minarían lentamente sus fuerzas hasta llevarlo al abandono de la prueba. Mitrídates, rey del Ponto, tragaba pequeñas dosis de veneno. Un buen día el veneno se encontró con su propia imagen en el estómago de Mitrídates. En cambio, Eduardo se debatía vanamente contra la escritura: las equivocaciones eran cada vez más frecuentes, las letras salían de la punta del lápiz en confuso apelotonamiento, como si la frase, que se componía de cinco palabras, estuviera compuesta por millones de palabras. Un día quedó sorprendido por una retahíla de palabras inconexas que recordaban la escritura automática. Y es que la maldita frase tenía el poder de soltar las amarras del pensamiento. Eduardo, pugnando por escapar de la cárcel mental encarnada en dichas palabras, caía en otras cárceles más vastas, de frases desmesuradas, carentes de todo sentido, y con poder de encantamiento capaz de sumirlo en plena abyección mental. Era muy posible que Eduardo diera de lado a la escritura, que un día aciago se levantara sin el ánimo necesario, y se pusiera, como los presos clásicos, a amaestrar un ratón o hacer cantar a un pajarillo...

Con tan negros pensamientos había subido esa tarde a la azotea para dar su acostumbrado paseo. Casi no respondió al saludo del guardián. Con paso rápido se dirigió al colgadizo situado al fondo de la azotea. Allí se echó como un perro mientras se ponía a espantar unas moscas imaginarias. Por fin dejó de mover las manos y se quedó amodorrado. ¡Cuál no sería su sorpresa al escuchar una voz infantil mezclada con otra, madura y autoritaria! Abrió los ojos; como aquel que sale de una pesadilla, tomó por restos de su horrible sueño a las dos personas que estaban a pocos pasos. Eran éstas un hermoso niño de unos cinco años de edad y una señora joven que parecía ser la madre. Señalando al hombre que estaba echado acercó su boca al oído del niño y le murmuró unas palabras. Éste fijó en Eduardo sus ojos azorados y se echó a reír. Ya Eduardo se disponía a saludar a la mujer, cuando el niño, abrazándose a sus piernas, le dijo en su balbuceo:

—Yo escribo lo mismo que tú...

El cielo se juntó con la tierra. ¡Razón, no naufragues, mundo, no te deshagas, equilibrio, no te rompas! ¿Hemos oído bien? ¿Has dicho eso, o la mente calenturienta lleva a escucharlo todo bajo la especie de la escritura? Pero el niño, implacable e inocente, proseguía:

—Yo escribo lo mismo que tú...

Eduardo clavó sus ojos en la mujer, en tanto estrechaba al niño contra su pecho. Ya la mujer despegaba sus labios cuando el niño, escapándose de los brazos de Eduardo, gritó:

—Coco, yo quiero un millón...

Más tarde todo se aclaró. Las cosas siempre terminan por aclararse, pese ala atroz confusión que traen aparejadas. Porque la madre (en efecto, era la madre del niño), una más que pedía dinero, se lo había pedido a Coco. Sólo cien pesos. Una cantidad irrisoria. Una cantidad que no está a tono con la grandeza de Coco. ¡Cómo pensar, cómo imaginar que Coco acepte, que Coco se rebaje, que Coco se moleste!... Pero ella, ¿qué otra cosa podía hacer? La pobre mujer se hubiera visto en aprietos para contar más allá de cien. Después..., esos erróneos cálculos de los menesterosos: si pido mucho se negará; si pido poco abrirá la bolsa. Por último, la humildad —real o fingida: hay que arrastrarse, lamer, bendecir, oscurecerse...

Pero con Coco fallaban tales argumentos. A filántropo tan original resultaba imposible venir con humildes peticiones. En consecuencia, movió con disgusto la cabeza. La pobre mujer interpretó el gesto según las leyes de la humildad y se recriminó en su interior por haber dicho cien donde debió decir cincuenta. Acaso cincuenta —pensaba ella— es la cantidad exacta para que el señor Coco mueva con agrado su cabeza. Y ya abría la boca para corregir la cifra, cuando Coco dijo:

—Yo le ofrezco cien mil...

Aquí no hubo conmoción, mundos que se juntaran, abismos que se abrieran; aquí el cálculo no se juntó con el estupor ni la humillación dio el brazo ala avidez. Sencillamente ella no entendió, y como no entendió, puso la cara del que no entiende una lengua que no es la suya. Coco se vio en apuros para explicarse. Fue inútil que mostrara un billete de cien pesos y explicara que mil como esos componían la cantidad por él ofrecida. Sin embargo, algo pescó, pues su mirada se hizo más viva. Coco, con paciencia, según él digna de mejor causa, sacó un fajo de billetes, rompió la cinta y ordenó sobre la mesa diez grupos de cien. Pidió a la mujer que los contara.

—Mil pesos —dijo ella al cabo de un rato.

—Supongamos —añadió Coco, con voz de maestra de jardín de infantes— que sobre esta mesa hay mil billetes de cien. ¿Cuántos pesos sería todo eso?

—Cien mil —dijo la mujer, y esta vez sí estuvo a punto de atragantarse al juntar por primera vez los andrajos de la miseria con la púrpura del cálculo.

—Pues suyos son —dijo Coco—, yo se los regalo.

Y como en este punto la solicitante se empareja con Eduardo, ahorramos al lector las torturas de la repetición. Por supuesto, ella se constituiría prisionera voluntaria. "Por su hijo —dijo—, por su hijito huérfano estaba dispuesta a cualquier sacrificio." ¡Y qué rara es la vida, cómo escribe "jorobado" donde debió escribir "derecho", cómo la alocada y al mismo tiempo juiciosa vida nos sorprende con sus decisiones y cómo sus caprichos nos desconciertan!

—Hijo... Un hijito... —dijo Coco con la mirada luciferina que pintan los escritores—. Así que la señora tiene un hijito...

—Sólo cinco años, señor; un amor de niño, un inocente que ha tenido la inmensa desgracia de perder a su padre.

—Huérfano... Padre adoptivo... Cien mil... Cinco años... Filántropo... —farfulló Coco.

Un pobre, aunque escuche frases inconexas como esas que Coco acaba de proferir, no tiene derecho a explicaciones. En consecuencia, la madre compuso una cara de ciega adoración. Terminó por caérsele la baba cuando Coco añadió:

—Tu hijo copiará Coco, etc., etc.

(Segunda carta de Eduardo a María.)

"Mi querida María: se cumplió ayer mi primer año de prisión voluntaria. Ya sé que vas a deprimirte con esto de 'mi primer año'. Veo reflejada en tu semblante la pregunta: ¿Es que piensas eternizarte en la fortaleza de Coco? Te diré que tengo fundados temores. No vayas a creer que he llegado de golpe a tal evidencia desoladora. Te remito a mi primera carta. En ella te anunciaba los primeros síntomas, daba los primeros toques de alarma. Es significativo que no volviera a escribirte. Has sabido de mí a través de los fríos informes oficiales de Coco. Aunque él sospecha una parte de la verdad, y hasta imagina lo cerca que estoy de la retirada, te habla constantemente de 'la buena marcha de mis asuntos'. Te engaña cuando dice que es sólo cuestión de días mi salida; te engaña cuando afirma que unos pocos más de *Coco; yo quiero un millón* serán la señal para que automáticamente nademos en la abundancia. Él me repite, punto por punto, sus conversaciones contigo, me pinta de mano maestra tu cara inundada de felicidad ante porvenir tan risueño. Después te dejará caer de golpe en los abismos de la desesperación, después te llevará al negro convencimiento de que serás eternamente su secretaria.

"No creas que me complazco en frases patéticas. Son los hechos los que hablan por mi boca. Hará cosa de una semana, se presentó, con gran misterio, en mi celda. Venía —dijo— a que le perdonara la visita de esa noche. Tal salida me sorprendió. Le encantaba torturarme con sus interminables charlas sobre las posibilidades de triunfo o derrota.

"De momento no sospeché nada anormal. Por el contrario, parecía tener uno de sus días brillantes. Viéndolo tan sonriente le pregunté si había hecho algún buen negocio. 'Acabo de ganar un millón' —me contestó, frotándose las manos. Y añadió—: 'Voy a que me paguen. Comprenderá ahora por qué no podremos conversar esta noche.'

"Me pareció acertado darle un puntazo. Estas pequeñas venganzas no arreglan nada, pero son las únicas que podemos permitirnos los esclavos.

Le dije que ese millón se vería bien raquítico al lado de sus cien millones. Su respuesta me dejó helado: 'A mi edad sería pueril sobrepasar esa cifra. En cambio, mermarla sería catastrófico. Cuando digo que he ganado un millón quiero significar que pude haberlo perdido. ¿Se da cuenta del ridículo que puedo hacer reduciendo mi fortuna a noventa y nueve millones?'

"Querida mía, te juro que me sentí perdido; se me hizo un nudo en la garganta. Creí entender que me decía que mi caso estaba juzgado, que el millón defendido con tanto celo se me escapaba entre las manos. Por fin pude hablar. Con voz entrecortada le supliqué que no diera por terminada la prueba; que, aunque en los últimos tiempos mi escritura se había hecho bien lenta, no por ello renunciaba al millón. Él se sonrió, me dio palmaditas cariñosas, me dijo que no me alarmara, que yo no había perdido todavía, que sus palabras nada tenían que ver con mi caso, que él se refería a José...

"Sentirás este golpe en el corazón con la misma intensidad con que repercutió en el mío. Golpe sabiamente calculado. Que existiera un José, constituido como yo en prisionero voluntario, no me sorprendía. Para sorpresas me bastaba con la del pequeño recluso. Además, es lógico que Coco tenga numerosos prisioneros voluntarios. El golpe sabiamente calculado no era decirme que uno de sus prisioneros había fracasado en la escritura. Lo que me derribó de un mazazo fue ponerme a José por delante. El tal José —me dijo— *también* había tratado de ganar su millón. Era un caso particularmente penoso. Estuvo a dos dedos del triunfo. Llegó a escribir ochocientas mil veces *Coco, yo quiero un millón*, pero ahí se quedó; su cabeza se llenó de brumas. Semejante al náufrago que tras haber nadado kilómetros se ve a pocos pasos de la costa, lucha con denuedo y finalmente es vencido por ellas, José había luchado con la escritura sin resultado alguno. Coco me hizo un relato pormenorizado de esta lucha: según él, José sufrió dos grandes depresiones, separadas por un breve intervalo de grafomanía furiosa. La primera depresión se caracterizó por llenura mental y fisiológica; no podía ingerir alimento alguno. Para qué proseguir... Conozco fase por fase del odioso proceso. Y por supuesto, conozco mejor el breve acceso de grafomanía. Coco me dijo que en tal intervalo José había escrito, en cosa de diez días, cincuenta mil veces la odiosa frase. Querida María, cuando yo tuve el mío (no hace todavía una semana) la escribí ochenta mil veces.

"Después —me dijo Coco—, después las tinieblas cayeron sobre José. La segunda depresión se manifestó por una absoluta impotencia, por una rendición incondicional frente a la escritura. Y añadió que, semejante al orate que pasa el día con un barrenillo, José pasaba los suyos canturreando monótonamente: *Coco, yo quiero un millón*."

Como es de esperar, Eduardo salió derrotado. Ahora han pasado cinco años, y el gusto amargo de la frase de marras ha quedado para siempre metido en su boca. Después de haber "ganado" miles de pesos teóricos, ha debido conformarse con cien pesos reales que Coco le asigna mensualmente. Esto quiere decir que Eduardo es uno de tantos oscuros empleados de la poderosa organización bancaria *Coco y Cía*. Este puesto, un humilde cargo de subcajero, lo tiene gracias a su adorada María. Ella tuvo el buen juicio de arrojarse a los pies del filántropo.

Por las manos de Eduardo pasan millones, que a las seis de la tarde —hora en que cierra el banco— deben estar convenientemente arqueados. ¡Nada tan fácil! La máquina electrónica los suma y escribe en una fracción de segundo. Por supuesto, Eduardo tiene buen cuidado de pararla a tiempo. De lo contrario ella seguiría sumando decenas de millones con notable desenfado.

1957

Unas cuantas cervezas

Veinte años atrás tuvieron lugar estos hechos:

Una tarde muy calurosa se presentó en casa de Far un hombre de aspecto distinguido, frisando en la cincuentena, hermosos cabellos, vistiendo ropa muy buena, con un cigarrillo en la mano, aire distraído, manos cuidadas. Si no un gran señor, al menos con pretensiones de codearse con la aristocracia.

Saludo dental. Abrigo y guantes dejó sobre la mesa. Avanzó unos pasos para acariciar el gato de Far. Tosió ligeramente. Miró de soslayo (manera de indicar a Far que le brindara asiento). Sentado al fin, compuso, sin ponerlo de manifiesto, la raya del pantalón. En seguida entró en materia.

—Quiero matar a una familia completa —dijo, marcando la frase, aunque con tacto y entonación lo bastante velados como para no asustar a Far. Tras una pausa volvió a decir:

—Quiero matar a una familia completa.

Far acabó por encontrar muy familiar la expresión. Siguiendo un sencillo proceso mental dijo con su propia boca:

—...matar a una familia completa.

Hizo una pausa. Después:

—¿Por qué?

—Venganza —contestó el señor—. En el último baile del Casino mi hija fue sacada a bailar una vez menos que la hija del dueño de la cervecería Azut. Ellos son diez, incluidos padre y madre. Todos llenos de vida, de ilusiones, de cerveza. Nosotros, quiero decir mi familia, somos once, llenos también de vida, de ilusiones, de cerveza. Bueno, quiero matar a todos los Azut. Pero no quiero ser el autor material.

Levantó una mano como si fuese a ser interrumpido y dijo un tanto acalorado:

—¡Sólo el autor intelectual!

En esto se escuchó una voz de mujer.

—¿Quién anda por ahí? —preguntó el señor.

—Es mi mujer —contestó Far—. Mujer, ven, tenemos una visita.

Bella mujer entra. Far hace las presentaciones de rigor:

—Mud, el señor quiere matar a una familia completa.

—...a una familia completa —repite Mud—. Ya lo sabía; estaba detrás de la cortina.

—Había pensado envenenarlos con gas —dice el señor—. Puedo pagar para que, durante la noche, rompan las cañerías del gas. Pero sería muy simplista. Quiero algo más elaborado. ¿Qué se les ocurre, amigos?

Far dijo que una centena de hachazos no estaría del todo mal. Mud prefirió ahorcamiento en masa, en descampado, todos desnudos, violación de las mujeres, castración de los hombres. Se sirvió café. Charla animadísima. Los esquemas de crimen se sucedían vertiginosamente. También se habló de honorarios. ¡No faltaba más! Asesinos espléndidamente pagados. Discreción y hasta impunidad.

—¿Impunidad? —dijeron a una Far y Mud.

—¿Y cómo lograrla?

—Ustedes ejecutan, yo me declaro autor del hecho —respondió el señor.

Brindis, apretones de mano. Ya en la calle el señor, Mud le grita desde su ventana:

—¡Señor, señor, ha olvidado sus guantes!

El crimen, de lo más horrible. Far ordenó la construcción de una botella de vidrio de proporciones colosales. De color blanco. Dos metros de altura, tres de diámetro. Cristal a prueba de balas y de todo. La botella, sobre un tablado cerrado al fondo por cortinajes negros. Música de fondo, infaltable. A la derecha de la botella, todo lo que el gusto más refinado puede exigir en un *five o'clock tea*. A la izquierda, equipo de filmar listo para eternizar a la familia Azut. Aire delicioso circula.

Frente a la botella uno de esos sillones de lona usados por los directores de cine. Sentado en el sillón el señor. Entrada de Far y de Mud. Familia del cervecero Azut ominosamente maniatada. A una señal, la botella se abre cual un hemisferio. Familia Azut debe entrar en la botella. Patalean un tanto, pero presión de Far los somete. No sin dignidad —hay que reconocerlo— se instalan en la botella. Mud, trepada en una torrecilla, aprieta válvula. Botella empieza a llenarse.

—De cerveza —explica al lector el señor. Y se come un *gateau* exquisito.

—¡Cámara! —añade con la boca llena. Far hace funcionar la cámara, Tensión. Adentro de la botella, como es de suponer, Familia Azut se entrega al *memento mori*. Agonía: muy larga. La madre rehúsa encaramarse sobre los hombros del industrial, su esposo. En cambio, las hijas, más modernas, se suben sobre sus hermanos, pero éstos, mucho más modernos, se suben sobre sus hermanas. Tiempo: dos horas, y la cerveza habrá hecho su obra.

Según se dijo al principio, veinte años después de este "asesinato en cerveza" nos encontramos a Far y a Mud fabulosamente enriquecidos, viviendo respetable existencia en patria lejana de patria del crimen. Ahora es de noche. Far y Mud ofrecen comida principesca. Entre los invitados, mancebo bellísimo modales afinados, pleno ya de vicios encantadores. Le acompaña venerable anciano que, aunque al borde de la tumba, se mantiene dignamente en pie (con el pie que resbala pero que no se deja ir con vileza). Ríen o sonríen. Bellas damas, gasas en cantidades abrumadoras, Dios mío, ¡cuánta gasa! Desnudas bailarinas pasando a ojo la flota de fraques, pavos reales, pavos rellenos. ¡Qué prevista la vida en ciertos salones! Entrar y salir, descorchar, a borbotones, el champaña o el cianuro. ¡Caballero, es usted único! El encanto de un vals, Salón-pisoteado-por zapatos-de-lamé-de-oro-manchados- de coñac...

Puerta de honor. Salida. Divinos automóviles parten, pegados a tierra, con pañuelos de encaje. Pocos curiosos. Es muy tarde. Costumbres sencillas no permiten trasnochar. El aire es una divinidad. Pocas risas, las suficientes como para no pensar en un ataúd. Puerta de honor al fin se cierra. Luces son extinguidas por servidumbre. Quedan sólo —usando de náutico lenguaje— las de posición.

Far y Mud, contentos, contentos. Ya se disponen a salvar gran salón camino de sus camas cuando en lisa pared de estuco blanco aparece pantalla de proyección. En centro salón, anciano y mancebo sentados al igual que en cine. Hacen señas a Far y Mud ocupar sillas a su lado. Far y Mud consienten (consiente porque grandes señores consienten siempre, obedecen nunca). Perfecto, Anciano al borde tumba exclama:

—¡Proyección!

Ruido peculiar. Pantalla deja ver en seguida elegantes letras negras: "Muerte familia Azut".

Crimen veinte años atrás pasa por pantalla. Mancebo ríe a más y mejor. Anciano aclara a Far y a Mud que mancebo único sobreviviente familia Azut. Por entonces niño de tres meses, educado por anciano, que mete en su linda cabecita divertido film inundación mortal padres y hermanos. Mancebo gran sentido del humor viendo madre acurrucada al fondo de botella, padre humillado pegado paredes botella, y hermanitos y hermanitas, modernos, muy modernos... Carcajada estentórea ante padres perdiendo todo menos el honor.

Anciano dice:

—Yo, autor intelectual. Ellos —señala a Far y a Mud— autores materiales. —Far y Mud sorprendidos y disgustados: suceso ocurrido veinte años atrás nada tiene que ver con actual modo de vida. Rápido olvido, no mentar soga casa ahorcado. Elegancia, mucha elegancia. Por supuesto, reconocen que film es delicioso, refrescante. Cine hace prodigios. Les gustaría tener copia film. Siempre habrá noches de hastío en vida fastuosa.

Aire circula divinamente. Bostezo, ustedes saben... Día entero preparativos *soirée*. Noche aún más agotadora. Bostezos, sueño, mucho sueño, sueño reparador, sueño profundo. Mancebo, entre bostezos, ríe siempre comicidad padres y hermanos en botella cerveza. Sueño. Arriba, lechos esperan visitantes. A la izquierda. Escalera caracol. Allí valet espera. Sueño, bostezos. Tropiezan subiendo. Mañana será otro día.

1951

El caramelo

He acabado por cogerle el gusto a eso de "desayunar en el Tent Cents". Una de las pocas cosas que le agradezco a Berta, mi mujer, la que ahora a las ocho menos diez de esta lluviosa mañana de octubre me empuja y me dice, ¡idiota!, porque no acerté a coger los asientos cercanos a la puerta. Dice que le gustan, ya que en caso de incendio la salida está a dos pasos. Me lo dice todas las mañanas, y también ahora, pues, naturalmente, no acerté con los asientos de marras. Es por eso que nos hemos sentado cerca de la dependienta gorda, que Berta no resiste por la sencilla razón de que siendo ella misma gorda indecente se siente incómoda frente a la empleada. Le digo, para calmarla, que es cuestión de diez minutos, que para acortar el desayuno puedo prescindir del *pie* de fresa, pero ella lo pide, y pide otro para ella, y, además, dos cafés con leche. "No la mires —me dice al oído—, cree que todos los hombres se enamoran de ella." Sigo mirando para donde me interesa, hago caso omiso de la advertencia de Berta. Todas las mañanas me dice que no mire a la dependienta, me lo dice aunque yo esté con la vista puesta en la calle. Es uno de sus tantos juegos... Pues ahora estoy mirando a una colegiala encantadora que unta mantequilla al pan, lo coge con verdadera indolencia, lo moja en el café con leche y se lo lleva a la boca. De un salto mental llego hasta ella. "Buenos días, mi amor, ¿cansada de esperarme? La dichosa guagua no llegaba nunca...". Y la "beso" en una de sus divinas orejitas. La respuesta a todo esto es la voz chillona de Berta, que ex abrupto me dice: "Mira a ver cómo te las arreglas para conseguir dinero. El del televisor dice que no espera un día más." Casi me meto el *pie* entero en la boca. La dependienta se ríe; afortunadamente Berta no la ha visto. Termino el café con leche como puedo, los últimos sorbos me los trago mezclados con palabras tales como: "vago", "apañador" (¿qué me quiere decir con eso?), "mal marido". Dejo un peso en el mostrador y la dejo con la palabra en la boca, salgo a la calle; ahora casi diluvia, pero no importa. Berta me grita algo, que no entiendo, felizmente. Como la parada está a dos cuadras camino por los portales de Galiano. En realidad mis visitas de esta mañana son por la zona del Vedado, pero como he tomado hacia la parada que está en Zanja y como no quiero cruzar la calle, decido, sobre el terreno, visitar a los clientes de la Víbora. Soy visitador médico. ¡Qué más me dan entonces los de la Víbora que los del Vedado!

Es un día "de fin del mundo", pero al fin y al cabo un día a mi entera disposición. A Berta no volveré a verla hasta las ocho; ella almuerza en la calle. Aunque vive a dos cuadras de su trabajo, como es una "tencenera" incorregible, le encanta almorzar el *blue plate*. Anoche me acusó de bigamia. ¿De qué me acusará hoy? Como le encantan los bombones con licor, le llevaré un cucurucho. A lo mejor me sale con la pregunta de si no estarán envenenados... Bueno, el día es de fin del mundo, pero a mí denme vida, que el resto yo lo arreglo. Allá viene la guagua. Arreció la lluvia ahora. Ya empieza a mojarme, pero siempre hay una alma caritativa: un albañil me ofrece guarecerme bajo su nylon. Empieza a contarme no sé qué cosa de una placa agrietada, pero la llegada de la guagua me salva de todo un curso práctico sobre albañilería.

Repleta. Sin embargo, cuando uno está de suerte... Ocupé el asiento de un cura que se bajó en Reina y Manrique. Asiento lateral, de esos para tres pasajeros. A mi lado una señora sesentona con un niño en las piernas; del otro lado un "pollito", situación normal. Así, no protesté en mi interior. Lo que me pone los nervios de punta es la expectativa del asiento vacío. ¿Quién lo ocupará? Diré que tengo muy mala suerte. En el noventa y nueve por ciento de los casos lo ocupa un ser desagradable, son contadas las ocasiones en que me toca una de esas encantadoras colegialas que comunican a mis cincuenta años un calorcito endiablado. Uno piensa cosas, siente cosas... Desdichadamente, es un encantamiento de poca duración. La sílfide se baja en la esquina y el sitio que ella dejó es ocupado ahora por cualquier "habitante".

Esto forma parte de un tipo de relación humana muy especial; el de la vida en la guagua. Es como si pasáramos nuestra existencia en movimiento y con una duración de minutos. Al mismo tiempo, es un modo de sentirse angustiado. Esa cara que ahora estamos viendo y que a su vez mira la nuestra; esa cara que nos ha conmovido, esa alma que a ella asoma y con la cual ya formamos proyectos encantadores y quizás si hasta uniones eternas, esa cara, acaso no volvamos a verla. En efecto, ya suena el timbre de parada, y la cara desaparece seguida por nuestros ojos desesperados. La vida de la guagua es una palabra cruzada, un paquete que nos ayudan a llevar, es oír conversaciones que nos sumen en perplejidades, pues nos falta la historia personal del pasajero para hacer una adecuada composición de lugar. Y sin tregua, el flujo humano continúa entrando y saliendo, subiendo y bajando; todo se vuelve miradas, silenciosas interrogaciones, dramas que uno cree adivinar y que, a lo mejor, sólo son risibles comedias. Todo eso en movimiento, como si dentro de la gravitación de la tierra cupiera otra gravitación, pero con la diferencia de que esta última se hace sentir. Al mismo tiempo se experimenta la angustiosa sensación de que su "tiempo especial" no nos servirá de nada.

Pero es el mundo misterioso que nos queda. Ni siquiera el tan alabado del teatro podría ser tomado como argumento para decir que el de la guagua no es el único. No niego que el escenario tenga su misterio pero, ¡ay!, pronto se nos revela, si lo frecuentamos con cierta asiduidad llegaremos a saber quiénes son los actores, lo que comen y hasta lo que piensan. Sé naturalmente que exagero; es tan sólo un modo de hablar, pero no es menos cierto que verles noche tras noche les va haciendo perder su encanto. En cambio, en la guagua todo resulta misterioso por el hecho mismo de la fluidez de la masa humana que incesantemente la ocupa. ¿Acaso no resulta sobrecogedor imaginar que no volveré a ver nunca más a ese hombre vestido de azul que hace señas al conductor para bajarse en la esquina? ¿Acaso igualmente esa suposición muy razonable no me obliga a pensar que lo que he tomado por un hombre vestido de azul es tan sólo una fantasmagoría? ¿No llega por cierto un momento en que por razón de esa misma fluidez siento que el artefacto que me lleva de aquí para allá es, él mismo, una pesadilla? Parece en verdad muy superficial y desprovisto del menor interés este asunto de la guagua, pero a poco que nos fijemos, un mundo de interrogaciones se abre ante nosotros.

Interrogaciones por lo demás en que se estrellarán todas las hipótesis. Aquí el "quién es", "qué hará", "dónde vive", "qué piensa" —y todas las infinitas conjeturas del cerebro humano— quedarán sin respuesta. Y que no aduzcan esos casos de encuentro en la guagua en que dos seres se unen para siempre. Desde el momento en que ambos se identifican, es decir, desde ese instante en que tanto el uno como el otro no son extraños, cesan, automáticamente, de pertenecer al mundo de la guagua. Ya pueden bajarse en la esquina porque en ella nada tienen que hacer.

En el complejo mundo de la jerga burocrática se da el nombre de "equipo rodante" a los servicios de locomoción. Me atrevería a sostener que la guagua es el rey de todos esos "animales". Los automovilistas la miran con respeto y hasta con terror. Uno de ellos me decía en cierta ocasión: "Para una guagua no hay plato más exquisito que un automóvil...". Como viajaba en el suyo en el momento en que me lo decía, me sentí literalmente aplastado. Son, además, de una temeridad escalofriante. Lo digo porque no tienen el menor empacho de medirse, por ejemplo, con espécimen tan temible como el camión-tanque o la rastra de ocho ruedas. Diría que el propósito de la guagua no es tanto cumplir un itinerario como sortear, con elegancia y desfachatez, los mil escollos que surgen a su paso, y, al mismo tiempo, producirlos en gran escala. Esta doble escollera, de la que surgen gritos de espanto, imprecaciones y diálogos virulentos, así como bocinazos y señales luminosas, se me antoja un naufragio, con la sensible diferencia de que nada se sumerge y en cambio todo se aplasta.

Entre tanto, la guagua seguía su camino. Aclaro que estas reflexiones no son del presente viaje. Ahora tengo la mente en blanco, y me limito a ver el paisaje... Paisaje que veo de lado y que me procura el efecto de que las casas se metieran unas en las otras. Con todo, me distrae esa visión deformada, que prefiero con mucho a la que me proporcionaría mi ojo derecho si lo pusiera sobre la señora con el niño en las piernas. Una vieja, como hay tantas, que en una embestida del vehículo grita: "¡Estos guagüeros!" y vuelve a dejar caer la cabeza igual a un perro que dejara caer la suya porque el caso no merece más de un ladrido. Sin embargo, no la exclamación (ya sabemos de sobra que frases como ésa forman parte del ritual de la guagua), sino el tono con que ha sido proferida, me hace parar las orejas. Digo para mis adentros: "Esa voz se las trae...". Al mismo tiempo veo, con el rabillo del ojo, que la vieja acomoda al niño lo más posible entre sus enormes muslos y sus enormes senos, como asegurándole contra otras posibles embestidas. A su vez, el niño, cuya inmovilidad resulta inquietante (parece estar bajo el efecto de un anestésico) me presenta sólo una mitad de su cara, la que, semejante a la conocida de la luna, se ve, no obstante su corta edad, sembrada de cráteres, llena de manchas, y, como aquella, teñida de un resplandor amarillento y ceroso que le da el aspecto de un cadáver. Este pequeño monstruo (me veo constreñido a darle tan penoso calificativo) ha sido dotado por la naturaleza con una pilosidad superabundante para sus cortos años (no le doy más de cinco): brazos y piernas muestran negros pelos, gruesos como cerdas de jabalí; los de la cabeza le brotan desde las mismas cejas y terminan hacia la nuca en un *mare magnum* de cabellos encrespados que el aire que entra por la ventanilla levanta impetuosamente, haciéndolos caer en cascadas sobre su frente marmórea.

Tal espectáculo me resulta altamente desagradable. En consecuencia, decido quitarle el ojo. A lo mejor en el circo, mezclado con el programa habitual, no pasaría de ser una atracción más vista como tal. Pero aquí, en la guagua, a la que no negaré por cierto su carácter circense (aunque con la sensible diferencia de que la atracción nunca es sabida de antemano), ese niño-vieja o esa vieja-niño, esa imposible simbiosis de infancia y senectud, me produce un efecto demoledor. Vuelvo a mirar hacia la calle, pensando al mismo tiempo y sin basarme en nada, que estarán a punto de bajar en la primera esquina.

Justo en ese momento, el niño, con la voz natural de un salvaje, casi diría yo, con un gruñido, exclama: "Abuela, dame un caramelo."

No puedo por menos que volver a mirar, su cara permanece tan rígida como antes de hablar, y aunque no la he visto en el momento de la exclamación, presumo que no debió mover un músculo. El parloteo de una cotorra resultaría más humano. "Abuela, dame un caramelo", me recuerda la voz imperiosa de un morfinómano exigiendo el pinchazo.

A su vez, la vieja, como movida por un resorte, abre una de esas carteras que estuvieron de moda allá por el año veinte, carteras cuya elegancia se denotaba en una hilera de flecos negros y en brillantes piedras del Rin, sembradas acá y allá en el estampado. De allí brotó incontinenti una vaharada de perfume barato mezclado al mismo tiempo con el tufo peculiar de la seda envejecida.

Ahora la vieja, cuyo vestido de brocado negro sigue el curso de su carne tumefacta, como recordando que en otro tiempo ésta mantenía una justa relación con la tela, saca un pastillero cuya tapa reproduce una escena de caza, y acto seguido coge, con la punta de los dedos, un caramelo, que por su pequeñez más bien parece una oblea. Es verde, pero al mismo tiempo parece negro; su aspecto es sólido, pero en los dedos de la vieja se diría que está a punto de derretirse; por otra parte, despide un olor que calificaría de inusitado para esa clase de producto.

La vieja, imagen misma de la impavidez, mantiene el caramelo entre sus dedos y lanza una mirada desafiante a diestro y siniestro. Entre tanto, el niño, más sumido aún si cabe en su estolidez, saca una voz de bajo para decir esta sola palabra que es todo un mundo de animalidad: "¡Dámelo!" Y abre tamaña boca. Ella, al mismo tiempo que alarga la mano, mira a la joven que está sentada a su lado. Ésta, fascinada por escena tan repugnante, no puede apartar la vista. Entonces la vieja, que ya tiene el caramelo casi dentro de la boca del niño, le dice, mirando de nuevo a la joven: "Pepito, debes ser cortés, bríndale un caramelo a esa linda muchacha." A su vez, Pepito, sin una protesta, sin un mohín de disgusto, con la misma frialdad con que el asesino elige su víctima, coge el caramelo con la punta de los dedos y se lo ofrece. Debe haber algo imperioso en ese gesto o acaso algo más profundo que no puede penetrar. Lo digo porque la jovencita toma maquinalmente el caramelo mientras mira, ya al niño, ya a la vieja. Estoy por desentenderme de todo eso y volver a mi "paisaje", cuando oigo la voz de ultratumba del chiquillo: "Cómetelo." Ella titubea un instante, esboza una sonrisa y está por hacerle una caricia al niño, cuando éste, volviéndose hacia la vieja, le dice: "Abuela, dile que se lo coma"... Entonces la abuela, que ha seguido la escena con la misma ansiedad que si se tratase de una noticia de vida o muerte, se dirige a la jovencita: "Por favor, cómase el caramelo; de lo contrario mi nieto no querrá comerse el suyo." Y todo ello acompañado de zalemas, de inclinaciones de cabeza, de sonrisas de complicidad, como un asunto a ventilar entre gente adulta. A la vez, saca del pastillero dos caramelos, no verdes o verdinegros, sino blancos. Ofrece uno a Pepito y ella toma el otro. Ahora Pepito, con la boca abierta, mira a la joven como esperando que ella lo complazca; por su parte la vieja también ha abierto su boca. Algunos pasajeros se ríen, el conductor hace un chiste pesado, la jovencita empieza a amoscarse, e indudablemente, ya ha pensado que lo mejor será comerse el caramelo. Estoy por decirle que no se lo coma (no sé por qué se lo diría, no hay peligro alguno en un caramelo que un niño nos ofrece), que gente con esa cara no augura nada bueno, pero mi invencible timidez, esa maldita condición de no mezclarme en asuntos ajenos, me obliga a mantenerme callado.

Y como es de esperar, se lo comió. Y por supuesto, ellos el suyo. Ahora bien, lo que me inundó de un frío sudor fue la actitud desdeñosa, o más bien, la actitud de "puente cortado" que adoptó la singular pareja una vez conseguido su objetivo, si es que puede calificarse de tal convencer a alguien de que se coma un caramelo. En efecto, no hicieron el menor caso cuando la jovencita dijo: "sabe un poco a medicina." Más todavía: se metieron de tal modo en sí mismos que más parecían hechos de ropa que de carne. Se comprenderá que hablo en sentido recto. La vieja encogió aún más si cabe al niño entre sus piernas y sus pechos, después lo cubrió por entero con la especie de capa negra que colgaba de sus hombros. Al mismo tiempo subió las piernas todo cuanto le permitía su exceso de grasa, en tanto que arqueando los hombros dejaba caer la cabeza sobre el pecho.

Vieja insolente, niño malcriado, me dije, y esta explicación pareció dejarme satisfecho. Eso creí; la explicación era demasiado simplista para que tuviese la virtud de detener mis pensamientos que ya se desbocaban, pues es el caso que nadie, absolutamente nadie en este mundo ofrece un caramelo —a pesar de los motivos que se tengan para hacerlo— y acto seguido adopta un alejamiento público y notorio. Uno deja correr el pensamiento y no advierte las celadas que él nos tiende. Tal cosa me ocurrió cuando pensé en eso de los motivos. ¿Y qué sé yo de los motivos que pueda tener esa pareja, que es la contraposición de las edades? ¿Qué puedo saber yo, simple pasajero de una guagua, yo, que no revuelvo montañas de papeles ni paso las noches al claro espiando les actos de la gente? ¿Y por qué no habrían de tener motivos ocultos la vieja y el niño? O al menos la vieja, para no meter en esta viscosidad (eso es lo que me parece) a ese niño, que, aunque con aspecto de monstruo, es, con toda probabilidad, la imagen misma de la inocencia. No, me dije de nuevo, son sólo eso: una insolente, un malcriado. Y es que, aterrado, volvía de un salto al simplismo. No, no puede ser, esto no puede pasar de ahí, no hay motivos ocultos; hay, tan sólo, un caramelo, que si bien es verdad que la joven expresó que "sabía a medicina", no hay por qué formar una montaña de todo eso.

De modo que suspendido en el abismo de la dubitación opté por la explicación simplista, lo cual, sin duda, es infinitamente más cómodo. Repetí en mi interior: vieja insolente, niño malcriado... Y justo en ese momento de encantadora componenda vi a la joven que caía hacia adelante con todo el peso de su cuerpo.

Yo no diría que allí mismo cayó muerta (y esto es lo que ocurrió), más bien cayó desde la muerte. Sé que la frase es forzada, pero no lo era menos la situación. Pues ella cayó desde la muerte, como si primero hubiera tenido que transformarse en una cosa inerte para después morir cayendo a nuestros pies. Cuando vi cómo su cuerpo chocaba contra el piso de la guagua tuve la impresión de una momia faraónica caída por descuido en la sala de un museo. Y ahora que hablo de momias... Me había precipitado a socorrer a la infortunada tomándola en mis brazos y poniéndola boca arriba. ¡Nunca lo hubiese hecho! Aquella piel tersa, sonrosada, desempercudida, se mostraba ahora arrugada, negra y sembrada de escamas. Esa cara reflejaba como el deseo expreso de infundir el terror, el asco y hasta la profanación. Era como si además de verse forzada a morir de muerte violenta (e indudablemente tal había sido su caso) debiese, por añadidura, dejar la infamia tras ella.

Hacía estas reflexiones arrodillado en el piso de la guagua, teniendo en mis brazos al odio transmutado en cadáver. Viendo el odio de esa cara me sentí conmovido: ni siquiera le habían dejado el disfrute de su calidad de víctima. En ese plan infernal (¿existió realmente tal plan?) había el implacable designio de convertir un simple cadáver (un cadáver no es otra cosa que una simpleza) en piedra de escándalo. Y esa es la situación, porque viendo la actitud de los pasajeros pude sentir que el odio reflejado en esa cara despertaba el odio en el resto de las caras allí congregadas. Una mujer dijo enfáticamente: "¡Tírenla por la ventanilla!" Claro está que la ventanilla era demasiado estrecha para tal operación, pero esa mujer, en su odio repentino y justificado, había perdido toda idea de mensuración.

La guagua había parado; delante y atrás de nuestro vehículo se oían los bocinazos ensordecedores de otros muchos vehículos. Para colmo, empezó una lluvia torrencial que hizo cerrar las ventanillas y portezuelas, con lo cual la escena se hizo aún más sórdida, haciéndonos pensar de paso que muy pronto iríamos, como la jovencita, a dar de bruces contra el suelo y, como ella, a caer absurdamente desde la muerte.

Un policía que viajaba con nosotros se fue abriendo paso desde el fondo de la guagua esgrimiendo un revólver. Era tan cómico su aspecto, que a pesar del drama que tenía en mis brazos, no pude por menos que sonreír interiormente, pensando al mismo tiempo que en muchas ocasiones (y este era el caso) se llega tarde para detener a la muerte. Pero su mecanismo policial ya se había puesto en movimiento: érale preciso abrirse paso, llegar junto al cadáver y hacer la pregunta de rigor: "¿Qué pasa aquí?" Y en seguida: "¿Alguien ha visto al asesino?" Y después: "¿Hay testigos presenciales?" Y todavía: "¡No se mueva nadie!"

Esto fue lo que hizo, sin poder evitar, a pesar del mecanismo, que el terror se reflejara en su cara al ver la de la muerta, porque eso no estaba previsto para un policía cuya visión de la muerte, la más alucinante, es la puñalada en la barriga o el balazo en la cabeza. No bien se enfrentó con esa cara se puso a la defensiva y poco faltó para que le entrara a tiros. Una vez más ella producía el efecto deseado, esa siniestra invitación a proseguir matándola incansablemente, cosa por otra parte que el policía, desde su candorosa animalidad, sintió, pues echándose a un lado, dijo con voz entrecortada: "Este es un caso para el capitán...", y abriendo la puerta de la guagua salió como una tromba perdiéndose en la lluvia.

Entonces dejé el cadáver en el suelo. Maquinalmente saqué mi pañuelo y le cubrí el rostro. A todas éstas, el agua arreciaba: verdaderas trombas venían a descargar contra las ventanillas, al mismo tiempo que se formaba en la calle un verdadero río, lo que impedía el desembotellamiento causado por nuestro vehículo. Es decir que, una vez más, la vida fluida de la guagua nos congregaba dentro de ella para obligarnos a que nos mirásemos unos a los otros como a habitantes de planetas distintos. Se daba el caso insólito de unas cuantas decenas de personas que velaban un cadáver al cual no sólo no lo unían los lazos de la amistad, sino que ni siquiera sabían cómo se llamaba, en qué barrio vivía, quién o quiénes lo llorarían verdaderamente y, último y más importante, de qué mal había fallecido.

Es así que la murmuración, el chisme, la especulación y la compasividad —ingredientes imprescindibles para confeccionar la salsa de un velorio como Dios manda— fallaban escandalosamente en el caso presente. Teníamos el muerto, pero carecíamos de su historia personal; ese cadáver no nos servía de nada. Verdad que no volvería a coger la guagua (en tal sentido dejaba de ser el enigma viviente que es todo pasajero), pero ahora, tirado ahí, en el piso, nos obligaba a concentrar el pensamiento en él. ¿Y qué pensamientos? Los de la impotencia manifiesta, los de la rabia sorda, los de la melancolía de lo arcano. La joven, al morir así de golpe, en la guagua, anulaba toda posibilidad de llegar a las fuentes, a las suyas, convirtiéndonos de paso en estatuas de sal por haber mirado atrás, es decir, a su pasado, que para nosotros era sólo una página en blanco.

No otra cosa expresó un albañil, cuyos zapatos casi tocaban los pies de la muerta. La miró socarronamente y dijo: "Mima, dinos alguito..." Y a renglón seguido, moviendo la cabeza, añadió para los circunstantes: "Esta tipa no es de mi gente; se lo cocinó sola...".

Se produjo una carcajada colectiva; sin embargo, el "hielo" seguía, porque una vez que el chiste hizo su efecto volvimos a caer en el marasmo. Marasmo del que estaban excluidos la vieja y el niño: se habían quedado dormidos. Como el cadáver se había robado toda la atención no los había vuelto a mirar después del accidente. Y es que una monstruosidad será siempre superada por otra. La cara de la muerta dejaba chiquitos al asco y al horror de esas otras dos caras; si volví a reparar en ellas y si escuché sus estruendosos ronquidos se debió al silencio que siguió a la risotada, como si tras la explosión de hilaridad nos hubiésemos desinflado. Así nos quedamos, parecidos a esa imagen de la extenuación que es un globo después del estallido.

Volví a mi asiento. "Bueno, me dije, sólo quedan las formalidades. En unos minutos más estará aquí el policía acompañado del capitán y muy posiblemente del forense, se llevarán a la vieja, y si hay juicio, nos citarán a comparecencia; si la autopsia prueba que la occisa ingirió sustancia tóxica minutos antes de su muerte, entonces quedará plenamente demostrado que la vieja es una asesina."

Sin embargo, esta hipótesis sería desechada si, por el contrario, se comprobaba que la joven falleció de muerte natural. Este solo pensamiento tuvo la virtud de irritarme. No es que me las dé de detective ni mucho menos, pero no podía aceptar en mi fuero interno que las cosas hubieran ocurrido de modo tan simple. Mi principal sospecha se basaba en el color de los caramelos —verde o verdinegro el que le dieran a la joven; blanco, el que abuela y nieto se habían comido. Razoné de este modo: 1) La vieja lleva consigo un pastillero con caramelos envenenados y con caramelos (llamémosles así) inofensivos. Unos son verdes o verdinegros, blancos los otros, es decir, que con una simple ojeada no hay equivocación posible e irreparable. 2) El nieto, que sin duda es la inocencia personificada, es, al mismo tiempo, un instrumento en manos de la abuela. Ésta lo ha amaestrado como se hace con un perro o con un mono. 3) A una cierta señal (en este caso, secreta), el inocente pide un caramelo. 4) No el niño sino la vieja hace el ofrecimiento. Este aspecto se me antoja una jugada maestra del arte de la perfidia, si Pepito brindara por sí solo el caramelo, existiría la posibilidad de un rechazo amable; sin pecar de descortés puede pasarse por alto un ofrecimiento infantil. Otro cantar sería con un adulto: la abuela, al poner al nieto por delante, invalida toda negativa. 5) Recordemos las postreras palabras de la jovencita: *sabe un poco a medicina...*; palabras que, como se ha visto, despertaron en mí todo un mundo de siniestras conjeturas, confirmadas ¡ay! minutos más tarde. Pues bien, no otra cosa que veneno mortífero contenía ese caramelo. Lo afirmaría paladinamente ante el tribunal de Dios y de los hombres.

Satisfecho, orondo con mis brillantes inducciones y deducciones, miré con harta insolencia a la vieja, pero ella, con sus labios que se movían incesantemente reflejando las peripecias del sueño, parecía preguntarme: "¿Examinó ya, señor mío, las vísceras?"

Casi estuve por zarandearla y despertándola gritarle: "¡Y qué hay con eso! Ahora mismo extraeré esas vísceras y ellas hablarán por sí solas, ¡vieja de los demonios!" Pero como las vísceras seguían dentro de la muerta, como el argumento era válido y como existía la posibilidad (que yo, en mi tozudez, juzgaba remotísima) de no envenenamiento, no me quedó otra salida que examinar el caso a partir de la pura coincidencia. En el momento en que la joven está madura para su muerte alguien le ofrece un caramelo completamente inofensivo, con lo cual todo el andamiaje levantado de la pretendida peligrosidad de la abuela cae por su base. De ser así, tendría que aceptar una mala pasada de mi imaginación. Sin embargo...

"Sin embargo" no es otra cosa que loca vanidad humana, afirmar a machamartillo que la prueba visceral sólo puede arrojar envenenamiento por ingestión de sustancia tóxica. En consecuencia dictamino: cargos abrumadores, evidencia aplastante, condena a muerte... Y mi "sagacidad" me pone tan eufórico que murmuro entre dientes mirando de nuevo a la vieja: "¡Locusta tropical!"

En ese momento, una mujer que farfullaba unas oraciones mezcladas con palabras profanas tales como: "¡Esta agua no tiene para cuándo acabar!", "Me van a cerrar la bodega", "Cogeré catarro"..., puso sus ojos en la pareja de abuela y nieto dormidos y, sin duda, porque ahora el agua había disminuido un tanto su fragor y porque los ronquidos eran verdaderamente atronadores, ella, que hasta ese momento no los había sentido, echó el cuerpo hacia adelante, abrió tamaños ojos, adoptó la postura de una persona que sigue las incidencias de una respiración fatigosa, y dijo: "¡Qué felicianos! Ni se han dado por enterados de que aquí hay un muerto."

A lo que el albañil, que ya había pronunciado su veredicto contra los durmientes, lanzando una mirada oblicua que fue del cuerpo de éstos hacia la cara de la mujer, preguntó como buscando en sus ojos una aprobación, que sin duda esperaba, pues según él, nadie en el mundo experimentaría la menor simpatía por gente de esa calaña: "¿No le parecen sospechosos?"

La pregunta tuvo la virtud de abrirme ilimitadas posibilidades de culpabilidad. Cuando, por efecto de mis últimos razonamientos, me encontraba en ese punto muerto donde las dudas son tan imperiosas como las certidumbres, alguien acudía en mi auxilio, y con ese lenguaje llano del pueblo, sin retorcimientos mentales ni elaboradas teorías, ponía las mías sobre un plano de verosimilitud. Sentí que la sangre me afluía al rostro mientras mis manos empezaban a moverse nerviosamente, no sabiendo dónde posarse en mi cuerpo. Miré una y otra vez al albañil como esperando que añadiese algo, en fin, que se mostrase más elocuente, pues no otra cosa que argumentos necesitaba yo, por docenas, y si cabe por millares, a cual más brillante, más sutil, más irrefutable, que la culpabilidad de la vieja, semejante a un astro, brillase con luz propia empalideciendo la de esas otras estrellas de la inocencia cuyos destellos herían mi vista obligándome a apartarla de mi idea fija.

Pasando por encima de mi inveterada timidez, me dije que todo cuanto tenía que hacer era "agitar" a los pasajeros. Ya el albañil había pronunciado esa siniestra palabra que tiene el extraño poder de convertir a un ser humano en una bestia acorralada. Ciertamente, no iba a dejar que la sospecha se esfumara; tenía que darle cuerpo, como se dice, "correr el infundio".

El capitán no tardaría en llegar, convenía a mis planes que encontrara la opinión pública convenientemente preparada. En consecuencia, decidiéndome de una vez por todas, dije, señalando con el dedo a los roncadores: "¿Nada más que sospechosos?"

A su vez, la mujer de las oraciones, mostrando cara de pocos amigos, pues me había adelantado a su respuesta, y haciendo caso omiso de mi persona, le dijo al albañil:

—Eso mismo estaba pensando. Allí hay gato encerrado.

—Entonces, ¿vio usted lo que yo vi? —pregunté mirando recto a sus ojos.

—¿Se puede saber lo que vio? —me preguntó un tanto irritada—. Difícil que a esta que está aquí —y se señaló— se le vaya un movimiento mal hecho.

—Bueno —terció el albañil—, yo vi que el chiquito le dio un caramelo.

—¿Un caramelo?... ¿Y a quién?

—Pues a ésa... —y el albañil señaló a la muerta.

—¡Y qué!... —dijo la mujer—. Es lo más natural del mundo. A mí también me gustan los caramelos. Siempre traigo en la cartera. ¿Quiere uno?

El albañil palideció. Hizo un gesto de negación.

—Pero, ¿envenenado? —le pregunté como la cosa más natural del mundo.

—¡Cómo! ¿Qué dice?... ¿Envenenado?... —y todo esto dicho flexionando el cuerpo hacia atrás y hacia adelante como alguien que trata de escapar a una agresión—. Lo veo venir... Pero a mí no me va a hacer un número ocho...

—Pero, ¿usted no vio?

—¿Ver...? ¿Qué...? —y pasándome por detrás se plantó delante de los durmientes y los miró atentamente.

—Si no vio antes, ahora no hay nada que ver —le dije mientras me acercaba.

—¡Chica! —gritó la mujer que hablara de tirar el cadáver por la ventanilla—, ¡tú estás en la luna! ¿No viste cuando la vieja le dijo al niño que le diera un caramelo a la tipa? —acto seguido se volvió hacia mí—. Mire, señor, ya se lo iba a decir al policía, pero a la verdad, no me gusta meterme en rollos.

—El capitán está a punto de llegar —contesté—. Creo que es deber nuestro contarle lo que hemos visto.

—¿Y usted cree que la vieja la envenenó? —me preguntó la mujer de las oraciones—. A lo mejor ésa se murió porque le había llegado su hora.

—Sin embargo —y la miré haciéndole ver que la había cogido en contradicción—, usted ha dicho que aquí había gato encerrado.

—Bueno, lo dije porque... —miró hacia la puerta de la guagua como temiendo la aparición del capitán, y balbuceando, añadió—: ¡A mí no me metan en líos! Yo no vi nada.

—¡Ah! Conque era eso... —dije con sonrisa burlona—. Usted no vio nada, pero lo pensó todo. A lo mejor, fue más allá y pensó que la tipa y la vieja eran enemigas, que cuando cogieron la guagua ya la vieja le había dado el veneno, por ejemplo, en el Ten Cents, mezclado con el café con leche...

—¡Qué Ten Cents ni qué niño muerto! —gritó fuera de sí—. ¡No venga a descargar conmigo! ¿Usted me vio en el Ten Cents?

—Yo no digo que usted pasó por el Ten Cents. Dije el Ten Cents como pude haber dicho cualquier otro lugar. Son esos los sitios para comer y refrescar o tomar un café con leche, a menos que pretenda hacerlo, juzgándolo más apropiado, en una funeraria.

—¡Sola vaya! —y la mujer se persignó. Su pobre cabeza era un mar de confusiones. Como se perdía en mil sutilezas, me dijo con aire acusador—: A lo mejor usted pasó por el Ten Cents y lo vio todo.

Ella, sin proponérselo, tuvo la virtud de estremecerme con esa salida estúpida. Claro está, no le iba a decir que había desayunado en el Ten Cents. Su total carencia de imaginación, por una paradoja muy frecuente en gente como ella, la llevaría a imaginar que era yo el asesino. Así pues, sería prudente de mi parte ocultarle mi inocente visita a ese lugar. Pero, con todo, repito, me sentí estremecido porque el ejemplo hipotético tuvo el poder de llevar mi fantasía hasta ese punto en donde nos espera la trampa armada por nosotros mismos. Ella, sin proponérselo, me estaba haciendo ver en la barra, junto a mí, a la infeliz muchacha tomando su desayuno con esos encantadores melindres de las jovencitas cuando se saben miradas rendidamente por un hombre. La visión era tan paradisíaca, venía tan bien como mi eterna y nunca lograda aspiración de sentirme amado por una de esas mujercitas apenas salidas de la pubertad, que estuve por decir en voz alta:

—Pues, bien, sí, soy el asesino. La envenené porque una vez más se negó a ser mía.

La voz imperiosa de la mujer me sacó de mi breve ensimismamiento:

—No se quede callado, conteste.

—No se agite tanto, comadre —dijo el albañil—, el señor no estuvo en el Ten Cents...

—¿Y cómo lo sabe, compadre? —preguntó ella desafiante.

—¿Pero está sorda o se hace la boba? El señor dijo...

—¡A mí me tiene sin cuidado lo que dijo! —interrumpió ella—. Le he preguntado si estuvo en el Ten Cents y me lo tiene que contestar.

—Con mucho gusto —dije, dejando vagar en mis labios una sonrisa burlona—. Lo siento, pero no estuve en el Ten Cents...

—Entonces —gritó manoteándome en la cara—, no se ponga a comer tanta basura... —hizo una pausa como el que espera decir algo contunden-te. Por último—: Sáqueme del potaje... —y para remachar—: Hace meses que no voy por el Ten Cents.

—Pues se ha perdido los *pies* de fresa —le dije—. Son riquísimos; si desayuno en el Ten Cents, es por ellos.

—Entonces, hoy no comió *pie* de fresa —me dijo la mujer de la ven-tanilla.

—Así es —le contesté simulando una gran desilusión—. Tuve que ir a justicia a sacar mis antecedentes penales.

—Pero usted cogió la guagua cerca del Ten Cents —me dijo el alba-ñil—. ¿No se acuerda que montó conmigo?

—¿Con usted?... —pregunté desconcertado.

—Conmigo. Llovía mucho, la guagua no acababa de venir, le dije que se metiera debajo de mi nylon. De éste... —y agitó en mis narices un peda-zo de nylon blanco en forma de capuchón.

—¡Ahora me acuerdo! —exclamé fingiendo asombro—, si no llega a ser por usted, me empapo. —Y en seguida, para disipar sus dudas, añadí—: Tenía que ver a mi mujer, ella trabaja a dos cuadras del Ten Cents. Así es que del Ministerio...

—Correcto —y el albañil me interrumpió—. Entonces, ¿piensa acusar a la vieja?

—Diré lo que he visto —a eso limité mi respuesta.

—¿Y qué vio? —dijo la mujer de las oraciones.

—¡Vuelta a lo mismo! Mi socia, usted no progresa... —y el albañil soltó una risotada.

—Diré que la vieja le dio un caramelo a la joven.

—Fue el niño quien se lo dio —dijo la mujer de la ventanilla.

—Sí, pero a petición de la vieja —argüí—. No va a decirme que el niño llevó la batuta en este..., crimen.

—Dígame una cosa —y el albañil me miró de un modo raro—: ¿Sabe usted mucho de eso de envenenar?

Debí ponerme muy pálido con semejante pregunta, pues la mujer de las oraciones, que me la guardaba por lo del Ten Cents, preguntó a su vez:

—¿Se siente mal?

—No —dije afectando indiferencia—, me siento perfectamente —en realidad, la cabeza me daba vueltas y tuve que dejar pasar unos segundos antes de proseguir. Por fin le dije al albañil—: ¿Por qué quiere saberlo?

—Se lo pregunto porque me gustaría saber si un veneno puede matar tan pronto se lo dan a uno —y sin darme tiempo a contestar añadió—: Me acuerdo que cuando a mi perro le echaron bolitas de *estrinina*, pasó mucho rato para que estirara la pata. Más de una hora, y echó espuma por la boca.

—No sé media palabra de veneno. Pero he leído que los hay fulminantes.

—¡P'a su escopeta...! —exclamó, dirigiendo sus miradas hacia abuela y nieto—, ¡hay gente para todo! —se quedó un momento pensativo, señaló con el dedo a la vieja, mientras me preguntaba—: ¿La va a acusar?

No pude contestarle. Alguien daba puñetazos en la puerta de la guagua; al mismo tiempo, se oían voces confusas y silbidos. El chofer, saliendo de su modorra, apretó un botón, la puerta se abrió y por ella entraron el capitán, el policía y un cabo.

—¿Que pasa aquí? —preguntó el capitán. La pregunta estaba de más, pero él la había formulado por puro automatismo, como si no pudiera procederse a examen ocular, forense o pericial sin antes preguntar: ¿Qué pasa aquí...?

—Capitán... —empecé a decir, pero él me respondió con brusquedad:

—¿Quién le ha preguntado nada?

A renglón seguido se agachó junto al cadáver, quitó el pañuelo que le tapaba la cara y la examinó atentamente.

—¡Qué es esto, mi madre! —exclamó consternado. Volviéndose hacia el cabo, que a su vez miraba el cadáver, dijo:

—¡Qué es esto, chico! ¡Qué fenómeno!

—Capitán, eso está que mete miedo... —musitó el cabo.

El capitán se fue incorporando lentamente en un evidente esfuerzo por retardar la marcha del cuerpo hacia la posición recta; al mismo tiempo sus ojos reflejaban el aturdimiento producido por una situación que escapa a lo rutinario. Pero algo tenía que hacer; como no podía dejar de impartir órdenes y como la autoridad no puede cruzarse de brazos, él, no teniendo nada mejor que decir, repitió la pregunta, pero ahora con carácter de hecho consumado:

—¿Qué pasó aquí? —y pensando que nadie se atrevería a contestar, en vista del *botón* que me había dado, añadió—: ¡Vamos, digan lo que pasó! Dígalo usted —y me señaló con el dedo—. ¿No quería hablar? ¡Pues hable!

—Capitán... —empecé a decir, pero mi voz salió tan apagada e insegura, que molesto con todo aquello que le caía encima, muy probablemente cuando se disponía a almorzar, me gritó poniendo en sus palabras la misma precipitación con que él esperaba que yo dijera las mías: ,

—¡Hable más alto, cuente exactamente lo sucedido, déjese de "capitán" y todo lo demás, no invente nada!

En menos de cinco minutos lo puse al corriente. Buena parte de mi breve exposición estuvo dedicada a hacer pasar a la vieja por presunta culpable. Basé mi alegato en la diferencia de color de los caramelos. El capitán, que no era tan bobo como parecía, me interrumpió para objetar que esa no era prueba concluyente por cuanto los fabricantes de caramelos tienen por costumbre presentarlos al consumidor bajo los colores más diversos.

Viendo que no tragaba la píldora, traté de impresionarlo contándole los manejos "tenebrosos" de la vieja en lo que se refiere al elaborado ofrecimiento del caramelo en cuestión. Este argumento no tuvo más éxito que el anterior.

—Aviados estaríamos en el departamento legal si fuéramos a tomar por asesino a todo aquel que obsequia un caramelo.

Puesto entre la espada y la pared, apelé al recurso dramático. Tendí mi brazo en dirección a la vieja:

—¡Mírela, capitán! Ella y su nieto se echaron a roncar después de consumado el crimen —mantuve extendido el brazo unos segundos; entonces añadí estas palabras, que, según mis cálculos, pondrían en grave aprieto a la vieja—: ¿Por qué no la despierta y la interroga?

En este terreno iba a ser batido por la propia vieja. Era ella quien me reservaba una estocada maestra. Algo de esto presentí, pues llevando mi impaciencia hasta permitirme la osadía de tocar el uniforme del capitán, lo conminé una vez más a que sacara a la vieja de su letargo.

Haciéndome el caso del perro, se volvió hacia el cabo y le dijo:

—Dile a los de la ambulancia que vengan a llevarse el cadáver —y al policía—: Ve tomando las generales y domicilio de los pasajeros —la mujer de las oraciones se plantó delante del capitán.

—¿Tendremos que ir a juicio?

—Será oportunamente notificada —se limitó a decir él. Un pasajero preguntó:

—¿Podremos irnos después de dar las generales? —y una pasajera:

—¿Cuándo será el juicio? —cada cual empezó a hacer preguntas; el capitán gritó:

—¡Silencio!

La orden fue tan imperiosa que el mismo policía cesó en sus preguntas y miró al capitán. Éste, cuyo malhumor crecía en aquella guagua cerrada, que ya se había desabrochado dos botones de la camisa y que, con toda evidencia, quería "liquidar" el caso lo más rápidamente que le fuera posible hacerlo, volvió a gritar:

—¡Silencio!

Ahora bien, como el que reinaba en la guagua después de esta segunda conminación era de los que pueden calificarse "de muerte", ocurrió que la vieja, desde el lejano país en que se hallaba viajando en esos momentos, pudo al fin mediante sus ronquidos, más estentóreos aún si cabe, notificar al capitán de su presencia real y efectiva en el lugar de los hechos. Y para que los avisos fuesen todavía más eficaces, a sus ronquidos —de fuelle de órgano— hacían contrapunto los del nieto —nasales y gruñones.

Fue entonces que él se dispuso a dar cumplimiento a mi exhortación. Después de escuchar unos cuantos ronquidos (sin duda trataba de adivinar la naturaleza de ese sueño profundo) empezó a caminar en dirección a los roncadores, pero hacíalo a pasitos, como el que trata de demorar lo más posible un encuentro conflictivo. Por fin se plantó delante de la vieja y la sacudió con brusquedad. Ésta, sin dar muestra de ese natural azotamiento propio de toda persona que despierta, miró al capitán de arriba abajo como diciéndole: "Sabía que usted vendría: aquí me tiene, empiece a interrogarme"...

Al mismo tiempo, sintiendo a su nieto removerse bajo la manta, se puso a mecerlo en sus muslos, para lo cual se apoyaba en la punta de los pies, pero el diablo de muchacho, que sin duda estaba a punto de despertarse, pugnaba por sacar la cabeza, produciendo además unos sonidos que hicieron abrir tamaños ojos al capitán, y que, en lo que a mí respecta, me helaron la sangre en las venas.

La vieja parecía acometida por el baile de San Vito. Las sacudidas cada vez más violentas y alocadas del nieto la obligaban a tapar la manta por aquí, a bajarse el vestido por allá; a oprimir el bulto, a duras penas trabado entre sus piernas con los codos, de modo que la impertérrita señora pronto se vio cambiada en un ser hecho de una serie de disparatadas contracciones musculares.

A todas éstas el capitán, que no daba ya más de sí con todo ese forcejeo, puso una mano sobre la manta como quien se dispone a sacarla de un tirón, y dijo estas palabras a la vieja:

—¡Pero no ve que su nieto está a punto de ahogarse!

—¿Qué nieto?... —preguntó ella a su vez, mostrando un asombro mayúsculo que yo tomé por cinismo.

—Pues, abuela, el que tiene debajo de la manta, el nieto que le dio el caramelito a la joven.

—¿De qué me habla? —gritó la vieja exasperada—. Ni tengo nietos ni me gustan los caramelos.

—Eso lo veremos en la estación —dijo el capitán en el colmo del furor—. Para empezar, me va a decir qué rayos tiene entonces debajo de la manta.

—¡Pues un puerquito! —contestó la vieja con la mejor de sus sonrisas—. Un puerquito monísimo que acabo de comprar.

—Abuela —dijo el capitán con cara de pocos amigos—, déjese de bromas pesadas. El pasaje entero de esta guagua sabe que usted montó con su nieto en los brazos.

—¿Yo...? —dijo la vieja—. ¿Que yo monté con mi nieto? ¿De dónde saca esa historia? Ya le dije que ni soy abuela ni tengo nietos. ¿Por qué la cogen conmigo?

Al oír tal desfachatez di un salto de león hacia la vieja:

—Afirmo lo dicho por el capitán, apelo al testimonio de los pasajeros. ¿Así que niega que ese es su nieto? —y señalé con dedo acusador hacia el bulto—. ¿Negará que él puso a la joven el caramelo en la boca? Y por último, ¿va a negar que usted la envenenó?

176

—¡Jesús, María y José!... —y la vieja se persignó—. Si yo no mato ni una mosca...

—Por supuesto, las moscas no le interesan, pero envenena a los seres humanos. Y para ello cuenta con la ayuda de ese inocente. —Me volví hacia el capitán—: Y ahora se deja caer con eso de un puerquito... ¡Farsante!

La vieja, que a duras penas conseguía dominar el bulto que cada vez más se agitaba bajo la manta, alzó la vista, me miró moviendo la cabeza, miró al capitán, y ya abría la boca, sin duda para hacer nuevas protestas de inocencia, cuando se escuchó un gruñido prolongado y agudo, al que siguieron otros *in crescendo*. El capitán, completamente fuera de sí, se abalanzó sobre la vieja, tiró de la manta y a la vista de todos apareció un puerquito negro, de abundante pelo, mostrando unos ojos despavoridos, que al encontrarse con los del capitán clavados en los suyos, los cerró, dio una vuelta en redondo sobre sí mismo, y todo tembloroso corrió a refugiarse en el pecho de la vieja.

—Pues es verdad —dijo el capitán, mirando, ya al puerquito, ya a la vieja—. Pues es verdad.

—Pues claro que es verdad —remachó la vieja—. Dije que traía un puerquito, y aquí está.

—Chico —dijo el capitán al cabo—, ¿qué tú crees?

—Capitán, o el pasaje ha visto visiones o alguien aquí quiere ponerle a la vieja la papa caliente en la mano.

—Esto es un lío de padre y señor mío —murmuró el capitán. Después, alzando la voz—: ¿Quién estaba sentado al lado de la señora?

—Un servidor, capitán —le dije—. En el momento del deceso me encontraba sentado entre la occisa y la señora.

—¿Y qué vio?

—La señora sacó un caramelo de color negro y se lo dio al niño.

—¿A qué niño?

—Pues al niño que estaba sentado en sus piernas.

—Usted querrá decir un puerquito, porque es eso lo que ella tenía debajo de la manta.

—He visto un niño... —dije todo confundido—. Estoy dispuesto a jurarlo.

—Usted habrá visto cien mil niños, pero aquí lo que hay es un puerco —tronó el capitán. Hizo una pausa y añadió—: Así que póngase de acuerdo.

Viéndome perdido, apelé al recurso extremo. Le dije al capitán mientras señalaba a la vieja:

—Dígale que le enseñe el pastillero. De allí sacó los caramelos.

—¡Qué pastillero! —gritó la vieja—, ¡me tiene hasta la coronilla! Mire usted, señor capitán, mire a ver si tengo algún pastillero —y sujetando el puerquito con la mano izquierda extendía con la derecha la cartera hacia el capitán.

Este la abrió con manifiesta precipitación. La cartera sólo contenía un monedero, un pañuelito, varios papeles y una estampita del Niño Jesús.

—Usted y sus sospechas... —me gritó enfurecido haciendo bailar la cartera en mis narices—. ¡Tome!... Busque, busque el pastillero. Dése gusto, detective...

—Se la puso en China... —dijo el albañil—, se la puso en China... Abuela —dijo, dirigiéndose a la vieja—: Usted es una artista...

—Una bruja —grité—. Eso es lo que es: una bruja.

—¿Brujera yo? —murmuró la vieja—. Soy católica, apostólica y romana. —Después, alzando la voz—: Como no sea usted el brujo...

—A lo mejor, abuela —dijo riendo la mujer de las oraciones—. Porque tiene una labia...

—¡Está bueno ya! —gritó el capitán—. Aquí nadie es brujo y todo el mundo es brujo. Pero si el pastillero no es un cuento de camino, tiene que aparecer.

Iba a decir algo más, pero en ese momento entró el cabo seguido por dos camilleros; se cuadró militarmente y dijo:

—Cuando usted ordene, capitán.

—Ya se la están llevando —hizo una pausa, prendió un cigarro, arrojó con fuerza una bocanada. Después—: Oye, esto se hincha...

—¿Qué cosa, capitán? ¿El cadáver?

—¡Ojalá! No, lo que se hincha es este asunto.

Los camilleros colocaron el cadáver en la camilla, lo cubrieron con una lona y miraron al capitán como esperando órdenes.

—Al necrocomio. Yo iré después.

Lo sacaron: al pasar por la puerta de la guagua estuvo en un tris de deslizarse de la camilla, pero uno de los hombres lo sujetó poniéndole una mano en el pecho. Había dejado de llover y ahora se oían, ensordecedores, los bocinazos de los vehículos a nuestras espaldas. Sin duda, se "había corrido" la noticia del accidente, pues un público numeroso estaba agolpado junto a la puerta de la guagua. El capitán, evidentemente molesto por el cariz que tomaba el asunto y deseando terminarlo lo más pronto posible, ordenó al chofer que cerrara la puerta, y le dijo al cabo que se disponía a seguir a los camilleros, que se quedara. Entretanto, la vieja y el puerquito habían vuelto a caer en un sueño letárgico y de nuevo atronaban el espacio con sus ronquidos. Esto acabó de poner al capitán fuera de sí; se quitó la gorra, se rascó la cabeza, caviló un poco y dijo:

—Pónganse de pie. Manos arriba. Cabo, empieza a registrar a la gente. Veremos si aparece o no el pastillero. Tú —dijo al policía—, registra a los del fondo.

Como el cabo estaba junto al capitán en el momento de impartir éste la arden, y como yo estaba junto a él, me tocó ser el primero. Con habilidad profesional empezó su registro. Aunque todo aquello me parecía el colmo del absurdo, no pude por menos que estremecerme cuando sentí en mi bolsillo los expertos dedos del cabo.

—Me temo que no sacaremos nada —dijo el capitán, desalentado.

—¡Cómo no, capitán! —gritó el cabo en una explosión de orgullo detectivesco—. Acá tengo algo... Parece una cajita...

—¡Acaba de sacar lo que sea! —vociferó el capitán.

—¿Es esto? —dijo el cabo mostrando el famoso pastillero—. ¡Y qué bonito es!

El capitán se lo arrebató de las manos:

—¡Te pusiste fatal! —me dijo—. Fatal, fatal... Ya ves, al mejor escribiente se le va un borrón...

—Capitán —empecé a decir tartamudeando—, no va a creer...

—¡No, qué va, si yo no creo nada!... —me respondió con ironía mientras abría el pastillero—. ¡No creo nada de nada!... ¿Decías que caramelos verdes y blancos? ¿Eran como éstos? —y me mostraba una media docena de caramelos de dichos colores.

—Capitán, le juro...

—Nada, que te pusiste fatal —y se rió—. Bueno, ahora pisamos terreno firme. Y esto se acabó —se dirigió hacia la puerta, y cuando estaba a punto de bajar, giró sobre sus talones, me miró socarronamente y dijo—: ¡Oye, cabo: llévatelo!

1962

Unos cuantos niños

Dos palabras a manera de prólogo: me gustan los niños de pocos meses de nacidos. No se piense a la ligera que soy anormal, un nuevo Gilles de Rais. Detesto las misas negras, el erotismo insano, los placeres complicados... Soy un hombre de su casa, un empleado del Estado que cumple sus deberes. No vivo en lugares apartados, no frecuento gente de mal vivir, pago mis impuestos, nunca me he visto en líos con la justicia; en una palabra, soy un buen ciudadano. Pero me gustan los niños. Para comérmelos (*sic*). Me gusta la carne de niño como a otro le gusta chupar huesecillos de becada. Añadiré que me gustan de vez en cuando, a lo sumo tres o cuatro por año. En puridad no podría decirse que yo arrebato hijos a la Patria. Cuando tengo algunas dudas al respecto leo las estadísticas del Ministerio de Guerra. Por ejemplo, en la pasada guerra perecieron medio millón de jóvenes entre catorce y dieciocho años. Esto me tranquiliza: cuatro contra medio millón es poca cosa, provoca sanas carcajadas, uno se siente salvador que llega ante la cazuela donde están a punto de ser cocidos por los caníbales unos cuantos infelices. Bien mirado, yo libro a esos niños de la carnicería del campo de batalla. Algún día la Patria me levantará una estatua. Y si no lo hace, peor para ella. De cualquier modo moriré con la satisfacción del deber cumplido, y lo que es de mayor interés, con dulces visiones de carnes sonrosadas.

Creo que es pura casualidad que me venga el apetito por los recién nacidos con los cambios de estación. Apenas el invierno va a resolverse en primavera o el verano en otoño cuando me asalta tal necesidad. Imperiosamente. Sabe Dios los esfuerzos que hice en otras épocas para vencer esta inclinación. En esa época de escrúpulos morales (por suerte he superado tales escrúpulos: me he convencido de que comerse un niño está en el orden natural de las cosas) me perdí algunos bocados deliciosos. Malditos escrúpulos que los mandaron de cabeza a perder la vida en la otra guerra. Nunca me lo perdonaré. Al decir la otra guerra, sépase que hablo de veinte años atrás: de entonces a la fecha ha llovido mucho. Y con fruto.

En la actualidad, con mis cincuenta años bien cumplidos, soy tan metódico como el viejo solterón con la lectura de su diario. Nunca me salgo de la norma impuesta: cuatro niños por año. Eso me distingue de la gente vulgar que come a toda hora y cualquier cosa. He tenido oportunidad de llevarme a mellizos que estaban solos en un jardín público. De más está decir que la niñera se arrullaba con un soldado en un banco lejano. Pues bien, sólo tomé uno; el otro —dije para mis adentros— lo dejo a sus padres, y en caso de necesidad a la Patria. Es justo. Además, no me gusta comer dos veces el mismo plato.

Otro aspecto que deseo aclarar. No soy un secuestrador de niños. Yo me limito a comérmelos. A ellos se debe que la policía me estime un hombre inofensivo. Cada vez que me regalo con un niño (no puedo decir que los devoro porque ese verbo denota salvajismo y bestialidad) hay una redada de secuestradores y de tipos de mala catadura. Aparte de que la policía asocia siempre "niño perdido" con "rescate", yo me las he ingeniado para producir falsas denuncias: hago llegar papeles con exigencias de dinero, doy nombres de hampones conocidos, señalo a caballeros excéntricos y a jóvenes carentes de empleo, llamo por teléfono a los atribulados padres señalando lugar y hora para un trueque que nunca se producirá. En una palabra, confundo, desoriento, me excluyo. Y para terminar: una vez que me he comido el niño vuelo a casa de sus padres para ofrecer mis servicios de detective amateur. ¿Edificante, verdad?

Y ahora entremos en materia. Pues tuve un grave percance en mi comercio con niños. Fue el último invierno. Le achaco la culpa al otoño. Ya he dicho que con cada cambio de estación... Pero ese otoño se presentó desapacible. Las hojas cayeron más rápidamente que lo acostumbrado, un viento cortante andaba por las calles, hasta el olor peculiar a tal estación del año se había cambiado en olor a podredumbre y muerte.

Primera vez que esto sucedía en veinte años. Yo estaba hecho a los otoños suaves, dorados, al desnudamiento de los árboles bajo un sol tibio, con los senderos de plazas y jardines alfombrados de hojas muertas en que se daban todos los tonos del amarillo. En días como ésos era una fiesta esperar la tarde mejor entre todas para elegir la carne a tono con la divina estación, quiero decir, un niño melancólico, uno de esos niños que metido en su cochecito nos hace el encantador efecto de filósofos enfrascados en hondos pensamientos.

Y como ese otoño ni fue otoño ni tampoco invierno, como fue, según dicen los franceses, "un otoño podrido", perdí el apetito, renuncié a la cacería, cerré mi puerta y apelé a los recuerdos. Por eso cuando llegó el invierno: rotundo, inclemente, cuando las primeras nevadas emblanquecieron calles y plazas y cuerpos y almas, me lancé a la caza con hambre devoradora. Para desgracia mía el instinto suplantó a la inteligencia. En lugar del cazador metódico, frío, en vez del estratega, bullía en mí el animal de presa con las zarpas al descubierto. Minutos antes de salir, mi mujer, viéndome tan excitado, me sermoneó. Como ella me quiere sinceramente, y lo que es más importante, comparte mis banquetes, no se cansó de llamarme al orden. Calmé como pude sus temores y me encomendé a mi buena estrella.

¡Y qué raro, qué extraño todo en esta vida! Fue ella misma la causante indirecta del grave percance. Me pidió que llevara a su hermana un sombrero (ésta debía asistir a una boda fijada para las seis y ya eran las cinco de la tarde). No podía negarme: la casa de mi cuñada estaba a mitad de camino del jardín Municipal —mi coto de caza favorito. ¡Cómo no complacerla! Tomé el sombrero, y a los pocos minutos el tranvía me dejaba en la misma puerta. Es un edificio de veinte pisos. Mi cuñada vive justo en el último. Al salir del ascensor lo primero que vieron mis ojos fue un precioso niño durmiendo plácidamente en su cochecito. A sus pies estaba echado un gran San Bernardo. Sólo faltaba la madre o la niñera, y no había que ser muy inteligente para darse cuenta de que estaban a punto de salir.

Si el otoño hubiera sido realmente otoño y si debido a tan infortunada circunstancia no me hubiera sentido tan hambriento, el niño seguiría a estas horas en su cochecito, mi cuñada tendría su sombrero y yo andaría cazando juiciosamente en los jardines municipales. Sólo a un desesperado se le ocurriría robar un niño en condiciones técnicamente imposibles. Lo repito: el instinto oscureció la inteligencia. Eso sí, hice mi composición de lugar. Me cercioré de que no habían llamado el ascensor, miré a lo largo del pasillo por si alguna de las puertas de los departamentos estuviera abierta. En efecto, una lo estaba; con toda seguridad la de la familia de la inocente criatura. ¡No había tiempo que perder!

Con sumo cuidado tomé al niño en mis brazos, en tanto que dejaba caer el sombrero dentro del cochecito. El San Bernardo, parado en dos patas, trataba de lamer al niño mientras movía alegremente la cola. Lo aparté con suavidad, el animal me obedeció, pero seguía pegado a mis talones. Yo podía abrir la puerta del ascensor y colarme de rondón, mas este plan, en apariencia tan sencillo, presentaba una grave falla. ¿Y si el perro ladraba? Tuve lo que me pareció una gran idea: volví al cochecito, cogí el sombrero, se lo di a oler, y acto seguido lo lancé a la mayor distancia que mi brazo podía alcanzar. Pero está visto que los perros son altamente caprichosos. Se quedó plantado sobre sus patas. Grave indecisión se reflejó en mi rostro. Sólo pocos instantes, pues unas voces que salían de la puerta abierta me obligaron, rápido como el rayo, a meterme en el ascensor, seguido por el implacable perro. Después de todo, no estaba desacertado que me siguiera: la compañía de este animal disiparía cualquier sospecha del portero o de algún familiar. Comencé a descender. Apenas si había empezado a hacerlo cuando escuché grandes gritos sobre mi cabeza. No sentí temor alguno. El golpe no podía fallar. Todo lo que tenía que hacer era dejar que el ascensor me llevara hasta el piso bajo, y una vez allí salir con aire de padre feliz seguido por la fidelidad de un perro de las nieves.

¡Ay! No fue así. Al igual que en los crímenes perfectos se produjo el inevitable imprevisto. Sencillamente: el ascensor se descompuso, quedó detenido entre dos pisos. Apreté desesperadamente uno tras otro todos los botones. Vano intento. Ahora, para colmo, los gritos de arriba se juntaban con los de abajo. Sin duda se había dado la voz de alarma. Pronto llegaría la policía. Me esperaba la horca. Sí, la horca, ¿pues quién lograría escaparse de un ascensor? Es decir, ¿quién que huye de las garras de la justicia puede salir de un ascensor descompuesto y decir con la voz todavía tañida de la angustia del inocente: "¡Oh, gracias, gracias, ha sido algo tan desagradable!"

Entre tanto el niño se despertó y sus chillidos atravesaban por así decirlo las paredes del ascensor. Alarma completamente superflua, pues ya las había de todos los colores arriba y debajo de nuestra prisión. Sólo el San Bernardo permanecía callado, y haciendo honor a su raza buscaba inútilmente una salida salvadora.

Pronto las voces se hicieron más cercanas. Sentí todo un tropel de gentes que discutían, daban órdenes, chillaban y vociferaban de lo lindo mientras subían y bajaban incansablemente. En caso tan desesperado como el que nos ocupa, aquel que tenga alguna probabilidad de salvación se dirá: "¡No hay un minuto que perder!" ¿Pero tenía yo alguna? Todo cuanto podía hacer era esperar estúpidamente a que me sacaran sano y salvo... Juro que si el diablo existiera le hubiera vendido mi alma. Pero, ¿he dicho el diablo? ¡Caramba! Cada uno, si tiene ingenio bastante, puede fabricar el suyo. Y esto fue lo que yo hice. Sentí que el ascensor descendía. Ya esos malditos habían reparado el desperfecto mecánico, pero también en dicho momento mi diablo terminó su nacimiento.

Y vean qué original, discreto y elegante procedimiento discurrió para sacarme de situación tan desairada. Yo, como diablo que era en momento tan crítico, abrí al San Bernardo la boca y sin perder un segundo metí de cabeza al niño. Acto seguido lo hice yo mismo perdiéndome en las vueltas intestinales del manso animal.

No bien el perro acababa de cerrar su bocaza y se relamía el hocico, cuando se abrieron las puertas del ascensor y una multitud enfurecida se lanzó puertas adentro dispuesta a despedazarme. Imaginen el chasco, la frustración, el abatimiento, la decepción que se apoderó de toda esa buena gente. Para colmo se sintieron terriblemente confundidos. Como no podían explicarse nada, cayeron de golpe en la magia: se pusieron a decir que yo, además de secuestrador, era nigromante, que sólo el mismísimo diablo era capaz de sacarme de un ascensor detenido entre dos pisos. Escuchaba sus lamentaciones y sus gritos de furor plácidamente echado en las vísceras del perro. Para colmo de fortuna el inocente había vuelto a sus plácidos sueños. Sin duda, la suerte estaba de parte mía.

Toda esa barahúnda alcanzó su punto alto cuando la infeliz madre fue presa de un ataque histérico. Abrazada al perro, le preguntaba estúpidamente por su hijo. El San Bernardo, sin duda un poco repleto de tanta carne, le contestaba con unos discretos eructos, y por supuesto lamía tiernamente su cara que el llanto inundaba. Para sustraerme a escena tan repugnante me puse a combinar la salsa verde con la salsa tártara. Sólo un artista como yo puede ensayar mezclas tan opuestas.

En realidad, esperaba la llegada del jefe de policía, que como siempre ocurre llega tarde al lugar de los hechos. Finalmente hizo su aparición. Su presencia calmó por arte de encantamiento aquel mar embravecido. Por supuesto, dio órdenes milenarias, codificadas desde los tiempos del Imperio Romano: se reducían a desalojar al público y prometer la pronta captura del monstruo. Así me calificó. Por último invitó graciosamente a los padres de la víctima a subir a su coche para dirigirse a su despacho a hacer sus descargos.

Este era el momento que yo aguardaba. El perro no formaría en la comitiva. Nunca se ha visto que un San Bernardo tenga algo que declarar. En consecuencia, se encargó al portero que tuviera la bondad de retenerlo en su patio hasta que la familia volviera a casa. No bien el portero se dispuso a hacer la limpieza del ascensor, tomé al niño en mis brazos y salí con toda tranquilidad del vientre del perro. Abrí una puertecita que daba a un callejón. Pronto me encontré a salvo. Esa noche tuvimos una cena deliciosa. De sobremesa le conté a mi mujer la extraña aventura.

1957

El que vino a salvarme

Siempre tuve un gran miedo: no saber cuándo moriría. Mi mujer afirmaba que la culpa era de mi padre; mi madre estaba agonizando, él me puso frente a ella y me obligó a besarla. Por esa época yo tenía diez años y ya sabemos todo eso de que la presencia de la muerte deja una profunda huella en los niños... No digo que la aseveración sea falsa, pero en mi caso, es distinto. Lo que mi mujer ignora es que yo vi ajusticiar a un hombre, y lo vi por pura casualidad. Justicia irregular, es decir, dos hombres le tienden un lazo a otro hombre en el servicio sanitario de un cine y lo degüellan. ¿Cómo? Yo estaba encerrado haciendo caca y ellos no podían verme; estaban en los mingitorios. Yo hacía caca plácidamente y de pronto oí: "Pero no van a matarme...". Miré por el enrejillado, y entonces vi una navaja cortando un pescuezo, sentí un alarido, sangre a borbotones y piernas que se alejaban a toda prisa. Cuando la policía llegó al lugar del hecho me encontró desmayado, casi muerto, con eso que le dicen "shock nervioso". Estuve un mes entre la vida y la muerte.

Bueno, no vayan a pensar que, en lo sucesivo, iba a tener miedo de ser degollado. Bueno, pueden pensarlo, están en su derecho. Si alguien ve degollar a un hombre, es lógico que piense que también puede ocurrirle lo mismo a él, pero también es lógico pensar que no va a dar la maldita casualidad de que el destino, o lo que sea, lo haya escogido a uno para que tenga la misma suerte del hombre que degollaron en el servicio sanitario del cine.

No, no era ese mi miedo; el que yo sentí, justo en el momento en que degollaban al tipo, se podía expresar con esta frase: ¿Cuál es la hora? Imaginemos a un viejo de ochenta años, listo ya para enfrentarse a la muerte; pienso que su idea fija no puede ser otra que preguntarse: ¿será esta noche...? ¿Será mañana...? ¿Será a las tres de la madrugada de pasado mañana? ¿Va a ser ahora mismo en que estoy pensando que será pasado mañana a las tres de la madrugada...? Como sabe y siente que el tiempo de vida que le queda es muy reducido, estima que sus cálculos sobre la "hora fatal" son bastante precisos, pero, al mismo tiempo, la impotencia en que se encuentra para fijar "el momento" los reduce a cero. En cambio, el tipo asesinado en el servicio sanitario supo, así de pronto, cuál sería su hora. En el momento de proferir: "Pero no van a matarme...", ya sabía que le llegaba su hora. Entre su exclamación desesperada y la mano que accionaba la navaja para cercenarle el cuello, supo el minuto exacto de su muerte. Es decir que si la exclamación se produjo, por ejemplo, a las nueve horas, cuatro minutos y cinco segundos de la noche y la degollación a las nueve, cuatro minutos y ocho segundos, él supo exactamente su hora de morir con una anticipación de tres segundos.

En cambio, aquí, echado en la cama, solo (mi mujer murió el año pasado y, por otra parte, no sé la pobre en qué podría ayudarme en lo que se refiere a lo de la hora de mi muerte), estoy devanándome los pocos sesos que me quedan. Es sabido que cuando se tiene noventa años (y es esa mi edad) se está, como el viajero, pendiente de la hora, con la diferencia de que el viajero la sabe y uno la ignora. Pero no anticipemos.

Cuando lo del tipo degollado en el servicio sanitario yo tenía apenas veinte años. El hecho de estar "lleno" de vida en ese entonces y, además, tenerla por delante casi como una eternidad, borró pronto aquel cuadro sangriento y aquella pregunta angustiosa. Cuando se está lleno de vida sólo se tiene tiempo para vivir y "vivirse". Uno "se vive" y se dice: "¡Qué saludable estoy, respiro salud por todos mis poros, soy capaz de comerme un buey, copular cinco veces por día, trabajar sin desfallecer veinte horas seguidas!...", y entonces uno no puede tener noción de lo que es morir y "morirse". Cuando a los veintidós años me casé, mi mujer, viendo mis "ardores", me dijo una noche: "¿Vas a ser conmigo el mismo cuando seas un viejito?" Y le contesté: "¿Qué es un viejito? ¿Acaso tú lo sabes?"

Ella, naturalmente, tampoco lo sabía. Y como ni ella ni yo podíamos, por el momento, configurar a un viejito, pues nos echamos a reír y fornicamos de lo lindo.

Pero recién cumplidos los cincuenta, empecé a vislumbrar lo de ser un viejito, y también empecé a pensar en eso de la hora... Por supuesto, proseguía viviendo, pero al mismo tiempo empezaba a morirme, y una curiosidad, enfermiza y devoradora, me ponía por delante el momento fatal. Ya que tenía que morir, al menos saber en qué instante sobrevendría mi muerte, como sé, por ejemplo, el instante preciso en que me lavo los dientes...

Y a medida que me hacía más viejo, este pensamiento se fue haciendo más obsesivo hasta llegar a lo que llamamos fijación. Allá por los setenta hice, de modo inesperado, mi primer viaje en avión. Recibí un cablegrama de la mujer de mi único hermano avisándome que éste se moría. Tomé pues el avión. A las dos horas de vuelo se produjo mal tiempo. El avión era una pluma en la tempestad, y todo eso que se dice de los aviones bajo los efectos de una tormenta: pasajeros aterrados, idas y venidas de las aeromozas, objetos que se vienen al suelo, gritos de mujeres y de niños mezclados con padrenuestros y avemarías, en fin, ese *memento mori* que es más *memento* a cuarenta mil pies de altura.

—Gracias a Dios —me dije—, gracias a Dios que por vez primera me acerco a una cierta precisión en lo que se refiere al momento de mi muerte. Al menos, en esta nave en peligro de estrellarse, ya puedo ir calculando el momento. ¿Diez, quince, treinta y ocho minutos...? No importa, estoy cerca, y tú, muerte, no lograrás sorprenderme.

Confieso que gocé salvajemente. Ni por un instante se me ocurrió rezar, pasar revista a mi vida, hacer acto de contrición, o simplemente esa función fisiológica que es vomitar. No, sólo estaba atento a la inminente caída del avión para saber, mientras nos íbamos estrellando, que ese era el momento de mi muerte.

Pasado el peligro, una pasajera me dijo: "Oiga, lo estuve viendo mientras estábamos por caernos, y usted como si nada...". Me sonreí, no le contesté; ella, con su angustia aún reflejada en la cara, ignoraba "mi angustia" que, por una sola vez en mi vida, se había transformado a esos cuarenta mil pies de altura en un estado de gracia comparable al de los santos más calificados de la Iglesia.

Pero a cuarenta mil pies de altura en un avión azotado por la tormenta —único paraíso entrevisto en mi larga vida— no se está todos los días; por el contrario, se habita el infierno que cada cual se construye: sus paredes son pensamientos, su techo, terrores y sus ventanas, abismos... Y dentro, uno helándose a fuego lento, quiero decir, perdiendo vida en medio de llamas que adoptan formas singulares, "a qué hora", "un martes o un sábado", "en el otoño o en la primavera"...

Y yo me hielo y me quemo cada vez más. Me he convertido en un acabado espécimen de un museo de teratología y al mismo tiempo soy la viva imagen de la desnutrición. Tengo por seguro que por mis venas no corre sangre sino pus; hay que ver mis escaras —purulentas, cárdenas—, y mis huesos, que parecen haberle conferido a mi cuerpo una muy otra anatomía. Los de las caderas, como un río, se han salido de madre; las clavículas, al descarnarme, parecen anclas pendiendo del costado de un barco; los occipitales hacen de mi cabeza un coco aplastado de un mazazo. Sin embargo, lo que la cabeza contiene sigue pensando y pensando en su idea fija; ahora mismo, en este instante, en mi cuarto, tirado en la cama, con la muerte encima, con la muerte, que puede ser esa foto de mi padre muerto que me mira y me dice: "Te voy a sorprender, no podrás saber, me estás viendo, pero ignoras cuándo te asestaré el golpe..."

Por mi parte, miré más fijamente la foto de mi padre y le dije: "no te vas a salir con la tuya, sabré el momento en que me echarás el guante y antes gritaré: ¡Es ahora! y no te quedará otro remedio que confesarte vencido".

Y justo en ese momento, en ese momento que participa de la realidad y de la irrealidad, sentí unos pasos que, a su vez, participaban de esa misma realidad e irrealidad. Desvié la vista de la foto e inconscientemente la puse en el espejo del ropero que está frente a mi cama. En él vi reflejada la cara de un hombre joven, sólo su cara, ya que el resto del cuerpo se sustraía a mi vista debido a un biombo colocado entre los pies de la cama y el espejo. Pero no le di mayor importancia; sería incomprensible que no se la diera teniendo otra edad, es decir, la edad en que uno está realmente vivo y la inopinada presencia de un extraño en nuestro cuarto nos causaría desde sorpresa hasta terror. Pero a mi edad y en el estado de languidez en que me hallaba, un extraño y su rostro son sólo parte de la realidad-irrealidad que se padece. Es decir, que ese extraño y su cara eran, o un objeto más de los muchos que pueblan mi cuarto, o un fantasma de los muchos que pueblan mi cabeza. En consecuencia volví a poner la vista en la foto de mi padre, y cuando volví a mirar el espejo la cara del extraño había desaparecido. Volví de nuevo a mirar la foto y creí advertir que la cara de mi padre estaba como enfurruñada, es decir, la cara de mi padre por ser la de él, pero al mismo tiempo con una cara que no era la suya, sino como si se la hubiera maquillado para hacer un personaje de tragedia. Pero vaya usted a saber... En ese linde entre realidad e irrealidad todo es posible, y más importante, todo ocurre y no ocurre. Entonces cerré los ojos y empecé a decir en voz alta: ahora, ahora... De pronto sentí ruido de pisadas muy cerca del respaldar de la cama; abrí los ojos y allí estaba, frente a mí, el extraño, con todo su cuerpo largo como un kilómetro. Pensé: "Bah, lo mismo del espejo...", y volví a mirar la foto de mi padre. Pero algo me decía que volviera a mirar al extraño. No desobedecí mi voz interior y lo miré. Ahora esgrimía una navaja e iba inclinando lentamente el cuerpo mientras me miraba fijamente. Entonces comprendí que ese extraño era el que venía a salvarme. Supe con una anticipación de varios segundos el momento exacto de mi muerte. Cuando la navaja se hundió en mi yugular, miré a mi salvador y, entre borbotones de sangre, le dije: "Gracias por haber venido."

1967

La muerte de las aves

De la reciente hecatombe de las aves existen dos versiones: una, la del suicidio en masa; la otra, la súbita rarificación de la atmósfera.

La primera versión es insostenible. Que todas las aves —del cóndor al colibrí— levantaran el vuelo —con las consiguientes diferencias de altura— a la misma hora —las doce meridiano—, deja ver dos cosas; o bien obedecieron a una intimación, o bien tomaron el acuerdo de cernirse en los aires para precipitarse en tierra. La lógica más elemental nos advierte que no está en poder del hombre obrar tal intimación; en cuanto a las aves, dotarlas de razón es todo un desatino de la razón.

La segunda versión tendrá que ser desechada. De haber estado rarificada la atmósfera, habrían muerto sólo las aves que volaban en ese momento. Todavía hay una tercera versión, pero tan falaz que no resiste el análisis; una epizootia, de origen desconocido, las habría hecho más pesadas que el aire.

Toda versión es inefable y todo hecho es tangible. En el escoliasta hay un eterno aspirante a demiurgo. Su soberbia es castigada con la tautología. El único modo de escapar al hecho ineluctable de la muerte en masa de las aves, seria imaginar que hemos presenciado la hecatombe durante un sueño. Pero no nos sería dable interpretarlo, puesto que no sería un sueño verdadero.

Sólo nos queda el hecho consumado. Con nuestros ojos las miramos muertas sobre la tierra. Más que el terror que nos procura la hecatombe, nos llena de pavor la imposibilidad de hallar una explicación a tan monstruoso hecho. Nuestros pies se enredan entre el abatido plumaje de tantos millones de aves. De pronto todas ellas, como en un crepitar de llamas, levantan el vuelo. La ficción del escritor, al borrar el hecho, les devuelve la vida. Y sólo con la muerte de la literatura volverían a caer abatidas en tierra.

1978

Al tigre hubo que darle un nombre de persona. Si hablaba, si se expresaba con corrección y propiedad, habría sido una descortesía y hasta una afrenta llamarlo por el nombre de su especie o, algo aún más humillante, ponerle, como a un perro, Capitán o Rey... Así pues, se convino en llamarlo Belisario, Belisario Martínez.

Su secretaria llamó con los nudillos a la puerta del despacho:

—¿Se puede, señor Belisario?

—Pase usted —respondió una voz acariciadora.

Cuando la secretaria entró, Belisario estaba escribiendo a máquina. No vestía ropas masculinas, por supuesto, sino como vino al mundo: vestía de tigre.

La ausencia de ropas masculinas era lo único que lo diferenciaba del ser humano. Sentado correctamente frente a la máquina de escribir, parecía un magnate de las finanzas o un mandatario. No se exageraría si se le comparara con un escritor; pero con uno de los grandes, de los que escriben páginas inmortales.

Belisario tecleaba, en un delicado papel color malva, una carta al sha de Persia. En ella se excusaba de no poder asistir al *garden party* que el monarca ofrecería en breve a una famosa contralto china, de paso por sus estados.

—¿Le parece, Rosalía, que esta frase: "Me faltan palabras para agradecer a Su Graciosa Majestad tan gentil invitación", sea lo bastante amable?

—La juzgo muy correcta, señor Belisario. Es una frase muy lisonjera.

—Usted me tranquiliza. Tenía mis dudas.

Miró a través del ventanal que se hallaba a sus espaldas. Suspiró:

—Este crepúsculo me recuerda los de mi patria.

Rosalía preguntó, tímidamente:

—¿Cuál es su patria, señor Belisario?

La pregunta tuvo la virtud de hacerlo sonreír. Dejó ver entonces una impresionante fila de dientes, colmillos y molares blanquísimos, tan afilados, que Rosalía se estremeció. Un acceso de terror relampagueó en sus ojos.

—Pues mi patria es Bengala. Allí nací, y ya apenas recuerdo cuándo vine a La Habana o quién me trajo. Debió de haber sido por mis dos años de edad. Más o menos. No tiene importancia. Ahora, con diez en mis costillas, me siento en la plenitud.

Y se estiró voluptuosamente.

—¿Sus padres son bengalíes? —se atrevió Rosalía a preguntar.

—Nacidos y criados en Bengala —respondió Belisario, mientras volvía a suspirar—. Murieron en una cacería que nuestro maharajá ofreció al rey de Inglaterra.

Suspiró hondamente, pero no dio pormenores de tal tragedia familiar. Se veía muy afectado; tanto, que Rosalía tuvo que darle un cordial. Belisario, después de brillantes estudios en la Universidad de La Habana, tuvo la suerte de entrar, por enlace matrimonial, en la familia del acaudalado *yachtman* Benito Conde. La hija de éste —Natalia— no pudo resistir los encantos felinos de Belisario, y a los tres meses de conocerlo estaban casados. Como es de suponer, Benito proporcionó a su yerno rápidos medios de enriquecerse. Belisario se hizo millonario.

Al día siguiente de la conversación con su secretaria, acompañado por su esposa, asistió Belisario a una fiesta infantil. Los niños lo adoraban, un poco porque era para ellos la bondad personificada, y también por el instinto infantil que los lleva a conocer a quien puede ser su Santa Claus cualquier mes del año. Sentado en una africana, con un niño en cada brazo, tres en sus rodillas y un enjambre a sus pies, en una especie de apoteosis, era la estampa del padre bondadoso.

Su mujer lo adoraba igualmente. Para ella no tenía nada de tigre, excepto la anatomía. Lo halagaba recitándole el poema de Blake acerca del tigre. Y, en realidad, razones tenía Belisario para sentirse halagado, al escuchar de labios de su mujer, una mujer que nada tenía de tigresa, los versos inmortales. Indudablemente, no es habitual ver a un tigre escuchar, deleitado, unos versos acerca de su propia naturaleza bestial; escuchar su propia descripción.

Pese a estas excelsitudes, muchos se preguntaban si no sería Belisario un hombre-tigre, lo que Calderón definió como "un compuesto de hombre y fiera". Algunos iban más lejos —y tales conjeturas los llenaban de pánico— al afirmar que Belisario era una fiera con una humanidad prestada, algo parecido a la ilusión de la gente, que su amor por los niños, por su mujer, sus gestos y delicadezas, eran tan sólo un añadido a su verdadera y tenebrosa naturaleza. Si algún día aciago esta imantación humana abandonara su piel, surgiría, magnífico y sangriento, el animal perverso que llevaba dentro.

Alguien propuso una prueba que consideraba infalible para conocer la verdadera naturaleza de Belisario: utilizar a Natalia. Que ella provocara al tigre, hiciera brotar su condición devastadora. Aunque el resultado sería el inevitable despedazamiento de la bella Natalia, esta trágica comprobación ahorraría el holocausto de muchas vidas.

La maquinación se quedó en palabras. No sólo habría sido causa de una tragedia innecesaria y de la desdicha de dos seres que se amaban tiernamente, sino que resultaba un recurso muy difícil de llevar a la práctica: Natalia no adquiriría jamás la condición de tigresa, ni se prestaría a semejante comprobación.

Si nunca se llegaría a descubrir verdaderamente la naturaleza de Belisario, al menos se sabía, con certeza, el terror que infundía su dualidad. Él venía a representar, en medio de una sociedad refinada, como un asomo del terror primitivo, un vislumbre que era una advertencia. Y, naturalmente, la inquietud de algunos llegó a ser inquietud de todos: descubrían tal vislumbre en los amarillos ojos de Belisario.

Y entre sus garras, cuando él los abrazaba tiernamente, experimentaban la horrible sensación de que, si de pronto se despertaba el tigre, serían devorados.

Estas terríficas visiones no se cumplieron.

Belisario murió de viejo. Alcanzó la edad máxima que un tigre alcanza: diecinueve años.

Pero cuando, en su lecho de muerte, el sacerdote le dio la extremaunción, en el momento de recibirla ocurrió algo espantoso: lanzó un temible rugido. Pero era ya demasiado tarde: no tuvo tiempo de recobrar su verdadera naturaleza. Acababa de exhalar el último suspiro.

1967

El talismán

Nadie supo nunca cómo era el talismán. ¿Un pedazo de piel semejante a la celebérrima *Peau de Chagrin* balzaciana? ¿Una botella de la que salía el consabido genio? ¿Una lámpara como la de Aladino? De pronto, surgió la conseja de que en diferentes puntos de la Tierra había aparecido "una cosa" —así la denominaba la gente, a falta de explicación mejor— a la que tan sólo era necesario pedirle, para que al instante satisficiera la petición. "¿Una cosa como qué?" —preguntaban todos. Y todos contestaban: "Pues una cosa así..." —y hacían con las manos figuras en el aire que no significaban nada.

Lo esencial es que la cosa existía, si no en la pura realidad, al menos en la mente de las gentes. Todo consistía en ir a buscarla, por la sencilla razón de que la cosa no iba hacia las gentes, sino que éstas tendrían que ir hacia ella.

Claro está: todo resultaba de una vaguedad desconcertante, y hasta pudiera decirse que, por ejemplo, el humo —sustancia volátil si las hay— era más consistente que la cosa. Pero, precisamente, tal vaguedad e inconsistencia fueron el motor que puso en movimiento a la humanidad entera. De haberse ofrecido precisiones, puntos de referencia, localizaciones, grados, minutos y segundos de un meridiano terrestre, la gente no hubiera caído en la histeria colectiva de creer a ciegas en el talismán.

En cada una de las naciones del planeta había hecho su aparición esa cosa, la que tan pronto se localizaba en un punto como en otro. Al anuncio de que estaba, por ejemplo, en la localidad de X de tal o más cual nación, en manadas se corría en su busca, en los más diversos medios de transporte, exceptuando, claro, a los moradores de dicha localidad que, por otra parte, al no encontrarla, y utilizando a su vez los más diversos medios de transporte, se trasladaban alocadamente a otra localidad que ya había sido anunciada como albergadora de la cosa.

En M, región perteneciente a la provincia de P, en la nación Z, la búsqueda y —así lo creían todos— subsiguiente obtención de la cosa, llegó a extremos increíbles. Para poner tan sólo un ejemplo digamos que la numerosa familia de C y D vendió cuanto poseía para pagar el carburante del vehículo que los llevaría, desde la lejana provincia de P, en que vivían, a la bienaventurada provincia de H, donde había hecho su aparición la cosa. De modo que, cuando se dispusieron a partir, iban punto menos que desnudos, pero con una cara en la que se reflejaba la más inenarrable felicidad. Y algunos afirman que dicha familia pereció de hambre por el camino.

A su manera, todo el mundo resultaba, si no ya feliz y, sobre todo, poderoso, sí con una alentadora proyección de felicidad y poderío. Proyección que, por otra parte, nunca perderían, pues aun cuando no diesen nunca con la cosa, en cambio, la seguirían buscando hasta el final de sus días en la seguridad de encontrarla.

II

En la localidad de P vivían dos hermanos casados con dos hermanas. Gente opulenta al extremo de poseer dos castillos, siete fincas y una cuenta en el banco que se contaba por millones. Si no jóvenes, al menos en esa etapa de la vida en que todavía se pueden hacer locuras y cabriolas, tanto físicas como mentales. Pero esas excelencias o taras —llámenseles como se prefiera—, nada eran en comparación con la que podría ser denominada "la marca de fábrica" de esos dos matrimonios.

Ateos, librepensadores, escépticos furibundos, el sólo oír hablar de milagros los hacía montar en cólera. "Esos milagros no existen" —decía el hermano mayor. "Dios es cuento de camino para dormir a los bobos"— decía el hermano menor. Y sus respectivas mujeres les hacían coro, gritando como posesas: "¡Dinero, dinero!" Y fue el dinero lo único que pudo uncirlos al yugo de los que iban en pos del talismán.

El hermano mayor reunió a la familia y dijo: "Si el talismán lo concede todo, vayamos en su busca. Si no es más que una impostura, nada perdemos. Seguiremos tan ricos y poderosos como ahora; si existe, seremos los amos del mundo; es decir, unos más entre los miles de amos que tendrá el mundo. Todo lo he pensado profundamente. ¿Qué papel haríamos entre millones de personas poseedoras del talismán?"

Pero estas hondas cavilaciones del hermano mayor, por ser tan hondas, requirieron muchísimos días de pensamientos, de manera que, una vez decididos, comprobaron con espanto que el simple hecho de trasladarse a la localidad de H resultaba ya prácticamente imposible. No podían contar con sus automóviles, pues los habían vendido a precios fabulosos; en toda la ciudad no lograron encontrar un auto que los transportase hacia dicha localidad. Igual cosa sucedió con las motos, las bicicletas, y con la tracción animal. En cuanto a la navegación aérea y marítima, estaba copada por más de dos años, y pensaba el hermano mayor con harta razón que en ese lapso muy bien podría ocurrir que el talismán desapareciera como por ensalmo.

Cuando ya desesperaban de encontrar algún medio de transporte, el hermano menor llegó agitadísimo al castillo gritando que Pancho estaba dispuesto a llevarlos en su auto. El hermano mayor lanzó una risotada y dijo: "¿En el auto de Pancho? ¡Pero si es un modelo de hace cuarenta años y para colmo está casi en las llantas!"

No obstante, fue a ver a Pancho, y éste dijo:

—Aunque mi auto es un modelo del año cuarenta, camina bien. Además, las gomas están, si no de paquete, en buen estado. Ahora; sólo pongo una condición para emprender viaje: este auto no puede correr más de treinta kilómetros por día. Si se le imprimiera mayor velocidad, expondríamos la vida; es decir, que si de treinta kilómetros pasara a cuarenta, empezaríamos a sacudirnos en el vehículo; si pasara de los cuarenta a los cincuenta, estaríamos amenazados de volcarnos; y si aumentara la velocidad hasta llegar a los cien, nos mataríamos todos.

—Pero a una velocidad de treinta kilómetros por día no llegaremos nunca —dijo el hermano mayor.

—Lo siento —respondió fríamente Pancho—. ¿Aceptan o no aceptan mis condiciones?

Tras hondas cavilaciones, el hermano mayor dijo:

—Las aceptamos. ¿Cuándo salimos?

—Mañana a las cinco de la madrugada.

A la hora prevista, Pancho estaba con su cacharro frente a la puerta del castillo. En el momento de subir al auto, el hermano mayor, haciendo un rápido cálculo mental, exclamó:

—¡Mil doscientos kilómetros hasta H! A razón de treinta kilómetros por día, significa que estaremos sobre este cacharro cuarenta días.

—Peor será no llegar nunca —aclaró filosóficamente Pancho.

Y, sin decir más, arrancó.

Comenzaba el viaje.

III

No bien habían salido de las afueras de la ciudad —después de cuatro días de lenta marcha—, el hermano mayor, sentado junto a Pancho, le hizo una pregunta, y por el modo de interrogar daba a entender que hacía su buen rato que le quemaba los labios:

—Dígame, Pancho: ¿por qué no alquiló su auto hasta hoy?

—Tuve que esperar mi turno —contestó Pancho.

—¿Su turno? No entiendo...

—Pues sí, señor. Tenía el último lugar de los cacharros. Hace dos días alquilaron el de Pedro, que hace sesenta kilómetros por día. Pero me alegro mucho —y soltó una carcajada—. Ahora ganaré cien mil dólares.

—¿Cien mil dólares? —dijo el otro, abriendo tamaños ojos—. ¿Y a quién se los ganará?

—A usted. Usted me va a pagar esa cantidad.

—Pare. Aquí mismo nos bajamos —dijo iracundo el hermano mayor—. No permitiré que me roben mi dinero.

—Como más le guste —y paró.

Pero no se bajaron. Después de una larga conferencia de oído a oído entre ambos hermanos, el mayor ordenó:

—Arranque.

Y el viaje continuó.

Al tomar la ruta nacional advirtieron, con espanto y dolor, que cientos de autos los pasaban a grandes velocidades. Algunos, afirmaba el hermano mayor, corrían hasta a ciento sesenta kilómetros por hora. Para colmo de monotonía, veían las sempiternas vacas y caballos a ambos lados de la carretera, las casitas y arroyitos. Calor y polvo, humo y moscas. Pero iban resueltos en busca del talismán. Cuando el cacharro recorría sus treinta kilómetros diarios, Pancho lo detenía, y no había fuerza humana capaz de moverlo de su sitio.

Así iban pasando los días, y al mes de este suplicio los hermanos concibieron un plan infernal: ofrecerle un millón de dólares a Pancho a condición de imprimirle mayor velocidad al automóvil. Pero nada de velocidades supersónicas; tan sólo hacer cinco horas por día a la velocidad de treinta kilómetros por hora. Así, esos diez mortales días que aún faltaban se reducirían a dos o tres. Pancho lo pensó mucho y acabó por aceptar.

Ambos matrimonios se mostraron con mayor ánimo, y hasta uno que otro chiste se oyó dentro del auto.

Pero en una bajada que hicieron en un motel se enteraron con espanto de que el talismán haría su última aparición al día siguiente. Tras un animado cambio de palabras entre los dos hermanos, llamaron a Pancho y le expusieron la situación.

—¿Y qué puedo hacer? —preguntó.

—Correr —dijeron a coro ambos hermanos.

—¿Correr hasta matarnos?

—No tanto —advirtieron al punto los hermanos—. Correr lo más que podamos.

—Ya les dije que correr significaría la muerte. Con mi carro, pasados los ochenta kilómetros, de seguro que nos volcaríamos, y pasados los cien, muerte segura.

—¿Y si le ofrecemos diez millones? —dijo el hermano mayor.

—Aceptado —contestó inesperadamente Pancho. Y el cacharro arrancó.

Primero marchó a sus acostumbrados treinta kilómetros. Ya el hermano mayor iba a protestar, cuando se sintió agradablemente sorprendido: por primera vez en todo el viaje, las nalgas le bailaron en el asiento. Miró a su mujer, a su cuñada y a su hermano: advirtió en sus caras una expresión beatífica, ciertamente producida por el movimiento de sus nalgas.

—¿A qué velocidad vamos ahora? —preguntó el hermano menor.

—Nada más que a sesenta por hora.

—Acelere, amigo, acelere. No se arriesga el que no cruza la mar...

Entonces Pancho puso el auto sobre los ochenta kilómetros. Y ahí empezó la ronda infernal. De pronto, el vehículo onduló como la giba de un camello en plena carrera. El hermano mayor fue lanzado o, mejor dicho, catapultado, contra su cuñada, y dando con su cabeza un terrible encontronazo en la boca de ésta, le hizo saltar todos los dientes. A su vez, la mujer del hermano mayor, por efecto de la colisión de su marido contra la hermana, se vio despedida de la parte posterior del auto a la parte delantera, pero al ser catapultada por las piernas, éstas atravesaron el parabrisas, y la mitad de ellas, manando ríos de sangre, quedó colgada como las paticas de esos conejos de peluche que suelen llevar los choferes en sus vehículos para evitar accidentes.

A la vista de la sangre, el hermano menor, salvajemente excitado, gritó al chofer:

—¡Pancho, corra a cien!

—Cien es la muerte, señor.

—Le doy cincuenta millones.

—¡Corra a cien! Los cincuenta millones son seguros —dijo el hermano mayor, un tanto repuesto por el inopinado cambio de asiento—. Lo que no me explico —añadió, como retomando un pensamiento que acaso rumiaba cuando se produjo la colisión con su cuñada— es que usted, Pancho, no haya sido de los primeros en ir en busca del talismán. No quiero ofenderlo, pero tanto usted como el auto dejan ver a las claras un estado económico nada boyante.

—Ha dado en el clavo, señor. Yo diría un estado económico lindando con la miseria. Es por eso que cuando se produjo lo del talismán, me dije: "¡No voy en ésa!"

—Ahora va en ésta. No me explico. Además, esperaba su turno, como usted dijo.

—Quise decir que yo solo, con mi mujer y mis hijos, no arriesgaría esta cafetera por un talismán que a lo mejor es cuento de camino. Pero con el dinero es otro cantar. Por eso le dije que aguardaba mi turno. Y de todos los choferes hambrientos, soy el más favorecido. Tengo un capital de sesenta millones. —Hizo una pausa y agregó—: ¿Corro a cien?

—¡A cien! —exclamaron los cuatro pasajeros.

Pancho pisó el acelerador. Por un instante, tan sólo uno, el cacharro se deslizó unos metros con la misma elegancia y desenfado de un auto último modelo. Pasado ese instante, y aunque sin perder la velocidad, Pancho no sólo no aflojó el acelerador, sino que pareció pisarlo más y más en un ímpetu demoníaco; la cafetera de la muerte se lanzó por una pendiente haciendo terribles zigzags, quedándose sobre dos de sus ruedas, cayendo con ruido de chatarra, volviéndose a levantar, para caer, al punto, sobre las otras dos ruedas. Por su parte, los pasajeros se apeñuscaban unos contra otros y ya habían cambiado de sitio varias veces. En un terrible bote que pegó el cacharro, las piernas de la cuñada del hermano mayor fueron cercenadas por el parabrisas. Ella, haciendo un supremo esfuerzo, tendió los brazos para que no rodaran al camino, pero sus brazos, también cercenados por el parabrisas, se juntaron con sus pobres piernas en el asfalto de la carretera.

El auto lanzó de pronto como un alarido de dolor, como si, teniendo entrañas, un monstruo se las hubiese traspasado con una espada de fuego, y alzándose por vez postrera en un torbellino de llamas y de humo, se despeñó hacia un abismo.

En su fondo los esperaba, fiel a su promesa, el talismán.

1974

El interrogatorio

¿Cómo se llama?

—Porfirio.

¿Quiénes son sus padres?

—Antonio y Margarita.

¿Dónde nació?

—En América.

¿Qué edad tiene?

—Treinta y tres años.

¿Soltero o casado?

—Soltero.

¿Oficio?

—Albañil.

¿Sabe que se le acusa de haber dado muerte a la hija de su patrona?

—Sí, lo sé.

¿Tiene algo más que declarar?

—Que soy inocente.

El juez entonces mira vagamente al acusado y le dice:

—Usted no se llama Porfirio; usted no tiene padres que se llamen Antonio y Margarita; usted no nació en América; usted no tiene treinta y tres años; usted no es soltero; usted no es albañil; usted no ha dado muerte a la hija de su patrona; usted no es inocente.

—¿Qué soy entonces? —exclama el acusado.

Y el juez, que lo sigue mirando vagamente, le responde:

—Un hombre que cree llamarse Porfirio; que sus padres se llaman Antonio y Margarita; que ha nacido en América; que tiene treinta y tres años; que es soltero; que es albañil; que ha dado muerte a la hija de su patrona; que es inocente.

—Pero estoy acusado —objeta el albañil—. Hasta que no se prueben los hechos, estaré amenazado de muerte.

—Eso no importa —contesta el juez, siempre con su vaguedad característica—. ¿No es esa misma acusación tan inexistente como todas sus respuestas al interrogatorio? ¿Como el interrogatorio mismo?

—¿Y la sentencia?

—Cuando ella se dicte, habrá desaparecido para usted la última oportunidad de comprenderlo todo —dice el juez, y su voz parece emitida como desde un megáfono.

—¿Estoy, pues, condenado a muerte? —gimotea el albañil—. Juro que soy inocente.

—No; acaba usted de ser absuelto. Pero veo con infinito horror que usted se llama Porfirio; que sus padres son Antonio y Margarita: que nació en América; que tiene treinta y tres años; que es soltero; que es albañil; que está acusado de haber dado muerte a la hija de su patrona; que es inocente; que ha sido absuelto, y que, finalmente, está usted perdido.

1945

El otro yo

Cuando el señor X cumplió cincuenta años, decidió, después de pensarlo mucho, hacerse de otro yo. No sería ciertamente el *alter ego* que suelen usar los escritores en sus narraciones, sino una exacta reproducción de sí mismo. Se lo permitirían dos cosas: lo avanzado de la tecnología de su época y el dinero.

El señor X sólo tuvo que prestarse durante varios días a la copia fiel de su cuerpo y aportar los caudales necesarios.

No cansaré al lector con la exposición detallada de la profunda complejidad del hecho de copiar su cuerpo. Baste saber que, en el centro médico en que se realizó, reprodujeron con tanta fidelidad los órganos del señor X, la piel y la sangre, que no podía distinguirse entre la copia y el original.

Cómo la época era altamente científica y ya nadie creía en misterios, el señor X no se ocultó: terminado su otro yo, salieron a la calle ambos, semejantes como gotas de agua. Nadie hubiera podido decir quién era X y quien la copia.

Debo aclarar que el señor X estaba consciente de que él era X; y, asimismo, su otro yo estaba consciente de que era el otro yo de X. Como consecuencia, surgió cierta rivalidad entre el humano y el mecánico. Rivalidad asentada puramente en lo físico. Aunque iguales, el mecánico tenía la pretensión de estar "mejor terminado" que el X humano. Sólo mirar su piel resultaba prueba concluyente de este aserto: grano perfecto, sin manchas ni pecas, sin las "injurias del tiempo" que a los cincuenta años ya empiezan los hombres a ver en su piel.

Las relaciones entre ambos se complicaban, además, porque X conocía que no sobreviviría al X mecánico, y por ende, el X mecánico tenía la certeza de que sobreviviría al X humano.

El señor X, molesto ante la perfección de su yo mecánico, se decía que, si bien cuando él muriera, el otro, él en cierto modo, lo haría perdurar, con todo, le molestaba profundamente que lo sobreviviera. Por otra parte, había notado que cuando sus amigos se encontraban con el X mecánico —sin verlo a él—, elogiaban su apariencia deslumbrante, mientras que, en ausencia del mecánico, lo encontraban envejecido, comentaban que se marchitaba rápidamente. Pensaba que nada se arreglaría encerrándose en casa y haciendo salir al otro solo, copia perfecta, pero al fin y al cabo mera copia de su persona, tan sólo un producto de la alta tecnología. Se alegraba de su buen cuidado al pedir que lo dotaran de sus mismas facultades mentales. Hubiera sido un infierno si la copia dispusiera de un arsenal de inteligencia superior al suyo.

La crisis se produjo, sin embargo, durante el recibo dado por la encantadora Elena, al que asistieron el X humano y el X mecánico. Como ya la gente estaba familiarizada, no se sorprendieron al verlos. En realidad eran uno solo: cuando el X humano se hallaba apartado del mecánico, o éste de aquél, todos sabían que, aunque con conversaciones diferentes, hablaban con la misma persona. Asimismo, si estaban juntos, se dirigían, ya al uno, ya al otro, como si se tratara de una sola entidad. La tecnología, permitiéndoles estas disociaciones, destruía todo asombro.

Sucedió que en el desarrollo de la conversación surgió el tema de la muerte. La encantadora Elena, ya algo avejentada, dijo en un suspiro:

—¡Qué triste morir teniendo tanto dinero, tantos amigos estupendos y con tanto whisky como hay! —Y lanzó un largo quejido.

—Bueno, Elena; eso, según se mire —dijo el X mecánico—. Yo, que soy producto de la alta tecnología, nunca moriré. Fui fabricado para la eternidad —miró desafiante a la concurrencia, y luego su mirada se llenó de conmiseración al encontrar al señor X. Arrastrando las palabras dijo finalmente:

—Lo siento por él. Le queda poco de vida.

Se hizo un silencio ominoso. Elena dio una palmada, y al instante acudió un sirviente con una bandeja llena de vasos con whisky.

—¡A beber, amigos! Aquí la muerte nada tiene que hacer.

Pero el X humano pensaba en la muerte del X mecánico. Lo acababa de decidir. Claro, no lo haría él mismo, no se mancharía las manos. Para eso estaban los tecnólogos. Un golpe rápido, y ese engendro no le sobreviviría. Dejaba a salvo, con esta supresión, la hermosa dignidad del hombre.

Durante una cita con los tecnólogos, expuso sus intenciones. Lo escucharon con esa frialdad espantosa que los caracteriza y dijeron:

—Nunca destruimos lo que creamos. Nuestras creaciones son indestructibles. Usted morirá; él permanecerá, y con él, en cierto modo, usted. Cuando pasen varias generaciones nadie recordará que él es mecánico y, por tanto, nadie lo recordará a usted. Él permanecerá en la infinita sucesión del tiempo, siempre el mismo, y siempre representándolo a usted con dignidad y belleza sobrehumanas.

Aturdido, el señor X abandonó el despacho. Se sentía atrapado por la muerte. Podría recibirla, le estaba asignada, pero, en cambio, no podría producírsela a lo único que odiaba, al X mecánico, *alter ego* inmortal, insoportable e infalible.

Por fin, llegado el gran momento, el señor X, como todos los mortales, estaba en su cama expirando. Antes de que la muerte diera su golpe, mandó llamar al X mecánico. Éste se presentó grave, silencioso. Desde la cama, el señor X dijo:

—Te suplico que me sustituyas. Para todos, morirás como si fuera yo. Antes, enciérrame en el baño. Una vez que comprueben que tú eres el muerto, sacas mi cadáver, lo pones en la cama y te retiras. El resto lo harán mis criados.

—Se descubrirá la superchería —contestó el otro—. Sabes que soy inmortal e indestructible. Piénsalo. No sólo morirás; harás también el ridículo.

Pero ya el señor X no lo oía.

Pocos días después de la muerte del señor X, el X mecánico sufrió un accidente. Una sustancia radioactiva manchó su piel de nácar, asemejándola a la del señor X. Los amigos lo examinaron con atención. Comenzaban a sospechar. Primero se comentó en voz baja, después en alta, y, finalmente, todos dijeron en público que quien había muerto no había sido el señor X, sino el X mecánico.

Los tecnólogos, al oírlos, se reían en silencio. Pero como la pública opinión es un arma mortífera, la opinión particular de los tecnólogos se vio abolida por la opinión universal. Al X mecánico no le quedó otro remedio que confesarse vencido: inmortal era el señor X en la voz de la opinión. Podríamos suponer el regocijo del señor X al pensar en que la radiactividad se había convertido en su aliada.

1976

Tadeo

Al cumplir los sesenta años, Tadeo realizó una recapitulación de su vida. Y el saldo no resultó desfavorable. Buen trabajador, buen padre y buen esposo, buen amigo... Nunca una riña, ni siquiera lo que se conoce por "estar peleado". De verlo bonachón y consecuente, todos decían que le faltaba espíritu crítico y que carecía del don de la ironía. En varias ocasiones llegaron a sus oídos estos comentarios, pero Tadeo, que era el buen humor en persona y que en cierta medida tenía sentido del humor, se apresuraba a decir: "Más vale ser de espíritu manso. Así puedo ayudar a mis semejantes."

De modo que, al cumplir los sesenta años, Tadeo podía afirmar, con las limitaciones del caso, que era un hombre feliz. Sin dudas comenzaba para él una vejez dichosa.

Pero hacia los sesenta y cinco se produjo un cambio capital en su vida; diríamos, aunque sin gran precisión, un cambio anímico. Pese al sinnúmero de cosas que escapan a nuestra comprensión, tratamos de todos modos de definirlas, de ponerles su etiqueta; haciéndolo así, nos sentimos en cierta medida tranquilos; quiero decir: formalmente tranquilos.

Y tal cambio capital era de naturaleza tan recóndita, que a primera vista se hubiera tomado por un caso de locura. ¿Cómo es posible que un hombre, hasta sus sesenta años ejemplo de mesura y orden, de tacto, se desorbite y caiga de pronto, pura y simplemente, en el exhibicionismo?

Ya estamos de lleno en la definición. Porque habría que ponerse de acuerdo sobre si en realidad se estaba frente a un exhibicionista. De este caso se lee en el Diccionario de la Lengua: "Obsesión morbosa que lleva a ciertos sujetos a exhibir sus órganos genitales. Y, por extensión, el hecho de mostrar en público sus sentimientos, su vida privada, los cuales se deben ocultar..."

A reserva de exponer en detalle lo que con el tiempo llegó a conocerse como "el caso Tadeo", ninguno de sus difamadores, ninguno de los murmuradores, ninguno de sus acusadores —los hubo, y encarnizados—, se detuvo un momento a pensar si eso que había cambiado bruscamente la vida de Tadeo era, pongamos por caso, una exigencia de su espíritu.

Pensamos esto los que habiendo sido sus amigos íntimos seguimos su vida paso a paso. ¿Sería posible que Tadeo, personificación del recato y del pudor, de la continencia, se desorbitara pura y simplemente por molestar? Nos negamos a aceptar tan insigne demostración de pequeñez de alma. Por el contrarío, y a juicio nuestro, su actual "rareza" responde a una verdadera grandiosidad de alma.

Tadeo, casado desde los treinta años, tenía un hijo. Y cuando se le manifestó aquella "rareza" que dio al traste con su reputación, el hijo contaba veinticinco años de edad. Una tarde en que la nuera y la mujer de Tadeo habían salido de compras, el padre le dijo de sopetón:

—Cárgame.

Creyendo haber oído mal, el hijo replicó:

—¿Qué...?

—Que me cargues.

—¿Te sientes mal?

—Al contrario, me siento bien. Pero si no me cargas me sentiré mal.

El hijo, conocedor de la clase de hombre que era su padre, se quedó muy confundido y sólo acertó a decir:

—Papá, deja eso.

Tadeo, de suyo tan comedido, se enfureció e increpó inesperadamente a su hijo:

—Nunca hablo en broma. Jamás te he gastado una broma, y mucho menos, una como ésta. No puedo seguir luchando contra la necesidad de que alguien me lleve en sus brazos.

Entonces, dulcificada súbitamente la voz, añadió:

—Cárgame unos minutos. Eso me calmará.

El hijo se veía frente a un abismo; el orden lógico trastocado. Pensó en su tierno hijito, que apenas llegaba al año y al que, como padre amoroso, gustaba de llevar en sus brazos. Y su padre ahora, con sesenta y cinco años, le pedía que hiciera lo mismo con él. Tan turbado se sentía, tan confundido, que no supo hacerle frente a la situación. Luchaba entre el debido respeto a su padre, y esa idea —obsesiva ya— de que este había enloquecido de súbito. No sabiendo cómo salir del paso, dijo:

—Ahora no puedo. Tengo que ver a un amigo.

—Si no me cargas —repitió Tadeo— voy a sentirme mal. Mira —agregó luego como explicación—, esta necesidad la vengo experimentando desde hace unos cinco meses. Sé que hasta el último ser dotado de sano juicio me tomaría por un demente. Sin embargo, no lo estoy. Si apartamos esta imperiosa necesidad de que se me tome en brazos —y añadiré, de que se me acune como a un niño—, mi vida y mis actos son los de siempre. Sigo siendo el buen esposo que tu madre eligió; el mismo buen padre que, desde que tienes uso de razón, conoces...

Se quedó callado por un instante, y añadió con infinita desazón:

—Qué quieres... Como dice la canción: "...la vida es así, y no como tú quisieras". Esta necesidad imperiosa se ha presentado de golpe y porrazo. Si no la manifestara abiertamente —como acabo de exponértela—, entonces sí me volvería loco.

Hizo otra pausa y añadió casi llorando:

—He llegado a pensar que tal vez esté en el caso de necesitar el ser consolado...

El hijo lo interrumpió:

—¿De ser consolado...? Las personas que más amas en este mundo disfrutamos de excelente salud. Y, que yo sepa, nunca te hemos faltado en nada. No veo por qué tendrías que ser consolado.

—No es más que una conjetura. El hecho real y efectivo es que necesito ser llevado en brazos.

Y, con una suerte de pudor, añadió:

—Sé lo grotesco de mi caso. Llevar en brazos a un viejo, y a un viejo de mi corpulencia, sería motivo de hilaridad universal. Represéntate la situación. Pido, digamos, a un soldado, que me tome en sus brazos. Digamos que acepte mi ruego. Ya estoy en sus brazos. ¿No oyes las carcajadas de la gente, los comentarios? Y de persistir él y yo, hasta nos tirarían piedras.

—Tú mismo lo ves, papá. ¿Y todavía insistes...?

—No temas. Completa la frase..., en tu locura. Pero, hijo, aparta tal idea. Estoy más cuerdo que tú mismo. Sólo que mi necesidad de ser llevado en brazos es ineludible e impostergable. Como no tengo otra alternativa, veo mi delicada posición y la estudio desde todos sus ángulos.

—Consulta tu caso con el psiquiatra.

—Ya lo pensé. Prefiero, a la curación, el mal.

—¿Y dices que no estás loco? Eres el primer enfermo que no aspira a curarse.

—Un mal necesario —y el mío lo es— exige la curación, no mediante el tratamiento psiquiátrico, sino siendo llevado en brazos. Estoy dispuesto a arrostrar befa y escarnio, encarcelamiento y tal vez la muerte.

—Papá, nuestras conversaciones han versado siempre sobre la familia, el país; acerca de nuestros respectivos oficios; en fin, sobre todas esas menudencias que nos ayudan a vivir. Pero nunca me hablaste en un lenguaje que yo no entendiera. De no ser tú quien me dirige la palabra, pensaría que me están tomando el pelo.

—Te respeto demasiado para tomarte el pelo. Mala suerte si no entiendes mi lenguaje.

Se recostó a la pared, como quien está próximo a tener un vahído.

—También sería posible que la gente comprendiera, comprendiera como lo comprendo yo: si un ser humano me pidiera que lo llevara en brazos lo haría gustoso. Y, sobre todo, no lo angustiaría con preguntas. Ese es el problema, hijo mío: la infinita comprensión.

Como asunto que debe ser resuelto en el seno del hogar; como uno de esos secretos de familia, de esas vergüenzas o estigmas que se esconden celosamente, miró el hijo a su alrededor, miró a Tadeo, y con aire de contubernio dijo:

—No tengo esa infinita comprensión, pero te debo respeto y te amo. Mi conocimiento del mundo y de las gentes no alcanza, no llega a esos abismos en que un padre necesita ser cargado en brazos por su hijo...

—No solamente por su hijo: también por otras gentes —aclaró, inesperadamente, Tadeo.

—Bien; para el caso es lo mismo —dijo, no sin cierta irritación, el hijo—. Si te debo respeto y amor, estoy dispuesto a llevarte en brazos. Pero, papá, solamente en casa, y cuando ni mamá ni mi mujer estén presentes.

Sonrió Tadeo, y acercándose al hijo respondió, con el acento encantador de un niño:

—Me conformo.

Entonces el hijo, como el que apura su cicuta, lo cargó y lo tuvo en sus brazos por espacio de unos cinco minutos. Lo dejó luego sentado en una silla y salió a la calle en busca de aire. Literalmente se ahogaba.

Pero Tadeo estaba necesitado de una arena más vasta. Prescindiendo de cuanto podría llamarse "la reputación de la familia" se lanzó, a los pocos días, en busca de gentes que lo tomaran en sus brazos. Volvía a la casa, las más de las veces, magullado, raída la ropa. Y cuando intervenía la Policía, el hijo debía afrontar la situación. Esto constituía materia para amargos reproches.

Tadeo era inflexible e imperturbable. No le importaba que cien personas se negaran a cargarlo, que otras se burlaran o lo escarnecieran, si una al menos aceptaba. Este hecho constituía para él tan gran felicidad, que todo lo amargo, los gestos agresivos o la hostilidad de los demás podían darse por bien empleados.

Para facilitar las cosas —que su peso no resultara gravoso—, adelgazó rápidamente. A los pocos meses era ya su propia sombra. Afirmaba que su espantosa delgadez animaba a las gentes a tomarlo en sus brazos.

Se marchó finalmente de su casa. Dormía bajo los puentes y comía sobras. Pero un adepto que ganara, que gustosamente se prestara a cargarlo, y esos breves momentos de exposición en los brazos de un semejante, eran la justificación de su vida. Y tal vez, ya que predicaba con el ejemplo, los seres humanos podrían darse a la hermosa tarea de cargarse los unos a los otros.

1977

Un fogonazo

Justamente frente a la casa de Alberto, al auto de Gladis se le poncho una goma. Ella tocó la puerta para pedirle ayuda. Fue Juan quien abrió, diciéndole: "Pase, señora." Pero Gladis no entró. Echó hacia atrás el cuerpo, en instintivo movimiento de defensa. "¿Alberto no se encuentra?" —preguntó. Cerrando el puño y haciéndolo girar cerca de la oreja, Juan le dio a entender que estaba al teléfono. Al mismo tiempo, suavemente, repitió—: "Pase, señora."

Al entrar, Gladis sorprendió a Alberto de rodillas en un confesionario. Escuchaba, atento, cuanto decía una desconocida, también de rodillas. Alberto vestía de sacerdote, y la mujer estaba desnuda. La escena resultaba rebuscada en extremo, incluso cursi, o, si se prefiere, de alocada ingenuidad.

Ante semejante decorado, Gladis reprimió una carcajada. ¿Sería un juego, o Alberto habría enloquecido? Sólo demente, un hombre como él cambiaría el aspecto de la sala hasta el colmo de instalar un confesionario y vestir ropas sacerdotales.

—Tenga la bondad de sentarse —dijo Juan ceremoniosamente—. ¿Quiere una copita de brandy o de menta?

Sin aceptar sus invitaciones, Gladis se adelantó hacia el confesionario, al mismo tiempo que preguntaba:

—¿Se puede saber qué haces ahí?

Rápido como el rayo fue Juan quien respondió, con evidente grosería:

—Confiesa a Marta.

Al escuchar su nombre, Marta se puso de pie, y dejando ver una sonrisa encantadora, se adelantó con la mano extendida:

—Mucho gusto. Tengo tantos pecados como las arenas del desierto...

Se inclinó en una reverencia ceremoniosa y ocupó de nuevo su sitio en el confesionario.

Gladis pensó, esta vez, que los tres se divertían. Posiblemente, preparaban una broma para alguien a punto de llegar. No para ella, por supuesto, que los había interrumpido. Entonces, sin acordarse del ponche de su goma, decidió ponerse a tono:

—Pues yo también quiero confesar mis pecados.

—Si yo la autorizo, tendrá que hacerlo como vino al mundo —advirtió Juan.

Gladis se arrepintió de su decisión: en la voz del desconocido Juan, creyó percibir una firmeza muy distante de cualquier comicidad. Aunque podía, tras haber agotado lo humorístico de la situación, regresar a la normalidad y sostener una animada conversación en serio. Reconfortada por este razonamiento, dijo:

—A usted me encomiendo. Es cierto que no nos han presentado; Alberto pone el alma en el desempeño de su ministerio, y parece que ni siquiera me ha visto entrar, pero ya somos como viejos amigos. Me expondría desnuda con tal de poder confesar mis pecados, mortales por necesidad. Además...

Pero Juan la interrumpió con brusquedad:

—No es usted quien debe calificar sus pecados —y señaló una silla—: siéntese y no vuelva a abrir la boca.

Para broma ya era demasiado. Ofendida, Gladis inició una débil protesta. Ignoraba que, precisamente, no le sería permitida protesta alguna, por débil que fuera. Y obtuvo la evidencia cuando Juan, pasando de golpe del comedimiento formal a la más ultrajante brutalidad, la sentó en la silla y procedió a amordazarla con un pañuelo que, semejante a un mago, había sacado del bolsillo de su frac.

Sumida en abismos, pasó sin transición de la extrema seguridad a la inseguridad extrema. Hasta este instante —eran las seis de la tarde— su día se había deslizado armoniosamente. Gladis hacía todo lo posible porque su existencia transcurriera placentera, sin conflictos dramáticos. Levantada a las nueve, desayunaba media toronja y unas tostadas secas; a las diez, recibía a su masajista; de once a una, leía; tomaba después un baño, almorzaba, dormía una siesta, y dispuesta para el trote, hacia visitas, jugaba al bridge, se iba al cine o a un baile, cosas todas que, desde su punto de vista, constituían el encanto de la vida.

—Usted se lo ha buscado —oyó a Juan decir con inflexión irritada—. También Marta se lo buscó. Tan pronto conozco a alguien, le pregunto qué no haría a ningún precio. Se lo pregunté a Marta, y me respondió que odiaba la confesión y el desnudo. Su confesión será inacabable, y la hará siempre desnuda. Tendrá que inventar pecados, veniales y mortales. En cambio, usted, a quien le encanta confesarse y estar desnuda, estará vestida, y la mordaza la hará callar.

Mientras lo escuchaba, a Gladis le parecía hallarse bajo los efectos de una pesadilla. Si despertara, se iba a reír de lo lindo. Para ella, en la vida real, no podían suceder tales cosas. ¿Qué sentido tenían el confesionario, el hábito de Alberto, la desnudez de Marta, aquel tipo vestido de frac, que hablaba de una manera extraña en un criado? ¿No era un criado, un mayordomo? Llegada a este punto, sin respuestas, se evadió, desarrollando *in mente* un programa para la noche. Calculó que el arreglo de su auto llevaría, a lo sumo, una hora. A las siete estaría en la conferencia de dietética del eminente profesor Brown; pasaría a las ocho por el Hospital de Maternidad: Adela acababa de tener un hijo; a las nueve, se reuniría en un restorán con su amante; irían a las once al estreno de un filme, y terminarían la jornada en una *boîte*. Después, a dormir el sueño de los justos.

Naturalmente, un programa tan ameno constituía una aproximación, de acuerdo con el sentir de Gladis, al inalcanzable paraíso que todo ser humano espera disfrutar en la Tierra. En cambio, la sumían de golpe en el infierno. Y en éste, por el momento, condenada a estar amordazada y a merced de un vesánico.

Tal pensamiento la devolvió a la realidad, y otra vez el terror se apoderó de ella. Desorbitados, sus ojos iban de Juan a Alberto y a Marta. ¿En qué pararía la situación en que se hallaba atrapada? ¿Duraría una hora, cuatro, diez, o se prolongaría acaso por días, meses, años? Y sobre todo: ¿cuál sería el desenlace? ¿La muerte, rápida y brutal? ¿O lenta, e igualmente brutal?

Juan, como adivinando sus pensamientos, le quitó la mordaza. Ella quedó más enmudecida, y él se encaminó a la habitación contigua. Volvió al instante con unas disciplinas, que empuñaba en la mano derecha. Ordenó a Marta y a Alberto suspender la confesión, que ella se vistiera, y que Alberto cambiara sus ropas sacerdotales por un traje. Mientras se vestían, obedientes, sirvió cuatro copas de oporto, las puso sobre una mesa y se dirigió a Gladis:

—Hable hasta que, asqueada de las palabras, me pida la mordaza.

Y la agitó antes sus ojos espantados.

A Gladis, la perspectiva de verse obligada a hablar durante un tiempo indefinido, en una situación sin escapatoria, le causaba una desazón infinita. Atropelladamente, como si las palabras, dichas con terror, se deformaran, exclamó, poniéndose de pie:

—Mi madre agoniza en el hospital. Avisaron por teléfono a mi casa. Señor, déjeme ir.

Con una calma espantosa, Juan ordenó:

—Siéntese.

Y dijo, tras degustar con delectación el oporto:

—No sé si ignora que hay dos mundos: el que circunda esta casa y el de la casa misma. La comunicación entre ambos está cortada. Olvídese del mundo exterior y concéntrese en éste.

—Pero mi madre... —gritó, posesionada de su mentira.

—Si su madre estuviera entre nosotros, sería el primero en prodigarle solícitos cuidados. Desgraciadamente, se encuentra en la otra parte del mundo que ya he mencionado.

En ese momento reaparecieron vestidos Marta y Alberto. Juan les indicó que tomaran asiento:

—Como corresponde a personas bien educadas, vamos a presentarnos.

Semejantes a actores en un escenario, los cuerpos se inclinaron ceremoniosamente. Entonces Juan, mostrando una encantadora naturalidad unida a una insigne perfidia, exclamó:

—A conversar largo y tendido.

Por estar posesionada de su mentira, por la angustia que la devoraba, Gladis protestó:

—Señor, mi madre se muere.

Decididamente, no se acomodaba a la nueva situación. Si hubiera tenido dos cuerpos, habría dejado uno en la casa de Alberto para ir con el otro en busca de su mundo cotidiano.

A manera de advertencia, Juan agitó las disciplinas diciéndole:

—No vuelva a mencionar a su madre. Nuestra comunidad no se interesa por ella. ¿Entendido? Y ahora entremos en materia. Contaremos una historia. Yo la empezaré y ustedes la continuarán. Como nuestro objetivo es la narración, haremos caso omiso de todo encadenamiento lógico. Advierto que cualquier falla en la exposición les valdrá unos cuantos azotes con estas disciplinas.

—Carezco por completo del don de la invención —dijo Marta.

—Lo mismo me pasa —opinó Gladis.

—Nunca se me ha ocurrido contar una historia —aclaró Alberto.

—¡Qué más da! —exclamó Juan, mostrando un gran desprecio—. Inventen sin pies ni cabeza. El modo de conseguirlo es hablar sin parar.

Los cautivos se miraron con estupor infinito. Ninguno tenía deseos de contar nada. Comenzada la narración, se sentían tan vacíos como el vacío absoluto.

—En el siglo pasado —comenzó Juan—, exactamente en 1860, el gran explorador inglés Cook descubrió, en lo más intrincado de la selva africana, en la región del río Zambeze, una ciudad que era la réplica exacta de Londres. Y como para un inglés no existe otro Londres que el de Inglaterra, dio por seguro que su viaje había concluido. Después de quitarse el polvo del camino fue a presentarle sus respetos a la reina Victoria...

Aquí interrumpió su relato e hizo señas a Gladis de que lo continuase. Ésta, sin poderlo evitar, lanzó una carcajada estridente:

—A mí me sacan del pastel —exclamó.

Un golpe de correas en plena cara fue la respuesta de Juan.

—Por favor —dijo Alberto—; obedece al señor.

Ella se sintió definitivamente perdida, su bella cara inundada en lágrimas. No se encontraba en un salón jugando al bridge, rodeada por las seguridades previstas para una dama del gran mundo. Por el contrario, algo extraño irrumpía en éste y cambiaba su encantador mundo por otro nefasto. Juan, y no ella, era el dueño de sus actos. Y, precisamente, cuando Juan le alargó un pañuelo con que secar sus lágrimas, la asaltó el horrible pensamiento de que esta encerrona podía eternizarse. Conocía el momento de su inicio, pero ignoraba el final.

—Esperamos por usted —y Juan agitaba las disciplinas.

Por simple instinto de conservación y por las miradas implorantes de Alberto —sin duda él temía represalias más sangrientas—, Gladis, con enorme esfuerzo, continuó el relato:

—La reina recibió al explorador en audiencia privada y le dijo: "Sir Cook, lo nombro jefe de la expedición de rescate de tres infortunados que están a merced de un vesánico en la ciudad de X."

Se calló, arrepentida de su audacia. Esperaba un nuevo correazo. Para su sorpresa, Juan, aprobando con la cabeza, instó a Alberto a proseguir la narración:

—Habiendo llegado sir Cook al apartamento en que se encontraban los cautivos —prosiguió Alberto—, oyó que hablaban de él. Entonces preguntó: "¿Me conocen?" Y ellos dijeron a coro: "¡Cómo no vamos a conocer al celebérrimo sir Cook!"

Juan, sin poder contenerse, exclamó:

—Bien dicho. El eco de las hazañas de sir Cook resuena por el orbe entero.

A una señal suya, Marta continuó con voz temblorosa.

—Sé que ustedes —dijo sir Cook— están cautivos de un vesánico llamado Juan, al que desde este momento declaro prisionero de nuestra ilustre soberana. En cuanto a ustedes, quedan en libertad.

Al conjuro de esta palabra, y por un instante ilusorio, los tres cautivos se creyeron devueltos al mundo gracias al poder de la ficción. Pero Juan, soplando con fuerza sobre tal castillo de naipes, disipó al punto la falsa creencia:

—¡Ah, pobre sir Cook con sus engañosas promesas...! Por más que quiera no está en su mano libertarlos. Si mi placer es tenerlos cautivos, el tema de la libertad sobra en esta velada.

Alberto, entonces, se atrevió a preguntar:

—¿Qué va a ser de nosotros?

Juan se encogió de hombros, y respondió con gran comedimiento:

—Ni yo mismo lo sé. Sospecho que todo irá surgiendo de la misma situación en la que están atrapados.

Alberto osó interrumpirlo:

—Al fin lo reconoce: atrapados.

—No me queda otro remedio. Para hacer lo que me gusta, es necesario que hagan lo que les disgusta. Lástima; mis designios están en desacuerdo con los suyos.

Ante afirmación tan categórica, sobraban toda pregunta y toda imploración de clemencia. Los cautivos se abismaron en sus pensamientos, y Juan, en sus maquinaciones. Sentados en estatuaria inmovilidad, con copas entre las manos, parecían salidos de una instantánea. En consonancia con tal atmósfera, el silencio habló por espacio de unos minutos en su intraducible lenguaje. Un timbrazo lo redujo a polvo. Juan se puso de pie y exclamó, con la voz tronante de un actor durante una tirada trágica:

—¡El fotógrafo viene a inmortalizarlos!

En efecto —y de acuerdo con la organización que parecía regir los acontecimientos de aquella casa: era un fotógrafo. Sin cambiar un saludo con Juan —quien tampoco lo saludó—, ni con los cautivos, se limitó a armar su cámara, provista de un trípode. Miró con ojo profesional la estancia; con su fotómetro midió la intensidad de la luz, lo acercó al grupo y, por último, furtivamente, lo devolvió a su bolsillo. La minuciosa operación duró casi media hora.

Estas morosas precauciones del fotógrafo y su teatralidad —que se emparejaba con la de Juan—, crearon una expectación mortal en los cautivos. Parecían anunciar su inminente salida del mundo de los vivos: semejaban el objetivo de una operación sobrehumana.

Y como, para el hombre común, lo inexplicable aparece siempre bajo el aspecto de lo catastrófico, los cautivos tuvieron por primera vez clara conciencia de que una catástrofe se cernía sobre sus vidas. Un miedo indescriptible se apoderó de ellos, pero ninguno se atrevió a decir palabra. El fotógrafo iba a accionar por fin el disparador cuando Juan lo detuvo y gritó con violencia:

—¡Sonrían!

Una mueca se reflejó en la cara de cada uno de los futuros fotografiados.

—Así no —pidió Juan recobrando el aplomo—. Hagan como si estuviesen en el mejor de los mundos posibles. Recuerden: la posteridad los juzgará por esta sonrisa. De modo que llénense, amigos, de felicidad. El tiempo apremia.

Los tres presintieron que esta sería su última orden. Gracias a esa facultad de la hipocresía, que tan útil les pareció en semejante momento, sus caras se fueron iluminando poco a poco hasta alcanzar las copias fieles de tres maravillosas sonrisas.

—Así está bien —admitió Juan suavemente, e hizo una señal al fotógrafo. Con lentitud de especialista éste hizo accionarla máquina, que a ellos se les antojaba infernal. Una vez cumplida la ceremonia, recogió cautelosamente sus implementos y desapareció, tan silencioso como había llegado.

Esto era lo que Juan esperaba. Con satisfacción evidente amontonó en un rincón todos los muebles y objetos de la sala. El escenario de su espectáculo adquirió un aspecto deplorable, pero bien sabía él que esto formaba parte del programa. Por último, tomó uno por uno los cuerpos rígidos de los cautivos y los depositó sobre la montaña de escombros. Antes de marcharse los miró con tristeza:

—Un poco rebeldes. La próxima vez me costará menos trabajo.

1975

Un jesuita de la literatura

Aunque veamos a diario esos cuerpos jóvenes que crecen ante nuestras narices, resulta imposible hacer una adecuada composición de lugar sobre su futuro...

Será preciso decir algo más definido.

Entonces

vamos a tomar una cerveza

Por fin estamos en la realidad.

¿Qué es la realidad? —me preguntó.

Por un instante vi su cuerpo de veinte años haciéndose polvo. Cincuenta años pasando de golpe. Ella estaba muerta. Yo seguía tarareando su canción predilecta, pero la que escuchaban mis oídos era otra canción.

Bueno, no tengo la menor idea de lo que debo seguir poniendo en estas páginas. Mejor será que me vaya a dormir. Al igual que las plantas, el pensamiento se marchita.

Un pensamiento marchi...

Qué le vamos a hacer. Mi problema, por el momento, es ver cómo eludo la salida de mañana con papá. No es divertido sacar de paseo a un viejo de ochenta y cinco años, ciego y cascarrabias. Además, quiere comprar dos bolas de cordel —de uno que se fabricaba allá por el año veinte—, lo que supone recorrer las ferreterías pidiendo siempre lo mismo, con "perdone y gracias", *y baja dos escalones; no, tres no, dos escalones, ten cuidado, puedes caerte.*

Como ya me excusé cinco veces, finalmente tendré que sacarlo mañana. Esto es no escribir, esto es sacar de paseo a un viejo. Al menos, tiene la ventaja de que uno sabe adónde va. ¿Adónde? Pues a las ferreterías. Cuando me siento a escribir no sé adónde rayos voy. Hay que ver ese "carro" cómo se demora en llegar al tope. Total, cuando llega, después de levantarme diez veces, de mirar por la ventana, de fumar diez cigarrillos, el resultado es decepcionante. Apoyo con fuerza la yema del índice sobre la equis para tachar todo eso que, en fin de cuentas, es como un coito mal practicado. Y, para colmo, imaginar que no lejos de donde me encuentro, en el apartamento contiguo, él está practicando el suyo, su coito fisiológico, como si nada, a la perfección, nacido para eso, nada más que para eso, pero feliz y contento.

Justo en este instante, tengo un buen pretexto para suspender.

Rin ... Rin... Rinnnnnnn...

—¡Ya voy, ya voy! Y mientras voy:

Qué contrariedad, tener que abandonar la creación en un momento tan inspirado. Quien está llamando no se percata de que un escritor es un hombre aparte.

—¡Ya voy, ya voy!

Felicísimo por los timbrazos,

embargado por hondos pensamientos que serán puestos en el papel para edificación de otros hombres.

—¡Ya voy!

Y abro la puerta con mano convulsa, como si un segundo más de demora pudiera evaporar al que llama.

Me desinflo:

—Ah, eras tú...

"Tú" es el marido de mi hermana. Ese "tú" de desánimo significa: *Tú me librarás sólo diez minutos de la maquinita.* Son las nueve y media de la mañana. Para la una —hora de mi almuerzo— faltan tres horas y media. *Y tú estarás sólo diez minutos.*

Inútil alargar la visita.

Tú me darás dos latas de leche condensada, yo te daré media botella de aceite, tú preguntarás por papá, tú me dirás que te siguen doliendo las muelas, tú me dirás que los muchachos están hechos unos demonios.

—¿Qué tal, tú?

Y te miro. Y miro la maquinita Furtivamente. Vuelvo a mirarte, tú, y no serás tú el que me salve de la equis.

En efecto: una vez hecho el trueque, hechas las preguntas, dadas las respuestas, se marcha.

Me desplomo en una butaca con asiento rojo de nilón, pintada y laqueada en beige. Pintura descascarada. Vuelvo a mirar la maquinita.

Odiosa, fea, antiescultural,

y voy cayendo insensiblemente en el dulce marasmo de mi "fama inminente". Miro la página, que apenas tiene escritas dos docenas de palabras. Exactamente: veintinueve.

Marta salió al portal y dijo: "Hay un sol que raja las piedras. Llevaré la sombrilla. No quiero que me salgan pecas y digan que son de nacimiento."

Sentado a la máquina de escribir a las nueve de la mañana. A las nueve y treinta y cinco, veintinueve palabras. Escalofríos.

Hay un escalofrío que raja las piedras, hay un escalofrío que raja la sombrilla, hay un escalofrío que raja las pecas.

Y es eso lo que hay:

Miro a todos lados. De modo oblicuo, al sesgo, recto, en ojeada... Después, me miro la punta de la nariz. Bizquera. Los mosaicos saltan. Me asusto. Suspendo. Por fin, pongo los ojos en una butaca *bombée*, tapizada en moaré color marfil. Hace un mes, cuando la Reforma Urbana me dio este apartamento, encontré la butaca, que se había quedado rezagada. No es fea, pero habrá que tapizarla de nuevo. ¿Y si me siento en ella? En efecto, me siento; más aún, me incrusto. Cruzo las piernas. Desde ella miro la maquinita. Como no sea ella la que prosiga contando la historia de Marta, mal veo a los lectores que, indudablemente...

¿Indudablemente?

¡Qué bobo eres tú!

Se mueren por saber en qué va a parar todo esto, reducido a veintinueve palabras.

A mí me sacan del pastel... Soy nada más que un hombre sentado en una butaca forrada en moaré color marfil.

Paso la mano por la tela. Sedosa, sedosa. No tengo otra cosa que hacer que pasar el resto de mi vida sentado en la butaca.

ALGUNOS EJEMPLOS DE IMPOTENCIA CREADORA

3 sábanas
4 fundas
5 calzoncillos
5 camisetas
2 pañuelos
3 toallas
1 mantel
2 pantalones
2 camisas

Ahora recuerdo —¡feliz recuerdo!—: dos de los calzoncillos están sin botones. No es que me dedique a arrancarlos. El que así procede es papá. Él arranca los botones de sus calzoncillos, y mi lavandera, los de los míos. Por cierto, sigue perdido mi pantalón azul. "Mañana se lo traigo" —dice la lavandera. Va para un año. ¡Qué bien se está en esta butaca, provisto de abundante ropa sucia! Excelente material para la máquina de escribir. Para ella, porque yo... Yo estoy sentado en una butaca forrada en moaré color marfil, haciendo gala de mi impotencia creadora:

1/2 taza de aceite
1 cebolla bien picadita

2 ajíes bien picaditos
1 hoja de laurel
1 grano de pimienta
3 dientes de ajo
2 latas de puré de tomate
1 cucharadita de azúcar

Receta para una fuente de spaghettis, dicha en todos los tonos y semi-tonos de la escala musical. Además, con voz de bajo, de tenor, de barítono, de soprano, de mezzo-soprano, de contralto, de tiple. Gritada, vociferada, en antífona, *a capella*, musitada, bisbiseada, en melisma, en anhélito y, como es de suponer, *in mente*. El tú, la ella, el él, los ellos, las ellas, de los apartamentos vecinos, sacando las cabezas, nimbadas por los rayos de sol, algunos con escobas, debido a lo temprano de la hora, con partículas de polvo que entran a mi departamento y se depositan dulcemente a mis pies. Una de éstas, de las partículas, se mete en mi boca. Pero yo en la brecha, ganando tiempo, pues la receta de spaghettis requiere nuevos ingredientes.

Así me lo ha dicho Clelia, la italiana que vive en los bajos. Eso fue ayer. No es que seamos amigos, pero la semana pasada su perro hizo caqui-ta delante de mi puerta. Indagué. Supe que ese perro era el perro de Clelia, que ese perro se llama Olorón. Me quejé a Clelia. Entre mi queja por deyec-ción animal hecha delante de mi puerta, y la receta para confeccionar una fuente de spaghettis, transcurrieron dos horas. En la cola para el pollo, Clelia tiene el número 119; yo, el 122; Ritica, el 120; Isel, el 121. Ritica me presenta a Clelia:

—Mucho gusto, compañera Clelia.

—*Signora* Clelia Parravicini.

—¿Es "gusana"? —pregunté a Isel.

—No creo, sólo que no está familiarizada.

—Perdone, señora Parravicini.

—Dígame Clelia.

Y lanzó una carcajada. Después:

—¡Oh, *mamma mia*! ¡El polo, el polo!

—Clelia, su perro Olorón...

No bien oyó "su perro Olorón" salió de la cola gritando: "¡Olorón, Olorón, te atropelló un auto!" Se plantó frente a mí:

—¿Sufrió mucho?

—Cálmese, Clelia. Olorón está sano y salvo.

—Allora, allora...

—Hizo caquita en mi puerta.

Resulta difícil relacionar la caquita con los spaghettis, pero en este mundo hay entre las cosas más relación de la que imaginamos. Clelia dijo:

—Será por los spaghettis con polo.

Ritica se dobla de la risa. Cuando puede hablar:

—¡Un perro que come spaghettis!

—Dios mío, ¿qué tiene de raro? Los hago yo, y me quedan...

(Clelia hace el gesto característico de los italianos para expresar que un plato es excelente: torciendo los dedos hacia adentro y llevándolos hacia una de las comisuras de la boca.)

El 116, una vieja desdentada, mira a Celia de arriba abajo y pregunta:

—¿Qué es spaghettis con polo?

—Pues polo es polo, *vecchia signora*. Usted está en la cola por el polo.

Isel dice a la vieja:

—Compañera, la compañera es italiana, y pronuncia "polo".

La vieja se echa a reír.

—Los spaghettis son blanditos...

Clelia vuelve a agitarse:

—No tan blanditos, *mamma mia. Al dente, signora*!

—¿Cómo hay que hacer para que queden *al dente, signora* Clelia?

Clelia se extiende en una explicación, a gritos, sobre el agua, el tiempo de cocción, una cebolla y una gota de aceite. Y acto seguido tapa una cazuela imaginaria. Viéndola tan inspirada, me atrevo a pedirle la receta.

—*Mamma mia* —dice, soltando una carcajada—; ustedes los cubanos son unos desesperados. ¡Qué prisa, qué apuro! Y en lo otro, ¿también se desesperan?

Isel y Ritica pescan el chiste.

—¡Esta Clelia! —dicen, con un pudor de conveniencia, pero encantadas con la alusión sexual.

—¡Esta Clelia! ¡Esta Clelia!

Y Clelia las mira, con la misma mirada que lanzaría a una puta. Ya iba a desencadenar todas sus furias napolitanas, cuando en ese momento apareció Olorón, llevado en los brazos de un "señor" gordo a matarse y con un cabo de tabaco entre los dientes.

—¡Belarmino! ¡Bravo, bravísimo!

Se queda mirándolo, extasiada; después mira a Olorón.

—Cuidado, Belarmino; Olorón ha comido muchos spaghettis.

—¿Diarrea? —y pone a Olorón en la acera.

—Eso mismo. *Io sono stanca*. Si Olorón te hace caca, tendré que lavarte la ropa y lavar a Olorón.

Isel, muerta de risa:

—¡Esta Clelia!

Y no puede decir más. Las manos de Clelia parecen águilas que volaran por la cara de Isel; los ojos le brillan, y el cuerpo se agita como el de un poseso:

—Clelia, *signora* Clelia, compañera Clelia, camarada Clelia: chusma, pero hipócrita no. Clelia se acuesta con el que le gusta.

Y en un arranque incontenible:

—¡Vivan los hombres cubanos!

La presidenta del Comité, que ha oído lo de *signora*, le dice a Clelia:

—¿Qué es eso de "siñora"? Diga compañera.

Clelia la mira de arriba abajo.

—¿Qué *diche*, qué *diche*?

La presidenta:

—...¿Diche? ¡Qué mal habla el español!

Clelia:

—*Signora* mía, *diche* es italiano.

Presidenta:

—Siñora no: compañera. Soy marxista-leninista.

Clelia:

—Yo también, siñora compañera. Y como spaghettis, *pizza*, *lasagna*, *raviole*, *canelone* y..., boniatillo.

La presidenta termina por amoscarse; mira a todos lados, grita:

—¿A quién le falta numero?

Pero todos tienen su número. Entonces la presidenta mira a Clelia y dice:

—No me desorganice la cola.

Y se aleja, seguida por dos delegadas y un muchacho que carga un banquito.

Clelia se retuerce las manos:

—Yo no desorganizo nada.

Le caen dos lagrimones. Transición brusca.

—Belarmino, ¿cuántos días de permiso? ¿Iremos a Varadero?

Ritica me dice al oído que Belarmino está loco por Clelia; que ella le saca buenos pesos sin dar nada en cambio.

—Belarmino, será mejor alquilar uno de los apartamentos del INIT; los dan con cocina. Te voy a hacer unos spaghettis....

Como en la sinfonía clásica, el tema vuelve a hacer su aparición. Aprovecho para pedirle a Clelia la receta de los spaghettis. Y empato. Sentado en la butaca, trato de recordar, sin querer recordarlo, el noveno ingrediente. Cuestión de ir matando el tiempo. Por el momento, mi problema es liquidar la conjura de la máquina de escribir.

TÁCTICA A DESARROLLAR

Método: Contraasociación de ideas.

Ensayemos.

El aceite encabeza la receta. Así, pues, me traslado de golpe cuarenta años en el tiempo, allá por el año de mil novecientos veinte, en que abuela me daba, todas las mañanas, una cucharada de aceite de oliva, que ya en mil novecientos veinticinco, exactamente el catorce de marzo, no pudo darme, pues se murió de repente, a las siete de la mañana. Cuando mi hermana corrió a darme la noticia, le dije: "A cada puerco le llega su San Martín." Mi abuela, si yo me negaba a tomar el aceite, me decía: "Te voy a freír en aceite." Después de la muerte de abuela, y después de mil novecientos veinticinco, el aceite fue artículo de lujo en mi casa.

Interrumpo la historia. Escuchen:

—No voy a volver contigo.

—Pero, Mima, oye...

—Tú crees que me chupo el dedo. Isaura me lo di...

Pasa un camión de Jóvenes Rebeldes. Puedo verlos, caen en mi zona de observación, no así la pareja que está debajo de la terraza.

Cantando:

"La sangre que en Cuba se derramó...". Una vez restablecido el silencio:

—Mima...

—Nada de Mima. Llámame por mi nombre. Se acabó y se acabó.

—Mima, mira que Fidel dijo que "atrás ni para coger impulso".

—No metas a Fidel en esto. Tú eres un buen cabrón.

—Mima, te juro...

—Está bueno, ¿no? ¡Suéltame ya!

—Mima, después no vuelvas arrepentida.

—¡Míralo! ¡Qué engreído! ¡Ni muerta, viejo, ni muerta!

—Mima, mira que tú eres mía.

—Sí, tuya, pero tinta en sangre y envuelta en algodones.

DISOLVENCIA

Estoy por salir a la terraza. Me gustaría ver qué caras se gasta ese amor, pero retrocedo espantado, es decir, retrocedo en la butaca, de la que ya he despegado el trasero ayudándome con las manos. Y así, con las manos pegadas al espaldar, me quedo. Si me levanto no podré volver al refugio. La maquinita reclamará sus derechos. Vaya a la terraza, o venga de ella, me veré obligado a pasar junto a la máquina de escribir, la rozaría con la cadera. Me quedo con las ganas, y para colmo, lleno de odio y de sombríos proyectos de venganza. ¿Quieres decirme cuáles? Vuelvo a mirarla, dejo caer de nuevo el trasero en el asiento y, por decir así, lo atornillo.

Nueva inmersión en el aceite... Ahora en el de mil novecientos veinticinco. Papá había sido despedido de su empleo. Cero aceite, cero manteca, cero carne, cero leche. Cero partido por cero arroja cero. Las bodegas, las lecherías, las carnicerías, ¡repletas!, pero nosotros, ¡vacíos! "No se quejen de que no hay comida —decía mi hermano—; ahora cagamos menos."

Timbrazo.

Nuevos timbrazos.

Vuelvo a mil novecientos sesenta y tres. Despego el trasero, corro a abrir. Es el fumigador. Calculo: diez minutos, a lo sumo quince, estará el fumigador. Podría pasarme sin sus servicios, pero diez minutos son diez minutos de salvación. Hay que ver lo que me duelen el trasero, y la cabeza, y el alma. Para alargar la visita decido conversar con el fumigador.

—¿Le gusta su trabajo?

No me contesta. Chasquea la lengua contra el cielo de la boca; me mira como si yo fuera un bicho raro.

—Es un trabajo cómodo.

—Hmmmm.

—¿Es de La Habana?

—De Regla —contesta, con evidente desgano. Como le obstruyo la puerta del baño, me empuja con el aparato de fumigar.

—¿Juega a la pelota?

Sólo se escucha el resoplar del aparato. Desde la puerta de la cocina —ahora estamos en la cocina— lanzo una furtiva mirada a la máquina. Con sus teclas erizadas, se asemeja a un insecto monstruoso. Me pongo a tararear: "Te espero, mi amor, te espero....". Y, en efecto, ella me espera. Ahora, cuando el fumigador se marche, no tendré el recurso de incrustarme en la butaca. Por el honor de la Santa Madre Literatura me veré en el caso de sentarme a la máquina y, aunque nada brote de mi cerebro, montaré la guardia. Pero no se saldrá con la suya. Retendré al fumigador.

—¿Quiere un Cuba Libre?

—Gracias, no tomo.

—¿Entonces un refresco?

—No.

—¡Café! Me queda muy bueno.

Y cojo un jarro, lo medio de agua, abro la llave del gas. Ya me dispongo a echar dos cucharadas de azúcar, cuando oigo un portazo.

¡Se fue el fumigador!

NUEVA DISOLVENCIA

Espero a que el reloj dé la una de la tarde para que mi drama personal —no el tuyo, ni el suyo, ni su drama, ni el del mundo— sea decapitado por esa fracción de tiempo resumida en la campanada del reloj. Entonces, drama hasta la una de la tarde. ¿Y después? ¿Comedia? ¿Sainete? No, seguirá siendo drama, pero, al juntarse con otros dramas —personales— dará el gran drama.

Antes será conveniente remontarse a las fuentes. Entre paréntesis: lo que sigue, aunque forma parte del drama, no está comprendido en el drama "de nueve de la mañana a una de la tarde". Sólo aparece como notas al programa, para uso del espectador.

En mil novecientos veinte me llevaron al médico por supuestos trastornos mentales. Parece que mi descripción de los objetos —no hay que decir que igualmente de las personas— se apartaba sensiblemente de la recta descripción de los mismos. Antes de entrar en materia, pondré un ejemplo: las mujeres de mi casa —cinco en total— no sólo eran mujeres: eran, además, mujeres-sayas, mujeres-blusas, mujeres-collares, etcétera. En cierta ocasión mi madre, que nunca salía, debió aceptar una invitación a la ópera. Yo estaba en la sala haciendo ceritos. De pronto apareció ella con todos los "lujos" encima. Empecé a detallarla con tanto ahínco que, perdiendo los estribos, me gritó: "Soy tu madre, nada más que tu madre. ¿No se te ocurre otra cosa que pasarme revista?" Mi padre, justamente indignado, me sermoneó: "No eres un niño normal. En vez de besar a tu madre y desearle una noche feliz, te dedicas a detallarla. Pasas la vida en eso. Y lo mismo sucede con tu tía. Cada vez que se pone una bata blanca, dices que se parece a una babosa." "Este niño se fija en todo —dijo la tía, doblemente ofendida, porque, amén de ser una tía-babosa, yo le había descubierto una verruga que ocultaba entre sus cabellos. A lo que mi padre respondió: "Estoy de acuerdo, ¿pero qué me dices de su hermano? No se fija en nada." "¡Lo prefiero! —gritó ella—: al menos no se dedica a descubrir verrugas de vieja." —Se quedó un momento como atrapando a una mosca imaginaria y profirió su maldición, en la que iba incluido un profundo asco—: "¡Ojalá te salga artista!" Mi padre se conturbó, se me acercó, me estrechó entre sus brazos y me dijo, con aire de contubernio: "Mi hijo, ¿verdad que no? ¿Verdad que, como yo, serás agrimensor?"

De entonces acá ha llovido mucho, pero toda el agua caída no ha podido lavar, borrándola, la profecía de mi tía. Es por eso que ahora, en lucha mortal con la maquinita, trato de no escribir.

INTERMEDIO
MENTE EN BLANCO
CAMBIO DE DECORADO
FANTASMAGORÍA

A la voz de "¡En su marca, listo, adelante!", me dispongo a lanzarme en loca carrera,
pero...
Me para en seco la pista de blancura enceguecedora, jalonada por cartelones en los cuales se advierten guarismos de cuatro cifras. Así: 1955, 1956, 1957, 1958, 1959, 1960, 1961. Observo que esta numeración decrece hasta llegara 1918. A ambos lados de la pista se agolpa la gente que he

conocido desde mi llegada al mundo. Llevan pasquines con la misma leyenda: "Estamos esperando que hables de nosotros." La cara de la tía es un vivo reproche; parece decir: "Tú te lo buscaste...". Aunque su muerte ocurrió en 1925, su imagen se repite desde ese año hasta 1860, fecha de su nacimiento. En cada una de sus caras se refleja una patética exhortación: "Rescátame del olvido." De pronto, veo las sucesivas caras de mi madre. Muestran una gran impaciencia, como esperando que al fin me decida a lanzarme en loca carrera. Al mismo tiempo, varias de mis madres —las comprendidas entre los días que mediaron de agosto de 1920 a octubre de 1951— corren atropelladamente a desalojar de sus posiciones a las madres comprendidas entre los días que mediaron de marzo de 1915 a julio de 1957, año de su fallecimiento. Las superposiciones de esas miles de caras dan la impresión de un terremoto facial, en el que las sonrisas, las lágrimas, el estupor, la ansiedad, los dolores físicos, caen sobre la pista y son dispersados por el viento. La cara de la vestida con todos los "lujos" para ir a la ópera parece querer escapar a mi mirada Gira incesantemente sobre sí misma para que mi vista no pueda detallar su atavío; teme que se repita la penosa escena de aquella noche. Por su parte, papá, que está junta a ella, trata, por todos los medios, de fijar mi cara en el retículo de su teodolito. ¿Será que me toma por un lindero? Pero la postrera cara de mi madre, franqueando de un salto la extensión de la pista, viene a incrustarse en mi cara.

Haciendo un esfuerzo, consigo desclavarme del asiento. Por un instante miro la maquinita, pero enseguida aparto la vista y grito: "¡No te saldrás con la tuya! ¡No hablaré de ellos!"

Sudo, tengo reseca la garganta, me ahogo. Salgo del apartamento como una exhalación. En el pasillo me encuentro con Gladis.

—Péinate, ¿no? —me dice, muerta de risa.

Como me quedo mirándola con cara de idiota, saca un espejito de la cartera.

—Mírate.

La viva imagen de la confusión fue lo que vi: confusión de cabellos y confusión de lo otro. Pero ella no me dio tiempo para pensamientos más conflictivos:

–¿Te enteraste de la última?

No estoy para "últimas"; estoy para coger calle, para enfilarlas, una y otra, al azar; una variación más de la eterna "perdedera" en que transcurre mi vida. Pero Gladis, voraz aura tiñosa del chisme, poniéndome una mano en el hombro e inmovilizando mi ademán de cohete listo a dejarla con la palabra en la boca, dice de un tirón:

—Ya no se puede recibir dólares de los Estados Unidos.

—Bueno, es una noticia, pero me tiene sin cuidado.

—Pues a mí me partieron por el eje.

Adopta un aire de compunción; mueve las manos como expresando: "Adónde iremos a parar."

—Me moriré de hambre.

Me limito a mover la cabeza.

Se aleja, al fin se aleja. Menos mal que el incidente fue corto. Necesito "carne fresca". Tengo por delante más de media hora —hasta el almuerzo— que pienso aprovechar debidamente. Doblo por Compostela para entrar en Acosta, pero, aclaro, sin rumbo fijo; tanto se me da Acosta, Jesús María o la calle que sea. Aunque ausente de mi apartamento, lo llevo a cuestas, con la maquinita, y con esas veintinueve palabras, tozudamente resistidas a multiplicarse. No sé dónde leí que una autora escribía dictándole a una grabadora. También he leído que Víctor Hugo escribía de pie, amontonando las cuartillas en el piso, y Balzac, a fuerza de café; y en un *Reader's Digest* decía que...

—¡Dichosos los ojos!

—¡María Luisa, qué alegría verte!

(Mentira, me cae como una bala.)

—¿Dónde te metes?

—Estuve ingresado en el Clínico Quirúrgico.

(*Nueva mentira. Respiro salud po rtodos los poros*)

—No me digas... ¿Algún virus? Están de moda.

—No; la presión.

—Yo también estoy de lo más fastidiada. Imagínate, la vesícula.

—La vesícula, el hígado, el bazo...

Me mira. De las capas de maquillaje —está pintada como una puerta— le sale un terror verdoso.

—¿Tengo en mal estado todo eso?

—Muy probablemente.

Las patas de gallina, las de gallo, las estrías, los cráteres de su cara, rezuman terror. Se pega a la pared; está a punto de caer. Vuelvo a decir:

—Muy probablemente.

—Ya sé que debo operarme, pero los carnavales están encima, y no quiero perderme los bailes.

—¿Y si te da un dolor combinado de vesícula, hígado y bazo en uno de esos bailes de carnaval? Yo tú no iría.

Lleva sus manos hacia donde están situados esos órganos. Más o menos; nada de precisión anatómica. Y así, encorvada, hecha un fleco, se aleja sin despedirse.

En un *Reader's Digest* decía que...

De nuevo, algo bloquea el pensamiento.

Mulata despampanante avanza como tanque de guerra, con tajada de melón en la boca, sembrando la acera de semillas negras. La vista, al cho-

car con tal arremolinamiento de carnes, envía al cerebro preguntas apremiantes, que este contesta al punto: sabrosona, santa, entera... Acto seguido, mi voz, velada y meliflua, se las susurra al oído; pero ella que en ese momento religioso de comerse el melón no está para piropos, me dice, parándome en seco: "Está bueno, ¿no?"

En vista de lo cual me veo obligado a volver al *Reader's Digest* ¿Y qué se decía en el *Reader's Digest*? Al mismo tiempo que me esfuerzo en recordar lo que se decía en el *Reader's Digest*, me viene a la memoria un cuento que leí en *Bohemia*, y en el que se hacía referencia a unos supuestos habitantes de Venus. ¿Cómo se llamaba ese cuento? Pero el "cómo se llamaba" me lleva a otro "cómo se llamaba", y a otro, y a otro: ¿Cómo se llamaba aquel depilatorio? ¿Cómo se llamaba la madre de los Gracos? ¿Cómo se llamaba la mujer que me dejó plantado aquella Nochebuena que celebramos en el Casino Deportivo? Y, sin proponérmelo, descubro el juego del "cómo se llamaba", que no es el mismo juego del "cómo se llama", ni el del "cómo se llamará". Y como estoy en el juego, empiezo a mover la cabeza de uno a otro lado, al mismo tiempo que los pies van haciendo eses de borracho. *Oye, tú, mira que estás muy huevudo para eso. ¿No te da pena?* Por suerte, el flujo cerebral es interrumpido bruscamente por el tremendo frenazo de un camión que ha estado en un tris de llevarse por delante a un autito verde, cuyo chofer, sacando la cabeza por la ventanilla, sólo tiene ojos para la mulata, que unos metros más allá sigue escupiendo semillas de melón con la misma actitud olímpica de Luis XIV al recibir a los embajadores persas. "Malanga" —grita el camionero. "¡Jamonero!" —grita el del autito. "¡Paragüero!" —grita alguien que pasa. Inminente *match* de boxeo.

Apresuro la marcha. En el *Reader's* —¿por fin podré decirlo?— se contaba que un escritor tenía un contrato donde se especificaba el pago por pulgada escrita. Entonces una novela podía ser, digamos, una mesa con mil pulgadas de largo y quinientas de ancho. Primer caso en la historia de la literatura de la novela-mesa, o de la novela-cama, o de la novela-silla... ¡Anjá! ¡Conque pisando terreno novelesco! Así que metiéndote de nuevo en la tembladera literaria, en plena calle, con un sol que raja las piedras. Temblores, sudores fríos. Sólo falta que me tope con una agencia de máquinas de escribir. Por suerte, lo que ahora ven mis ojos es una bañadera. ¿Una bañadera? Pues a cantar la canción dedicada a la memoria de la puta Rachel. "Rachel, la que era reina de París...".

La encontraron asesinada en su bañadera. El asesino le fracturó el cráneo con una botella de champán de La Veuve Cliqot. A seiscientos kilómetros del lugar de los hechos, mi tía se puso las manos en la cabeza y habló de orgías. Mas, de pronto, la bañadera en que fue hallada adquirió un raro prestigio a sus ojos. De buenas a primeras comenzó a darse baños de inmersión. Cuando el viejo maestro retirado la visitaba, ponía sobre el tapete el asesinato de Rachel, servía un refresco embotellado marca Champán-Sport, y ponía en aprietos al infeliz, exigiéndole una relación pormenorizada de los llamados instrumentos perforocortantes.

COLOSAL DEMOSTRACIÓN DE ABURRIMIENTO

Desemboqué en la Estación Terminal. Vistazo al salón de espera. Vistazo al andén. Vistazo a los trenes. Salida de la estación bajando por Egido. En la cabeza, todavía, algunos jirones —borrosos— de la tía, anegada en Champán-Sport. Tentativa —fallida— de reconstrucción de la cara de la fallecida; es decir, del cadáver de mi tía. Tentativa —lograda— ¡qué éxito!, de reconstrucción de la cara de Juanona —criada que servía el Champán-Sport—, a quien el viejo maestro le pellizcaba las nalgas. Y en ese momento, justo en ese momento, una nalga surgida a mi paso viene a compactarse con la nalga de Juanona. Esa nalga hace polvo mis evocaciones. Y, como ya se esfumaron, me veo parado frente a la vidriera de una locería:

Siete termos de fabricación china. Los hay de litro y de medio litro, adornados con risueñas calcomanías. Juego de cubiertos —¿de plata?— en caja de peluche verde. Servicio completo de mesa —sesenta y cuatro piezas, las cuento una por una—, de porcelana danesa. Dos candelabros de cuatro brazos —plata Sterling, lo dice. Un cubo para hielo en plata sobredorada. Un barrilito de plata y cristal para licores. Dos marcos de plata para fotos —los que veo en la vidriera muestran a Gary Cooper disfrazado de tejano, y a Marlene Dietrich con una piel enredada al cuerpo y medias caladas. Tres caballos, cinco perros, dos peces, un conejo y una manzana, todos de loza barata, pintados en colores chillones. Una ensa, una ensa..., una ensala... *Oye, tú, ¿qué pasa? Acaba por decir de qué se trata. ¡Oye, oye!*

¿Qué me ha pasado? Pues que empiezo a encabritarme. Mis piernas lanzan patadas a diestro y siniestro. Mi cuerpo, de la cintura hacia abajo, se mueve desacompasadamente. Es que estoy viendo; es que el ojo derecho, un poco puesto en Gary Cooper y un tanto en la vidriera contigua, está captando la imagen de un hombre, parado como yo lo estoy, frente a su arsenal de motivaciones. Es un colega, sacerdotal por partida doble: aspecto de jesuita y jesuita de la literatura. Mi horror llega a la repulsión, y de la repulsión al vómito —en efecto, vomito—, cuando, al bajar la vista, advierto en su mano derecha, colgada como un animal podrido, una maquinita de escribir.

Me vuelvo lentamente, de espaldas. Calle de mucho tránsito, luz roja puesta, espera angustiosa —cuestión de segundos, pero que se eternizan— de la luz verde. *Si él me pesca, tendré que hablar de novelas, porque él anda entre ellas, y a lo mejor lleva capítulos de ese producto en el bolsillo, y por esta zona hay muchos bares con aire acondicionado, y en uno, él me sentará para que yo lo escuche.*

226

Luz verde, finalmente. Hora: una menos diez. ¡Taxi! El taxi para. El taxi camina. A la una estaré en casa.

Pero llegué a las tres. ¿Y no habías tomado un taxi? ¿Uno de esos con chofer temerario, que te ponen en el Vedado en quince minutos? ¿Y cómo era tu chofer? Pues cantaba: "La realidad es nacer y morir....".
Me arriesgué:
—Eso es del otro tiempo.
—Pero con mucho sabor.
—Las canciones de ahora tienen <u>feeling</u>.
—¿Y qué? Cante con *feeling*, por ejemplo: "En el tronco de un árbol una niña / grabó su nombre henchida de placer..." —mientras pone el ejemplo, lo canta—, y verá a qué le sabe: a mierda.
Y enmudece para enmudecerme. Le doy unos sesenta años, mirados y vueltos a mirar con el rabillo del ojo, de arriba abajo, de izquierda a derecha. Chofer de taxi marca Ford —veo la marca de fábrica en una planchita de metal colocada entre el cuentamillas y el cenicero—, pateado por la vida. Breve emoción manifestada en cambio de mirada analítica por mirada enternecida; evocación —fotográfica, en mi cerebro— de papá, que también ha sido pateado por la vida: lo visualizo embarrado en estearina y parafina. Pequeño, ínfimo industrial de velas de sebo. Año: 1923. Lugar: Guanabacoa.
Ahora vamos por Malecón. El sol, ya muy alto, nos da en plena cara. Emoción borrada por luz solar y, también, por brisa marina. Van tumbando los años desde 1923 hasta..., ¿hasta dónde? Pues hasta —y miro el reloj— las doce y veintinueve minutos exactamente.
A propósito de minutos: papá se enfurecía con las horas aproximativas: las doce y tantas, las cinco y pico... Protestaba con todo su ser. "No, señor, nada de 'tantas'; hay que contar los minutos, y hasta las fracciones, exactamente. Cuando me piden la hora, miro el reloj y digo la que el reloj marca. Si hay fracciones de minutos, también las digo. Y hasta las décimas de segundos. Una vez me pidieron la hora. No tenía a mano mi reloj; el de pared estaba descompuesto. Corrí una cuadra y miré la hora en el de la bodega. De vuelta a mi casa, me vi en la dolorosa necesidad de decir una hora 'aproximativa'."
—¿Anda bien su reloj?
El chofer me hace la pregunta mientras saca el suyo, uno de esos llamados "ruedas de carreta", probablemente marca Hamilton, con leontina.
Miro mi reloj.
—Las doce y media.
—Yo tengo las doce y treinta y cuatro.
—**Ponga** Radio Reloj.

Lo pone:

—"...en el inciso B de la Reforma Urbana. Radio Reloj da la hora: doce y treinta y tres minutos." El chofer suelta una risita:

—Ni usted, ni yo.

Ni él, ni yo. Radio Reloj da la hora exacta y da la noticia. El orgasmo de los orgasmos, el orgasmo supremo de todo hombre, sería dar la noticia. Hace dos mil y tantos años que los cristianos dieron tremendo notición, y todavía no hace cincuenta que los rusos se descolgaron con una de esas noticias que levantan ronchas.

COMIDA ENTRE ESCRITORES

Al empezar el aperitivo, uno de los escritores dice, con toda la indiferencia fingida, con toda la frialdad de que un escritor es capaz, con toda la mala leche que le corre por las venas: "Traigo la última...". Es un buen escritor, pero el hecho de "traer la última" lo convierte automáticamente en un personaje de magia negra. "¡Dila, dila!" —grita la concurrencia. Pero él se reserva, reserva su noticia para el final de la comida, y claro está, los entrantes saben a tierra; las carnes, a excremento; los vinos, a vinagre; y los postres, a acíbar.

Cuando las sienes están a punto de estallar, cuando el pulso se acelera vertiginosamente, cuando el corazón bordea la trombosis coronaria, el escritor exclama, después del pousse-café:

—*Sé de buena tinta que X es un plagiario.*

—*Ahora te sentirás acompañado —le contesta M, quien, a su vez, es otro plagiario.*

DISOLVENCIA

—¿Se acuerda de "el primero con las últimas"?

—¿No era de *Prensa Libre*?

—No; de *El Mundo*.

—Mire —ahora el chofer echa el cuerpo hacia adelante, y, por así decir, mete el pecho en el timón—. ¿Sabe cuál ha sido la noticia más sensacional?

—¿Cuál?

—Pues la noticia del robo del brillante del Capitolio. Óigame, compay; cuando la oí por Radio Cadena Habana me dije: "¡Mi madre! ¡Y no ser yo el ladrón!" Póngase usted a pensar en las cosas que pueden comprarse con un brillante. Ese día me jalé.

—Se lo robaron entre ellos mismos.

—Ya sé. Pero robarse un brillante como ése —dicen que del tamaño de un huevo de paloma— es resolver el problema para toda la vida.

228

Y sin transición:

—¿Adónde lo llevo?

—Adónde... (Si supiera que estoy huyendo... Aunque le explicara mi problema con la máquina de escribir seguiría sin entender. Me diría, con esa espantosa frialdad con que se dicen las cosas lógicas: "A mí me gusta muchísimo mi máquina. Mírela: siempre le doy mantenimiento. Por comprarle una pieza me empeño hasta los huesos.")

Y "huesos" me devuelve a la vida. Cuando ahí, sentado en el taxi, estaba próximo a desfallecer; cuando la vida comenzaba a hacerse intolerable, una palabra tan desprovista de vitalidad como "huesos" me la inyecta a raudales. Tan eufórico me sentí, que dije en voz alta:

—¡Pero si es un saco de huesos!

—¿Quién?

—Una flaca que me persigue.

Y es que "huesos" me puso frente a otro problema que me tiene muy jodido. En mala hora me acosté con Silvia, en esa mala hora en que el escroto, lleno de semen, "piensa" que acostarse con Silvia es como hacerlo con la Lollobrigida. Y ahí está el detalle, el punto débil, la metedura de pata, porque ella, tan ansiosa como yo en ese infausto día, puso a un lado su ansiedad y, como todas las mujeres, pidió enseguida compromiso, matrimonio, niños, ser abuela, bisabuela, hasta tatarabuela, una muerte edificante... Claro está: no me deja ni a sol ni a sombra; tanto, que aunque le diga y ya se lo dije-: "Silvia, hemos terminado", ella, como si tal cosa, hablando sin parar de que nuestras almas son afines y de que ninguna otra mujer me dará lo que ella puede darme. Ese saco de huesos, con una edad mental de un bebé, estima que su belleza, unida a su inteligencia, harían mi felicidad.

Han nacido el uno para el otro.

Esto lo dice a diario la madre de Silvia. Si la hija es horrible, más lo es la madre. Ya empiezo a desazonarme, cuando oigo que el chofer dice:

—Cada cual con su condena...

Lo miro estupefacto. Un chofer solamente debe conducir a su pasajero y no inmiscuirse en sus asuntos personales. Con harta razón, el lector pensará que es un fallo del escritor. Pero es que yo soy un jesuita de la literatura, y todos los caminos me llevan... ¿Adónde? Empiezo a temblar como un azogado; las teclas de mi máquina me golpean el corazón. Recojo velas y, con voz de moribundo, repito las palabras del chofer. Éste, como si pronunciara el *ite misa est*, exclama:

—¿Se convence?

Como si la masticara, digo un "Silvia" entre dientes. Y, mentalmente: "Silvia, te odio con toda mi alma." Mentira, nadie dice "te odio con toda mi alma"; eso es de novela rosa. Se dice, puede decirse: "Silvia, cabrona; Silvia, hija de puta; o, Silvia, chupadora...". Sería desnaturalizar a Silvia, confiriéndole, a su vez, un odio de toda su alma hacia mi persona. Sería un exceso; no es para tanto: ni ella es Francesca, ni yo Paolo. Rectifiquemos: "Silvia, al carajo." Ahora mismo le digo al chofer que me lleve a su casa: "Oiga, lléveme a Pocito 115." Su madre está en el campo, de modo que podré decirle que todo ha terminado entre nosotros.

Pero ni abrí la boca. En cambio, el chofer abrió la suya con una interjección: "Me cago en Dios", y fue por un frenazo que debió darle al auto, a punto de aplastar a un tipo que corría en dirección a una cola formada frente a una casa.

—¡Qué cosa más grande! Por poco lo atropello. Algo bueno darán en esa casa cuando el tipo se lanzó a cruzar la calle... —tomó aliento, y dijo esta frase de lenguaje jurídico—: ...Con exposición de su vida.

¿Dónde la aprendiste? ¿Dónde, viejo chofer de taxi que si te caes comes hierba; oye, tú, a qué escritor le robaste eso de "con exposición de su vida"? Tamaño susto me has dado. Pero sé bueno; no vuelvas a decirla, no pongas otra frase increíble en tu boca de analfabeto. Puede darme un infarto.

Ya estoy temblando. ¿Acaso un colega? ¿Va a confiarme que él también es novelista? Lo miro, lo escruto. No, no puede serlo. Su apariencia es enteramente choferesca. ¿Será un enmascarado? ¿Es posible que de esa boca desdentada brote algo así como: "Kafka es mejor que Proust"? Y tanto más pienso que pueda decirlo, cuanto se ha sumido en esa actitud que corresponde a la expresión "religioso silencio". Y los silencios religiosos son como momentos de éxtasis, y el éxtasis es la ensoñación, y la ensoñación es la imagen, y la imagen es la metáfora; y yo no quiero que este chofer me metaforice, ni yo a él, porque yo —ya se ha visto— estoy huyendo, y no es el caso enfrentarme con un posible colega; de modo que, mostrando mi dinero, pregunto, al abrir la portezuela:

—¿Cuánto es la carrera?

—¿Se queda aquí?

—Aquí mismo.

Pago, salgo del auto, camino, doy un traspiés, me inmovilizo, vuelvo a caminar, todo ello con la vista en el cielo —de ahí el traspiés— y, como llevado de la mano, me acerco a la cola. Pero antes de incrustarme en ella

VEAMOS:

Lo que del cielo alcanza mi vista es un nubarrón, que en este momento vela el sol. Es un nubarrón en forma de paralelogramo, de un color entre humo y gris. Como es de esperar, mi pequeña erudición recuerda al instante: "*cirrus, cumulus*, estratos y *nimbus*". ¿Mas cómo calificar un nubarrón? ¡Qué importa! Lo que cuenta es lo "poético" de esos nombres. Eso crees, eso te figuras, con ese pretexto te adormeces. Si no conoces qué clase de

230

nube estás viendo, tu visión será incompleta. Bien sabes que tus ojos están viendo un nubarrón que se asemeja a un paralelogramo, que su color oscila entre el color humo y el color gris, pero no puedes clasificarlo. Si aquí se parara a ver el cielo un profesor de Geografía..., eso es poco, digamos, un astronauta: ¡figúrate tú, un astronauta clasificando una nube!, pues no te quedaría más salida que esconderte, o confesarle tu ignorancia y rendirle vasallaje. Pero no cejaré en mi soberbia. Ahora voy corriendo a la Biblioteca Nacional para consultar en la Enciclopedia Espasa el sustantivo "nube". Después, volver al lugar de los hechos, y de nuevo observar el cielo. Pero, al mismo tiempo, lograr que el taxi permanezca allí con el motor funcionando -no, el taxi sigue ahí; ya no me cabe duda de que el chofer es un literato; está fascinado con el "material humano" de la cola, y con que el hombre que estuvo a punto de ser atropellado se incorporara a la cola. Es decir, que puedo ir a la biblioteca, pero a mi vuelta, el nubarrón habrá cambiado de forma o, sencillamente, disipado; la cola, engrosado o disminuido; la gente, variado sus posiciones. Por ejemplo: ese viejo que ahora se cruza de brazos, muy probablemente los tenga bajados a mi regreso; la mujer del pañuelo en la cabeza, que está en cuclillas, se habrá puesto de pie.

De modo que desecho la idea de ir a la biblioteca. Las reglas del juego me obligan a quedarme. Desde el momento en que dejé el taxi y decidí incorporarme a la cola, ya formo parte de los jugadores. Los elementos del juego son: cola formada por dieciocho personas —yo incluido—, por casa de estilo francés —siglo XIX—, por tramo de calle —unos treinta metros—, por sección de cielo —visto a través de las copas de los árboles—, por nubarrón en forma de paralelogramo. Las reglas: miradas —desde furtivas hasta inquisitivas—, preguntas, respuestas, cambios de impresiones, actitudes corporales, vigilancia constante, a fin de que no haya "colados".

Mi próximo movimiento, la jugada que me toca hacer —si llevara a vías de hecho mi proyecto de ir a la biblioteca, automáticamente me trocaría en el jugador de otro equipo—, es ponerme, efectivamente, en la cola. Y me dispongo a hacerlo.

De ésta me separan unos cuatro metros. Mi próxima jugada consistirá en salvarlos. A su vez, ya la gente en la cola empieza a observarme, y esa es su jugada. El primero en efectuarla es un hombre regordete, al que le doy unos cuarenta años; mecánico, a juzgar por el "mono" que viste. Se ha puesto en jarras tan pronto me divisa. Es el último en la cola, por lo que al darse vuelta, hace que su barriga choque contra la espalda de un viejo. Éste, al sentirse tocado, se vuelve a su vez, y mira, no a mí, sino al presunto mecánico, o más bien a su barriga. Tan sólo un instante, pues ya me ha visto. De esta suerte, el resto de los que forman la cola se va dando vuelta, de modo que, cuando me sitúo detrás del mecánico, las miradas de dieciocho pares de ojos se clavan en los míos, desnudándome —sentido figurado. Acoquinado, hago un gesto involuntario —defensivo: me paso la mano derecha por el pelo. Todo ha sido cuestión de segundos. Enseguida, el mecánico da la espalda y el resto de la cola lo imita. Casi sin transición rompen a hablar, todos a la vez, de modo que las palabras se confunden. Por mi parte me pongo a silbar —segunda reacción defensiva. El mecánico se da vuelta de nuevo y dice:

—Mire que hay que esperar.

—Así es —digo. (*Pausa.*) ¿Qué dan en la casa?

—Dar, nada. Es para verla.

—¿Un asesinato, un robo?

—No; es que se fue.

—¿Quién?

—Una vieja.

—¿A qué lugar se fue?

—A Miami.

—¿Adinerada?

—¿No ve el palacio donde vivía?

—¿Era su propietaria?

—Pues claro. (*Pausa.*) Vivía sola.

—¿Sola en alma?

—No, hombre; con los criados.

TAL COMO ELLA LA DEJÓ

¿Quién era ella? Oye, no se ha muerto. Se acaba de ir. Apenas si ha llegado a Miami, y ya tú la entierras. Se debe ser más cuidadoso con la gente. No debe matarse a nadie antes de que le llegue la hora. Y tú, sin tener en mente este precepto moral, la entierras de antemano. No; eso no está bien. Ella está en Miami. ¿Quién te dice si a estas horas no ha adquirido ya una casa parecida? No está muerta; está exiliada; es decir, no muerta del todo, pero medio muerta.

Y yo te digo que está muera. ¿O es que no oyes a la gente? ¡Qué buena —o bueno— era! ¡Qué bien jugaba al dominó! ¡Cómo cantaba! Tenía una cara lindísima. Siempre fue muy envidiosa. No era mala persona...

—Era muy tacaña. Una vez...

Lo interrumpe el viejo:

—Ya no quedará nada cuando me llegue el turno.

Aprovecho la ocasión para desentenderme del presunto mecánico. Vuelvo a mirar al cielo: el nubarrón se ha esfumado. Mejor; entre el cielo y la tierra, entre el nuevo nubarrón que se forme y esa casa, me veré en la necesidad de dejar constancia de que el día tal, de tal año y a tal hora, conocí la casa en que habitara una vieja tacaña que se fue para Miami. Entraré en mi departamento, listo para sentarme a la máquina de escribir. Escritor genial nos descubre, a través de un estilo impecable, un mundo fabuloso.

—¿El último?

Veo acercarse a una mujer que me hace señales como de persona a punto de zozobrar.

Contesto:

—Yo.

—¿Qué están dando, señor?

El presunto mecánico responde:

—Caramelos, por la libre.

—¿No decían que esta cola es para ver la casa? Lo que me he divertido allí. (*Señala la casa.*) Florencia y yo fuimos íntimas amigas.

Hago un leve saludo y abandono el campo de batalla. No estoy para hacer cola por un paquete de caramelos.

Ya no miro al cielo; camino, con la vista puesta en el pavimento. ¿Ensimismado, eh? El gran escritor recorre, cabizbajo y meditabundo, las calles de su ciudad. Apresura el paso; le falta tiempo para llegar a su casa y sentarse ante la máquina de escribir. Está lleno de motivaciones; tantas son, que pasarán horas antes de que pueda despegar el trasero del asiento; antes de que las manos dejen de volar sobre el teclado. Tan eufórico se siente, tan elegido, que es como si el propio Racine, redivivo, le cantara al oído: *"Prosperez, che espoir d'une nation sainte."*

Por un lado voy yo, el de todos los días y de todas las horas, a quien la máquina de escribir proporciona inenarrables angustias. Por el otro, el que se dispone a tomar el avión para dirigirse a Estocolmo, ya que ha sido laureado con el Premio Nobel. Hay que ver las miradas de desprecio que me lanza el laureado, como si con ellas quisiera fulminarme. "Oye, tú, hasta hoy convivimos; ahí te dejo; eres nada más que piltrafa de carne y de espíritu." Por mi parte, le lanzo miradas de envidia. Llego a la desolada comprobación de que he pasado mi vida alimentando una serpiente en mi seno.

De pronto, me encuentro con un colega:

—¿Paseando?

El laureado contesta por mí:

—Acaban de conferirme el Nobel.

—¿Estás en babia? Te pregunto si paseas.

—¿Te das cuenta? A la par de Valéry, de Gide, de Thomas Mann...

—Bueno, si no quieres hablar... ¿Te ha dolido que me dieran el premio por mi libro de poemas?

No obstante mi íntimo convencimiento de la grandeza de mi obra literaria, no las tenía todas conmigo. En el Nobel hay muchos interesados y muchos intereses.

—Tu grosería es imperdonable. Bueno, te dejo. A menos que despegues los labios y te excuses. ¿No? *Arrivederci, caro.*

Y el colega se marcha, ofendido. Ahora contará a todos los colegas que mi envidia es tan rastrera, que le negué el saludo. Y tú, laureado, hundiéndome cada vez más en el fango. Esto no se queda así; esto se hincha; esto hay que lavarlo con sangre...

Pobre de ti; jamás podrás matar al laureado. Hace rato que el avión lo transporta hacia Estocolmo, vestido de etiqueta, dispuesto a recibir el premio de manos del rey. La desolación es tanta, que el mundo se me acaba. ¡Auxilio!

Al esfumarse ese yo mío encarnado en el laureado con el Nobel me quedo con el único yo que tengo, el que tendrá que volver fatalmente a su apartamento y proseguir su lucha contra la maquinita. Hay que tomar una decisión, irse del apartamento, hacer un auto de fe con la máquina y con los libros, personificarse en el papel de "buen salvaje rousseauniano", volver a las fuentes —¿quieres decirme a cuáles?—, desnudarse, renunciar a...

¿Lo dices? ¡Atrévete! ¡Vamos, dilo! Pereces, antes que renunciar a eso. Sí, a eso; a lo que no se nombra, pero que bien sabes lo que es: la razón de tu vida, el motor de tu existencia, lo que te hace vivir y morir al mismo tiempo, insoslayable como un cáncer; pero del cual piensas —¿piensas?— que brotarán las flores, magníficas y mágicas, de..., ¿de qué? No, no lo digas. Espera un poco, espera unos años más, dame una oportunidad.

Impactado, cojo por la calle Monte; bajo por Zulueta; llego, sofocado, hasta Obispo, bajo por ésta como en busca del mar, y tal vez pensando, a semejanza de los griegos, en exclamar al verlo: ¡Tálasa, Tálasa!

Ya estás produciendo. ¿Lo ves? De pronto, me he parado frente a una vidriera, pero en ésta no se exhiben objetos de loza barata. En ésta se ven...

¿Qué? ¿Acabarás por decirlo?

La vista se me nubla, y, sin embargo, veo a Platón, a Plotino, a Shakespeare y a Swift; veo a Calderón...

Alzo la vista. Exploro. Se me antoja que también...

—¿*También tú, no me digas?*

Se me antoja que también yo, en un lugar no muy visible, pero, al fin y al cabo, junto a los inmortales. Forzosamente debo estar entre ellos. Un Nobel es la consagración literaria.

¡Tonto de mí! Por más que exploro, nada.

Y me alejo, con la muerte en el alma. Casi arrastrándome, llego a la parada de la guagua. La cojo, me desplomo en un asiento. Me bajo, me arrastro hasta mi casa. Entro y, haciendo un esfuerzo sobrehumano, me siento ante la máquina. Pasada media hora, escribo a manera de título: "Un jesuita de la literatura."

1964

El caso Baldomero

I

Las últimas —y, por tanto, agónicas— palabras de Baldomero fueron: "Yo lo maté..." Estas tres palabras resumían cientos de miles de palabras con las cuales el infortunado Baldomero intentó, durante diez largos años, convencer a los jueces —y de paso al público— de haber sido el autor intelectual y material del crimen cometido en la persona del chino Wong.

Yo, que fui su amigo, y si voy a precisar, su *alter ego*; yo, que puedo preciarme de haber conocido mejor que nadie su personalidad —según él, tortuosa, falaz, psicopática; según mi modesta opinión, romántica, sentimental, nostálgica—, me apresuro a declarar mi absoluta incompetencia en el aludido asesinato. Me preguntaré eternamente: "¿Quién mató a Wong?"

Tengo a la vista las páginas dejadas por Baldomero, en las que expone con fría objetividad el desarrollo de dicho asesinato, madurado a través de cinco años. Son convincentes hasta ese grado en que, rebelándonos contra tanta astucia y crueldad, levantamos nuestro dedo para condenar al asesino. Y dejan de serlo, se convierten en pura habladuría, adoptando la sospechosa forma de un tejido de mentiras, cuando nos ponen por delante el informe pormenorizado de Camacho, el detective a cuyo cargo corrió la elucidación del caso.

A reserva de entregar al lector la completa relación de tal informe, mencionaré de pasada su parte final, esto es, las conclusiones, una de las cuales apunta que Baldomero, arquetipo acabado del mitómano, estaba en las antípodas de la criminalidad; afirmaba Camacho que "el caso Baldomero" podría ser estudiado desde cualquier ángulo, es decir, desde cualquiera que no fuese el de la Criminología. En su jerga legal, exponía que el pretendido asesino estaba muy lejos, no ya del criminal en acto, sino de serlo ni siquiera en potencia. Y de modo brutal concluía que Baldomero no era otra cosa que un loco y, por añadidura, "literato".

Rechazo de plano la formulación de ese juicio. Y mi rechazo proviene de los conceptos utilizados por Camacho. Baldomero no era un loco ni tampoco un literato; más bien lo calificaría de excéntrico y de escritor. Se comprometía con la excentricidad y con la literatura. ¡Cuántas veces hubo de decirme: "Aunque una u otra, o las dos juntas, me llevaran al patíbulo, proseguiría cultivándolas y defendiendo su causa, que es la mía"!

Quizás sea útil señalar que tesis tan opuestas como las de Camacho y Baldomero coinciden en lo que se refiere a la excentricidad y a la literatura: Camacho, con su despectiva calificación caracterológica, y Baldomero, con la noble definición de su propia personalidad, estaban, con palabras distintas, diciendo una y la misma cosa.

Insisto en este particular porque, dado lo insoluble del caso que nos ocupa, sabiendo de antemano que cualquier exploración tendente a resolverlo fallaría ineluctablemente, resulta consolador pensar que existe un punto de referencia, una zona de entendimiento que, sin llegar a decidir en favor de una u otra tesis, las racionaliza en cierto modo: la excentricidad puede llevar al crimen: por tanto, Baldomero podría ser el asesino; la literatura nunca llevaría al crimen: por tanto, Baldomero no podría ser el asesino.

En una de las últimas y atormentadas noches de su existencia, Baldomero me dijo con pesar infinito: "Nunca me perdonaré no haber previsto a Camacho; él, más que ese imponderable que invalidó mi crimen, es la causa de mi fracaso. Debí adelantármele y hacerlo aparecer en mis descargos esgrimiendo los mismos argumentos utilizados por él en su requisitoria. Su inconmovible seguridad se habría visto bien sacudida al verse retratado de cuerpo entero. Además, prever a Camacho hubiera equivalido a paralizarlo. Nada más fácil que haberme provisto de una aplastante prueba de convicción clamando contra mí. Imagine por un momento que yo, en el momento de consumar el asesinato de Wong, le corto unos cuantos cabellos, los empapo en su propia sangre y los guardo en una cajita. Ya haría su buen rato que mi cabeza, por expresa petición de Salitas, ese fiscal de pacotilla, se habría separado de mi pescuezo, no sin antes haber mirado burlonamente a nuestro Camacho, ese Sherlock Holmes cualquiera. Y ya ve usted; ahora él se venga cumplidamente. Sí —y su cara se contrajo en dolorosa mueca—, así es; el error es tan considerable que ni usted mismo, a pesar de su inteligencia, de su absoluta objetividad en este asunto, está en condiciones de dar el menor crédito a mis palabras."

Casi me faltó decirle, en aquella ocasión, que también le faltó preverme a mí a pesar del tiempo transcurrido desde el fallecimiento de Baldomero —diez años que han visto fusilar a Salitas y suicidarse a Camacho— me sigo preguntando en virtud de qué no llegué a identificarme plenamente con la tesis de Baldomero. Me he visto obligado a mantenerme en esa postura indecisa que es compartirla y rechazarla. Camacho me llevó siempre la enorme ventaja de su total incredulidad, y en ocasiones en que me he sentido muy atormentado con mis dudas, he llegado a envidiarlo.

Claro está: él no conoció, como yo, a Baldomero. Un día le ordenaron investigar el crimen del chino Wong. Para él Baldomero no fue, en este crimen, otra cosa que un intruso, y en consecuencia, poca o ninguna importancia le dio a mi amigo; mucho menos hizo por conocer lo que podrían llamarse, un tanto románticamente, "sus fibras más recónditas". Tengo por seguro que un detective con imaginación —facultad de la que Camacho estaba privado en absoluto— no se hubiera limitado, como él lo hizo, a los hechos, sino que hubiera hurgado en lo que sin hipérbole alguna calificaría yo de fabulosa personalidad.

A Camacho nada le dijo ese retrato al óleo de Baldomero, donde aparece al pie de un abismo, con la mirada perdida en el vacío, entre grises y blancos espectrales. Ese retrato, de grandes proporciones, montado en un marco barroco atiborrado de oro y colocado a su vez sobre una pared cubierta por un inmenso tapiz rojo, era la sorpresa obligada para cada nuevo visitante que acudía a casa de Baldomero.

Hay más todavía: en la parte inferior del cuadro, y fuera del marco, se veía un letrero con la siguiente leyenda: "Baldomero, Príncipe de las Tinieblas." El conjunto formado por el retrato en sí, por el marco, el tapiz y la leyenda, tenía algo de cursi y de grandioso a la vez; de cosa puesta allí para dar una broma colosal, y también de apoteosis pictórica del genio del mal. Sea cual fuere la impresión que dicho retrato causara en nuestro espíritu —lo mismo podía soltarse una carcajada burlona que sentirse empavorecido—, quedaba siempre flotando una interrogación: "¿Qué significa todo esto? ¿Es Baldomero un bromista, un cursi, un paranoico, un excéntrico?"

Pues bien, ese retrato nada le dijo a Camacho. He aquí su parca mención en el informe elevado a su superior jerárquico: "Retrato al óleo de Baldomero. Gran tamaño." Se me dirá que, por lo mismo, Camacho hizo un informe en que partía de lo que él llamaba la "locura de Baldomero", es decir, que un tipo que se hace retratar en una pose luciferina no es otra cosa que un orate. A esto se llama no ver más allá de sus narices, y Camacho no vio más allá de las suyas. Pero esta ausencia del espíritu de fineza le vino admirablemente porque, al menos, se ahorró mis dudas y pudo concluir, con gran desenfado, que Baldomero no había tenido la mínima participación en el asesinato de Wong.

A Baldomero todo le tocó cambiado en la vida. Dos ejemplos bastarán: el primero me lo contó él mismo; el segundo, Camacho. Ambos hablan elocuentemente acerca del carácter irrisorio que puede adoptar la fatalidad, puesta a ensañarse sobre el ser humano. Una noche en que Baldomero, tratando de probar su culpabilidad con toda clase de argumentos, hacía referencia a la muy probable existencia de los llamados "espíritus burlones", me contó el siguiente episodio: "Habiendo llevado a una de las vistas del proceso uno de esos sobres de farmacia en los que se empaquetan polvos de bicarbonato, té, manzanilla u hojas de sen, para mostrar que ese que él iba a enseñar como pieza de convicción era uno de los sobres en que Wong disimulaba el opio, se vio ante el mayor ridículo de su vida: el sobre que mostraba a los jueces contenía hojas de sen." Había sido suplantado —decía

Baldomero— por un espíritu burlón. De vuelta a su casa, avergonzado por la catilinaria que el presidente de la sala le endilgara, amén de las burlas del público, se vio en la triste necesidad de reconocer que el famoso sobre de Wong se había evaporado. Y Baldomero concluía su relato con estas amargas reflexiones: "Una divinidad implacable se ha complacido siempre en escamotearme la verdad; la verdad que he tenido en mis manos y que nunca podré demostrar."

Por eso, cuando Camacho, al año justo de la muerte de Baldomero, me contó a qué manos había ido a parar el famoso retrato al óleo, ese orgulloso y enigmático *Príncipe de las Tinieblas*, tuve que reconocer una vez más que los planes grandiosos de mi desaparecido amigo se vieron siempre perturbados por un imponderable de irrisoria naturaleza. No otro fue el destino del mencionado retrato, adquirido, al decir de Camacho, por una congregación religiosa, para pintar sobre la imagen de mi amigo un San Lázaro de leprosería. Al concluir su relato, Camacho, que, como es sabido, no tenía imaginación, pero estaba dotado de malicia, añadió: "Es lo mejor que pudo pasarle: como Baldomero, nadie creyó nunca en él; quizá como San Lázaro tenga más éxito..."

Bueno, eso de nadie no reza conmigo. Una cosa es que yo, por las circunstancias apuntadas, fluctuara, en el caso particular del presuntuoso asesino de Wong, entre la certidumbre y la incertidumbre, y otra cosa es que no reconociera la grandeza de sus planes y, más que todo eso, lo grandioso de su vida misma. Nunca puse en duda la genialidad de Baldomero. Admito que el calificativo es comprometedor, y todavía lo es más si el hombre al cual se aplica salió, como en el caso de mi amigo, derrotado en el empeño. No me importa: aun a riesgo de ser tomado por tonto —y riesgo sería con gente como Camacho y compañía— seguiré proclamando su genialidad. En los anales del crimen, Baldomero es un simple caso de mitomanía; en los de la literatura, un alto exponente de fantasía creadora, y sospecho que el propio Baldomero, a pesar de su orgullo demoníaco, reconoció esta superioridad de la literatura sobre el crimen.

Personalidad —según he dicho al principio de este relato— tortuosa, falaz, psicopática, en opinión de Baldomero; nostálgica, sentimental, romántica, en la mía. Opiniones, por lo demás, nada excluyentes, pues el tiempo ha ido mostrando que tanto él como yo, en líneas generales, no andábamos desacertados en los términos usados para calificarla. De todo esto había en mi amigo, y mucho más. Quizá una de las causas de su fracaso como criminal —quiero decir como criminal demostrado, porque siempre quedará la eterna duda de si realmente lo fue, tal cual lo siguió afirmando él hasta el momento de su muerte—, se deba en gran parte al predominio del escritor sobre el criminal, sin que ello excluya la posibilidad de una perfecta coexistencia, en una sola persona, de ambas facultades. Hasta que no se pruebe lo contrario, Baldomero puede estar en este caso; pero igualmente, hasta que no se pruebe lo contrario, Baldomero seguirá siendo la representación de un escritor cuya criminalidad se hacía pasar por el tamiz diez veces más fino de la literatura.

II

A juzgar por su aspecto físico, el hombre, como se dice, "metía miedo". Lo conocí en circunstancias harto dudosas para él. Fue por el ya remoto año veinte. Un amigo me avisó de una casona del Cerro, en la calle Tulipán. Me gustó, y me mudé. Al lado vivía Baldomero. La noche en que, como vecino, fui a brindarle mi casa, me encontré con una especie de gigante que, dado lo bajo de mi estatura, me vi obligado a mirar empinándome sobre las puntas de los pies. Lo que mayor impresión me causó de aquella formidable anatomía fueron los ojos, más bien ojillos, separados por un perpetuo fruncimiento de cejas, que los hacia parecer aún más pequeños. Me miró de arriba abajo; dejó deslizar su mirada con tal lentitud, diría escrutadora, que mi mano, extendida en gesto cordial, fue bajando lentamente, y como temerosa, a esconderse en uno de los bolsillos de mi chaqueta. Sin duda él pescó mi desazón, pues soltando una risotada, que venía a ser como una declaración de buena voluntad, me dijo, mientras su mano se introducía en el bolsillo de mi chaqueta, buscando la mía para estrecharla calurosamente: "¿A qué debo el honor...?" Y sin transición: "¿Al fin la casa se alquiló? Ayer lo vi en los trajines de la mudada. Pero vale la pena. No sabe lo que se lleva. Lo felicito."

Como no había dejado de estrecharme la mano mientras hablaba, me fue haciendo entrar suavemente, hasta dejarme frente a su famoso retrato, colocado en el vestíbulo, a dos pasos de la puerta. Conturbado como ya lo estaba ante semejante Coloso de Rodas, lo estuve aún más al enfrentarme con aquella pintura en donde, como he dicho, se mezclaba lo cursi con lo grandioso. El, viendo mi turbación, se apresuró a decir, a manera de excusa: "¿Qué le parece?" Apenas si oí estas pocas palabras. Mis ojos se habían detenido en la leyenda: "Baldomero, Príncipe de las Tinieblas", con lo cual me sentí más desconcertado, si cabe; de modo que, alzando la vista hasta su persona, lo miré con esa interrogación en la que van contenidas infinidad de preguntas. Él me respondió, primero con una carcajada tan atronadora y cavernosa que, teniendo en cuenta el estado de sobreexcitación en que me encontraba, se me antojó un trueno que hubiera retumbado en el propio vestíbulo; después, sin dejar de reír, exclamó: "¡No me quedó otro remedio que hacerme pintar así! ¡Yo no soy un ángel!"

El efecto de esta declaración, cargada sin duda de humorismo y al mismo tiempo de vanidad, me hizo poner la vista en el modelo. Enseguida pensé: "Un niño grande... Un niño grande y gordo, relleno de vanidad."

Él, que al parecer pescó mi pensamiento, replegándose —si ello fuera posible a tal corpulencia— como una estrella de mar, me dijo, estirando las palabras hasta casi desarticularlas: "La vida es más indescifrable de lo que aparenta... —y viendo que mi confusión subía de punto, añadió, pasando bruscamente de lo filosófico a lo casero—: Creo que seremos buenos vecinos. Aquí me tiene a su disposición." Enseguida me tendió de nuevo su manaza, mientras mascullaba un nombre: "Baldomero Azpeteguía, a sus órdenes."

Tuve que contener la risa; tal asociación de nombre y apellido me pareció el colmo de lo grotesco. Pero él, al parecer siempre tan previsor, se apresuró a decir, mientras soltaba de nuevo una de sus famosas carcajadas: "Baldomero..., va y pasa, pero..., Azpeteguía es inaceptable." "¡Qué quiere usted! Así son los apellidos vascos, y aunque nacido en Cuba, arrastro esta chistosa descendencia."

En este punto, el monólogo, que no el diálogo —yo sólo había hablado con los ojos— se interrumpió bruscamente. Baldomero esperaba sin duda que yo, si no coreaba su chiste, al menos lo apoyaría con una palabra relacionada con determinada característica ridícula de mi propia familia. De modo que se hizo un silencio embarazoso en el cual, instantáneamente, volvimos la mirada al retrato, como buscando un punto de referencia que, dando pie a la comunicación, lo anulara. Entonces se produjo una situación en extremo chistosa: nuestros ojos dejaron de contemplar el cuadro, listos para emprender la conversación, pero de nuestras gargantas no salió ningún sonido; sólo conseguíamos "hablar hacia adentro", haciendo que las miradas resbalaran, estúpidamente, del cuadro a nosotros y de nosotros al cuadro.

En este pase óptico de arrias estábamos, cuando sonó el teléfono. Como el timbrazo se produjo justo en el momento en que nuestros ojos se cruzaban, pude apreciar una acentuada dilatación en las pupilas de Baldomero, dilatación en la que creí advertir enojo, al mismo tiempo que terror. No estuve muy descaminado en mi fugaz observación: dado el *impasse* en que estábamos era de esperar que Baldomero se precipitase al teléfono. No hubo tal; allí se quedó —con los ojos puestos en el techo, como si tratara de ganar tiempo o confiara, sin fundamento alguno, en una brusca interrupción del sonido. Pero los timbrazos proseguían, con esa imperturbabilidad característica de lo mecánico, que espera, sin saberlo, a que lo humano haga cesar su acción involuntaria. Tantos se dejaron oír que nuestro hombre, convencido al fin de que la bestia mecánica seguiría bramando a menos que él se decidiera a enmudecerla, y persuadiéndose al mismo tiempo, mediante una mirada implorante a mi persona, de que yo no descolgaría, acabó, haciendo un esfuerzo sobrehumano, por ponerse en movimiento: lo vi dar grandes zancadas hacia el fondo del vestíbulo, llevando al propio tiempo, en su impulso, toda la inercia que ponemos en un acto que nos resulta altamente desagradable. Sus zancadas, a la vez que ágiles, eran también pesadas, como si en esta pesadez estuviera contenida la dilatación requerida para que los siniestros timbrazos cesaran. Cuando por fin descolgó, el ¡oigo! imperioso con el que siempre salimos al paso a un llamado inoportuno llevaba en sí la misma inercia de sus zancadas; es decir, había en ese ¡oigo! la vana esperanza de que en el otro hubieran colgado o que, al menos, la animosidad de la interjección le quitara, al que llamaba, las ganas de seguir molestando.

Nada de esto ocurrió. Por el contrario, el que llamaba debía de estar en ventaja moral sobre Baldomero. Éste, de súbito, pasó de la intemperancia a la humildad. Sólo atinaba a proferir entrecortados "sí, sí" o, a lo sumo, unos tímidos "de acuerdo", "está bien", "claro".... El torrente verbal del otro lado, y los monosílabos del lado de acá, duraron muy poco. El que llamaba colgó sin más explicaciones y dejó al pobre Baldomero con la palabra en la boca.

Fuera de sí, vociferó como esperando que al conjuro de su voz la otra persona restablecería la comunicación: "¡Wong; oiga, Wong!" Y, a su vez, colgó. Hasta el menos listo se habría percatado de que estos gritos eran los mismos con que llamamos a un ser querido perdido para siempre: no procedían de la razón sino de la impotencia. Tanto era así que Baldomero, pasando de la una a la otra, lanzó una de sus carcajadas estentóreas para decir al punto: "como si hablara con un muerto...". Y poniendo su corpachón en movimiento, ahora con dinámicas zancadas, caminó hacia mí mientras decía: "Ese chino es el mismísimo demonio..."

Iba yo a justificar su explosión con cualquier salida estúpida sobre los chinos, pero Baldomero no me dio tiempo. "Venga —y me empujaba hacia la puerta de la sala—; venga a ver mis veinticuatro relojes. Ya sé que no debe atosigarse a la visita mostrándole las siete maravillas del mundo que todo hijo de vecino cree poseer, pero imagínese: este papel de bobo a sabiendas constituye uno de los encantos de la vida. Ahí los tiene, pues, al menos más artísticos que esos de las agencias cablegráficas con sus, ¡en París son las tantas, y en Viena, las mas cuantas! ¡Que me importa todo eso! Ahí sentado —y me enseñaba un sillón frailuno— mato el tiempo, mientras lo veo fluir en toda su dimensión. Oiga cómo laten al unísono" —y se calló un instante para que se escuchara en la sala el tic-tac de los veinticuatro relojes. Cuando juzgó que ya estaba yo ampliamente saturado de esa música isócrona, hizo, como se dice, un ángulo de ciento ochenta grados y me espetó bruscamente: "¿Ya se lo dijeron?"

El "qué" y el asombro debieron de reflejarse en mi boca al mismo tiempo antes de que brotara el monosílabo, pues Baldomero, sin esperar su emisión, volvió a formular la pregunta, a la que añadió un giro sobrecogedor: "¿Ya se lo dijeron? ¿Ya le dijeron que me toman por loco?"

Naturalmente, no dije ni sí ni no. Hice lo que en estos casos: solté una risita nerviosa, moví la cabeza y cambié de posición: "Pues ya lo sabe: me toman por loco. Y todo por haberme hecho retratar como Príncipe de las Tinieblas; la contemplación de mi retrato ayuda a mis planes: ¿Quién no los tiene? No se fijan en lo que ellos hacen, lo cual podría, a su vez, resultarme raro. Para no ir más lejos: el vecino de al lado se pasa todo el santo día hablando solo y no por ello lo toman por loco. No creo, francamente, que hablar con las paredes de su casa no constituya una rareza, pero como tan insólito entretenimiento cae dentro de lo que el común de la gente califica, sin saber definirlo, de "orden humano", ocurre que el cuerdo es el vecino, y yo, el loco. Es él, precisamente, quien más se encarniza conmigo; ha llegado al extremo de confiarle a mi criada que un hombre como yo, es decir, un hombre que ha posado como Príncipe de las Tinieblas, es capaz de cogerla un buen día por el cuello y estrangularla. ¿En qué concepto me tiene ese idiota? Me coloca entre los asesinos primitivos, entre esos que formaron la alborada del crimen. ¡Cómo ha llovido de entonces acá, y cómo el asesino ha perfeccionado su asesinato! Y no sólo ellos... Quienes los inventan, para después narrarlos, no caerían en semejante primitivismo. Si se me ocurriera eliminar físicamente a mi pobre criada, ya vería ese soplamocos de lo que soy capaz. Se la pasaría por las narices, bien asesinada, con todas las reglas del arte, y el muy idiota proclamaría a los cuatro vientos mi "inocencia". No sólo él —y ahora puso en sus palabras un gran ardor—: también lo piensan los otros, los especialistas en despejar la ecuación del crimen perfecto. No, no crea usted también que soy un loco. Estoy leyendo en sus ojos el ansia por marcharse. Sólo lo retendré unos minutos más, los pocos que se requieren para acabar deponer en su sitio a ese tonto. *La conditio sine qua non* del asesino de gran escuela es el anonimato. Un crimen perfecto sólo tiene una imperfección: no puede ir calzado con la firma de su autor. He aquí su expiación. ¡Qué quiere! Vivimos en un planeta de "crimen y castigo"; el uno marcha con el otro, y el castigo del perfecto asesino es, precisamente, el anonimato. Al precipitar a su víctima en la tumba, ésta, como una suerte de extraña compensación, sepulta la personalidad del victimario y lo convierte, automáticamente, en uno del montón.

III

No volví a verlo hasta un mes más tarde. Diversas actividades me retuvieron en Matanzas, centro de operaciones comerciales de la casa importadora donde trabajo. Sin embargo, el recuerdo de mi encuentro con Baldomero —que califico de capital— no se borró de mi memoria. No sólo el recuerdo, sino algo de mayor importancia; la conclusión o moraleja: es un indigestado de literatura. Nada me extrañaría si, en nuestro próximo encuentro, me saliera con un mamotreto sobre el crimen perfecto cuya lectura, presumiblemente, me vería obligado a soportar.

Aunque mi vida se centra en el comercio, dedico los ratos perdidos a devorar cuanto libro cae en mis manos; así voy, plácidamente, del esoterismo a la mecánica, de los tratados sobre avicultura a los manuales de geografía, de las novelas de aventuras a los relatos de viajes. Entre las muchas cosas que debo a Baldomero se cuenta la de las lecturas escogidas. En materia tan resistente, él me enseñó a separar la paja del grano, cosa que fue posible gracias a la amistad y a los años.

Precisamente a la vuelta de ese viaje, y habiendo recaído la conversación sobre un libro que acababa de leer —*Ibis*, de Vargas Vila—, se sonrió socarronamente y me dijo que esa lectura no estaba mal, a condición de que dicho autor no formara parte de los libros de cabecera; añadió que si era el caso quemarse las pestañas leyendo, el agente combustivo debería ser el libro que arrojara un saldo favorable.

Este consejo fue el primer chispazo en mi carrera de escritor: a los veinticinco años, edad de mi encuentro con Baldomero, sólo era, como acabo de decir, un simple comisionista; pero a la vuelta de cinco años había hecho mi debut en la literatura, ese infierno frío donde la cabeza se calienta al rojo blanco. Diré, de paso, que mi primer libro debió haber llevado su firma; a tal punto reflejaba en sus páginas las ideas y el modo de hablar de Baldomero. Cuando lo hubo leído me dijo: "Nunca pensé que escribiría por pura hipóstasis. Pero no se aflija; en literatura siempre se empieza por un robo a mano armada y se termina siendo robado de la misma manera."

Volvamos a mi segundo encuentro con Baldomero. Después de cambiar saludos, de reiterarme que mi casa era toda una adquisición, y de pasmarme yo ante sus veinticuatro relojes, me dijo con aire de gran misterio que debía comunicarme algo de suma importancia:

—¿Se acuerda —y aquí bajó la voz hasta el susurro, como si alguien pudiera oír sus palabras— de la llamada telefónica?

—¿De la llamada...? —dije con extrañeza.

De momento no recordé el incidente del teléfono.

—De la que recibí en su anterior visita.

Hice un signo de asentimiento y me dije que, finalmente, ese pequeño misterio iba a serme revelado.

—Pues bien —prosiguió Baldomero—; quien me llamó fue un chino. ¿Recuerda que le grité: "Wong"?

Hice otro signo de asentimiento.

—Y ahora entérese de una vez: ese chino es mi proveedor de opio.

Debí de poner cara de susto, pues Baldomero se apresuró a aclarar, entre grandes risas:

—Mejor dicho, *era* mi proveedor. Va para seis meses que me quité de eso. Precisamente, si Wong insiste en llamárme, y hasta en venir por acá, es porque tiene sus miras secretas.

—¿Y eso es todo? —me atreví a preguntar—. Lo más que puede ocurrir es que se aburra de tenerlas.

Baldomero se quedó mirándome fijamente, como suspendido en una inquisición de mi "inteligencia". Pasados varios segundos, exclamó:

—¡Caramba! No sospechaba tanta agudeza en usted. De modo que el chino se cansará... ¡No me diga! ¿Entonces grité por teléfono de puro contento?

—Bueno, desde que sonó el timbre observé, por lo menos, que usted no estaba para llamadas.

—¡Bien captado! ¿Y qué otra cosa pasó?

—Pues entendí, por sus propias palabras, que usted estaba a la defensiva.

—¡Formidable! Donde menos uno se piensa salta un consumado conocedor del alma humana. —Hizo una pausa y prosiguió—: Entonces, si como usted afirma estaba a la defensiva, el chino se las trae y seguirá en sus trece.

Me vi tan desarmado con su lógica implacable que sólo atiné, mediante el empleo de una frase hecha, a confirmar su punto de vista:

—Aquí hay gato encerrado.

—Gato, perro, leones y tigres. Todo eso y mucho más ronda mi casa para devorarme.

—Defiéndase —dije en un nuevo acceso de idiotez.

—Eso pienso, si encuentro los medios. Pero será mejor que le cuente toda la historia. Si lo aburro con mi relato, lo corta sin más ni más. No tengo el menor derecho...

Lo paré en seco. Empezaba a irritarme todo ese circunloquio que, en el fondo, era escandalosa vanidad.

—Usted sabe de sobra que no voy a aburrirme.

Y no sin cierta ironía, de la cual fui el primer asombrado, añadí:

—Leo de todo y oigo de todo...

—Pues conocí a Wong el año pasado, el de mi iniciación en la droga. Se lo digo porque una cosa marcha con la otra; de cierta manera, fue Wong el que me envició con el opio. Y digo "de cierta manera", porque cuando me lo presentaron ya era yo, si no un adepto, al menos un iniciado. Sólo que Wong puso todo su arte para que, de simple *amateur*, pasara a engrosar las filas de los profesionales en el "vacilón". Lo vi por primera vez en casa de Polito, un pintor de paredes, aspirante perpetuo a pintor de fama y que siempre seguirá siendo lo que es, pero que a despecho de tal limitación es en cambio un empedernido opiómano. Entre paréntesis, le diré que pude más que el vicio. Desdichadamente no soy otra cosa que un pobre moralista: mis aberraciones, intemperancias, mis libertinajes..., pura irrisión, puro cerebralismo y, sospecho, lo cual sería infinitamente más irrisorio, pura literatura. Con esto del opio he quedado como el escritor que se constituye en prisión voluntariamente, a fin de estar en condiciones de escribir sobre la vida de los penados. Me "envicié" sabiendo de antemano que sería el más fuerte, es decir, que jamás representaría esa cosa terrible, pero auténtica, conocida por "el adicto a las drogas". Uno de esa condición puede desembocar en los peores excesos; más aún: debe desembocar en ellos. Pero yo, dígame usted, yo que mato el vicio al nacer, sólo vivo para verme, como ahora me veo, cansándolo con el relato de mi derrota.

Después de tal desahogo no le quedó otro remedio que hacer un alto; vencido por su propia teatralidad, lo vi convertido en espectador de su propia actuación, en la espera de que un puñado de manos viniesen a estrechar las suyas, y de que algunos, aún más entusiastas de su arte inimitable, lo pasearan en triunfo. Sin duda estaba aguardando de mi parte, si no, tanto —en verdad el caso no lo merecía—, al menos unas pocas palabra; o, en su defecto, el asombro, el pasmo, significados en una contracción facial. Por esa época de mi encuentro con Baldomero yo no era otra cosa que un *petit sauvage*; me costaba mucho formular en palabras un pensamiento, de modo que cuanto pude hacer fue una mueca. Él, que aspiraba a algo más, ya recobrado de su propio asombro me preguntó:

—¿Qué piensa de todo esto?

Y yo que, según acabo de decir, me comía las palabras —no el pensamiento—; que, en efecto, mientras la anterior escena se desarrollaba, y mucho antes, cuando él peroraba de lo lindo, estaba enfrascado en graves reflexiones y terribles dudas, en sospechas inconfesables, ya que Baldomero me daba pie, si no para todo un discurso, al menos para decir algo, decidí preguntar:

—¿Qué pasa ahora con el chino Wong?

Parece que la interrogante lo afectó. No ciertamente porque no la esperara —caía de su peso que yo la hiciera—, sino más bien debido al momento que elegí para hacerla. Si no me había contado un cuento..., chino, Baldomero vivía un drama; como a todo aquel que atraviesa un momento difícil, le resultaba duro enfrentarse con tan atroz realidad. Yo, al ponerla sobre el tapete, me adelantaba unos minutos a lo que él por sí mismo me contaría, con esos largos rodeos de que hacemos uso cuando, en ocasiones como ésta, las confesiones abruptas se evitan cuidadosamente. El resultado fue una larga digresión sobre el efecto de los alcaloides en el organismo. Ya hacía sus buenos veinte minutos que me abrumaba con sus conocimientos en la materia —con el tiempo he podido comprobar que era todo un lego en la misma—, y desesperaba yo de obtener una respuesta a mi pregunta, cuando súbitamente la contestó:

—Wong me chantajea.

—¡No me diga! —exclamé estúpidamente.

—Así como suena. Me pide dinero y yo se lo doy. Merezco...

Con santa indignación lo interrumpí:

—Póngase en el duro. Córtele el dinero.

—Muy fácil decirlo... Su respuesta es típica del que está fuera del agua. Y estoy metido en esto hasta el cuello.

—Eso es otro cantar. Por lo que veo, falta buena parte de la historia.

—¡Pero si no me da tiempo a contarla! —gritó en un acceso de histeria—. Usted quiere saberlo todo de golpe, y como no puedo complacerlo, me sale con un pie de banco.

Respiró profundamente, a fin de poder proseguir:

—El que está en el duro es Wong. ¿Y sabe por qué? Por haberme puesto yo blandito cuando esto empezó. Entre él y el pintor me hicieron cera derretida... Y ahora Wong me chantajea, porque sabe que le temo al escándalo. ¡Ya sé, ya sé! —dijo, como adelantándose a una posible objeción de mi parte—; ya sé que Wong no irá a la Policía; sabe mucho más que eso. Pero la Policía no es lo único en este mundo que puede traernos serios quebrantos. Quedan miles de posibilidades, entre las cuales, para decirlo de una vez por todas, se cuenta esa arpía de mi ex mujer, que sólo busca una ocasión para enredarme en las patas de los caballos. Nos divorciamos el año pasado. ¿Quiere saber por qué motivo? ¡Trató de envenenarme para quedarse con mi dinero!

Como esta era una nueva historia, más tenebrosa que la primera, y como empezaba a embarullarme con ella, dije con aire de marcada idiotez:

—A la verdad que ha tenido usted muy mala suerte.

—Bueno, según como se mire —contestó con desparpajo desconcertante—. Creo que hacemos mala o buena nuestra suerte. No sabía que Adela era una envenenadora, pero en cambio sabía que no valía dos quilos.

—Entonces, ¿por qué se casó?

—Por probar. Además, es una excelente cocinera.

—Que envenena los platos —dije riendo.

—Menos mal que la descubrí a tiempo.

—¿La metió en la cárcel?

—¡Nones! Habría implicado un proceso: jueces, detectives, prensa, público... Odio la publicidad. No, nada de parafernalia; simplemente planteé y obtuve el divorcio. Motivo: incompatibilidad de caracteres. ¿Se da cuenta? Ella, buscando envenenarme, y yo, huyendo del veneno. Nunca hubiéramos llegado a entendernos.

—Así es la vida —y una vez más esta frase, que no explica nada, ejerció su extraña fascinación. Él, a su vez, la repitió, y hasta con mi misma entonación. Después añadió:

—Son compinches.

—¿Quiénes?

—Wong y Adela.

—En ese caso ella debe saber, desde hace rato, que usted fumaba opio.

—Si así fuera, Wong no tendría por qué chantajearme.

Entonces, con una brusquedad rayana en la grosería, dijo:

—Si nada más se le ocurre decir boberías, será mejor que se calle.

—¿Y qué quiere? —contesté con igual brusquedad—. Búsquese un detective.

—¡Anja! ¡Un detective! ¿No le he dicho...?

—Sí, me ha dicho que odia la publicidad. Y yo le digo que no soy detective.

—¿Quién ha dicho que lo sea? Viajante de comercio y nada más.

—Viajante —repetí como un eco—. Ahora que me acuerdo, debo estar a las doce en la Terminal; salgo de recorrido por Las Villas. Gracias por recordarme mi condición. —Y lo dejé con la palabra en la boca.

IV

Pasado el tiempo he reído a menudo de mi retirada. En aquel momento estaba en mi naturaleza efectuarla: me volaba ala menor provocación y no entendía nada de sutilezas. Hasta llegué a pensar seriamente en romper con Baldomero. El hecho de que viviéramos puerta con puerta no me obligaba al trato con un personaje que se me iba muy por arriba. Esto fue lo que me aconsejó mi amigo Pablo, a cuya casa fui a los dos minutos de haber abandonado la de Baldomero —no tengo que aclarar que lo del viaje a Las Villas fue sólo una excusa. En esa ocasión me dijo que me habían tomado el pelo, y aunque yo no creía tanto, todo eso del chino Wong y del chantaje olía a engaño. Aunque, si vamos a ser justos, la conversación telefónica no lo era: mi amigo había dado muestras de sobrecogimiento, pero al mismo tiempo, tanto podía ser como no ser a causa del chino. No quería pecar de desconfiado y resolver que todo eso era pura fantasía, pero, igualmente, abandonarme a una candorosa confianza equivalía a aceptar, sin prueba concluyente, que mi amigo era su víctima.

Esta duda, la mala impresión producida por el exabrupto de Baldomero, el relato mismo del verídico o supuesto chantaje, se fueron borrando con los días. Un viaje al interior, seguido —pura coincidencia— por mis vacaciones, me alejaron de Baldomero cosa de tres meses. Me hice el firme propósito de poner una distancia entre él y yo: no tenía por qué enrolarme en su "círculo infernal", real o imaginario. Allá él con sus chinos tenebrosos, y acá yo con mis facturas.

Pero estaba escrita mi inserción en la vida de Baldomero. La atribuyo, con entero fundamento, a lo que, sin saberlo por la época de que hablo, pudiera ser calificado de pasión por la literatura. Claro está que mi nuevo encuentro con él no se produjo yendo a su casa y confesándole esta pasión.

Repito que no la sospechaba, y tanto fue así, que a las primeras palabras cambiadas, Baldomero, con esa sagacidad propia del hombre acostumbrado a mirar las almas como a través de un cristal, y particularmente las almas condenadas al infierno de la literatura, me dijo con tono zumbón: "Por muy mal que nos vaya en la amistad —y de paso hacía referencia con suma delicadeza a nuestra pasada escaramuza—, al menos habré sido su conejillo de Indias..." Y como me mostrara muy intrigado, al extremo de caer en la exigencia de una explicación que, al verse obligado a dar, anulaba automáticamente el encanto de su sutileza, me dijo entonces, y ahora con la concisión de un matemático: "Que usted, en espera de algo mejor, hará sus pininos inspirándose en mi personalidad."

¿Hablaba en broma o en serio? De cualquier modo, sentí que el estómago se me contraía y helaba igual que cuando, presas de una inquietud, algo viene a recordárnosla. Y es que Baldomero acababa de inocularme ese virus que, viniendo a hacer la función de fijador, pone al descubierto los microbios de la enfermedad que nos mina sin nosotros saberlo. Por supuesto, en ese preciso instante no es que yo me dijera: "Ah, sí, soy un escritor, y como tal, mañana mismo me pongo a escribir..." Todavía faltaba un largo tiempo para que, como efectúo ahora, me lanzara pluma en mano a poner sobre el papel esta escena memorable. Pero, con todo, sus palabras actuaron como esos imponderables que, contra lo que podría pensarse, dan color a una vida, la quitan, la cercenan o la prolongan, le dan sentimiento o la vuelven anodina. Y tanto fue así, en mi caso, que como queda dicho más arriba, no ya el estómago, sino hasta la sangre, se me helaron en las venas; no pudiendo pesar —y valga el retruécano— ese imponderable, lo más que pude concluir fue que, físicamente, algo de pronto en mi organismo se había puesto mal. Baldomero, viéndome tan, pudiéramos decir, alarmado, más todavía, a punto de congelarme "psíquicamente", rompió el *pack* de hielo con un poderoso "chorro de agua hirviente".

—Y qué..., ¿no me pregunta por el chino?

No tengo que decir que el efecto se logró; pero como al mismo tiempo la pregunta ponía sobre un primer plano la candente cuestión del chantaje, pase de súbito al estado inhibitorio: en ese momento me vi, como la *Dionea Atrapamoscas*, chupándole la sangre a la pregunta, en una inmovilidad más hierática que la de la estatuaria egipcia.

No formulada en tono de chanza, tampoco había sido hecha de modo dramático; no vi reflejada en ella la inquietud que nos devora ni la angustia que nos postra cuando estamos implicados en un asunto tenebroso. Y hago la reflexión porque de esa pregunta surgió precisamente otra que con el tiempo y los acontecimientos que fueron teniendo lugar fue conformando, junto al Baldomero que yo tomaba por auténtico, es decir, el realmente afectado por el chantaje, otro Baldomero mitómano y mixtificador.

Debí de quedarme con los ojos tan abiertos, que él, sin duda en son de broma, pasó una y otra vez su mano derecha por mis cabellos para sustraerme de mi embobamiento, a la vez que repetía la pregunta, añadiéndole otra:

—¿Hizo ya sus conclusiones?

Me limité a decirle —no sin cierta brusquedad, atribuible al estado de excitación nerviosa en que me encontraba, o quizá a mi mala educación— que no las había hecho. Se produjo entonces un silencio embarazoso. Ya estaba por disiparlo, profiriendo unas cuantas idioteces —y entre ellas la de mi ínfima condición de viajante de comercio—, cuando él, adelantándoseme, dijo de un tirón:

—Pues esperaba más de usted; pero por lo que veo, no hay nada, humano ni divino, que lo saque de sus casillas. Aunque sospecho que usted se reserva: escucha, anota y calla... Está bien que yo haga de conejillo de Indias; pero en el caso que nos ocupa, es decir, en lo del presente chantaje, bien podría aportar algunas luces. No digo que la tela donde cortar tenga muchas varas, pero si su imaginación ayuda, la pieza adquirirá proporciones de fardo. En este *imbroglio* en que estoy metido, cuatro ojos ven más que dos, y dos cabezas piensan más que una. Lo que pasa es que usted está fuera del potaje... Pensándolo bien, debería, para ayudarme eficazmente, buscarse su chantaje: cambiaríamos ansiedades y planearíamos estrategias. Pero no, sería pedirle demasiado; en cambio, poner a trabajar su cabeza redundaría en mi beneficio y..., en el suyo.

—¿En beneficio mío? —dije interrumpiéndolo con brusquedad—. No le veo la punta. ¿Piensa legarme su chantaje?

Mi pregunta, de la que me arrepentí al instante de haberla formulado, era a tal punto el colmo de la tontería, que tuvo la virtud de exasperarlo. Descargó el puño en la rodilla y se llenaron de sangre las venas de su cuello:

—¿Por quién me toma? —gritó, más que dijo—. No acostumbro legar mis asuntos a nadie. Y mucho menos mi chantaje. Por el contrario, asumo mi entera responsabilidad. Su poca o ninguna experiencia en el "bajo fondo" lo lleva a pensar que un chantaje es cosa que se lega como una fortuna; sepa que es intransferible, y que hay que agarrar el toro por los cuernos... No, duerma tranquilo: no se va a contagiar con mi chantaje. Sólo le pedía que metiera un poco los ojos, que se calentara un tanto la cabeza, pero si ni siquiera eso puede hacer, pues aquí no ha pasado nada y tan amigos como siempre.

Ante tal andanada no podía bajar la cabeza y hacer el papel de tonto, en parte por vano orgullo, en parte también por cortesía y hasta por piedad. Como nunca he llegado a establecer si Baldomero era una verdadera víctima o un consumado farsante; como en ese momento de nuestra naciente amistad daba por cierto cuanto me decía, no podía dejarlo solo con "su problema". Pero al mismo tiempo, si él, presunta víctima de Wong, no sacaba gran cosa en limpio de las aviesas intenciones de ese chino, ¿qué podría hacer yo? De todos modos algo tenía que decirle, y lo hice mediante una pregunta que me pareció de una lógica irrefutable:

—¿Sería posible conocer a Wong?

—¿Con qué objeto?

—Pues para hacer mi composición de lugar.

—No creo que arregle nada conociendo a Wong. Sólo vería a un chino más de entre los miles que hay en la ciudad. Aparte de la leyenda sobre la impenetrabilidad de los llamados Hijos del Celeste Imperio, y de que no puede darse como artículo de fe —hay chinos impenetrables y chinos penetrables—, le diré que puede hacer su composición de lugar con los datos que le he proporcionado. Verle a Wong cara y cuerpo no va a adelantarlo a usted en el estudio de su alma. Ya hace rato que la tesis lombrosiana sobre el criminal es cosa superada, y lo que en mi humilde opinión usted tiene que hacer es discurrir los medios de sacarme del atolladero en que me encuentro —después de una breve pausa añadió—: ¿Puedo contar con que hará trabajar su cabecita?

Mientras estrechaba su mano y pedía permiso para retirarme, le dije:

—Trataré de pensar y trataré de ayudarlo. Déme tiempo.

Pero el tiempo pasó sin que, en cinco visitas, se tocara el asunto Wong. Como en realidad no tenía nada sustancial que decirle del chino, y como por parte de Baldomero existía el evidente designio de no tocar más el tema si no lo sacaba yo a relucir, nuestras entrevistas eran, además de breves, caóticas. Baldomero se lanzaba a campo traviesa por los más variados tópicos. En una de ellas, que no pasó de una hora, me habló de las gallinas Leghorn que tenía allá en su finquita del Wajay, y no bien había empezado a hacer una comparación entre dichas gallinas y las catalanas del Prat, cuando la abandonó para discurrir sobre la recién aparecida novela *Generales y doctores*, de Carlos Loveira... Y así fue pasando de uno a otro tema, con esa volubilidad y desmaño del que está obsesionado con una idea fija, y esto a tal extremo, que uno advertía que sus palabras andaban por un lado y su preocupación por otro. Y como Baldomero era muy inteligente, y en una de sus rápidas marchas y contramarchas por lo divino y lo humano aludió, al hablar de la Muralla China, al constante "peligro amarillo" en el que según él siempre se encontraba Occidente, no pudo dejar de sonreír, de hacer uno de esos vagos gestos con los que indicamos haber hablado de algo prohibido y, finalmente, de rogarme que no podría continuar la conversación pues disponía del tiempo justo para llegar a Marianao, donde lo esperaban. Para hacer más verosímil su excusa sacó su reloj, miró la hora, me estrechó la mano y, queriendo disipar su efecto, me dijo:

—Le recomiendo *Generales y doctores*. Es un libro que se deja leer.

V

Nuestro nuevo encuentro fue inesperado. Iba para seis meses que no veía a Baldomero cuando una noche lo encontré comiendo en El Templete. Me quedé tan sorprendido que para reponerme de mi estupor esperé unos minutos oculto detrás de la vidriera de cigarros. Allí estaba, vestido "de punta en blanco", con una gardenia en la *boutonnière*, frente a una cena que se me antojó principesca. Era un Baldomero en gran señor, con la servilleta anudada al cuello, asintiendo o denegando con la cabeza a las palabras de un camarero que sin duda le daba palique en espera de una propina generosa. Estaba por acercarme cuando lanzó una de sus estentóreas carcajadas y dijo a renglón seguido: "¡A cada puerco le llega su San Martín!" En el acto cogió su copa, la llenó hasta los bordes con vino rojo, y alargándosela al camarero, le dijo: "Bébela a mi salud." Yo estaba fascinado; más que fascinado, estupefacto. Como dice Dante, tenía ante mí a un Baldomero *"rifatto come piante nouelle..."*; era la negación de aquel de hacía seis meses, con sus quejumbres y el ominoso chantaje de Wong pendiente sobre su cabeza.

Como no podía más con mi curiosidad, fui a su encuentro. Me planté ante la mesa y, con gran torpeza, le extendí la mano mientras decía:

—Buenas noches.

—¡Amigo mío! Usted por acá. Hoy mismo he ido a su casa, pero usted no se encontraba. Ya sé cuánto malo habrá pensado de mí. Hace meses que estaba en estado de evaporación, muerto para el mundo, muerto para los amigos. Pero no eternamente, no; eso no; ya resucité, y aquí me tiene, dándome un banquete.

Enseguida se dirigió al camarero:

—Un cubierto para el señor. Pronto. Pues aquí me tiene, rebosante de alegría. Hace una semana terminaron mis penas.

—¿Sus penas? —y me dejé caer en la silla.

—¿Pero no lo sabe todavía?

—¿Que?

—Pues el *exit* de Wong.

—¿Qué cosa?

—El *exit*, la muerte del chino. Lo destriparon hace siete días.

—¿Y cómo se enteró?

—¿Cómo...? Por los periódicos. ¿En qué mundo vive? Acá tiene la noticia.

De su billetera sacó dos recortes de periódicos, los puso sobre el mantel, se inclinó sobre ellos, y con afectación empezó a leerlos: "Ayer, en su casa de la calle Salud número 115, apareció muerto el asiático Francisco Wong, de cincuenta y cinco años de edad, con residencia en el país desde 1890. El occiso presentaba cinco heridas en su vientre, hechas con instrumento perforocortante, mortales por necesidad. Se desconoce por el momento el móvil del crimen. La Policía sigue varias pistas. Continuaremos informando." Tomó un sorbo de vino, se limpió la boca con la servilleta y preguntó:

—¿Qué le parece? ¿No es un notición?

—Lo es, lo es. Léame el otro suelto.

—Con mucho gusto. Este que ahora voy a leerle es de hoy. Oiga: "Sigue envuelto en el misterio el crimen de la calle Salud, cometido en la persona del chino Francisco Wong. Han transcurrido siete días de dicho asesinato y el victimario no ha sido aprehendido. Este caso ha sido puesto en las manos del reputado detective Camacho, quien espera que muy en breve sea esclarecido tan repugnante asesinato." —Y volvió a preguntarme:

—¿Qué le parece?

—Pues lo felicito. Muerto el perro... Ahora sólo falta que usted le dé las gracias al asesino.

—Es lo obligado. Pero, dígame: ¿cómo le voy a expresar mi agradecimiento si hasta el presente la Policía no ha logrado echarle el guante? Dicen que Camacho, el sabueso número uno de la Policía, está furioso por estimar que el caso no merece una pesquisa tan prolongada. Tiene locos a sus subalternos, y según se afirma, les ha dado un plazo para que encuentren una pista segura. Supongo que él mismo habrá empezado por aplicarse la consigna. Personalmente estimo que el móvil de este asesinato ha sido el robo. Usted sabe que aquí en Cuba, chino asesinado es chino desvalijado. Es un esquema que casi nunca falla, y subsiguientemente el victimario es encontrado a los pocos días.

—A menos que Wong representara un peligro amarillo...

—¿Para otro "amarillo"? —me preguntó Baldomero.

—No necesariamente. También puede serlo para un occidental. Por ejemplo: para usted. Wong lo chantajeaba.

—¿Insinúa que he matado a Wong?

—No; usted no lo ha matado. Alguien que padecía a ese chino como usted lo ha padecido, pudo ser el victimario.

—Es muy razonable su argumento. Además, caben otros móviles: venganza por celos, rivalidades comerciales, legítima defensa —eso también es un móvil—; y para no dejar nada en el tintero, el de este crimen pudo haber sido un simple acto deportivo.

—¿Deportivo? —y abrí tamaños ojos.

—Pues sí: deportivo. El deporte del victimario de Wong es sacarle las tripas al más pintado. ¿Ya no se acuerda de esos londinenses destripadores de mujeres? Imagínese qué clase de piropos gastan esos niños... Uno solo, pero concluyente. Claro que Wong no se encontraba en ese caso: ni era mujer, ni era londinense; pero a lo mejor hay por ahí un "deportista" que ha iniciado sus *performances* de destripamiento de comerciantes asiáticos.

—Y ese Camacho, el sabueso, como usted dice, ¿tiene un olfato fino?

—El hecho de que la Policía lo tenga por su sabueso más calificado no quiere decir que yo comparta tal punto de vista. Tampoco lo niego. Lo mismo puede ser un Sherlock Holmes redivivo que un tonto de capirote. Hasta el presente, Camacho sólo ha intervenido en asuntos de poca monta. Sin que el asesinato de Wong me parezca nada extraordinario, con todo, Camacho tiene la oportunidad de lucirse. ¿No le parece? Veremos cómo trabaja este asunto. A lo mejor nos sirve en bandeja de plata al asesino, o a lo mejor es el asesino quien nos lo sirve a él en la misma bandeja. Todo puede suceder. Y ahora, empiece a devorar el *soufflé* de queso. Está riquísimo. Y se le va a enfriar.

VI

Todo puede suceder... Baldomero lo había dicho en nuestro memorable encuentro de El Templete. Cuando oí esa frase, no le di mayor importancia. Además, él la decía en el sentido de que el asesino de Wong podría anular los desesperados intentos de Camacho por lograr su captura. Pero no; ahora sé que no era ese el sentido de sus palabras. Un mes después de dicho encuentro, me encontraba en Cienfuegos, en una de mis visitas comerciales, cuando una mañana leí en el periódico:

"Presunto asesino del asiático Francisco Wong se entrega a la Policía. Baldomero Azpeteguía, vecino de la calle Tulipán, en la barriada del Cerro, afirma ser el asesino de Wong. Con este objeto, ha puesto en manos del juez de instrucción un escrito en el que expone los motivos que lo llevaron a cometer dicho asesinato."

Cuando un escritor quiere significar el terror o el horror que uno de sus personajes debe experimentar, dice que A o B ha sentido, o siente, "un escalofrío". Por ser escritor, debería decir que la lectura de ese suelto me produjo un escalofrío. Pero no. Y es que en cierto modo estaba preparado para recibirlo: muy presumiblemente, era yo la única persona en el mundo enterada del problema existente entre Baldomero y Wong. Al terminar la lectura del suelto me dije: "Wong fue muy lejos en su chantaje y Baldomero lo eliminó. Sin embargo, ¿lo eliminó para después proclamarlo a los cuatro vientos?" Desde ese momento comprendí que Baldomero era un caso y que, en lo adelante, mi idea fija sería el caso Baldomero.

VII
INFORME DEL DETECTIVE CAMACHO

El día 19 de abril del presente año de 1920 apareció muerto en su casa de la calle Salud número 115 el comerciante chino Francisco Wong, mayor de edad, soltero, con residencia en Cuba desde el año de 1890. El citado Francisco Wong presentaba en el vientre cinco heridas hechas con instrumento perforocortante, las que fueron declaradas por el médico forense como "mortales por necesidad". Descubierto el crimen por la cocinera de Wong a las ocho de la mañana —hora en que la misma llega a la casa para sus quehaceres—, me presenté en el lugar de los hechos a las diez. Practicado el registro de rutina, tuve la evidencia de que el móvil del crimen no hubo de ser el robo. Encontré en casa de Wong tres mil pesos en billetes de banco, así como moneda fraccionaria ascendente a la suma de sesenta y seis pesos con tres centavos; dos relojes de oro marca Hamilton, de un valor aproximado a los cuatrocientos pesos, y un cargamento de opio, tasado por los expertos en más de cinco mil pesos.

A la primera ojeada comprobé que Wong había ofrecido una desesperada resistencia: desde la puerta de entrada a la habitación hasta el lugar ocupado por la cama —más o menos tres y medio metros— se observaban las huellas de lo que tuvo que haber sido batalla campal: una silla de mimbre en pedazos; una estera de paja que evidentemente le sirvió de escudo al occiso, pues presentaba cuatro perforaciones hechas, sin duda alguna, por el puñal del victimario; una cómoda a la que faltaba una de sus patas, amén del espejo roto y, finalmente, un orinal de loza hecho añicos. Que el occiso se defendió con dientes y uñas lo prueba el hecho de esta lucha. Wong era corpulento; su peso no bajaba de las doscientas libras y, a pesar de sus casi sesenta años, su cuerpo se había conservado musculoso, con el vientre liso, grandes bíceps y unos ijares que parecían tallados en bronce. Si apunto tales detalles es para establecer la comparación con su victimario. Quiero decir que no cualquier mequetrefe estaba en disposición de medirse con Wong. Aun cuando mantengo el criterio de que un detective no debe dejarse ganar por su fantasía, no cesaba de imaginarme al asesino de Wong como una especie de Goliat. "Veamos —me dije— la gente que frecuentaba Wong." Inicié esta pesquisa haciendo llamar a la criada, a la que, más muerta que viva por el susto recibido, todo se le volvía exclamar: "¡Pobre señor Wong, pobre señor Wong...!" "Bueno —le aclaré—; ahora el señor Wong está muerto y usted está viva, y si no habla, la entregaré a la justicia." Paró en seco su llanto y me dijo:

—Pues aquí vienen dos tipos que son como de la casa. Uno es pintor y se llama Polito; el otro es comerciante y se llama Clavé. El tal Clavé casi vive aquí: almuerza y come todos los días, y por lo menos se queda a dormir tres veces por semana. Polito viene a diario, pero Wong lo invita muy poco a comer. No hace mucho que estoy aquí de cocinera, pero Manuela, la que estaba antes que yo, me dijo que ese Polito le conseguía las mujeres a Wong. Ayer estuvo aquí a la hora del almuerzo, pero el señor Wong no lo invitó. Oí cuando le preguntaba por Clavé, y Wong le contó que hacía una semana que no lo veía. Se fue como a las tres, y Wong le advirtió que no volviera por la noche, porque él no iba a estar en la casa. ¿Qué más quiere saber?

—¿Hay algo más?

—Bueno, lo que sé es que Wong y Clavé siempre estaban peleando. Se encerraban en este cuarto y al poco rato se oían coños y carajos...

—¿Y además de esas palabrotas?

—Bueno, usted no va a pensar que yo me ponía detrás de la puerta a oír. A mí siempre me faltaba tiempo para cocinarle a Wong. Le gustaba comer bien, mucho y a su hora, de modo que siempre estaba clavada en la cocina.

—¿Qué más?

—¿Qué más quiere? ¿Quiere que le diga que vi cuando estaban matando a Wong? Pues no, señor; no vi cuando lo mataban, ni nada de esto es asunto mío.

Hizo un movimiento para dirigirse a la cocina; de pronto, se inmovilizó:

—Pero...

—¿Pero qué...?

—Nada; ahora me acuerdo de que hará cosa de un año, Wong y Clavé se dieron una paliza tan grande que vino la Policía y...

—¿Y qué?

—Nada, que Clavé le dijo a Wong que tuviera cuidado, pues un día lo iba a matar.

—Y después de la paliza, ¿qué pasó?

—La sangre nunca llegaba al río... A los pocos días se fueron de rumba al Mariel con dos amigas. Estuvieron una semana por allá y me dejaron tranquila.

—¿Cuándo estuvo aquí Clavé por última vez?

—Déjeme ver: hoy es martes. Pues la última vez fue el miércoles pasado. Wong lo había invitado a almorzar, y también a un amigo de Polito que le dicen Mero y que era primera vez que venía a esta casa.

—¿Mero? Pero eso es un apodo. ¿No sabe el nombre?

—¿Cómo quiere que lo sepa si nada más le decían Mero? Lo único que recuerdo es que el tipo se cogió la conversación para él solo.

—¿Cómo es su físico?

—Es alto como una palma. Tan alto como Clavé. Mire si tiene labia, que habló de un tal Alejandro, y dijo que había sido dueño del mundo antes de llegar a los treinta años. ¿Qué le parece?

—A propósito, ¿qué edad le calcula a ese Mero?

—Andará por los sesenta, pero yo cambiaría los cuarenta míos por los sesenta de él. ¡Ay, mi madre, al que ese hombre le ponga encima la mano no cuenta el cuento!

—Y además de contar de ese Alejandro, ¿qué otra cosa dijo?

—¡Yo qué sé! Casi hablaba él solo. Pero, oiga, con todo y eso, Wong le dijo que era un mentiroso.

—¿En qué se basaba?

—Pues dijo que podía matar a cualquiera sin que la Policía lo cogiera. Y Wong le dijo que era un mentiroso, que él no mataba un mosquito, y que le pagaba mil pesos por cada muerto que le presentara.

Entre esta conversación con la criada y el arresto de Clavé y de Polito pasaron diez días. Por estar de pesquería en Cayo Coco se hizo muy difícil dar con ellos. Al fin fueron capturados en Camagüey. Tan pronto logré entrevistarlos, pude saber que ese Mero responde al nombre de Baldomero, y se apellida Azpeteguía. Cuando me dispongo a personarme en su casa, el juez me llama por teléfono para comunicarme que Baldomero ha presentado un escrito donde confiesa ser el asesino de Wong. Voy a su casa. La criada me dice que desde hace tres días el señor está ausente. Se echa a llorar y me pregunta si al señor le ha pasado algo malo:

—Eso quisiera saber yo, señora; si le ha pasado algo malo o..., algo bueno. Para eso estoy aquí. Si me lo permite haré un registro.

Lo primero que observo es un retrato al óleo, de gran tamaño, del citado Baldomero, con una leyenda en su parte inferior: "Baldomero, Príncipe de las Tinieblas." Paso de inmediato a la sala. Veo veinticuatro grandes relojes de péndola distribuidos en la siguiente forma: ocho en cada una de las tres paredes de la sala, y en medio de ésta, un sillón frailuno. Mientras oigo su acompasado tic-tac —todos ellos marcaban la misma hora, las cinco y veintidós minutos—, la criada comenta: "El señor está medio chiflado. Si usted lo viera... Ahí se pasa sentado las horas —y me indica el sillón— mirando los relojes." Le pregunto si no trabaja, y me responde que lo único que hace es escribir, leer y hablar: "Cuando no tiene a nadie con quien hablar, se va a la cocina y me da la lata. ¡Mi madre, las cosas que dice...! Que hay gente en la luna, que en el mar hay una serpiente de una cuadra de largo; que hay un pájaro que, después de muerto, vuelve a nacer de sus cenizas... ¡Qué sé yo! Además, no para de hablar; pero, oiga, nunca habla solo —como el que vive al lado—; él necesita tener quien lo oiga, y figúrese, cuando no tiene a nadie, me coge a mí y me da la lata."

—¿Sabe usted si lo visitaba un chino de apellido Wong?

—¡Jesús, María y José! ¿Y cómo dice que se llamaba?

—Wong. Francisco Wong.

—¿Wong, Wong...? No, aquí no visita ningún chino.

La miro fijo a los ojos, le pregunto a quemarropa:

—¿No será Baldomero el que lo ha matado?

Se dobla de la risa, alza la mano como protestando de la sospecha, casi pone los ojos en blanco. Finalmente dice:

—¡Qué oigo! ¿Matar a ese chino? ¡Pero si el señor Baldomero no mata ni un mosquito...! Mire, es así de grande —y alza la mano cuanto puede— y así de gordo —abre ambos brazos en toda su anchura—, pero más cobarde que una jutía. No hace todavía un mes que el vecino le manoteó en la cara, le dijo cuatro frescas y él se quedó como si tal cosa... Además, el señor Baldomero se pasa la vida hablando de que mata y embarrila... Dígame usted: el que mata de verdad nunca lo anda pregonando. Y eso es lo que hace todo el santo día. Cuando el otro vecino no está en su casa va a la cocina, y quiera que no, tengo que oírlo...

—¿Y quién es ese otro vecino?

—El caballero Arturo. Un joven bien parecido que se dedica al comercio. Dice que está por casarse, pero le aseguro que como siga con el señor Baldomero irá a parar a Mazorra. Le ha metido en la cabeza que debe escribir, le presta libros y le lee sus mamotretos. Es una lástima...

—Entonces, ¿Baldomero es escritor?

—Bueno, yo no entiendo bien qué es eso, pero sí sé que tiene una mesa llena de papeles con las cosas que escribe.

Cuando tengo al hombre frente a mí por poco pierdo la debida corrección. Cerrado de negro de pies a cabeza, sombrero hongo que descansa sobre sus piernas cruzadas y apoyada la barbilla en el puño de plata de un bastón, más parece un hombre mundano o el personaje de un drama que el autoprocesado en el asesinato de Wong. Al verme se pone en pie, junta los talones y, derecho como un huso, me tiende una mano rígida mientras él mismo se presenta. Como el apellido me resulta tan extravagante como su físico, mi primera interrogante es:

—¿Español?

—Esa misma pregunta me la hacen todos. Mi apellido, y esta piel un tanto sonrosada, hacen pensar en una extranjería que no poseo. No, señor detective: soy cubano, y orgulloso de serlo. Nací en esta isla, y en el barrio del Cerro, el día 19 de mayo de 1860. Si suma los cuarenta años del siglo pasado y los veinte que han transcurrido de éste, verá que mi edad son sesenta, en mi humilde opinión no tan mal llevados, pues tengo una salud de hierro y estoy en pleno disfrute de mis facultades mentales.

Contengo la risa ante semejante declaración exabrupto. La vivaz descripción del personaje de labios de su criada no hace todavía cuarenta y ocho horas, se queda corta frente al Baldomero de carne y hueso. Sin quererlo voy haciendo mi composición de lugar: me encuentro ante un megalómano. El carácter de sus escritos revela el delirio de grandeza de que está poseído. Se advierte ya desde los mismos títulos: *Correcciones a Viaje a la Luna, de Julio Verne; La posición geográfica de Cuba es el fundamento para hacer de esta isla una potencia de primer orden; Refutación del con-*

cepto socrático: "Sólo sé que no sé nada"; Crimen perfecto, pero un criminal imperfecto; Cómo privar al mundo de un monumento de la literatura. En este último escrito, hecho bajo forma de novela —unas cuatrocientas cuartillas—, se pinta a un superescritor que, habiendo compuesto la obra literaria más grande de todos los tiempos, decide sustraerla al conocimiento del público, pero no sin antes haber anunciado que la tiene depositada en cierto lugar y empaquetada junto a una bomba reloj que estallará tal día y a tal hora. El autor sitúa el acontecimiento en París. Los escritores de esta ciudad, conmovidos ante la pérdida inminente de tan formidable pieza literaria, ponen en movimiento a los agentes de la Sureté y recaban, asimismo, ayuda de los de Scotland Yard. El superescritor fija el plazo de un mes para el descubrimiento del manuscrito en cuestión. Pasado este plazo la bomba estallará, "y habrá de llevarse, en su explosión —dice Baldomero—, el proverbial sadismo del escritor y el también proverbial masoquismo de los lectores".

De nada de esto le hablo en nuestra primera entrevista, que me ocasiona un agotamiento nervioso del cual estoy lejos de recuperarme. Lograr que Baldomero se limite a su efectiva o fingida participación en el asesinato de Wong es para mí obra de romanos. No bien encauzo la conversación hacia el motivo que nos reúne, cuando se pierde en una larga digresión sobre la frase de Schopenhauer: "Si Dios ha creado el mundo, yo no quisiera ser Dios." Al taquígrafo le resulta imposible seguir tal galimatías e implora, mirándome, que cierre el pico a Baldomero. Pero al hombre hay que tomarlo o dejarlo... Suponiendo que le diga: "Limítese a los hechos", ello dará pie a una nueva digresión, quizás más extensa que las precedentes. Por fin, al parecer agotado por su copiosa exposición, se queda resoplando, como un caballo parado en plena carrera. Aprovecho esta pausa:

—Señor Azpeteguía: vamos a entrar en materia. Usted ha presentado un escrito en el que se acusa de haber infligido la muerte al chino Francisco Wong. En dicho documento expresa que se ha visto obligado a tomar tan trágica determinación —lo digo con sus propias palabras— porque el mencionado Wong lo extorsionaba.

—Así es.

—Bien. En su escrito usted declara que Wong lo amenazaba con decírselo todo a su ex mujer —y sigo citando sus propias palabras—, si...

—Si yo no le daba todos los meses quinientos pesos —y Baldomero concluyó mi frase al mismo tiempo que soltaba una carcajada.

—Perfecto. ¿Quisiera decirme ahora qué perjuicio podría ocasionarle el hecho de que su ex mujer se enterara de que usted consumía opio?

—Creo haber explicado en mi escrito que mi ex mujer trató de envenenarme.

—Lo sé, pero no veo la relación...

—Si me deja redondear mi pensamiento... —Baldomero hizo un círculo uniendo índices y pulgares.

—Perdón. Continúe.

—Ya sabe usted por mi confesión escrita que no soy, en modo alguno, un adicto al opio. Si lo he "frecuentado" ha sido por pura curiosidad, y diría que por pura curiosidad estética. Cuando uno ha leído todo eso de la secta de los *haschischins*, Baudelaire y Thomas de Quincey —para no citar más que unos pocos hombres de tan ilustre genealogía—, y cuando, como es mi caso, se incurre en veleidades literarias, es irresistible la tentación de "entrarle" a la droga. He querido, como Terencio, que nada humano me sea ajeno, y no me negará que el opio pertenece al orden humano. Ahora bien: de puro curioso a adicto consumado media un gran trecho, precisamente el que hace tiempo franquearon dos antiguos conocidos míos y dos recientes conocidos suyos: Polito y Clavé. El primero es un pobre diablo con aspiraciones demoníacas que le vienen demasiado holgadas; el segundo, que posa de santo —ya sabe usted que es un gigante con voz celestial—, es un idiota. Y creo que en tal trecho ocupa un espacio muy importante eso que se llama "la pública estimación".

—Pero su mujer no tiene por qué ser incluida en esa "pública estimación".

—Si me deja terminar —contestó Baldomero con un leve temblor de furia— podré llegar a explicarme del todo. Claro que mi mujer no tiene por qué entrar en tal pública estimación; hace rato que ella la perdió, en mi concepto y en el de otras muchas personas; mas debe usted agradecerme que yo me empeñe en descubrirle un cierto aspecto de mi personalidad. Pues es el caso que a Mime interesa tanto la pública estimación como para que no sea rozada ni con el pétalo de una rosa. Y usted comprenderá que, si mi mujer hubiera llegado a saber que yo había frecuentado el opio, lo habría proclamado a los cuatro vientos. Wong, que me conocía tanto como yo a él, fue a tiro hecho y me impuso un chantaje. ¿Alguna otra pregunta?

—Y capital, según me parece. Si, como usted acaba de afirmar, en tanto tiene a la pública estimación, ¿cómo así, de buenas a primeras, la pierde cuando se hace pasar por asesino de Wong?

—Perdón —casi gritó Baldomero—. Haciéndome pasar por asesino, no. Siendo el asesino.

—Eso lo veremos a su tiempo. Admitamos que usted lo asesinó. ¿Con tal acto no se pierde ante la pública estimación?

—Aunque mi acto me pierda para ella, yo me gano para ella.

—Eso es galimatías —digo furioso.

—No es galimatías, es punto de vista. El mío es que, habiendo cometido un crimen perfecto, en mi concepto gano ante la pública estimación, aun cuando ella me condene. No es lo mismo ser un opiómano imperfecto que el autor de un crimen perfecto. La diferencia es tal, que mi mujer, a estas horas, debe de estar con la boca abierta, y una vez que la haya cerrado la volverá a abrir para exclamar: "¡Quién lo hubiera pensado! Baldomero se ha hecho famoso de la noche a la mañana."

—Famoso porque usted lo dice. Su autoacusación está por demostrar. En su lectura no encuentro nada concluyente. Usted afirma que mató a Wong, pero no lo prueba.

—En mi declaración he consignado que Wong se hacía cada vez más apremiante con sus exigencias de dinero. Durante un año le di quinientos pesos por mes; después exigió setecientos, y pocos días antes de su muerte me dijo que en lo adelante tendría que pasarle mil. Aunque adinerado, no lo soy tanto como para sostener el tren de vida que llevo y, encima, dinero para el tipo que me extorsionaba. Además, la avidez del chantajista es como un tonel de las Danaides. Después de mil querría dos mil y después cinco mil, hasta dejarme con cero pesos y cero centavos. Si tengo sesenta años, salud de hierro, y si espero vivir veinte años más, esa sangría sistemática me iba a dejar en la miseria. Entonces decidí suprimirlo.

—Con un matavacas —le digo—. Baldomero Azpeteguía, el refinado; el que se hace retratar en Príncipe de las Tinieblas; el que posee veinticuatro relojes para darse el gusto de "oír" el tiempo; el que escribe un ensayo sobre el crimen perfecto donde, si mi memoria no falla, se apunta que la víctima deberá ser sacrificada tan exquisitamente que la violencia parezca mansedumbre, destripó a Wong como lo haría un matón vulgar. Será muy difícil que alguien le crea el cuento, y por supuesto, yo el primero de todos.

—Cuando me vi las manos tintas en la sangre de Wong, y cuando saqué de sus tripas el matavacas —perdón, la daga florentina, y de eso hablaremos a su debido tiempo—, me dije: "Baldomero, no te reconozco...".

A pesar de mi "flema" de detective, Baldomero llega a enfurecerme. Casi gritando digo:

—¡Qué se trae! Ahora viene con el cuento de una daga florentina...

—Claro que una daga florentina. Clavé...

—¿Qué pasa con Clavé?

—Pues que Clavé, ese catalán aplatanado, sabe mucho. Él dice que es más alto y más corpulento que yo y no es cierto, aunque tampoco es un enano. Tiene sus buenos seis pies de estatura y pesa sus ciento ochenta libras, y no de grasa, sino de músculos. Pero de nada le sirve su anatomía: el tipo es cobardón. Sabrá usted que pesca y no pasa del pargo, o, a lo sumo, de la aguja. Cuando lo invito a cazar tiburones se echa a temblar y enseguida se descuelga con la excusa del asma. Claro que es asmático, pero no todo el año. Lo que pasa es que no tiene sangre en las venas. Wong hacía de Clavé lo que le daba su real gana. Ahora me acuerdo...

Y ya va a lanzarse en no sé qué interminable episodio, pero como el recuerdo de tal suceso le provoca una incontenible hilaridad, aprovecho para preguntarle lo que me interesa:

—¿Tiene algo que declarar sobre Clavé?

—Clavé le regaló la daga, y yo se la clavé.

Excesivo, como lo es en todo, ríe su propio chiste. Enseguida se excusa, afirmando que no resulta lo bastante ingenioso, y que es deber de todo escritor genial decir cuatro o cinco sandeces en el curso de su vida.

—La compró en el Mercado del Polvorín. Cinco pesos fue todo lo que gastó. Es un gran cicatero. Como sabía que Wong experimentaba terror ante toda clase de armas blancas, se la regaló. A Wong le ponía los pelos de punta enfrentar la posibilidad de un *harakiri*. Usted me dirá que no era japonés, pero un hombre como él, que vivía siempre en peligro extremo, tenía abiertas todas las puertas del suicidio. Sea como fuere, el regalo turbó la paz octaviana de Wong. Sobre Clavé cayó, ese infausto día, una lluvia de patadas y de golpes, amén del refinado castigo —muy oriental en su designio— de prohibirle que esa noche comiera del pargo al horno hecho por las mismas manos de Wong. Imagine la escena. Somos tres a la mesa: Clavé, Wong y el que le habla. Dos comen de un suculento pargo del "alto", en tanto que Clavé, con los ojos puestos en el pescado, masculla amenazas de muerte contra Wong. "¿Cómo vas a matarme —dice Wong—, si no eres capaz de matar un mosquito?" "Ya verás —responde Clavé—. Ya verás si no te mato." "¿Con la daga que acabas de regalarme?" —pregunta Wong. "Con esa misma" —dice Clavé. "Acá la tienes —y Wong pone la daga en sus manos—. Mátame." Clavé, hecho una furia, dice algo ininteligible, abandona la mesa, y al marcharse da un fuerte portazo. ¿Qué le parece la escenita?

—Hábleme más de la relación entre Clavé y Wong. Por ejemplo: ¿esa escena del pargo y de la daga escondía algo más?

—Se odiaban mutuamente. No crea que el regalo de la daga fue un hecho inocente. Con esa daga, Clavé se estaba burlando de Wong.

—¿Burlando?

—Así como suena. Clavé le había ganado la apuesta a Wong.

—¿La apuesta?

—Habían apostado a cuál de los dos sería, este año, el rey de los alcaloides. Y ganó Clavé. Vendió un veinte por ciento más que Wong.

—¿Qué vendían?

—Opio.

—Bien; volvamos a usted. Quedamos en que había matado a Wong con esa daga florentina.

—Así es.

—¿Dónde está la daga? Dígame que se halla en el lugar que más se le antoje, pero no que la dejó en casa de la víctima. Allí no se encontraba.

Mis palabras le producen un efecto demoledor, o al menos eso creo en un principio. Se me echa encima resoplando, rojo como un camarón.

—¡Mentira! ¡La daga tiene que estar en el teatro del crimen! ¡Allí la dejé, allí la dejé!

Vuelve a sentarse, saca el pañuelo y se enjuga el sudor de la cara. De pronto se queda tranquilo. Pasados unos segundos exclama en voz muy baja:

—A menos que Clavé...

—A ver, diga, termine su pensamiento.

—Nada, no es posible; aunque sí, es posible. Clavé sabe mucho. A lo mejor fue esa noche a casa de Wong.

—Descartado. Wong no habría podido abrirle la puerta.

—Pero sí le era factible entrar sin la ayuda de Wong. Debe de tener, todavía, un llavín de la casa. Vivió en ella antes que el chino.

—¿Le ha dicho Clavé que él posee ese llavín?

—Expresado así: "Yo tengo el llavín de la casa de Wong", no; pero recuerdo que en cierta ocasión me dijo que si él quería podía entrar en casa del chino en su ausencia. Entonces, si admitimos que Clavé posee un llavín, es muy posible que la noche del crimen se hubiera dado un salto a casa de Wong, llamara, una, dos, tres, diez veces, y al ver que el chino no estaba, decidiera entrar; e imagínese con lo que se encontró. De ahí a llevarse la daga no hay más que un paso. Por supuesto, esto constituye una simple conjetura, pero es la única que cabe. Sería incorrecto imaginar a un ladrón entrando en la casa después del crimen. Para empezar, no ha habido fractura. De otro lado, si admitimos que ese supuesto ladrón poseía un llavín de la casa, es inadmisible que sólo sustrajera la daga y dejara los miles de pesos que allí se encontraban, casi al alcance de la mano. Ahora bien: si está en condiciones de proporcionar otra hipótesis, mucho me gustaría escuchársela,

—No tengo ninguna —le digo—. En cuanto a la suya, carece de toda consistencia. Vamos a dejar la discusión en este punto. Si su problema es demostrar que usted asesinó a Wong, el mío es verificar su presunta culpabilidad. Por otra parte, Clavé es un personaje a investigar. Está sentadito en esa habitación —le señalé una puerta de la que colgaba un cartel que decía: "Despacho del señor director"—, esperando a que yo lo interrogue. Además, el juez ha ordenado prisión preventiva contra usted. Cuando yo salga —y me puse en pie—, entrará Remigio y se lo llevará. Hasta pronto, Baldomero Azpeteguía.

Que la daga estaba en casa de Clavé era cierto. Allí la encontré, colgada de un escudo, en compañía de un sable y de un yatagán. En el momento de practicar el registro no hube de conceder mayor atención a esas armas blancas. Las tres se mostraban limpias y relucientes, listas para herir. Pensé que era sólo celo de coleccionista. En cierto modo la casa de Clavé es un museo de armas blancas y de fuego de otras épocas. Allí se ven trabucos, pistolones, tercerolas, mosquetes y fusiles de chispa, junto a cimitarras, yataganes, estoques y puñales. En nuestra primera entrevista, Clavé me había dicho que la posesión de esas armas era el único incentivo de su monótona vida, y que, si por un azar cualquiera llegaba a verse sin un centavo, preferiría pasar hambre antes que despojarse de ellas.

Empujo la puerta del despacho. Clavé se levanta con gran esfuerzo —su corpulencia está hundida en una butaca de *marocain* verde; me tiende la mano, al mismo tiempo que pregunta:

—¿Ya lo cogieron?

—¿A quién? —finjo ignorar de qué me habla.

—¿Pues a quién va a ser? Al asesino.

—Clavé, usted puede ser el asesino.

En su cara se refleja el desaliento. Después de hipar por unos segundos dice:

—Es lo de nunca acabar. No sé cómo convencerlo de que no he tenido participación alguna, directa o indirecta, en el asesinato de mi amigo.

—Las cosas se han complicado de pronto. Es preciso tener paciencia. Convendrá conmigo en que tanto usted como Polito se encuentran, como se dice en argot policial, retenidos por sospechosos. Sé que es muy molesto estar pagando de antemano por un crimen que acaso no hayan cometido, pero como las cosas se han complicado, y ocurre que este vulgar asesinato permanece en el misterio, no me queda otro remedio que echarle el guante. Y no se ofenda. Debido al carácter de sus vidas, es razonable que así proceda. Usted niega de plano ser el victimario de Wong, y yo, en principio, lo creo. Pero..., usted era el rival de ese chino en el tráfico de opio. Ello, para decirlo por su nombre, se llama ilegalidad, y el que vive en la ilegalidad es susceptible de violencia. Por otra parte, Wong sólo ha sido despojado de su vida —lo cual convendrá conmigo en que es el colmo del despojo. En lo tocante a bienes materiales, el asesino ha dejado todo donde estaba. Quizá el crimen ha sido motivado por una venganza. ¿No dicen que la venganza es el placer de los dioses? Usted y Wong eran los dioses del opio en esta ciudad.

—¿Ya terminó? —y Clavé salta, hecho una furia—. ¿Ya terminó? No, creo que no ha terminado. Sólo le falta decir, sin rodeos, que soy el asesino de Wong.

—No lo afirmaré, pero mi sospecha acaba de reforzarse hace unos minutos. Acabo de tener una larga conversación con Baldomero...

—¿Y qué le dijo ese mentiroso? ¿Qué le ha dicho? Se pasa la vida mintiendo para joder a media humanidad, aunque siempre le sale el tiro por la culata.

Haciendo juego sucio, doy un pequeño giro a la declaración de Baldomero:

—Pues afirma que usted le regaló la daga a Wong, lo mató con esa misma daga y la llevó de nuevo a su casa para colgarla en la panoplia, junto al sable y al yatagán.

—No hay una sola palabra de verdad en todo eso. Con sólo un dato que carece de toda importancia, él ha hecho una historia para enredarme en las patas de los caballos. La última vez que nos reunimos Wong, Baldomero y yo, surgió en el transcurso de la conversación el tema de las armas blancas. Entonces conté al chino que me habían traído de Europa una daga florentina. Eso fue todo.

—¿Está seguro, Clavé? ¿No deja nada en el tintero?

—Absolutamente nada. Claro está, Baldomero se lanzó a hacernos la historia completa de esa clase de arma blanca, así como de que él es un consumado maestro en su manejo.

De pronto se da un golpe en la frente:

—¡Ah! ¡Ya sé por qué ese hijo de puta ha tejido toda esta maraña! Ahora recuerdo que Wong me preguntó: "Oye, Clavé, en caso de verte obligado a matarme, ¿lo harías con esa daga?"

—¿Y qué le contestó?

—Que, en caso de tener que matarlo, lo haría con cualquier arma. Él insistió sobre si lo haría con la daga. Entonces respondí: "Pues Wong, ya que insistes, con cualquier arma y con la daga."

—Hizo buena su palabra. Recuerde que amenazó a Wong de muerte.

—¡Eso es mentira!

—Eso es verdad, Clavé. Usted amenazó de muerte al chino. Tuvieron un altercado de palabra y de obra, y usted lo amenazó de muerte. Y cuando usted amenazaba de muerte a Wong, la criada de éste lo oyó desde la cocina.

—Bueno, es cierto —dijo Clavé con humildad—. Es cierto, pero juro que nunca pensé pasar a vías de hecho. Siempre estaba de pique con Wong; nos dábamos buenas palizas. De ahí a que yo lo matara, o él me matara, hay un gran trecho. Lo que pasa es que la gente habla mucha basura; a quién sino a un cretino se le puede ocurrir echarle mano a una daga florentina para matar a alguien. Y eso no está en mi imaginación, señor Camacho; si hubiera decidido hacerlo con un buen cuchillo francés, ya Wong estaría despachado. En todo caso, asesinar con una daga florentina queda para el cerebro podrido de Baldomero. A él le fascinan esas teatralidades, aunque no tenga cojones para realizarlas.

Clavé ignora que Baldomero ha declarado ser el victimario del chino. Aprovecho la ocasión para ponerlo al corriente. Aunque soy de su mismo parecer, será interesante saber cómo reaccionará ante este "nuevo estímulo". Así, dejo caer lentamente las palabras:

—Dice Baldomero que él mató a Wong.

—¿Sí? ¿Y a usted? ¿Y a mí? La verdad es que no estoy para bromas.

—No hay tal broma, Clavé. Ha presentado un escrito donde afirma haber matado a Wong.

—¿Y usted ha creído el cuento?

—Ni creo ni dejo de creer: sólo investigo. Me gustaría conocer su opinión al respecto.

—A lo mejor lo mató.

—¿Lo mató porque a usted le conviene que así haya sido? Eso es muy cómodo y nada convincente.

—¿Y qué quiere usted creer? ¿Que no lo mató? ¿No se da cuenta de que ambas cosas se parecen?

—¿Se parecen?

—Pues claro. ¡Qué voy a saber si Baldomero dice verdad o miente! Conozco muy bien al tipo, y sé que es un acabado modelo de cobardía. Por otra parte, el que comete un crimen no se va a entregar de mansa paloma en manos de la Policía. Dígame: ¿antes de ese escrito, usted lo había metido en chirona, se lo había comido a preguntas, lo forzó a redactar su autoacusación?

—En modo alguno. Supe de la existencia de Baldomero por la criada de Wong. Después, usted me informó que ese tal Mero respondía al nombre de Baldomero Azpeteguía; lo puse en la lista de sospechosos y justo cuando salía a efectuar un registro en su casa, llegó a manos del juez de instrucción el mencionado escrito.

Vi a Clavé convertido en basilisco. Echaba llamas por los ojos. Metía una y otra vez los dedos por entre sus encrespados cabellos.

—¡Qué se figura! ¡Usted será muy detective y la ley estará en sus manos, pero no tiene el menor derecho a engañarme! Primero viene con el cuento de que Baldomero me acusa, y después se descuelga con que fue él quien lo asesinó. ¿En qué quedamos? O él, o yo: no los dos. Si Baldomero me acusa, no puede, a la vez, acusarse. Oiga lo que voy a decirle: o hablamos en serio, o me pongo un tapón en la boca.

—Siempre hablo en serio. Utilizo la seriedad en todos los actos de mi vida; hasta para reírme. Lo que pasa es que, para un detective, la mentira es un recurso como otro cualquiera. Con esa mentira pretendía dos cosas: una, que usted, en caso de haber sido el asesino, se descubriera. Esta probabilidad es de una en un millón —porque Baldomero lo acuse usted no confesará su crimen—; tiramos el anzuelo sabiendo de antemano que el pez no lo morderá. Pero, ¿y si lo muerde? La otra sería que usted acusara a Baldomero. Esta posibilidad siempre se cumple, o casi siempre. De diez que son acusados por otro acusado, nueve, o los mismos diez, revierten el cargo sobre ese acusador. Pero veo que el esquema falla con usted. Y tanto falla, que ni siquiera, como puro acto defensivo, le "echa el muerto" a Baldomero. Es un proceder honesto, y al mismo tiempo una malísima táctica: al descargarlo a él de toda culpabilidad, la suya, presuntiva, se refuerza automáticamente.

—¿Y qué quiere? ¿Que le diga que Baldomero es un matasiete? No se convive en vano veinte años con un cobarde. No una, sino varias veces, le han roto la cara, y se ha quedado con los brazos colgando de las caderas. No, él no está en el grupo de los que matan: él se deja matar. Además, quiere publicidad y, con tal de obtenerla, hunde a medio mundo.

—Clavé, su análisis es muy penetrante, pero ha dejado en el tintero lo esencial. ¿No se ha puesto a pensar que Baldomero podría tener sus motivos para asesinar a Wong?

—Si hablamos de motivos imaginarios, de acuerdo. Son los únicos que puede aducir esa mente enferma.

—Según Baldomero, esas causas son muy reales. Él afirma que Wong lo chantajeaba.

—Ofende la memoria de Wong. Eso es lo que hace. Wong tenía por divisa: "Come y deja comer." Un hombre de ese temple es incapaz de cometer chantaje. Además, Baldomero es un mal agradecido. Ya no se acuerda de cuando Wong lo salvó de las garras de su mujer.

—Eso mismo. Ella trató de envenenarlo.

—Adela será una puta mala, pero acusarla de envenenadora es el colmo de la infamia. Oiga bien la verdad: Baldomero quería separarse de ella. Lo tenía harto con los tarros que le pegaba, casi a la vista. Ella lo amenazaba con el escándalo en público, si él se hubiera decidido a echarla de la casa. Entonces intervino Wong: habló con Adela, le regaló un mantón de Manila, y ella accedió a la separación.

—Lo cual, de acuerdo con lo expresado por Baldomero, no ha sido óbice para que Wong lo chantajeara. Precisamente el espantajo con que Wong le metía miedo a Baldomero era esa misma Adela. A ver si me explico: ella trató de envenenar a Baldomero, y éste, que muy bien pudo haberla metido en chirona, se limitó a separarse de ella. Sé, por un amigo de Baldomero, de nombre Arturo García, que Wong chantajeaba a Baldomero: amenazaba con revelarle a Adela que él era un adicto. También le dijo a su amigo, y a mí, igualmente, que aceptaba el chantaje de Wong por un punto de honor, es decir: impedir que su ex mujer quedara enterada de su afición al opio.

—¿Y usted se tragó todo eso? —casi gritó Clavé—. ¿De modo que Baldomero tiene escrúpulos de conciencia con semejante pérdida? ¿Así que una puta mala que le pega los tarros va a tener mala opinión de él porque le gusta el opio? ¿Pero no se da cuenta de que ese chantaje sólo existe en el cerebro podrido de Baldomero? Vaya y pregúntele a Adela si no es cierto todo cuanto he dicho.

—Sólo quería comprobarlo, Clavé. Ya hace rato que hablé con Adela. Me ha contado su misma versión y, ¿sabe qué me dijo? "Vaya y pregúntele a Clavé; él está bien enterado de mi problema con Baldomero."

Han transcurrido ocho meses desde el asesinato de Wong, y poco o nada he avanzado en mis pesquisas. Para colmo de males, me vi obligado a eliminar de la lista de sospechosos a Polito y a José Cheng, antiguo socio comercial de Wong. Polito pudo probar que la noche del crimen la pasó en el velorio de su abuela; en cuanto a Cheng, se encontraba esa noche en Santiago de Cuba, adonde había ido por asuntos de negocios.

Así pues, él caso queda por Clavé y por Baldomero. Clavé no ha podido ofrecer una coartada convincente —dice que la noche del crimen no salió de su casa, pero no tiene modo de probarlo. Mis cargos contra él se basan en estos tres puntos: a) Era competidor de Wong en el tráfico de opio; b) Lo amenazó de muerte; c) Posee la daga con la que Baldomero afirma haber asesinado al chino.

De estos tres puntos, el a y el b están confirmados por propia confesión de Clavé. En cuanto al punto c, permanecerá eternamente en la duda. El perito en armas blancas no ha podido precisar si las heridas que presentaba Wong fueron hechas con matavacas o con daga. Dijo que el uno y la otra tienen más o menos el mismo largo y ancho, y que ambos terminan en punta. Si fuera a dejarme ganar por la imaginación, entonces Clavé sería el asesino. Por la imaginación..., pero en mi oficio la imaginación nada tiene que hacer. En mi oficio se aportan pruebas irrecusables o uno se calla la boca. En una palabra: Clavé me resulta sospechoso, pero al mismo tiempo no estoy en condiciones de probar su culpabilidad.

¿Y en cuanto a Baldomero? Aquí piso un terreno aún más movedizo. Si bien es cierto que desde un punto de vista meramente formal me veo obligado —se coló en este drama sin que nadie se lo pidiera— a tomarlo en consideración, no por ello voy a dar su autoacusación por artículo de fe. De Baldomero puede decirse todo —mitómano, megalómano, loco— menos tomarlo seriamente por asesino de Wong. Afirma que lo mató, pero ni siquiera ha podido hacer una descripción correcta del cuarto del chino después de consumado el crimen. Por supuesto, me ha contado que éste ofreció una desesperada resistencia. ¡Si no dice otra cosa! Nadie se deja matar sin defender la vida hasta la última posibilidad. A mi pregunta de cómo habían quedado los muebles después de la lucha, respondió que en el momento de consumar el crimen no estaba en el cuarto con carácter de detective sino de asesino, y que debido a tan pequeña pero esencial diferencia le había sido imposible retener detalles. Y añadió: "Cuando se tiene un velo de sangre en la vista, los objetos pierden su contorno."

Tal razonamiento es sumamente plausible. Lo he abonado en su haber. Como, de toda evidencia, no es un consumado asesino, puede muy bien admitirse que tan macabra escenografía no fuera recogida por sus ojos. Ahora bien: esta discurrencia no es prueba concluyente para aceptar su culpabilidad. La consumación de un crimen no queda probada diciéndole a la justicia: "Estaba tan conturbado que todo mi poder de observación se obnubiló." Lo que pide la justicia es la prueba testifical. En este terreno Baldomero está bien cojo: todo se le va en palabras —palabras en nuestras entrevistas, y palabras, larguísimas palabras, en su mamotreto autoacusatorio.

Otro aspecto que me hace desconfiar profundamente de su participación efectiva en el crimen es la ausencia absoluta de huellas dactiloscópicas. Cuando casi se lo expresé me dijo que, habiendo aspirado al crimen perfecto, resultaba de todo punto imposible dejar la impresión de sus huellas, que a estos efectos había enguantado sus manos, y una vez realizada su hazaña —así se expresó—, quemado los mismos.

¡Paradójico comportamiento! Un hombre que comete un crimen perfecto tiene buen cuidado de no dejar huella alguna, y un buen día se presenta a la justicia para señalarse como el autor del homicidio. Entonces la justicia le exige pruebas; por haberlas suprimido, él no puede aportarlas. Por lo tanto, ¿cómo podría demostrar su culpabilidad? ¿Basándose en su sola y única palabra? No; afirmar que uno ha cometido asesinato sin aporte de evidencias concluyentes equivale a ser tomado, *ipso facto*, por mitómano. Ello sería el colmo de la idiotez. A menos que tal idiotez encubra un designio. Pero, ¿cuál? Es decir, ¿cuál que sea razonable? Por ejemplo, ¿ser tomado por mitómano para alejar toda posible sospecha? ¿Estimó Baldomero que autoacusándose pararía el golpe de una posible acusación? Mas tal designio no tendría ni pies ni cabeza. Nadie, a no ser un loco, destaparía la temible caja de Pandora de las sospechas. De otra parte, por este camino se llegaría a partir los cabellos en cuatro. Y eso, que lo hagan otros. Yo me limito a los hechos. De acuerdo con éstos, Baldomero podrá ser estudiado desde cualquier ángulo, pero desde cualquiera que no sea el de la Criminología. En mi concepto está en las antípodas de la criminalidad. Para mí no es otra cosa que un loco y, por añadidura, literato.

VIII

Al no haber sido encontrado el victimario, la causa fue cerrada al año justo de cometido el crimen. Por así decirlo, Baldomero bombardeó a Camacho durante ese tiempo con interminables escritos en los que, en sustancia, afirmaba haber matado a Wong. Tanta fue su insistencia, que lo amenazaron con la reclusión en Mazorra. Como vio que la candela estaba cerca, se metió en su casa. Y fue una decisión juiciosa. Ya era conocido en La Habana por "Baldomero el Loco". De ahí a internarlo en el manicomio sólo había un paso. Víctima de su demoníaco orgullo, llegó a decirme que tanto se le daba que lo tomaran por un orate, pero que le resultaría intolerable hacer el ridículo. Expresé con un giro propio del siglo XVIII que un "hombre de calidad" nunca caería en extremo tan lamentable. Para consolarlo le dije que su decisión era muy juiciosa, y añadí que una retirada a tiempo equivaldría a una victoria.

—Si es que vamos a mencionar a esa diosa mitológica, entonces he obtenido dos victorias. Una, estética, sobre el ridículo; otra, de orden moral, sobre Camacho.

Le hice ver que captaba el significado de la primera, pero que se me escapaba el de la segunda.

—Camacho afirma que no soy el asesino, y basa su conclusión en el hecho de que no he aportado pruebas: eso lo tiene furioso. Con un montón de pruebas en su mano sería muy fácil demostrar que soy el asesino; sin algunas es totalmente imposible. Entonces declara que soy un mitómano, lo cual es poca cosa. Es ahí donde logro mi victoria moral sobre ese triste aprendiz de detective.

—Sospecho que el precio de tal victoria ha sido demasiado alto. Sin pruebas y sin huellas no le queda más remedio que comerse su crimen.

—Y así será hasta mi muerte. La falta de imaginación de Camacho me obliga a comérmelo. Ya le he dicho a usted que el castigo de un crimen perfecto es el anonimato.

—Anonimato al que usted se ha empeñado en poner su propia firma en gruesos caracteres: "Baldomero Azpeteguía, el hombre que asesinó a Francisco Wong."

—Mire, me lo jugué todo a una carta y salió mal. No crea que no medité mucho antes de tomar, como se dice en lenguaje cursi, ese camino sembrado de abrojos que hará sangrar nuestras plantas. Los días pasaban y Camacho seguía en las mismas, fanfarroneando y proclamando a los cuatro vientos que la captura del asesino era cuestión de horas. Semejante impudor profesional por parte de tal indocto me enloqueció. Caí en un estado de salvaje y bella excitación; hablaba solo y me decía: "Sacrifica tu magnífica impunidad; hazle saber a Camacho que él sigue pistas falsas, que en ellas puede demorarse siglos; ponle por delante tu crimen, golpeándote el pecho dile: "Camacho, yo soy el asesino de Francisco Wong." Sólo eso pude decirle. Y Camacho contestó a su vez: "Baldomero Azpeteguía, ¿trae las pruebas?" Y usted respondió: "No, las borré." Y Camacho, en tono zumbón: "Pues si no las ha traído, y si nunca va a traerlas, mejor será que se cosa la boca. He cerrado la causa, poniendo en ella que usted no es otra cosa que un redomado mitómano."

Una lágrima, una sola lágrima, rodó del ojo derecho de Baldomero hasta detenerse en la punta de su nariz. Esto lo obligó a mirarla, y el ojo le bizqueó un tanto. Con la punta de su dedo índice la secó y sin retirar el dedo de la nariz dijo, como si dardos de fuego traspasaran sus carnes, los versos de Baudelaire:

De entonces es que data
lo que puede, ¡ay!, ser llamado
mi llaga y mi fatalidad...

Los años se fueron amontonando, y con ellos también se fueron amontonando los alegatos de Baldomero. Los que redactaba —interminables y minuciosos— los enviaba a Salitas, el fiscal; los verbales —tan interminables y minuciosos como los escritos— me los recitaba a mí. Y digo que me los recitaba porque con el tiempo se fue posesionando cada vez más de su papel: su salón era la sala del tribunal; su voz, la de un procesado; y sus palabras, como trampas en las que iba cayendo... Palabras gastadas, muertas, dichas de él para sí mismo, que sin embargo tenían el terrible poder de aniquilarlo poco a poco.

Ya no tendría sentido cuestionar si Baldomero asesinó o no al chino Wong. Interesa ahora arrancarle su máscara y hacerlo aparecer en su verdadera dimensión de mixtificador. Si llegara algún día a demostrarse que efectivamente asesinó a Wong, su hazaña literaria quedaría empañada por la sangre espesa y humeante que brota de un cuerpo acuchillado. En cambio, como mixtificador, le corresponde el honor de entrar en el *mare tenebrarum* de la literatura, donde el misterio se hace más eficaz y real. Y si, por otra parte, posesionado de su mixtificación llegó a creer realmente en su crimen, ¿qué mejor victoria que erigir la impostura en verdad revelada?

1965

El cubo

Cuando Juan cumplió dieciocho años y se graduó de enfermero, una seño-ra obtuvo para él una plaza en el Hospital Municipal. Con este acto quiso la señora darle importancia a la vida de Juan, y al mismo tiempo engrandecer la suya propia con algo edificante. Pero esta misma vida, sin ninguna importancia, resultó también muy extraña: Juan hizo sus primeras armas como enfermero en el cuerpo de su benefactora. La dama, con sus virtudes, murió aplastada al pasar bajo un balcón ruinoso. Juan llenó ese día su pri-mer cubo de algodones ensangrentados.

Consideró horrible la muerte de su benefactora, y no menos horrible, la casualidad que le ponía sus despojos por delante. Pensó renunciar a su pues-to, que le pareció un receptáculo de vidas aplastadas, y era tanta su necesi-dad y tanto su deseo de defender la vida (no olviden, por favor, que no tiene ninguna importancia), que se vio obligado a llenar un segundo cubo.

Así, desde ese momento, organizó sus cubos ensangrentados. De vez en cuando iba al cine o a la playa, se compraba un par de zapatos nuevos o se acostaba con su mujer, pero sentía que resultaban como accidentes: el fundamento de su existencia era el cubo.

A los treinta años seguía desempeñándose como enfermero en la sala de accidentados del Hospital Municipal. Entretanto, crecía y se transforma-ba la ciudad. Fueron demolidas viejas casas y otras nuevas y altísimas fue-ron edificadas. Visitó la ciudad el famoso ayunador Burko y debutó en el teatro de la ópera la celebérrima cantatriz Olga Nolo. Juan, día a día, cum-plía con sus funciones. Cosa singular: ni Olga Nolo, ni antes tampoco Burko, pudieron evitar que el cubo fuera llenado.

Como a todos, le llegó a Juan la jubilación. Recibió la suya un día des-pués de cumplir sus sesenta años —término prescrito por la ley para dejar-lo todo de la mano, incluso el cubo.

Ese mismo día el notabilísimo patinador Niro comenzó su actuación en el Palacio del Hielo. Patinaba sobre la helada pista con el inmenso coraje de tener el trasero al descubierto. Aunque un patinador con el trasero al descu-bierto es un acontecimiento importante (vista la poca importancia que tie-nen las vidas), Juan no pudo verlo. Cuando salía del Hospital con su jubilación en el bolsillo y dispuesto a asistir a la actuación de un patinador tan original, se detuvo y contempló largo rato la fachada del Hospital, lamió las paredes con la mirada, y acto seguido, al cruzar la calle, se tiró bajo las ruedas de un camión que pasaba.

Al fin estaba en la sala de accidentados. Iba a morir y oyó murmullos sin importancia. Hizo señas al médico de turno y expresó su última voluntad. El médico abrió tamaños ojos; tendió la vista buscando y se agachó. Descubrió el cubo debajo de la mesa de curaciones. Se lo puso a Juan en los brazos. Con maestría consumada, Juan empezó, sin ninguna importancia, a meter en el cubo los algodones ensangrentados. Bastaba su desasosiego para darse cuenta de que su única aspiración, en los pocos minutos que le quedaban, era llenar el enorme cubo hasta los bordes.

1954

Enredos habaneros

Al salir del hospital tenía dos centavos en el bolsillo. Acababan de darle el alta. Estuvo dos semanas echado en una cama y comiendo más bien que mal. Comer más bien que mal, de acuerdo con la escala de valores del hambre, está por encima de "más mal que bien" y este valor se sitúa arriba de "comer mal" y éste, a su vez, precede al "no comer nada", que, por supuesto, es más valioso que "morirse de hambre"... Las cosas salieron bastante bien, es decir, dos semanas: él hubiera deseado una larga temporada pero su cuerpo no era el único cuerpo ni su hambre la única sobre el planeta. Como no lograba enfermar realmente apeló a un procedimiento expeditivo: se dio una cuchillada en el muslo. Lo hizo tan mal que la herida no fue lo grave que hubiera deseado. Herida aparatosa más que grave. Así lo dijo el estudiante que lo atendió en esa clara noche de un veinte de mayo. A sus fingidos terrores contestó con risita irónica que le quedaban por delante muchas fechas patrióticas como ésa. El estudiante no era nada bobo, también era comprensivo. En su próxima visita a su "lecho de dolor" le dijo abiertamente que su plan era pasarse los más días posibles comiendo y descansando. El estudiante contestó que le parecía excelente pero que, por desgracia, estaba por medio el asunto de las camas. La pesadilla de un hospital son las camas, no los enfermos sobre las camas. Todo cuanto podía concederle eran dos semanas. Comprendía su caso, es decir, su caso-hambre, un caso, entre paréntesis, tan importante como la lucha por el poder. Casi todos eran hijos de esta divinidad. El estudiante lo era, aunque de acuerdo con la expresada escala de valores del hambre, podía mirarlo por encima del hombro y hasta con un muslo de pollo en la mano... En verdad él luchaba a brazo partido con ella. Pero comparada su hambre con la suya, habría recibido en un concurso de hambrientos un diplomita de nada, en tanto que él, un premio en "metalicohambre" y un diploma de "colorhambre".

Él se las ingenió, le contó un cuento chino al médico de guardia: que si estaba al borde del *shock* nervioso (por supuesto, el médico de guardia nunca le puso los ojos encima), que si el corazón, que si la sangre empobrecida... Al empezar la consumición de sus dos semanas le parecía tener una cuenta bancaria por miles de pesos; una cuenta casi inagotable. Consumidas las dos semanas, parado en medio de la calle, con el hospital a sus espaldas, a su derecha un carro de frutas, a su izquierda una fila de ómnibus, un poco más allá otro hombre parado dando las espaldas a una casa, percibió que tenía todo el tiempo por delante. No el tiempo de las dos semanas pasadas en el hospital, sino el tiempo aún no revelado. Echó a andar. No huía de él, iba a su encuentro o le salía al paso. Nadie sabe nada sobre el tiempo. Pasaba en ese momento un "Cadillac". La frase es correcta. Cuando pasa un "Cadillac" (y si es el "Dorado" ya entonces todo se hace apocalíptico), no puede mencionarse al hombre que lo conduce. Un "Cadillac" vale más, mucho más que su conductor. Sólo tenía ojos para el "Cadillac". "¿Cómo le va, señor 'Cadillac'? ¡Cuidado con esa piedra! Es un placer escuchar el jadeo de su motor." Le fascinaban estos automóviles. Lo inmovilizaban, era su esclavo y si le pidieran la vida se la daría.

Caminó dos kilómetros y se cansó de escuchar: "¿No le da vergüenza con ese cuerpo pedir limosnas? Vaya a cortar caña." La gente tiene poca imaginación. Es cierto que era vigoroso, es cierto que puede cortar caña, no menos cierto que se puede parar en la próxima esquina para que pase alguien tan miserable como él y le pida limosna y le responda las mismas cosas. Pero no se trata ahora de lo que debería hacer sino de lo que hacía, es decir, pedir diez centavos para tomar el ómnibus hasta el campamento de Columbia. Después podría poner en juego su vigor físico, cortar un millón de cañas... Esa triste gente sin imaginación alguna niega los diez centavos con tal de darse el gusto de una frase pomposa. Bien, qué le vamos a hacer, ellos son los engañados. Caminando, caminando, llegó a su destino.

El teniente Lindolfo Pérez lo recibió. Se caía de sueño, sin duda escogió mal la hora: dos de la tarde. Acababa de almorzar, almuerzo de teniente, se caía de puro sueño, él tenía los ojos que se le salían de las órbitas; los muy indiscretos se echaron a buscar por todos los rincones del cuarto la comida que el teniente acababa de engullir. Bostezando le dijo el pundonoroso militar que venía en mal momento, que los cuadros, que el reglamento, que las partidas asignadas, que el cupo, todo ello mezclado con pestañas y párpados semicerrados, con eructos deliciosos y relajamiento de todos sus miembros. Entonces pensó que si lograba dormirlo, a semejanza de una nodriza, lo vencía con el arrorró, tendría libertad de movimientos. En fecto, acabó roncando. Pero cuán imaginativo, cuán iluso y fantasioso: sólo encontró lo que un teniente, celoso de la soberanía nacional y de la inviolabilidad del territorio, debe tener consigo. Es decir, encontró balas, pistolas dispuestas a vomitar fuego, y en lo alto, enmarcado en rojo, un óleo en verde del jefe del ejército.

Caminó hasta General Lee. Ricardo almuerza tarde. Como no lo visita a menudo será bien recibido. Además, la invitación partirá de él; no le queda otro remedio, es en extremo educado, le gustan las frases amables, da

274

siempre la mano y hasta se inclina. No es que Ricardo desee realmente que comparta su almuerzo, sólo quiere darse el gusto de la frase, él no concibe la vida sin ceremonial. Le dirá: "Encantado, Ricardo, muy amable de tu parte", y acto seguido empezará a sacar trozos de las fuentes.

Pero tenía antes que dar con la casa. Siempre le pasa lo mismo con el domicilio de Ricardo: nunca sabe si es el 110 o el 210. Se hizo un lío en la cabeza. Por supuesto, no era en ninguno de esos dos números. Y los minutos pasaban, y si llegaba después del almuerzo, Ricardo no tendría por qué dirigirle esa frase de su código social: si uno llega después del almuerzo él pone sobre el tapete el tema de la salud: "Qué bien te ves. Vas a enterrarnos a todos."

No iba a permitir que ese almuerzo se escapara entre las manos. Ricardo es un viejo residente en General Lee, alguien tiene que conocerlo. Sin embargo, en las dos casas en que hubo de preguntar no lo conocían. Siguió hasta el 300. Escucho que hablaban en voz muy alta en la casa de la esquina. Voces femeninas acaloradas que hacían contrapunto con la orquesta de Benny Moré sonando a toda máquina. Toqué bien fuerte, apareció una vieja y para gran asombro dijo: "¡El doctor! Rita —gritó—, está el doctor."

Bueno, entró. En una fracción de segundos decidió pasar por el doctor. No arriesgaba nada; si lo cogían en el brinco y le daban dos años de cárcel serían dos años de almuerzos y comidas regulares. No había que ser muy inteligente para darse cuenta de que esas dos mujeres peleaban por la tardanza del médico. La impaciencia que las devoraba hizo que lo tomaran por el doctor.

—Doctor —dijo la mujer joven que respondía al nombre de Rita—, el niño está malito. Parece que tiene angina. Debe ser el cambio de aire; llegamos de Santiago hará cosa de quince días. ¿Le avisó Pablo, no?

—Sí, señora, me avisó —contestó con una calma espantosa. Como no le convenía permanecer mucho tiempo cortó por lo sano.

—¿Dónde está el niño?

—Pase, doctor. Manolito, acá está el doctor, pórtate bien.

Manolito tendría unos diez años. Le tocó la frente: no tenía mucha fiebre. Hizo lo que hacen todos los médicos por ilustres que sean: le miró la garganta, tenía dos enormes placas blancas; hizo como que le tomaba el pulso, puso la oreja en su corazón y sobre sus pulmones. La madre, al ver su primitiva auscultación, dijo que si no le iba a poner el aparato (supuso que se refería al estetóscopo); con gran flema le respondió que el aparato se usaba con gente vieja, no con niños, cuya respiración es como un libro abierto. Finalmente, pidió lavarse las manos; ya le tenían preparada una palangana, un jabón y una toalla verde. Como los médicos se lavan las manos de manera distinta al resto de los mortales, se lavó con la afectación que ellos ponen en tal momento. Entonces se quedó pensativo. "No son anginas, señora, es sólo una *grippe*." No pudo darse el gusto de un diagnóstico completo; se hubiese visto precisado a sacar un recetario que no tenía. Tratándose de una *grippe* podría hacer su prescripción oralmente. Esto fue lo que hizo. "Aire indirecto, sol directo, jugo de naranja y una aspirina si la fiebre sube... Volveré pasado mañana."

—Muchas gracias, doctor, qué peso me quita de encima. Manolito es muy propenso a las anginas. ¿Cuánto le debo?

Pensó en los clásicos cinco pesos, pero le conmovió la pobreza de aquella gente.

—Tres pesos, señora.

Se los metió en el bolsillo, le dio la mano y salió a la calle. Apretó el paso, salió a la calzada y al vuelo cogió un ómnibus. A los quince minutos estaba en una fonda de Dragones. Se echó a reír. Imaginaba la escena entre Rita y el doctor verdadero: estupefacción, malos entendidos, cólera... Poner las cosas en claro no les iba a costar gran esfuerzo.

Con los tres pesos tiraría cuatro o cinco días. Después de nuevo el tiempo por delante. En esta ciudad de un millón de habitantes no le quedaban amigos a quienes recurrir: había cansado con sus peticiones a Juan, a Marta, a Pedro, a Silvio, a Inés... ¿Cómo encontrar amigos nuevos que no fueran a dejarlo morir de hambre? Esta noche volvería a las acostadas en los bancos del Prado. Sin embargo, pensó en que cambiaría de "hotel". No es que la piedra de los bancos fuera tan dura, siempre se vence a la piedra haciéndose más piedra que ella misma, sino que la policía se la pasa dando palos sobre los bancos para interrumpirles el sueño y comenzar con sus estúpidos interrogatorios.

Sin embargo, en este momento se siente tan satisfecho, y lo que es mucho más interesante, tan seguro. Ha comido tres platos, acaba de encender un tabaco, sopla la brisa, la ciudad entera reverbera con el sol de los vivos en tanto que el último cha-cha-cha sube por sus piernas para acurrucarse blandamente en su corazón. En momento tan sublime sólo faltaría un milagro. Por ejemplo, una mujer que lo buscara incansablemente por la ciudad, una mujer que llegara a ser no su prostituta sino su compañera, que le tendiera una mano salvadora, que lo orientara con sus millones de sentidos prácticos y que, metiéndolo de cabeza en el tiempo, lograra hacerlo nadar feliz en sus aguas.

Cuando la barriga está llena y la desesperación es mucha, en tal momento los dos sueños de la vida —el de la digestión y el del alma— se dan la mano y los encierran en su caja fuerte para sustraerlos a la acción corrosiva del tiempo. Tan pronto como sus efectos cesan, sus puertas se abren y de nuevo en medio de la calle. Otra vez sin un centavo, con los ojos metidos en los latones de basura, en el cemento de las aceras, en los anuncios de los periódicos y en los ojos mismos de la gente. ¿Es que no sabía mirarlos o eran ellos los que lo miraban?

1956

¡Elíjanme!

Si alguien quiere salvarme está a tiempo todavía. Confieso que la empresa es bien improbable: no soy yo quien elija mi salvador, por el contrario, alguien de entre la multitud tendrá que elegirme. A ése le digo, pues, que se apresure, las cosas se han complicado tanto que si ese desconocido no se da maña me encontrará muerto en medio de la calle.

Soy de estatura mediana, trigueño, cara chupada, ojos negros, nariz afilada, peso ciento veinte libras, mis hombros son estrechos, me quedan pocos cabellos que peino hacia un lado. Visto pantalón verde y camisa negra con mangas cortas. Los zapatos... Bueno, no hablemos de eso, hay allí más carne que calzado. Finalmente, y aunque este dato no sirva para nada, me llamo Tomás Escalona.

¿Que en dónde podría descubrirme? Pues en cualquier calle. No tengo domicilio reconocido. Pero, con todo, no estará mal que oriente a mi salvador. Duermo en los bancos del Prado, paso la mañana en La Habana Vieja, por la tarde me corro hasta el Vedado, por la noche se me puede ver en los *Aires Libres*. Sin embargo, no se haga una regla fija de tal topografía. Esta advertencia la dirijo más a los lectores que a mi salvador. Este desconocido (¡y cuándo lo conoceré!) sabe como buen elegidor que es que puede descubrirme en otros sitios, por ejemplo, en Marianao, en una calle de Santiago de las Vegas, en el Mercado Único...

No hace todavía un año tenía fe en mis propias fuerzas. Mal que bien iba siendo mi propio salvador; los días pasaban y yo me iba eligiendo y me iba salvando. Si hasta llegué a creer que estaba definitivamente salvado. Me puse a vender tacitas de café en un zaguán de la calle Sol. Sacaba dos y tres pesos. Dirán que es una ganancia irrisoria. Es que la gente quisiera ver llegar sus entradas a cifras astronómicas, jamás se les ocurre contar de dos pesos hacia abajo. Y cuando la progresión negativa llega al cero uno no sabe cómo empezar de nuevo. A medida que se va bajando en las cantidades sentimos millones de nudos en la garganta, de tal modo que llegados al fondo del abismo nuestra voz se raja, el alma se encoge y parecemos un idiota parado en medio de la calle.

Es lo que me está ocurriendo ahora. Cuesta trabajo creer que cosas tan concretas como el café, las tazas, los clientes, desaparezcan. Como si un prestidigitador se hubiera aparecido en mi negocio y las escamoteara una tras otra. Cuando la venta iba viento en popa llegué hasta seiscientas tazas. Pues bien, de la noche a la mañana la venta fue bajando: el mes de abril vendí ciento cuarenta contra doscientas diez en marzo; mayo me sorprendió con cien, en junio sentí mareos con sólo cincuenta tazas. ¿En razón de qué esta gente cesó bruscamente de pasar por mi negocio? ¿Todos enfermaron del hígado? ¿O es que dos cuadras más arriba el café tenía mejor sabor? ¿De pronto me tomaron ojeriza o acaso un monstruo que yo no veía cerraba el paso en la esquina a mis aterrados clientes?

Resulta notable en extremo —me gustaría meditasen mucho la cosa— que en tanto escalamos una posición los útiles se van perfeccionando insensiblemente, mas si por desdicha nos toca efectuar la operación inversa, esto es, descender, dichos útiles se irán haciendo más y más precarios hasta vernos sin nada en las manos.

Mi caída, no por ser al nivel del piso, fue menos retumbante que la de un alpinista. Yo también tenía mis útiles y, a medida que progresaba en la ascensión, los iba perfeccionando. Tanto es así que estuve en tratos con alguien caído antes que yo a fin de comprarle una máquina italiana de colar café por unos pocos pesos. Y a propósito de esta máquina, yo me pregunto: su adquisición, ¿me hubiera llevado al tope de la montaña...? Me estremezco pensando que la caída pudiera haber sido con posterioridad a la compra de ese artefacto niquelado. Pero dejemos tales suposiciones y volvamos a los hechos. Como se cae vertiginosamente, a la semana había cerrado el negocio, malvendido tazas, platos, cucharas, el mostrador y la modesta cafetera de fabricación nacional. Se cumplía así la primera etapa del descenso. Igualmente parecido al alpinista que, tras haber caído unos cientos de metros, aún concibe la salvación a pesar de verse lastimosamente desollado, tuve una tregua de unos pocos días con el producto de mi bancarrota. Pero no hay nada que hacer con las caídas, siempre son hasta el fondo. Y ya en la etapa segunda, apenas si algo nos detiene breves instantes. Recuerdo haber hecho un lunes antesala de tres horas en casa del senador Malpica. Había sido gran amigo de mi padre, pensaba tocar su corazón, pero como el senador formaba parte sin siquiera sospecharlo de estos útiles que nos arrastran hasta la base de la montaña, no hizo otra cosa que imprimir mayor velocidad a mi cuerpo.

Pero yo trataba, aunque inútilmente, de agarrarme a todo. Muy cerca de mí ascendían miles de cuerpos montados en sus automóviles, sentados en sus casas o metidos en sus camas, unos roncando, otros haciendo el amor, pero todos esos cuerpos esquivaban el mío con graciosos movimientos y hasta parecían decirme que semejante lastre podría llevarlos a ellos mismos al abismo hacia el que yo me encaminaba.

Esto fue, ni más ni menos, lo que me sucedió con Aurelio. Me debía muchos favores, proclamaba a voz en cuello que daría la vida por mí, que amigos como yo pocos sobre la tierra, pero ocurre que tan hermosos propósitos, tan nobles declaraciones, quedaban anulados automáticamente por su ascensión. Si Aurelio subía en el preciso instante que yo bajaba, ¿hubiese podido darme una mano? A través del denso tejido de sus excusas sentí claramente que me decía: *¿No ves acaso que tú estás cayendo y que mi elevación peligraría si me de tuviese un minuto para ocuparme de tu caída? Me pides, y parece bien fácil que le hable al administrador del ingenio (sí; ya sé que vas a decirme que Beltrán me debe tanto y más cuanto) para que te dé un puesto de listero. Si lo hiciera, tú remontarías vuelo pero ye descendería bastantes metros, y ya sabes que en el camino hacia la montaña, un metro, qué digo un milímetro que se caiga, tiene consecuencias fatales...*

Llegué a mi cuarto sudando frío. Esta última semana de un año de infructuosas tentativas casi me llevaba a los últimos planos del descendimiento. ¿Estaba ya muy próximo al fondo adonde debía estrellarme? Pensé entonces que si me quedaba quieto, si no caía en la tentación de buscar empleo en las columnas de los diarios, que si renunciaba a ir por centésima vez a la Bolsa de Trabajo, que si no exhumaba a uno de esos amigos de mi padre, que si no iba al puerto para pedir con voz plañidera que me enrolasen en uno de los barcos de nuestra marina mercante, pensé, digo, que mi caída se haría más lenta, y quién sabe si hasta dejaría de caer del todo. Verdad que en días de penuria uno es mecido por los ángeles de la ilusión: todo se arreglará, ese cuadro que trato de vender a Adolfo es tan valioso que no habrá manera de resistirse; además, como la figura es negra sobre fondo gris combina admirablemente con el tono agrisado de su estudio, sin olvidar que lo doy por un precio irrisorio y teniendo muy en cuenta que Adolfo tiene dinero pues acaba de construirse una casa. A su vez, Adolfo se muestra encantado con la tela, hace un momento se la acabo de describir por teléfono y más complacido se muestra con el precio. Quedamos en que me llamará a casa de un amigo común en los próximos tres días. Pero he ahí que no lo hace, que pasan los tres días y hasta una semana; he ahí que de pronto he sido tomado por los cabellos y que los demonios de la desilusión tiran de ellos con furia increíble precipitándome en el vacío.

¿Y si cambio de táctica, y en vez de implorar a los hermosos cuerpos ascendentes lo hago a esos otros que se mantienen en esa zona indecisa situada a mitad de camino entre la base y la cima de la montaña? En tal zona habita Elisa; como ella ni sube ni baja me parece que podría socorrerme. No creo que mi petición, como en el caso de Aurelio, la haga descender poniendo en peligro su ascensión. No, Elisa, esto es palmario, no asciende. Si está en su mano conseguirme un trabajo de cierto que lo hará gustosa y la persona de quien va a impetrar me proteja no aprovechará la ocasión para tambalear su milagroso equilibrio. Sin embargo, ¡cuidado!, que también Elisa puede tener muy buena voluntad, pero su petición puede caer en el vacío, y tal petición, denegada, imprimirá mayor velocidad a mi caída. Con todo, voy a verla. Vive en Zanja, en los altos de un taller de chapistería. Claro, yo no pretendo que ella me salve y, pensándolo mejor, que ni siquiera me instale en su zona... No está en las manos de Elisa obrar tales milagros; por el contrario, sólo quiero una tregua, unos días de relativa seguridad, algo que, fijándome provisionalmente en el espacio, dé tiempo a buscar un arma eficaz contra el descenso.

Tuve la tregua, pero seguí en las mismas. El chapistero, a pedido de Elisa, me tuvo diez días en el taller. A medida que se acercaba el último día de trabajo miraba con terror la puerta del taller. Es que en esos días vi a medio mundo, hablé con Pedro, supliqué a Juan, presioné a Rolando, amenacé a Julio, hostigué a Vicente y cansé a Luis... De nuevo se me revelaba que mi caso estaba perdido: Pedro me dijo que llegaba tarde, en la nueva cafetería de su padre el personal estaba completo; Juan se conmovió con mis lágrimas, me dio un peso y vagas promesas; Rolando me hizo ver que estábamos a tan fabulosa distancia uno de otro que mi presión resultaba nula; Julio me prometió una paliza si volvía por las andadas; Vicente, a fin de sustraerse a mi vista, impulsó un poco su cuerpo y vi cómo se perdía en el éter; en cuanto a Luis, bueno, mejor será no hablar de Luis, aún resuena en mis oídos su risa convulsa.

Entonces me fui al *stadium* del Cerro. No iba por la pelota; no digo que me disguste un partido de *baseball*, pero si me colé esa noche estrellada de octubre fue con otro propósito. Quería gritar, tenía necesidad absoluta de ponerme a dar grandes gritos. ¿Cómo hacerlo, parado en la calle? Me tomarían por loco, y aunque loco estaba, un resto de pudor, un débil resto de compenetración humana me impedía hacerlo. Por eso me fui al *stadium*. Ya había comenzado el partido. Muy iluminado, todo muy claro me pareció, cuerpos y almas, mujeres hermosas, algunas tocadas con gorras de su club favorito. Alcancé a colocarme entre un grupo de gente parada. Enorme expectación. Nada menos que un juego crucial entre el Cienfuegos y el Habana. En el momento de mi llegada reinaba en el *stadium* un silencio de muerte. Las bases estaban llenas y el pitcher del Cienfuegos sudaba tinta con situación tan comprometida. Empecé a acumular gritos en el pecho. El hombre que estaba al bate, después de haber dejado pasar dos *strikes*, imprimió terrible impulso a sus brazos y dio un batazo alineado que, desdichadamente, resultó *foul*. Los fanáticos prosiguieron en su silencio de muerte y apenas si un poco de aire angustioso salió de sus pechos, pero yo, que sólo aguardaba el disparo de la bola para dar salida a mi dolor, lancé un "ay" atronador. Fue un grito tan insensato, tan poco deportivo, que los fanáticos y hasta los propios jugadores salieron de golpe del mundo brillante y cálido del juego para entrar al mío opaco y helado del descenso. Vi que todos se tambaleaban como si la tierra les faltase bajo los pies, en tanto que el *pitcher* apretaba convulsamente la bola en su mano como si ésta quisiera caer hasta el fondo de la tierra. Sin embargo, el *umpire*; sobreponiéndose a tal consternación deportiva, hizo una seña al *pitcher*. Este, metido aún en mi mundo, arremolinó lánguidamente su brazo y se dispuso a lanzar, pero yo, con miles de gritos en el pecho, veloces y apremiantes, lancé un torrente de ellos que, viniendo a dar en la bola, la hicieron rodar floja y vertical por el campo...

Pero el ardor deportivo es más fuerte que la solidaridad de los hombres. Fui sacado del *stadium* y el Cienfuegos acabó derrotando al Habana. Empecé a caminar, de pronto sentí que me llamaban por mi nombre. Era Raimundo, a quien no veía desde hacía meses, pero un nuevo Raimundo cuya cara, sumida y amarillenta, me costó trabajo reconocer. "Esta cara no es producto de la enfermedad —dije para mis adentros—, esta cara, ese cuerpo huesudo, ese temblor de los miembros, es producto de la caída..." Vi claramente que muy poco le faltaba para llegar al fondo. Quizás si esta noche estrellada fuese su última noche. Sentí terror porque él podía arrastrarme en su caída; sentí envidia porque me llevaba ventaja. Me tendió su mano pero me hice el desentendido. Vi reflejado en su cara lo que pensaba de mí: "Como has subido, ya no te acuerdas de los amigos en desgracia." Mis limpios remiendos brillaban como el oro frente a sus cochinos harapos.

—¿Los quieres? —le dije brutalmente—, si tanto los codicias, ahí los tienes... pero te prevengo que tu agonía será más larga. Él creyó habérselas con un loco, dio un paso atrás. "Pero sí, tómalos, son tuyos —y empecé a sacarme la camisa—, ahora seré yo quien te lleve ventaja. Voy a bajar para que tú subas; no será culpa mía si en poco tiempo estas "brillanteces" se vuelven más mugrientas que tus harapos. ¿Por qué no la tomas? —y acabando por sacarme la camisa la agitaba ante sus ojos despavoridos—. Sube, querido Raimundo, prolonga eso, hazlo más duradero, estíralo —y solté la risa, una risa que de pronto se volvió contra mí y me clavó sus colmillos. Es que Raimundo había desaparecido y a mí me quedaba por bajar la distancia que nos separaba.

Entonces me vino la idea de que alguien, entre un millón de personas que pueblan esa ciudad, andaba en mi búsqueda para salvarme. Sin duda, la inesperada aparición de Raimundo, su demanda de socorro, me llevaron a tal pensamiento. Pero Raimundo se equivocaba de medio a medio; Raimundo recurría a cualquiera, esperaba encontrar el elector de su persona en el primer paseante que se presentase —como si bastase que uno abriera la boca para que ese al que nos dirigimos nos saque del apuro. No, yo no abriría mi boca, no movería un brazo, no haría el menor gesto... Todo eso iba a hacerlo mi elector; no sé en qué momento, a qué hora, en qué lugar, pondrá su mano en mi hombro y de golpe remontaremos vuelo juntos; ignoro si es alto o bajo, si es decente o deshonesto, sacerdote o falsario (se sube echando mano a cualquier útil), pero lo que sí sé a ciencia cierta es que vive en esta ciudad, que está a dos pasos o a decenas de kilómetros de mi persona, que me busca incansablemente, que yo no puedo poner de mi parte para que este encuentro se realice, y que cabe la posibilidad de que jamás nos encontremos.

Pero no, esto sería el fin. Yo tengo fe, yo le digo que se apresure, que acabe por encontrar el camino que lo llevará hacia mí, que me individualice entre un millón; yo tengo f e en su olfato, esperanza en su vista, desde aquí le digo que soy de estatura mediana, que soy trigueño, que tengo la cara chupada, que peso ciento veinte libras, que mis hombros son estrechos, que me quedan pocos cabellos que peino hacia un lado...

Paso a paso caí en el Mercado Único. Entre dos y cinco de la mañana la actividad es desbordante: el hormiguero humano se confunde con el hormiguero animal y vegetal: En esa hora propicia puedo comer, sin susto alguno, todos los plátanos que se me antoje. ¿Nada más que plátanos? —preguntará el lector. Pues sí, sólo plátanos... Hay miles de racimos, uno pasa, arranca un plátano, pero nadie se da cuenta de la sustracción, el racimo tiene docenas de ellos, todos del mismo color, con la misma forma. Con otras frutas sería peligroso, están en cajas en hileras, el vendedor advertiría fácilmente que le falta un mamey o una pera...

Pero esta vez paso entre los racimos con las manos metidas en los bolsillos y la boca apretada. No es que me proponga hacer la huelga de hambre contra el hambre. Sucede que mi idea fija de un elector de mi persona se ha hecho tan obsesiva que sólo atino a caminar de aquí para allá esperando ser elegido de un momento a otro. Pero ya llevo mi buena hora en tal expectativa sin que nadie se me acerque. De pronto, la luz de la verdad me golpea en los ojos: me toman por lo que ellos son, por un comprador de gallinas, por un tratante en granos, por un mayorista... No tengo la dicha de ser una gallina: elegida a las tres, degollada a las cuatro y servida a las cinco... ¡Cuán equivocado estoy, cuán iluso y niño, niño, ay, que no soy, huérfano de guerra o expósito, a los que también exponen en asilos y casas cunas para que electores sentimentales, padres y madres infecundos los adopten, salvándolos de una vez por todas de los terribles efectos de la caída!

Me recrimino portales enternecimientos y tales desesperanzas. Nada se ha perdido aún. Si el elector existe, si yo existo, ¿dónde está el problema? Es un caso bien simple. Probablemente él se encuentra ahora a mitad de camino, digamos, sobre la carretera de Guanabacoa. ¿Qué hago yo aquí, perdiendo la ocasión de este encuentro, pasando por elector de gallinas, engañando el estómago? ¿Y si acaso ha tomado por la Central? Sin embargo, puede haber salido del Biltmore, o quién sabe si de Los Pinos... Vuelta a caer en las eternas niñadas. El elector existe, yo existo (está fuera de toda duda), pero, ¿con qué derecho le impongo un itinerario? Será él quien deba determinarlo. Cada uno con su papel. El mío se limita a esperar su llegada. Entretanto, sigamos cayendo.

1957

Una mujer con importancia

Si en esta narración sin importancia Ana ocupa más páginas que yo se debe al hecho de que ella quiso ser importante. Aunque fracasó en su empeño, ella, forzando el orden natural de las cosas, se salió con la suya.

Como homenaje póstumo a su memoria contaré los hechos. Que mis probables lectores pasen por alto mi estilo de empleada...

Pero antes me permitirán decirles quién soy. Me llamo Gloria. En la actualidad marcho a pasos desenfrenados hacia los sesenta. Conocí a Ana con más de cincuenta en mis costillas. Vivía yo por ese entonces en Empedrado y Aguiar. Tenía un apartamento compuesto de sala, dos cuartos, cocina y baño. Aunque pagaba un alquiler congelado —veinte pesos—, me las veía negras para terminar el mes. Hace treinta años que trabajo de encuadernadora en una imprenta de mala muerte, lo cual quiere decir que gano un sueldo de hambre. Hice la siguiente reflexión: si meto un hombre en esta casa tendré que darle hasta el último centavo; en cambio, si alquilo a una mujer tendré veinte pesos más, y la compañía. De una mujer con mi edad un hombre sólo aceptará ciertas intimidades a cambio de plata. Claro, me gustan los hombres. Es bien agradable querer a alguien y dormir acompañada, pero pensándolo bien prefería la otra solución. Me alimentaría mejor, iría regularmente al cine, de vez en cuando un vestido o una cartera...

Están pensando que no valgo dos centavos... Eso mismo pienso yo. Si tenía alguna estimación de mi persona los hombres y las mujeres se encargaron de matarla. Por supuesto, con razones para ello. Una mujer flaca, fea, con voz de pito, no puede aspirar a nada. Si acaso a santa, pero antes que los altares están los días, uno tras el otro, y hay que vivirlos...

Lo que piense, diga u opine la gente me tiene sin cuidado. Además, creo estar a salvo de sus garras. Soy una anónima, una del confuso montón. Desafío a cualquier habitante de esta ciudad para que informe de mi vida. De pronto Elisa apareció en los titulares de los periódicos porque se casó con un millonario, o Adela salió del anonimato con su famoso descubrimiento de las uñas fosforescentes... Nada de esto podría sucederme: paso, y pasaré inadvertida, ignorada. Mi vida se resume en caminar cuatro cuadras en busca de mi imprenta, por la noche, dos, para meterme en el cine, diez o doce de tarde en tarde, por Muralla, a la caza de una cartera o de un retazo.

A propósito de trapos y cartera, no vayan a creer que Ana fue mi inquilina por estas vanidades. Todo ocurrió por la gran necesidad que tenía de una frazada nueva. ¡Qué diablos! Las frazadas no son eternas, y mucho menos las malas frazadas, como la mía. Y tenía que decidirme, pues no me iba a pasar otro invierno tiritando en la cama. Ustedes dirán: ¿y por qué no sacrificaba las vanidades por la frazada? ¡Oh, santa ingenuidad! A mí una cartera o un retazo no me pasa de uno cincuenta o dos pesos. En cambio, una frazada, la más barata, no baja de cinco. Es lógico que si yo tengo un cuarto vacío y no tengo frazada, llene el cuarto con una inquilina para poder taparme. No con la inquilina, con la frazada.

Tuve mis dudas antes de decidirme a colgar el cartelito: "Se alquila habitación." No me hacía a la idea de compartir mi casa con un extraño. Cuando se llega a cierta edad no hay mejor compañero que la soledad. A esos años uno sabe de sobra que la vida se ha reducido a comer y dormir. Y si la soledad es un castigo no por ello deja de tener su lado cómodo. Resulta muy agradable cerrar la puerta sabiendo que la voz del marido 0 del amante no va a echarnos en cara el peso que "despilfarramos en el cine", o los gritos de la amiga porque el novio se le fue con otra... Una cierra bien la casa, se echa en la cama, coge un libro. Ni "apaga la luz", ni "échate para el otro lado", ni "roncas como un bendito"...

Pero estaba escrito que yo alquilara, y sobre todo, estaba escrito, en caracteres bien claros, que alquilara precisamente a Ana. Dios sabe las mujeres que pasaron por casa deseosas de alquilar mi linda habitación. A todas les encontraba un defecto: ésta parecía sucia, aquélla me resultaba procaz, la otra hablaba hasta por los codos... De toda esa sucia espuma, Ana me resultó lo mejor. De pocas palabras, aseada, y hasta bien vestida. Además, con referencias inmejorables: trabajaba de telefonista, hacía sus buenos quince años, en las oficinas del cable. Por último, parecía "antigua" como yo. Trato hecho. Extendí el primer recibo, y empezó nuestra convivencia.

Al principio todo resultó correcto. Aunque Ana tenía en esa época unos treinta y cinco años, repito que parecía tan "antigua" como yo misma. Después que tuvieron lugar los acontecimientos que me dispongo a narrar no he cambiado en nada mi opinión sobre ella. Era antigua, antiquísima, sólo que de modo distinto al mío. Pero no nos adelantemos...

Al mudarse en mi casa estaba bajo los efectos de una gran crisis nerviosa. Debo aclarar, en honor de Ana, que estos nervios no se traducían en accesos histéricos ni cosa por el estilo. Sólo un gran aplanamiento. Me costaba gran trabajo hacerla cambiar unas pocas palabras. Durante meses se mantuvo en una reserva dolorosa y en un aislamiento físico sobrecogedor: es decir, se encerraba en su cuarto y allí permanecía horas enteras. Aunque siempre me ha gustado el oficio de samaritana juzgué prudente no mitigar sus penas. Soy muy respetuosa.

Sin embargo, ella misma me proporcionó la ocasión. Una tarde llegó del trabajo, y contra su costumbre se sentó en la sala. Yo estaba allí hacía un buen rato zurciendo unas medias (no se rían, ya les he dicho que soy muy antigua). Cambiamos unas cuantas frases, y enseguida ella volvió a su desolado mutismo. De pronto cogió el periódico y se puso a pasarle la vista. Era un modo cualquiera de expresar su eterna desazón. La veía tan angustiada que me puse a discurrir el modo de distraerla un poco de sus negros pensamientos. No me dio tiempo. Ahora la vi, con el periódico pegado a la cara, enfrascada en la lectura de algo que parecía interesarla en grado extremo. Y digo que le interesaba pues al mismo tiempo que leía, sus manos temblaban y golpeaba el piso con sus zapatos.

No había que ser psicólogo para darse cuenta de que estaba a punto de estallar. Tuve que contenerme para no acudir en su auxilio. Bien sabe Dios que no lo hice por un exceso de discreción. Pero Ana no pudo más. Después de haber leído —creo que por cuarta o quinta vez— aquello que tenía el poder de exasperarla, tiró el periódico violentamente, y dijo con voz sorda:

—¡También ésa...!

—¿Quién...? —pregunté, afectando una falta de interés que estaba bien lejos de mi real curiosidad. Y proseguí en mi zurcido.

—¡Quién va a ser sino ésa... —me contestó con los dientes apretados, a tiempo que recogía el periódico y me mostraba la fotografía de una mujer—. ¡Esa partiquina...!

Bueno, no era para tanto... Sólo la foto de una mujer de cara agradable en el papel de Hedda Gabler —según rezaba el pie de grabado. Moví la cabeza, no dije una palabra: sabía muy bien que Ana se disponía a descorrer todos los velos de su templo...

—Mira los resultados de una cara bonita —y metía los dedos en la foto— y de una desfachatez todavía más bonita... Sí, se necesita ser una desfachatada para conseguir un papel tan importante. No tiene un pelo de actriz, pero ¡claro! Tiene caderas, tiene senos, y no tiene pudor. Si yo fuera una cualquiera como ella ya me hubiera parado en todos los escenarios de La Habana.

—Depende del teatro —dije sin gran convicción—, desconozco por completo la vida de la farándula —y añadí—: Además, eres tan bonita como ella.

—Ya lo ves, Gloria: no he tenido suerte... Llevo diez años en esto haciendo papelitos. Llegaré a vieja sin haber logrado una actuación principal. Si supieras las humillaciones, los aplazamientos, las promesas que nunca me cumplen. Y tendrías que oírlos a esos directores: "Ana, la necesitamos para que haga este papelito... Ayúdenos, muy pronto le daremos una magnífica oportunidad." Y la oportunidad nunca se presenta; unas veces porque según ellos no doy el tipo; otras porque mi voz desvirtúa al personaje... ¡Qué sé yo! Excusas y más excusas. Ramírez sabía muy bien que estoy loca por hacer Hedda Gabler. Todavía ayer mismo me dio esperanzas, y ahora resulta que es "esa" la elegida.

Se levantó hecha una furia:

—Ahora mismo voy al teatro a cantarle las cuarenta...

La calmé como pude. Le hice ver que un escándalo comprometería definitivamente sus probables contratos, que yo no sabía si ella tenía o no tenía condiciones, y que caso de verla en escena no era yo persona faculta-da para juzgarla, pero que la vida me había enseñado que todo se consigue a base de paciencia (en esta parrafada por poco si me echo a reír: menos mal que su gran excitación la cegaba al punto de no ver mi horrible frustración), que se dirigiera a otro director, que estudiara con ahínco y que ya vería...

Por salir del paso, por consolar a Ana, le di estos consejos. Si hubiera cerrado la boca acaso ella, a estas horas, estaría curada de su pasión por las tablas, pero mis palabras tuvieron el poder de enardecerla. No bien llegaba del trabajo se encerraba en su cuarto a declamar horas enteras. Me costaba un gran esfuerzo hacerla salir para comer un bocado. Persistió en tal actitud durante un mes. Una mañana, antes de salir para la oficina, me dijo que si le permitía recibir esa noche a un amigo. Me aclaró que se trataba de X, el famoso director del teatro La Pérgola. A mí no me gusta recibir visitas, pero no podía negarme. He ahí el resultado de mis consejos: empezaba a cose-char los vientos de las clásicas tempestades...

Pero esto sólo fue el preludio de la tormenta. Cuando la vi llegar por la tarde, aplastada materialmente por cajas y paquetes, sentí que los vientos tenían ya fuerza de brisote... Sobre la mesa de comer puso un tocadiscos, un par de álbumes, un cake, cuatro vasos para cocktail, una botella de oporto, una de whisky, un vestido más antiguo que nosotras mismas y un estuche para maquillaje. Me quedé con la boca abierta. Ella, con cara de Pascuas, me dijo sus planes para esa noche.

En primer lugar yo le haría el grandísimo favor de pasar por su criada. A ese efecto sacó de la caja que contenía el vestido un delantal blanco y una cofia. Protesté débilmente por la cofia. Mi protesta no encontró eco alguno: me dijo que la criada de una actriz célebre no podía suprimir nunca dicha prenda. Y para evitar que yo siguiera con mis protestas me dijo que no te-níamos tiempo que perder, que X llegaría a las nueve en punto.

La sala de mi apartamento es bastante grande. Ana echó los muebles hacia un lado y dejó el otro para escenario. Terminó por decirme que haría un par de escenas de *La más fuerte*, una pieza de un tal "Strinber". A este efecto colocó mi mesita de mármol negro en el centro de la sala, puso dos sillas, un sifón, un vaso... Como no conozco la obra no puedo asegurar si la disposición escénica era acertada. Claro, no había que ser muy inteligente para darse cuenta de que aquello quería representar un café, pero sí me sorprendió que ella colgara un mantón rojo en la pared. Una nota de color, pensé, y seguí adelante con mi trabajo. Di brillo al piso, sacudí los muebles, ordené sobre la mesa vasos y copas, preparé los bocaditos, en fin, hice el oficio de criada. Por su parte, Ana daba toques "artísticos" aquí y allá... Obras célebres de teatro tiradas "al azar", búcaros con flores, fotografías de ella colocadas con chinches en las paredes, por último una litografía de Sarah Bernhardt en el papel de *Fedra*.

Aunque al principio me ofendí un tanto por verme reducida al rol de criada, debo confesar que se lo agradecí en el fondo. Sobre todo cuando hizo su aparición el famoso director. No dudo que fuera muy inteligente pero a mí me pareció un bicho raro. Hablaba afectadamente o así me lo pareció. Convengan conmigo que no estoy acostumbrada a cierto lenguaje, que no tengo roce social, que toda mi vida sólo he frecuentado a personas de quinta categoría. Una y mil veces bendije la grotesca ocurrencia de Ana. De acuerdo con mi papel de criada yo no tenía por qué dirigirle la palabra a ese personaje. Una vez que yo hubiera servido los cocktails y los bocaditos sólo me quedaba retirarme a la cocina. Eso sí, no me perdería la escena. Desde mi "cubil" podría ver y escuchar perfectamente todo cuanto ocurriera en la sala.

De más está decirles que Ana recibió a X en "carácter". Juraría que este señor apenas si pudo reprimir la risa. Yo misma, viéndola en tal atuendo, casi solté la carcajada. Pero Ana, que concedía a esta visita caracteres de acontecimiento, tuvo buen cuidado de presentarse cambiada en un ser completamente distinto al que yo conocía. Para empezar: su modo de hablar. No sé de dónde diablos sacó esa voz meliflua y esas palabras raras... A cada momento escuchaba palabras tales como "proyectar", "miedo escénico", "impulso vital", "dramaturgia"... A lo mejor me equivoco, pero me pareció que el director escuchaba todo aquello como quien oye llover. Aunque disimulaba su impaciencia, de vez en cuando cortaba las tiradas de Ana poniéndole un vaso de cocktail en las manos, y finalmente le dijo de un modo un tanto brusco que hiciera la primera escena. De toda aquella impaciencia creí deducir que él se interesaba más por el cuerpo de Ana que por su "arte", y que esperaba ver terminada muy pronto la acción teatral para entrar de lleno en la acción erótica. Por supuesto, pensaría él, después que la criada diga las buenas noches.

Por fin Ana empezó su escena. Diré en su honor que ponía toda el alma, pero no sé si debido a que era mi inquilina, a su aire antiguo o por la ropa, llevada con demasiada propiedad, me resultaba bastante cómica. He visto a María Guerrero en *La Malquerida*. Jamás hubiera pensado en reírme de esta actriz. Pero quién soy yo para criticar a nadie; a lo mejor Ana estaba actuando muy bien. Sin embargo, la cara del director era un poema al aburrimiento. Además, ¿por qué se metió Ana en camisa de once varas? El papelito se las traía. Mantener un diálogo con una persona "ausente" es algo sumamente difícil. Viendo que Ana increpaba a la "otra" sin mayor convicción, estuve tentada de ocupar la silla vacía para ver si de ese modo lograba ella dar eficacia al personaje. Y no porque el director se hubiera "comunicado" conmigo, sino porque conocía mucho su oficio, cortó el monólogo de Ana, y con voz perentoria dijo: "Más carácter, señorita Ana, mas carácter..."

Terminada la escena, X, pretextando una cita urgente, se disculpó de escuchar la escena siguiente. Al tiempo que daba un apretón de manos a Ana, le dijo: "Habrá que trabajar mucho todo eso..." Y como Ana le preguntara cuándo podría recibirla en el teatro, él contestó oficialmente:

—El director recibe los jueves de seis a ocho...

Y salió como alma que lleva el diablo.

Fueron cuatro días de guerra de nervios. Estábamos en domingo. Ana me preguntaba y volvía a preguntar... Que si el director se había sentido conmovido con su actuación, que si yo misma había "vibrado" al conjuro de su voz (¿por qué tenía que emplear conmigo tal lenguaje rebuscado? Decididamente, había equivocado el camino. Sigo creyendo que hubiera hecho una cómica excelente). Y por supuesto, seguía encerrada estudiando el papel, casi a voz en cuello, y mezclando todo con imprecaciones, insultos a la "partiquina", suspiros y sollozos.

¡Por fin llegó el día temible! Nunca me reprocharé bastante no haberla disuadido. Mi inoportuno oficio de samaritana lo impidió. Además, pensaba, este director le dará cortas y largas, pero puede ocurrir que Ana tropiece con otro director menos exigente y ponga, como se dice, la pica en Flandes... Por otra parte, no olvidaba las ávidas miradas de X. "A lo mejor olvida por un momento su responsabilidad artística y confía a Ana un rol estelar." Sea como sea, tengo mi parte de culpabilidad. Si Dios puede, que me la perdone.

De cualquier modo, estaba escrito que yo desamparara a Ana. El primer jueves de cada mes tengo por costumbre viajar a Madruga a visitar una hermana. Salgo de la imprenta a las tres, regreso a las doce de la noche. Casi estuve por renunciar a mi visita, pero, para sorpresa mía, esa mañana, cuando vi a Ana, la encontré bien animada. Me dijo que desde el mes entrante le darían treinta pesos más de sueldo, que con esa cantidad podría comprar buena ropa de teatro, y tan contenta estaba que al nombrar a la partiquina a propósito de no sé qué, se rió a carcajadas. ¡Pobrecita! No sabía que estaba a dos dedos del desplome.

Fui, pues, a Madruga, pasé la tarde con mi hermana. Cuando estaba anocheciendo me puse a pensar en Ana, pero mis sobrinos se encargaron con sus gritos de suprimir este pensamiento. Me despedí, tomé el ómnibus de las diez. En todo el camino Ana no me vino a la cabeza. La tenía ocupada con el asunto de una beca para mi sobrinita mayor en la Escuela del Hogar.

A las doce menos cuarto me bajé en la Plaza del Vapor; a las doce menos cinco subía las escaleras de mi casa. De pronto me acordé de la cita de Ana con el director. "¿Cómo habrá salido del empeño? ¿Qué le habrá dicho él? ¿Por fin le habrá dado la obra?" —me preguntaba a medida que salvaba los últimos escalones. "Menos mal —dije para mis adentros— que es bien tarde; en caso de que la respuesta de X haya sido negativa no tendré que oír a esta hora, con el cansancio que tengo, las jeremiadas de Ana."

Metí la llave en la cerradura, abrí poco a poco la puerta (procuraba no hacer ruido alguno para no despertarla). Con el resuello cogido, en puntas de pie empecé a caminar por el lado derecho de la sala, que estaba sumida en total oscuridad. Entonces, inexplicablemente, tropecé con un tiesto de barro donde tengo sembrada mi areca. Creo haber hecho un ruido horrible, pero con todo no fue eso, ni el riesgo de haber despertado a Ana, lo que más me confundió. Estaba segura de que el tiesto debería estar colocado, no a la derecha, sino a la izquierda de la sala. Contuve el aliento, esperé unos segundos para comprobar que ella no se había despertado, y una vez que estuve segura, seguí adelante, pasito a pasito. No había avanzado un metro en mi marcha furtiva cuando volví a tropezar. Esta vez no con un objeto duro; esta vez con algo que no hacía ruido pero que me heló la sangre en las venas. Había tropezado con un cuerpo humano —sin duda el de Ana, profundamente dormida o perdidamente borracha. No, no pensé en un ladrón... Un ladrón con el que uno tiene la desgracia de tropezar no está dormido ni borracho, por el contrario, está bien despierto y bien alerta. Como una loca fui recto al chucho de la luz; por supuesto, tropezando en mi carrera con toda clase de cosas. Iluminé la sala, y allí estaba Ana, echada de bruces sobre la mesa de mármol negro, con la misma "escenografía" improvisada por ella para las dos escenas de *La más fuerte*.

El lector, más sutil que yo, no tendrá que esperar a que le diga que Ana estaba muerta. Ya lo sabe. Prolongar este suspenso doloroso sería de mal gusto; además, la rotundidad de la muerte invalida cualquier astucia intelectual.

Y Ana estaba bien muerta. Ahora pertenecía por entero al público. Pronto fueron haciendo su aparición el juez, el forense, el empresario de las pompas fúnebres, y, por supuesto, los reporteros gráficos. Con la llegada de estos ángeles luminosos a la casa de la muerte, Ana empezaba su gloriosa inmortalidad. Ella no había dejado ni una carta, ni siquiera un pedazo de papel explicando, como es típico en los suicidas, los motivos que la impulsaron al abandono de este triste planeta. ¿Pero qué explicación más clara, qué confesión más palmaria que ver a Ana representar, por toda una eternidad, el papel de *La más fuerte*?

1958

290

Otra vez Luis Catorce

Al cabo de siglos y de vuelta de todo, a la ciudad de París, que no se asombraba ya de nada, le quedaba por ver sin embargo algo singular y hasta cierto punto extraño. En medio del aburrimiento y los días incoloros, anestesiados por la tecnología y la sistematización, tuvo el parisino un regalo supremo, eso que se llama sorpresa.

Una tarde de verano, cuando docenas de personas poblaban el café Deux Magots, se vio llegar a un tipo de mediana estatura, frisando los cuarenta, un tanto rechoncho, nariz ganchuda y labios carnosos. Decir "se vio llegar" es una exageración. En verdad nadie lo vio llegar. Nadie se fijó en él hasta el momento en que todo París lo haría.

El tipo se sentó en la terraza y pidió un refresco de *pamplemousse*. Del mismo modo en que nadie reparó en el refresco, tampoco en la espada de corte que llevaba al cinto. En París hacía tiempo que tales cosas y tales espadas se miraban sin verse. Daba lo mismo que se llevara una espada que una coliflor o un bacín. Tiempo perdido para el exhibicionista, en una, ciudad en la que todos sus habitantes eran exhibicionistas y habían hecho del exhibicionismo su estado natural.

Pero el tipo —un provinciano a mi entender, por lo que dijo después sin que nadie se lo preguntara— sacó su espada de la vaina, dio con ella un golpe sobre la mesa y gritó, con una voz que quería ser imperiosa: "¡El Estado soy yo!" Su grito se perdió en el oleaje de voces del café. Ni los más próximos prestaron atención a su exabrupto. El ruido de un cenicero al caer de la mesa del declarante y romperse en el piso fue el único eco que tuvieron sus históricas palabras.

Tras ese incidente, al que nadie, como hemos visto, hizo el menor caso, el tipo se presentó en el atrio de la catedral de Notre-Dame. Llegó alrededor de las cuatro de la tarde y en el preciso momento, tal vez escogido por él, en que un guía mostraba a varios visitantes el grupo escultórico de los apóstoles. El tipo esperó a que el guía terminara la consabida explicación y, aprovechando el silencio que siguió a sus palabras, gritó estentóreo: "¡Yo soy Luis Catorce!"

Sólo uno entre los visitantes lo miró con cierta extrañeza, y al instante desvió su mirada hacia la magnificencia de los apóstoles. Si no obtuvo una gran resonancia su declaración, al menos esa tarde había conseguido un fugaz simpatizante.

Se alejó del atrio y encaminó sus pasos al jardín del arzobispado. En medio de niños y niñeras, viejos y viejas, dijo por segunda vez: "¡Yo soy Luis Catorce!" Y un viejo, como movido por un resorte, se levantó del banco en el que fumaba calmosamente su pipa, se plantó delante, y haciendo una profunda reverencia preguntó: "¿Se siente bien, su Majestad?" El tipo inesperadamente le dio la espalda y se perdió en dirección de la calle Chat qui Pelotte. Si algún observador de la vida hubiera estado durante este encuentro, encuentro entre una majestad y un súbdito, pensaría que ambos eran un par de guasones. O también que el soberano era un loco y el súbdito un guasón, o el súbdito un loco y el soberano un guasón. ¿O era el viejo otro simpatizante?

En Versalles, el Salón de los Espejos fue escenario del siguiente incidente, un tanto más sonado que los anteriores. En el justo momento en que otro guía, pero semejante al mencionado ya, contaba a un grupo de visitantes que en ese mismo salón donde ellos se encontraban, la extinta duquesa de Bourgogne había tenido la osadía de hacerse poner por una de sus damas un lavado intestinal, aprovechando el silencio de estupor que se produjo entre los visitantes, el tipo gritó: "¡Yo soy Luis Catorce!" Y a no ser por el eco que esta vez encontraron sus palabras, el hecho no hubiera tenido mayores consecuencias. Varias personas, que aparentemente simpatizaron con él, hicieron una reverencia profunda y versallesca y exclamaron a coro: "¡Majestad!" Envalentonado por la anuencia, el tipo se dirigió al guía. El tono de sus palabras tuvo la misma arrogancia usada por Luis Catorce en el momento de la presentación al embajador de España del duque de Anjou: "Podéis saludarlo como a vuestro rey." Todos los que allí se congregaban pudieron oír claramente lo que el tipo decía: "Señor, no consiento que se haga una descripción de mi Salón, sin hablar antes del soberano que lo construyó. No estoy dispuesto a consentir que estando yo en persona, se me deje de rendir la debida pleitesía. Señor, se ha ganado usted cinco años en la Bastilla." Se dirigió entonces a uno de sus aparentes seguidores y mostrándole al guía, ordenó: "Señor La Raynie, haga venir un guardia de corps para que se lleve preso a este desalmado."

Por supuesto, no el guía, sino Luis Catorce y su séquito, fueron conducidos a la prefectura de Versalles. Allí pasaron varias horas, y tras una amonestación, quedaron en libertad. Pero al día siguiente, en las páginas de *France-Soir* apareció este titular: "Incidente en el Salón de los Espejos. Un loco se hace pasar por Luis Catorce." A continuación se ofrecían los detalles y el periódico terminaba con un comentario: "Hay algo singular en este caso: el loco cuenta con adeptos. Adeptos que parecen cuerdos, y que al ser

interrogados afirmaron estar íntimamente convencidos de que el mencionado es *belle et bien* Luis Catorce."

Transcurrido un año contaba con miles de partidarios. Usaban peluca, tacones altos y al cinto una espada de corte, en consonancia con el siglo XVII. Se
hacían ver en todo París. Carentes de plataforma política, resultaba sumamente
difícil al gobierno tomar y justificar una medida coercitiva. Los adeptos se limi-
taban a deambular por las calles de la ciudad, y el presunto Rey Sol no permitía más de dos acompañantes. Tan sólo cuatro veces al día lanzaba su famoso
grito. Pero estas cuatro veces bastaban para engrosar las filas de sus partidarios.
Miles y miles de parisienses afirmaban que el tipo del café Deux Magots era el
mismísimo Rey Sol redivivo. El número de la gente luiscatorciana en habla,
vestimenta y reverencias, se hizo mayor que el de la gente en argot, jeans y
denuestos. Todo París empezó a reconocerlo como a un soberano absoluto. Y a
los cinco años de su exclamación en el café, se había convertido en Luis
Catorce un tipo insignificante, en el que nadie antes se fijara. Aunque se negaba a tomar las riendas del gobierno, no dejaba por ello de ser el soberano de
todos los parisienses, y con el tiempo, sin duda, de todos los franceses.

Sin embargo, el gobierno constituido de la República no se vio en la
vergonzosa necesidad de dimitir. Era ya tan luiscatorciano que se sentía
usurpador del poder, de un poder que solamente debía descansar en las
manos augustas del nuevo Luis Catorce. Reunido de urgencia, se escogió
una delegación del más alto nivel para que se entrevistara con el monarca.
Luiscatorcianamente ataviada, la delegación encaminó sus pasos a un hote-
lito de la Rive Gauche. La portera los anunció a su majestad. La delegación
subió cinco pisos por una escalera angosta, con entrechocar de espadas,
hasta llegar al palomar en que moraba el soberano.

Éste los recibió en el inodoro —reminiscencia de las *chaise percée*—;
y se dignó oír al jefe de la delegación sin moverse del lugar en que los había
recibido. Tras una profunda y sostenida reverencia, el jefe de la delegación
suplicó al monarca en nombre de todo el gobierno francés, representado en
las personas de la delegación, que ocupara el trono de Francia.

—¿A quién piensan que le están hablando? —interrogó con cierta irritación en la voz el presunto Luis Catorce.

Un tanto desconcertado, el jefe de la delegación aumentó su reverencia,
la hizo más profunda y más versallesca, y con un hilo de voz —nadie se
siente a sus anchas ante la majestad de un soberano— le dijo al presunto:

—Me dirijo al monarca de todos los franceses, al nieto del glorioso
Enrique Cuarto, al descendiente del glorioso San Luis, a un vástago de la
gran familia de los Capeto, y me permito exhortarlo a que se siente en el
trono de sus mayores.

El presunto rey se levantó del inodoro, se limpió el trasero, descargó
los restos reales, y señalándoles la puerta dijo en tono categórico:

—Se equivocaron de cuarto.

Avanzó hacia la puerta y la abrió:

—Me Ramo Pierre Lafond. Tengo cuarenta años de edad. Soy soltero y sin domicilio reconocido, a no ser este cuartucho de un hotel de mala muerte. Trabajo como mozo de limpieza en la Renault, y salga lo antes posible, que debo vestirme para mi turno de por la noche.

Al oír que tenía que vestirse, uno de los delegados se dirigió al jefe de la delegación para decirle que él era la persona de mayor rango entre ellos y por tanto le tocaba "pasarle la camisa" a Su Majestad. Con vivacidad, el jefe de la delegación le echó mano a una camisa que vio sobre la percha y se la presentó ceremoniosamente al presunto rey.

El tipo del café Deux Magots, con inesperada violencia, empezó a repartir puñetazos y a vociferar. Tantas fueron las palabrotas y tantos los golpes, que la delegación entera, temerosa del escándalo, el hospital y la posible presencia de la policía, salió corriendo por la puerta. Tropezando unos con otros, acompañados del ruido metálico de las espadas, bajaron la escalera angosta y pusieron pies en polvorosa.

Los parisinos, y Francia toda, sufrieron una inmensa decepción. Se sintieron frustrados y traicionados por su rey. Cuando estaban a dos dedos de regresar al siglo XVII, a dos dedos de ser gobernados por un monarca absoluto, todo se derrumbaba. ¿Y qué quedaba en su lugar? La República con su gobierno democrático y su tecnología avanzada.

Naturalmente, la gente se fue desilusionando: las ropas volvieron a ser lo que habían sido, modernas y funcionales, el lenguaje dejó de ser anacrónico y recuperó su pobreza habitual. Sólo quedó una enorme nostalgia por un pasado que hubiera podido significar un presente esplendoroso.

En cuanto se acostumbraron los parisinos, y el resto de la nación, a la normalidad, a sentirse tecnológicos y avanzados, una tarde, en pleno Deux Magots, un tipo insignificante ocupó una de las mesas de la terraza y sacando una espada exclamó: "¡El Estado soy yo!" No era Pierre Lafond. Era un tipo cualquiera, del que se ignoraba hasta el nombre. Su voz se perdió en el oleaje de voces del café. Nadie le hizo caso. Nadie, por el momento.

1975

Ìndice

Cuentos fríos, de Virgilio Piñera,
fue impreso en junio de 2006, en
Fuentes Impresores, S.A., Centeno 109
Col. Granjas Esmeralda, C.P. 09810,
México, D.F. Lectura: Laura López,
Rodolfo García. Cuidado de la edición:
César Gutiérrez